二見文庫

灼熱の瞬間《とき》

J・R・ウォード／久賀美緒＝訳

Consumed

by

J. R. Ward

Published by arrangement with the original publisher,
Gallery Books, a Division of Simon & Schuster, Inc.
through Japan UNI Agency, Inc., Tokyo

エリザベスとスティーヴ・ベリーへ
心からの愛と尊敬と感謝をこめて

灼熱の瞬間《とき》

登場人物紹介

アン・アシュバーン	元消防士。現在は火災検査官
ダニエル(ダニー)・マグワイア	消防士。アンの元同僚
ロバート・ミラー(ムース)	消防士。ダニーの親友
トーマス・アシュバーン・ジュニア	アンの兄。消防署長
エミリオ・チャベス	消防士
パトリック・ダフィ	消防士
デショーン・ルイス	機関員
クリストファー・ベイカー	隊長
キャサリン・マホニー	市長
チャールズ・リプキン	巨大企業リプキン開発の経営者
オリー・ポッパー	密売人
ドン・マーシャル	アンの上司

1

マサチューセッツ州ニューブランズウィック、旧市街
ハーバー・ストリートと十八番街の交差点

出動警報。こちらワン・ナイン・フォー・セヴン。四九九分署より、ポンプ車二台とはしご車一台が現場に急行中。

言い方を変えよう。アン・アシュバーンの金曜の夜のデート相手は時間どおりに現れ、ショーに連れていってくれるようだ。もちろん〝時間どおり〟というのは、消防士仲間たちと食事をするために席についたちょうどそのときで、〝ショー〟というのは、アンたちがコーラスラインさながらにずらりと並ばなければならない倉庫火災のことだ。でも頻繁にデートをするということは、相手と良好な関係を築いている何よりの証拠だし、そのデートが人生に目的と意義を与えてくれるとしたら？

わたしにとって、消火活動よりすばらしいパートナーはほかにいない。

ポンプ車十七号がサイレンを鳴らしながら角を曲がってハーバー・ストリートに入

ると、アンは狭苦しい車内に視線を投げた。運転席の後ろに折りたたみ式の補助席が四席ある。二席は前向きに、もう二席は後ろ向きに備えつけられていて、通路には機材が搭載されている。〝エイミー〟ことエミリオ・チャベスと、〝ダフ〟ことパトリック・ダフィが並んで座り、その向かい側にアンと、〝ダニーボーイ〟ことダニエル・マグワイアが座っている。運転しているのは機関員《エンジニア》の〝ドク〟ことデショーン・ルイスで、助手席に座っているのは現場指揮官の〝チップ〟ことクリストファー・ベイカー隊長だ。

アンのニックネームは〝シスター〟だ。なぜなら彼女はトーマス・アシュバーン・ジュニア消防署長殿の妹だからだ。さらに言うなら、父はみんなから尊敬されたトーマス・アシュバーン・シニアだ——もっとも蓋を開けてみれば、それは見せかけの姿だったけれど。

ただし、みんながみんなそのニックネームでアンを呼ぶわけではない。

アンはダニーに視線を向けた。十一月の冷たい風に黒髪をなびかせ、開け放した窓から外を眺めている。青い目はうつろで、疲れがにじんでいる。ふたりともごわごわした防火服を着ているため、消防車が道のくぼみやマンホールや交差点を通るたびに、互いの膝が触れる。

運命の女神に言いたい気分だ。〝もう、わかったから。そんなに何度も念を押さなくても、彼がここにいるのは知ってるわ〟

石頭のダニーにはいろいろ問題があり、そのどれもが自分の祖母の前では恥ずかしくて口にできないことばかりだ。そんなダニーでも、わたしが〝シスター〟と呼ばれるのを嫌っていることくらいは知っているから、わたしを〝アシュバーン〟と呼ぶ。でも一度だけ、〝アン〟と呼ばれたことがある。三週間前の深夜に。

そう、そのときはふたりとも一糸まとわぬ姿だった。ああ、なんてこと……なぜあんなことになったのだろう？

「ビアポン（テーブルの両端にビールの入ったカップを並べ、相手側のカップにピンポン玉を投げ入れあうゲーム）で負かしてやる」ダニーがアンを見ずに言った。「戻ったらすぐに勝負だ」

「あなたに勝ち目はないわ」わたしが見つめていたことに気づかれていたと思うと癪《しゃく》に障った。「勝手に言ってなさい、ダニーボーイ」

「上等だ」ダニーがこちらに顔を向ける。「なんなら勝たせてやってもいいぞ。それでどうだ？」

彼は不敵な笑みを浮かべた。アンはすぐさま挑発にのった。

「ふざけないで」彼女は身を乗りだした。「いかさまをするなら勝負しないわよ」

「きみに有利になるとしても？」

「そんなふうにしたら勝ったことにならないもの」

「そこまで言うなら署に戻ったらお手並み拝見だ。目に物見せてやる」

アンは頭を振ると、開け放された窓の外をにらみつけた。

脚を軽く叩《たた》かれた気がしたが、ガタガタした道のせいだと思うことにした。ところが二度目、三度目、四度目と続き……やはりどう考えても――。

ダニーに視線を戻した。「やめて」

「何がだ？」

「あなたは十二なの？」ダニーが頬を緩めたので、彼が何を連想したのかぴんときた。

「長さじゃなくて、年齢の話よ」

「高ぶってるときは、十六インチ（約四十センチ）はあるぞ」ダニーは声を落とした。「きみもそう思わないか？」

サイレンを鳴らしているのと窓を開けているのとで、ふたりの会話はほかのみんなには聞こえないはずだ。聞かれる恐れがあるなら、そもそもダニーはきわどい冗談など言ったりしない。だけど、たしかにそのとおりだ。アンはたくましい彼の体と、上半身に入っているタトゥーをよく知っている。一夜限りの関係だったとはいえ。

それでも今もなお生々しく記憶に残っていた。

「頭がどうかしてるとしか思えない」アンはつぶやいた。

まもなく火災現場に到着した。六千平方メートルの敷地に一九〇〇年代に建てられた倉庫は、かつては頑丈な造りの建物だったはずだが、今では窓ガラスが割れ、梁《はり》が朽ち、屋根板が吹き飛ばされ、廃墟《はいきょ》と化していた。外壁は煉瓦《れんが》造りとはいえ、建てられた年代からすると、床と間仕切りには木材が使われているだろう。二階の北東の角から炎があがっていた。もうもうと吐きだされた煙が、今夜は四度まで冷えこんだ夜気に漂い、南寄りの風に運ばれている。

アンはブーツを履いた足で地面に降り立つと、防火服のファスナーを引きあげた。高い位置で結んだポニーテールをほどき、肩までの長さの髪をうなじのあたりでまとめ直す。茶色い髪には夏に入れたブロンドのハイライトがいくらか残っているものの、そろそろ美容院で切ってもらう必要があった。そうなれば、明るい色合いの部分はいよいよ消えてなくなるだろう。

もちろんアンがおしゃれに気を遣うタイプの女性なら、冬場もブロンドのハイライトを入れていたに違いない。実際、母からもそうするように言われている。でも、そんなことをしている時間の余裕はなかった。

「シスター、エイミーと一緒に麻薬依存者たちを避難させろ」ベイカー隊長が命じた。

「あっちの角には近づくなよ。ダニーとダフはホースを伸ばせ！」

ベイカー隊長はなおも大声で指示を出していたが、アンは向きを変えた。自分の任務を果たすためだ。与えられた任務を終えるか、乗り越えられない障害が起きたり、命令が変更されたりしない限り、ひたすら命令に従わなければならない。

「むちゃするなよ、アシュバーン」

耳元で低くささやく声が聞こえた。アンがちらりと振り向くと、アイルランド系のダニーの青い目は笑っていなかった。

なぜか不吉な予感を覚えて、アンはうなじをさすった。「ええ、あなたもね、マグワイア」

「この任務はわけないな。十時にはビアポンを始められる」

ふたりは同時にその場を離れた。ダニーはホースが積んであるポンプ車の後部へまわり、アンはチャベスと合流した。エミリオ・チャベスとペアを組めるのはありがたい。彼は入署四年目の消防士で、SUV車を思わせる体格と、クイズ番組『ジェパディ！』に出場するほど明晰《めいせき》な頭脳の持ち主だ。いつも冷静沈着で、有言実行の人でもある。

願ってもない相棒だ。

アンとチャベスはポンプ車の側面の収納庫に向かうと、金属のシャッターを開け、空気呼吸器をつかんだ。フードをかぶり、ジャケットのマジックテープをとめ、バックルを締める。空気ボンベを背負うと、面体《マスク》をだらりと垂らしたままヘルメットをかぶった。

ふたりは車両の側面に歩み寄り、別の収納庫を開けた。斧《おの》を腰に装着し、無線機と懐中電灯も身につける。まもなくチャベスも準備を終えた。ふたりともグローブをはめると、錆《さ》びついた車の部品や、飛び散った建物の破片や、放置されたごみを飛び越えながら、霜のおりた草の上を小走りで進んだ。消防車両から放たれる赤色灯の光が、重くてかさばる防火服を着ているせいでぎこちない歩き方のふたりを照らしだす。アンはきれいな空気が喉を出入りする感覚を味わった。

この心地よい感覚はしばらくお預けになる。

倉庫の裏口に着いた。ドアには鍵がかかっているが、弱いボクサーの折れた前歯さながらに戸枠が外れかけている。

「わたしに任せて」アンは言った。

彼女が肩をまわし、今にも壊れそうなドアに体あたりすると、ドアが勢いよく開いた。戸枠の破片が音をたてて落ち、アンはヘルメットの上に装着したヘッドライトをつけて倉庫のなかを照らした。予想していた光景とは違っていた。でも、そんなのはよくあることだ。建物の内部がどうなっているのかは、実際に見てみなければ正確にはわからない。アンとチャベスは入口に足を踏み入れた。てっきり大きな空間が広がっているものとばかり思っていたが、細長くて天井の低い仕切られたオフィスがいくつか並んでいる。その奥に見える小部屋は、倉庫を別の目的のために改造したものらしい。管理者か誰かが事務所として利用していたのだろうか。さもなければ電話勧誘業者か、デイトレーダーか。

もっとも、どんな事業を行っていたにせよ、十年も前のことだろう。廃墟となったいまは、もはや使用に堪えうる場所ではない。

アンとチャベスはふた手に分かれて先へと進んだ。『アリー my Love』の時代に使われていたような古めかしいオフィス機器がところ狭しと並んでいる。どれも無残に破壊され、水に濡《ぬ》れ、埃《ほこり》まみれになっている。どうりで盗まれずにすんだわけだ。

火災のにおいはしない。熱さも感じない。けれども空気が澄んでいるとは言えなかった。

腐敗と小便とかびのにおいが充満している。

ふたりは迷路のように入り組んだ場所を早足で進んだ。そのあいだも、無線機を通して最新の情報が届き、雑音と話し声が交互に耳に入ってくる。

「……風向きが変わった。北東だ」

「……よし、屋根に換気穴を開けたぞ……」

先に聞こえてきた情報が頭の隅に引っかかったが、心配する必要はないだろう。火災の規模は小さいし、ポンプ車が送水の準備を整えている。はしご車で上から大量に放水することもできるはずだ。しかもここは巨大な倉庫で、アンとチャベスは火元からかなり離れた場所にいる。

階段まで来たところで、アンは立ちどまった。「あなたは二階をお願い。わたしはこのまま進むわ」

「それは規則違反だ」

「一緒に行動してる場合じゃないでしょう。火のまわりが速いみたいだから、そのほうが効率的だわ」

「でも――」

「わたしがひとりでは対処できないと言いたいの？」

チャベスは首を振った。「じゃあ、おれは二階へ行く」

「一階を確認し終えたら、すぐに合流する。その先の角を曲がったら、それで終わりだから」

チャベスが急カーブを描く粗末な階段をのぼりはじめると、アンはさらに歩みを進めた。先へ行くにつれ、かび臭さはひどくなる一方だが、背負っている空気ボンベの使用可能時間は三十分ほどだ。重労働をすれば十五分しかもたない。どちらにせよ、悪臭がするからといって空気を無駄遣いするわけにはいかない。

そのとき廊下の先で何かが光り、人影が慌てて暗闇に駆けこむのが見えた。

「止まって！」アンは大声で呼びとめ、人影のあとを追った。

右へ曲がったあと左に折れてから、まっすぐ進んだ。装備を揺らしながら駆けまわるうちに呼吸が荒くなった。ヘッドライトも揺れ動き、人影が光の輪のなかに現れては消える。男性か女性かはわからないものの、亡霊のごとき人物はぼろぼろの服を着ているようだ。

やがて奥行きのない部屋にたどりついた。ドアも窓もないが、ふたりともアーチをくぐってなかに入った。ホームレスの男は猟犬のように泥まみれで、伸び放題の髪が絡まっていくつもの束になっている。彼の息遣いが気にかかった。ひどく苦しげな呼吸をしていて、顔も赤くほてっている。肺炎か何かにかかっているのだろうか。

アンはグローブをはめた両手をあげた。「わたしは警官じゃないわ。あなたが怪我《けが》をしないように建物の外に避難してほしいだけで――」

「殺すぞ！」男が息を切らしながら言う。「ぶっ殺してやる！」

アンはあとずさりすると、斧に手を添えた。「あなたが何をしていようと、どういう理由でここにいようとかまわない。この建物の裏側で火災が発生したの。出口はわかる？」

男はうなずいた。

「それなら行って。引きとめるつもりはないわ」

「またムショに戻るのはごめんだ！」

「いい心がけね。でもわたしは警官じゃなくて消防士なの。とにかくあなたはこの建物から出ていかなければならない。もうじき警察もやってくることだし。逮捕されたくなかったら、すぐに立ち去るべきよ。邪魔はしないから」

男はアンの前をすばやく通り過ぎると、ブーツと靴という左右ちぐはぐな履き物で一目散に走り去った。救うことのできる相手なら、アンは別の手段を取っていただろう。たしかに彼には助けが必要だが、説得を試みて、アン自身が負傷するわけにはいかなかった。ふたつ離れた部屋で命の危険にさらされている人が助けを待っているかもしれないのに、更生と治療の機会を与えると説明して時間を無駄にするわけにはいかない。

三分後、アンは建物の突きあたりに着いた。「一階完了」無線機で告げる。

階段まで引き返してくると、煙のにおいがした。風向きが変わったせいで可燃性のものに燃え移り、火の手がこっちにまわってきているとしたら――。

ドン！

突然、強い衝撃を受けて後ろにはじき飛ばされたかと思うと、空気ボンベの重みに引っ張られて仰向けに地面に倒れこんだ。肺から空気が押しだされ、視界がちかちかする。別のホームレスが全速力で走り去る足音が聞こえた。

空気ボンベが転がり落ちる。四つん這《ば》いになって体を支えると、ぶつかってきた人物の後ろ姿を目で追った。黒い人影が角を曲がって消えていくのがかろうじて見えた。

「ああ、もう」

アンはうめき声を発すると、立ちあがって息を整えた。背中に痛みを感じるが、少しぶつけた程度だから大丈夫だ。

今は麻薬依存者のあとを追っている場合ではない。あの人物も、ここから出ていけという警告を聞きつけたのだろう。

アンは向きを変え、ヘッドライトで落書きだらけの壁や階段を照らした。チャベスが二階から懐中電灯でさっきの人物を照らしたに違いない。

そのとき大きな爆発音がして、アンは耳に痛みを覚えた。本能的に、そして訓練の賜物《たまもの》でもあるが、両手で頭をかばって身をかがめる。とっさに考えたのは、ここが覚醒剤の密造所だったのかということだ。一カ月前にも似たような爆発事故が起きていた。化学物質を使って麻薬を製造していて、二階建てのメゾネット型アパートメントが大破したのだ。

アンは無線機をつかんだ。「エミリオ、大丈夫？　エミリオ——」

「こっちは大丈夫だ」無線機から応答があった。「二階の南西の角にいたから。今のはなんだ？」

ああ、よかった。彼を失いたくない。

頭上から轟音《ごうおん》が聞こえ、天井がきしみはじめる。しかし、その状態も長くは続かなかった。次の瞬間、崩落が起こり、ありとあらゆる種類の重みがのしかかってきた。体の上に何が降り注いできたのかもわからなかった。

あっというまに、あたりは炎に包まれた。

瓦礫《がれき》の下敷きになり、コンクリートの床の上でまったく身動きが取れない。空気呼吸器のマスクもつけていない。ある考えが頭をかすめた。

これまでずっと、父と同じ道を歩もうと心に決めて生きてきた。もしかしたら、死に方まで同じになるかもしれない。

2

「おい、何をぼやぼやしてる！」

ダニー・マグワイアは斧を取るためにポンプ車の向こう側へまわりこみ、肩越しにベイカー隊長をにらみつけた。「指示されたとおりにホースを伸ばそうとしてるんですよ」

「だったらなんで、あそこでダフがひとりで作業をしてるんだ、マグワイア？」

「今までドクと作業していたからです。ポンプ車にちょっとした問題が起きたんで」

「おまえは言われたことをやればいいんだ。ドクはひとりで対処できるだろうが！」

ベイカー隊長はひどく不機嫌だ。煙草《たばこ》をやめてからずっとこんな具合だ。まったく、八つあたりは勘弁してくれ。

「禁煙補助剤《ニコレット》はいりますか？」

「いらん」ベイカー隊長はいったんその場を離れたが、すぐに引き返してきた。

「やっぱりもらおう」

ダニーは防火服のなかのワークパンツの尻ポケットから、四角いガムを二個取りだした。「二個まとめて噛《か》むんです。大丈夫ですって。おれは奥歯に三個挟んで、ようやく禁断症状が和らいだぐらいですから」

「いいから、さっさとダフのところへ――」

そのとき、大きな爆発音が凍《い》てついた空気に響き渡り、ダニーは爆風が顔に吹きつけるのを感じた。隊長の赤いヘルメット越しに、廃墟となった倉庫の二階から炎が噴きだし、火花が飛び散るのが見えた。その光景はさながら、割れた窓ガラスの向こうでドラゴンが鼻から火を噴いているかのようだ。

「応答せよ！　全員応答せよ！」ベイカー隊長が無線機に呼びかけた。

消防士たちが次々と自分の呼び出し番号を叫ぶなか、ダニーは空気ボンベに向かって突進したが、無線機から女性の声がして動きを止めた。「トゥエルヴ・テン、ダウン。北側の階段の下。一階です」

ダニーの背筋に冷たいものが走った。一瞬真っ暗になった視界に炎が飛びこんでくる。頭が混乱して、何がなんだかさっぱりわからない。ダニーはベイカー隊長を見た。

「おれに行かせてください、隊長――」

「だめだ、マグワイア。今、六一七分署に応援を頼んだ。おまえにはホースを伸ばしてもらう。一番腕力があるんだし、ダフは肋骨《ろっこつ》を傷めて――」

ダニーは隊長の顔に自分の顔を突きつけた。隊長の喉を嚙みきってはならないと自分に言い聞かせながら。「いいから、おれに行かせろ」

ベイカー隊長はダニーの胸を殴りつけた。「おまえはホースだ。これは命令だ。自制心を働かせろ！」

激しい怒りにわれを忘れて愚かな真似《まね》をしそうになったそのとき、筋骨隆々とした二本の腕に肩をつかまれ、向きを変えられた。パトリック・ダフィが感情を表に出さずに、ダニーに平手打ちを食らわせた。

「いいかげんにしろ」ダフはダニーの防火服をつかんで揺さぶった。「こっちを見ろ、ダニー。これ以上、始末書ものの問題が起きるのはごめんだ。おまえだって、また謹慎を食らいたくないだろう？」

〝トゥエルヴ・テン〟は四九九分署でただひとりの女性消防士、アン・アシュバーンの呼び出し番号で、〝ダウン〟というのは火災現場に閉じこめられたことを意味する。普通の状況でも、ダニーはアンに頼まれたら右腕さえも差しだすだろうに、彼女はまさにこの瞬間、助けを必要としている。しかも負傷している可能性も――。

ダフに防火服を乱暴に引っ張られ、ダニーは身長が二メートル近くあるので、身をかがめるはめになった。

「エイミーが救助に向かってる。おれたちはホースに取りかかるぞ」ダフが声を落として言った。「冷静になれ。今回はソルのときとは違う」

いや、もっとひどい事態だ。万一、アンを失うようなことにでもなったら、鬼軍曹を思わせるこの男がよろけるほどぶん殴ってやる。

永遠にも思えるほど長いあいだ顔を突きあわせていた気がしたが、実際にはほんの一瞬だったらしい。

我慢だ。順応しろ。変わるんだ。

「オーケー」ダニーは言った。「わかったよ」

百十三キロもある大柄なダフの手を、糸くずでも払い落とすように振り払うと、フードをかぶり、空気ボンベを装着した。

「どうしてそんなものが必要なんだ？」ダフが尋ねた。

「風向きが変わっただろう。ホースを伸ばすのに、空気呼吸器を持たないで現場に近づきたくない。別にかまわないだろう？　それとも何か？　おれともう一度いちゃつきたいのか？」

ダニーはダフに答える暇を与えなかった。邪魔する者が誰もいなくなると、自分の任務を果たすために行動を開始した。

消防隊は軍隊と同じように指揮命令系統が厳格に決められている。命令に従えない者は、組織から出ていかなければならない。たとえ惨めですさんだ生活のなかでようやく見つけた愛《いと》しい女性が、今では二回目の出動警報が発せられている火災現場で、防火服を着たまま焼死するかもしれないとしても。

くそっ、何が楽しい金曜の夜だ。

崩れ落ちた木の梁と瓦礫の下敷きになったアンは、無線機に応答したあとすぐさま体を動かし、どうにかマスクを装着した。金属とプラスチックを通って送られてくる空気を胸いっぱいに吸いこむと、今度は全身を確認した。左腕が頭の上でねじれ、脚もひねったのか、膝の関節に違和感を覚える。

ヘッドライトが消えてしまったので、右手を引きあげて頭に触れてみた。だめだ。ライトは外れてしまった。しかも手の届くところに懐中電灯もない。

「応答せよ、トゥエルヴ・テン！」無線機からベイカー隊長の声が聞こえた。「トゥエルヴ・テン、何が起こってる？」

アンは必死に肺へ空気を送りこみ、かすれる声で答えた。「なんだか熱くなってきました」

頭のなかでダニーの声が聞こえた。〝その服を脱いでくれ。ほら……おれは……こんなに熱くなって……何も身につけていないきみの姿を見たくてたまらない〟

チャベスと別行動を取ったことが隊長に知れたら、こってり油を絞られるだろう。もっとも一緒に行動していたら、彼は今頃死んでいたかもしれない。

「今、救助に向かっているからな、アン」隊長の声がした。「怪我は？」

「していません」

頭を右側にひねってみる。ヘルメットがどこかに挟まっていて、途中までしか曲げられ――。

顔を覆うマスク越しに、階段の吹き抜けと天井からオレンジ色の炎が噴きあがっているのがはっきりと見て取れた。ほとばしる炎は、増水する下水管から逃げだそうとするネズミの大軍さながらの勢いで、天井に開いた幅三メートル、長さ五メートルほどの大きな穴に逃げこもうとしている。アンはその穴の真下にいて、瓦礫の下敷きになっているというのに。

ありったけの力をこめて、のしかかっているものを押しのけると、体をひねった状態からどうにか身を起こした。『ウォーキング・デッド』に登場するゾンビが廃墟から立ちあがるときの要領で。腰をかがめたまま立ちあがり、両脚が体重を支えられるとわかって安堵《あんど》する。

しかし、いい知らせはそれが最後となった。

「トゥエルヴ・テン、応答せよ」無線機から聞こえた。

「わたしは大丈夫です」自分の位置を確認しようとあたりを見まわす。「起きあがりました」

「よし、いい子だ――」

「〝いい子〟と呼ばないで」

「了解。今、救助に向かって――」

頭上で何かが動いたと思った次の瞬間、予期せぬ重荷を背負わされたかのように古い木材がうめきをあげた。アンは天井を振りあおいだ。火の手がどんどん近づいていて、ますます熱を感じる。煙も立ちのぼり、火の粉がきら星のようにあたりを舞っている。夏の草地を飛ぶホタルを思わせる清らかで美しい光景だ。

背筋を伸ばそうとしたとき、何かにとらえられた。体の右側は問題ない。しかし左側は、腕が何かの下敷きになっていて動かせない。

アンはぐっと身をそらし、思いきり引っ張った。グローブをはめた手はびくともしなかった。何やら大きな三角形のがらくたが、腕の血液の供給をさえぎっている。

そのとき、頭上でめらめらと燃える炎が問題を照らしだした。デスクだ。天井に開いたぎざぎざの穴から、どういうわけかデスクが落ちてきたのだ。一本の巨大な梁を道連れにして。

いや、二本の古い梁だ。

そして地獄のティドリーウィンクス（小さなおはじきの端を大きなおはじきではじいてカップに入れるゲーム）のさなかに、運悪くアンの腕にホールインワンしたというわけだ。

アンはオーク材のデスクにグローブをはめた右手をつくと、爪先に金属の入ったブーツを履いた足を踏ん張り、力いっぱい押した。

それでもびくともしない。

今度は梁に手をつき、さまざまな角度から押してみた。問題はばかでかいグローブだ。手首のあたりを挟まれているせいで、自分で外すすべがない。まさしくほうれん草を食べたときのポパイよろしく腕がぱんぱんだ。

そのあいだにも、炎は引火しやすいものへと燃え広がっている。階段の古ぼけたカーペットから、まだ天井にとどまっている梁へと燃え移り、壁に使われていた熱圧成型の木質ボード《パーティクル》をのみこもうとしていた。

「トゥエルヴ・テン、もう少しの辛抱だ――」

轟音とともに再び建物が崩れ、火花が散ってまた瓦礫が降ってきた。

アンはますます強く左腕を引っ張った。さらにもう一度。

防火服のなかで、何かが流れだすのを感じた。血ではなく汗であることを祈りながら、限られた空気を温存するよう自分に言い聞かせる。全力疾走しているときのように肺が膨張と収縮を繰り返し、しだいに認識力と思考力が低下しはじめた。

必死に冷静を装い、無線機に向かって話しかけた。「ねえ、みんな、もうすぐ救助に来てくれるのよね？　今どのへんに――」

その瞬間、三度目の崩落が起こり、炎をあげて燃える木の梁が、マスクをつけたアンの目の前五センチのところに落下した。

「トゥエルヴ・テン！」ベイカー隊長が叫ぶ声が無線機から聞こえた。「応答せよ、トゥエルヴ・テン！」

3

マッギニー・ストリートとベネディクト・アヴェニューの交差点
ニューブランズウィック消防局六一七分署

トーマス・アシュバーン消防署長は散らかったデスク越しに、ふたりの逸材をにらみつけた。左側の〝間抜けなナンバーワン〟は、イタリア系アメリカ人三世の消防士だ。プロレスラーのごとき体格をした勇敢な男で、死に直面してもまばたきひとつしない。非番の日にときおり酒で問題を起こすことがあるものの、懲戒処分を受けるほど深刻ではない。

この署にチャック・パルネージが十人ばかりいてくれたら、トムは若白髪になっていないし、離婚もせずにすんだだろう。

いや、それでも離婚には至っていたかもしれない。しかし、これほど白髪は増えなかったはずだ。

厄介なのは〝天才のナンバーツー〟のほうだった。この男がトラブルの元凶だ。髪を逆立てたヘヴィメタル狂のダミアン・ライヒマンは、いわば〝歩く痔核《じかく》〟、〝素行の悪い腸チフス〟で、チャッキー・Pのような有能な男でさえもサマーキャンプに送られた十二歳の悪ガキに変えてしまいかねない。ダミアンは何人の同僚を怒らせることができるかを生きがいにしているとしか思えなかった。この男のニックネーム？　もちろん〝ダミット〟だ。この男を呼ぶとき、みんながこう言うからだ。〝くそったれ《ダミット》、なんでおまえは……〟

「ぼくはとっくにその手の悪ふざけは卒業したぞ」トムはダミットをにらみつけた。「おまえだって、もうそんなに若くないんだ」

　ダミットはケーキが好きでたまらない肥満児のような笑みを浮かべた。「おれが何をしたっていうんです？」

　トムは古い木製の椅子の背にもたれ、ダミットを見つめた。

　ダミットは肩をすくめた。「チャッキー・Pはまったく女っ気がないから、ちょっと手を貸してやろうと思っただけですよ」

「イーハーモニー（恋愛マッチングサイト）で勝手におれのアカウントを作っただろうが」チャックが口を挟んだ。「おまけにおれの家に女性を何人も差し向けた。おれとデートさせるために」

「それで、首尾は？」ダミットが二本の親指を立てた。「おれたちふたりとも上々だったってわけか？」

「彼女たちはボンデージモデルだったんだぞ！」

トムは思わず口にした。「なんだって？　知らなかったな。その手の女性がイーハーモニーに登録しているとは」

ダミットがかぶりを振った。「正確に言えば、コミュニティサイトのクレイグズリストの広告に出てたんですけどね」

「なんだと！」チャックはダミットをにらみつけた。「あの手の広告は殺人事件の温床になってるんだぞ！」

「でも、まだぴんぴんしてるじゃないか。それに、まだ質問の答えを聞いてない。ボンデージファッションに身を包んだ赤毛のおねえちゃんとはどこまで――」

「もういい」トムはこわばった背中の凝りを和らげようと、手でうなじをさすった。

「今度ばかりは黙って見過ごすわけにはいかない。このひと月で、もう何度目だと思ってるんだ」

「またまた、署長」ダミットの顔にさらに笑みが広がり、先月入れたばかりの金の犬歯がちらりと見えた。「たしかにちょっと悪ふざけがすぎたかもしれません。でもひょっとしたら、彼女たちが口でサービスしてくれるんじゃないかと——」

「チャック、股間を思いきり殴っていいぞ。それでおあいこだ」

ダミットは減らず口を叩くのをやめ、背筋を伸ばした。「なんですって？」

「やっぱり署長は最高だ」チャックは筋肉のたっぷりついた胸に手をあてた。「リーダーとしても、友人としても。おまけにみんなのいい手本として、行く先々ですばらしい仕事を——」

ダミットが自分の急所をポンポンと叩く。「冗談抜きで訴えますよ。署長と、市と、チャックと、この署を。だってほら、規則ってもんがあるでしょう」

「ああ、そうだったな」トムは棚のほうに向き直ると、市の労務管理マニュアルを手に取った。すばやく開き、人差し指で目次をたどったあと、真ん中あたりのページを開いた。「たしかに正式な手順に従ったほうがいいな……よし、まず上司であるぼくがおまえに警告を与えるわけか」顔をあげ、ダミットを見据えた。「ダミアン・ライヒマン、今からチャック・パルネージがおまえの声をソプラノに変える。さあ、チャック、気のすむようにやれ」

「男らしく罰を受けるんだな、ダミット」チャックは『13日の金曜日』のジェイソンを彷彿《ほうふつ》とさせる笑みを浮かべた。「シャワーを浴びながら歌うとき、これからは高音が出るように――」

そのとき出動警報のベルが鳴り響き、仲間内のふざけた会話は打ちきられた。

「仕事に戻ろう」トムは向きを変えてコンピュータの画面を確認した。

「どんな状況ですか？」チャックが尋ねる。

「二回目の出動警報だ。現場はハーバー・ストリートと十八番街の交差点。すでに四九九分署が現場に到着している」

「あの界隈《かいわい》に並んでる倉庫のどれかですか？」ダミットが言った。

「ああ。ポンプ車一台の応援要請だ。おまえたちふたりで出動してくれ。ロープスはゆうべの現場で肩を傷めたから――」

〝ロープス〟ことヴィク・リッツォが署長室に飛びこんできた。携帯電話を耳にあて、片方の腕を三角巾で吊《つ》っている。「アンが……妹さんが火災現場に閉じこめられてるそうです」

トムは椅子をひっくり返してはじかれたように立ちあがった。「ひとりでか？　ほかの隊員はどうした？」

なぜあのとき肩越しに振り返ったのだろうと、アンはあとになって不思議に思うだろう。それらしき物音が聞こえたわけではない。マスクのなかで繰り返す荒い呼吸音が、炎の轟音さえかき消していたのだから。それらしきものが見えたわけでもない。ヘルメットの後ろに目がついているはずもないのだから。ただ本能の声のようなものが背後から聞こえた気がして、左腕が瓦礫の下敷きになった状態で、パーティクルボードをすっかりのみこんだ火の壁のほうに視線を向けた。

渦巻く赤と黄色の炎のあいだから、大きな人影が間仕切りを押し分け、きびきびした足取りでこちらに向かってきていた。

しかも手にはチェーンソーを持っている。

アンを救助するために、ガソリンで動く工具を火災現場に持ちこむような愚かな真似をする大柄な人物はひとりしかいない。

赤々と燃える壁材の一部がダニー・マグワイアのたくましい肩に落ちそうになったとき、彼のヘッドライトがアンの顔を照らしだした。アンは視線をそらし、目をきつく閉じた。

ああ、よかった。視界をはっきりさせるために、まばたきをする。

「ダニー！　閉じこめられてるの。身動きが取れなくて……」自分の声が無線機から聞こえないということは、機器も作動しなくなったに違いない。

アンが片手を引きあげ、自分が置かれている厄介な状況を指し示すと、ダニーはうなずき、その動きに合わせてヘッドライトも上下に揺れた。彼は始動紐《スターターロープ》を勢いよく引っ張ってチェーンソーのエンジンをかけ、十キロあまりもある工具を、空のマグカップのように軽々と持ちあげて前に進みでた。燃料が吸いあげられ、チェーンソーが周囲の騒音をかき消すほどの甲高いうなりをあげると、ダニーは折り重なって倒れている木の梁を見つめた。アンは体を脇にずらし、比較的軽いものを手でどけた。ノートパソコンだった。というより、その残骸だ。

顔を覆うマスクの眼前にチェーンソーの刃が迫ったが、アンはひるまなかった。日頃はむちゃばかりしているけれど、ダニーは外科医も顔負けの器用さで木材や建材を裁断できるはず――。

突然、頭上から三メートル四方の天井の一部が降ってきた。アンは頭を低くして衝撃に耐えた。自分が押しつぶされていないとわかって真っ先に頭に浮かんだのは、ダニーが天井の一部を支えているかもしれないということだ。でも、そうではなかった。彼がチェーンソーで切ろうとしていた梁が天井板を受けとめ、ふたりの上に落下するのを食いとめていた。

ダニーが梁を切断していたら、今頃はふたりとも生き埋めになっていただろう。

エンジン音がやみ、ダニーがチェーンソーを足元に置く。彼がマスクのなかで悪態をついたのがわかった。ダニーはいまわしげに目を細め、梁にかかった天井板のアーチに視線を注いだあと、下敷きになっているアンの腕をつかんだ。アンはうなずいて足を踏ん張ると、ダニーのヘルメットのつばが三回さがるのを確認した。

一……二……三。

ふたりで同時に腕を引っ張ったとたん、腕から肩にかけて鋭い痛みが走り、アンは歯を食いしばり、叫び声を抑えこんだ。もう一瞬も耐えられないと思ったとき、首を振り、ダニーに体をぶつけてそのことを伝えた。

ダニーが手を離し、あたりを見まわした。マスクの奥で唇が動いている。無線機に向かって話しているのだ。話の内容はだいたい察しがついた。

アンはためらいがちに、さらに何度か腕を引っ張ったが、やがて悪態をつくと、ダニーが通り抜けてきた火の壁を指さした。「逃げて!」マスクを装着したまま叫んだ。

「わたしのことはいいから!」

ダニーは身を乗りだすと、再びアンの腕を取り、骨が折れるほどきつく握りしめた。次の瞬間、すさまじい力で引っ張られ、アンはまた歯を食いしばった。肺のなかの空気が一気に外へ押しだされたが、なんとか呼吸をしようと努める。

「やめて！　やめて！」ダニーが手の力を緩めると、アンはぐったりした。「もう無理……」彼女は首を振り、ダニーがやってきたほうを身ぶりで示した。「行って！　わたしはもういいから！」喉の奥でうめき、彼の大きな体を突き飛ばした。「もう行って」

なすすべもなく、マスクを外して脇に押しやった。恐ろしいほど空気が熱せられている。食道が焼け焦げ、肺があぶられ、喉がふさがってしまいそうだ。

「早く行って！」

マスクの奥に見えるダニーの顔が怒りにゆがんだ。彼はグローブをはめた手で、アンの空気呼吸器をもとに戻そうとした。

「やめて！　一刻も早くここから――」

頭上でみしみしときしむ音がして、ふたりは反射的に頭を低くした。煙が立ちこめるなか、火花が雨あられと降り注ぎはじめたので、アンはよろよろと立ちあがった。

「ここにいたら死んでしまう！　早く逃げて！」

ダニーがアンの顔に自分の顔を近づける。マスクの奥で怒り狂っていることを伝えようとしているのだ。互いの顔は十五センチほどしか離れていないのに、ほんの一瞬、遠く離れた場所から彼を見ているような感覚にアンは襲われた。

あなたと二度と会えなくなると思うと寂しい。仕事仲間のなかで、いいえ、わたしがこれまでに知りあったすべての人のなかで、あなたに会えなくなるのが一番つらい。

ダニーが自分のマスクを引きはがした。「いいからマスクをつけろ！」

「あなたまで死んでしまうわ！」アンは叫んだ。

「きみをここから助けだす！」

「わたしはもう手遅れよ！　行って！」

怒鳴り合いに触発されたかのように、ふたりのそばで激しい炎が噴きあがり、アンの顔の片側を焼き焦がそうとした。ダニーは悪態をつくと、無理やりマスクをつけさせた。アンはなおも大声でわめいたが、彼は自分のマスクもつけ直し、身をかがめてチェーンソーを持ちあげた。そして一メートルほどあとずさりすると、円盤投げをするときのように体をひねり、チェーンソーを宙に思いきり放り投げた。クラフツマンの工具は回転しながら飛んでいき、火の壁に衝突した。ダニーは体を盾にしてアンをかばった。

すぐさま大爆発が起こった。炎が燃料タンクのガソリンに引火し、チェーンソーがばらばらに吹き飛んだ。まるで熱く荒々しいキスで爆弾が爆発したかのように。チェーンソーを持ったままだったら、ふたりとも炎に包まれていただろう。

アンはまたマスクを引きはがした。ダニーは無線機に向かって大声で話しているが、こうしているあいだにも脱出するための時間はどんどん減っていく。

「早く行きなさい」アンは命令口調で言った。「早く」

ダニーが話をやめた。透明なマスクの奥の表情がすうっと落ち着いていく。やがて彼も空気呼吸器を外した。「だったら、ここで一緒に死のう」

アニーもダニーも頑として一歩も譲らない。ふたりはいつもそうだった。ああもう、死の間際なら何かが変わるとでも思ったのだろうか？　彼は何があろうと、わたしを置き去りにするつもりはない。三年前にダニーの双子の兄が仕事中に命を落とし、同僚のソルも一年前に非業の死を遂げた。いくら心的外傷後ストレス障害《PTSD》になってはいないというふりをしていても、ダニーはもはや仲間の死を悼むことには耐えられないに違いない。

アンは自分の腕に視線を落とした。左腕だ。文字を書くほうの手ではない。それに、結婚はしないつもりだから、結婚指輪をはめる指について心配する必要もない。

いっそ、切り落としてしまえばいい。

「切って」炎が爆《は》ぜる音や火花が散る音に負けないよう大声で言った。彼がきちんと理解できるように左腕を指さしながら。「止血帯を巻いて、切断して！」

ダニーの青い目に怒りの炎が宿った。彼はかぶりを振ると、再び周囲を見まわし、絶望的な選択肢を検討しはじめた。

アンは脇の下のストラップを外し、重い空気ボンベをおろした。次に歯で引っ張って右手のグローブを外し、吐き捨てる。防火服のジャケットのバックルをひとつずつ外し、かさばるジャケットを脱ぎ捨てた。片方の袖の手首のところで、脱ぎ捨てたジャケットがくしゃくしゃに丸まった。

「止血帯を巻くのよ！」

ああもう、熱くてたまらない。肌がぴりぴりするのは不吉な兆候だ。シャツの腕の部分が溶けてどろどろになっているのかもしれない。でもこの差し迫った状況では、そんなことはたいした問題ではない。

ダニーがマスクを外し、またアンの顔に自分の顔を近づけた。「おい、ジェームズ・フランコ、これは『57時間』じゃないんだぞ！」

「それを言うなら、あの映画のタイトルは『127時間』（登山家アーロン・ラルストンの自伝をもとにした映画。ジェームズ・フランコ演じる主人公が渓谷で岩に挟まれ、自分で右腕を切断する）よ！」

「この状況下で、本気でそんなことを言い争うつもりか！」

「止血帯を巻いて、さっさとやって！」

「それ以上言うな。今、応援を呼んでるから――」

「ここでふたりとも死んでもいいの？　わたしを置いて逃げるか、今すぐ腕を切り落とすか、ふたつにひとつよ！」

自分で問題を処理したいところだけれど、刃を垂直に振りおろさなければならないし……ああ、なんてこと。わたしは正気を失ってしまったの？　なんて恐ろしいことを考えているのだろう？

「さあ、早く腕を切り落として。さもなければ、わたしを置いて逃げて！」

4

ダニーは抑えがたい怒りを覚え、アンが脱いだジャケットを着せかけた。くそっ、彼女は正気を失っているのか？

そのとき、天井のきしみが轟音に変わったかと思うと、またしても上階の床が崩落し、木の梁が支えている斜めになった天井板の上に落下した。ダニーがアンに覆いかぶさると、煉瓦やパーティクルボードの破片が次々と降ってきて、彼の肩やヘルメットを叩いた。

やがて崩落がおさまると、ダニーは思いがけない幸運に気づいた。ラッシュアワーの通勤客さながらの速いスピードで、煙が別の方向へと流れている。ひょっとすると、新たな逃げ道ができたのだろうか。もっとも、あたりが炎に包まれているせいで確信は持てないが。

「早く切って！」アンが叫んだ。

「ばかを言うな！」

ダニーはたわ言には耳を貸さず、アンにマスクを装着させようとしたが、彼女は抵抗した。白目をむき、ふらふらし、意識が朦朧《もうろう》としているにもかかわらず。しかもアンの手は何本かの木の梁や、機械のようながらくたや、デスクの下敷きになったままだというのに。

「一緒に引っ張るぞ！」ダニーは再びアンの背中を抱えこみ、彼女の腕を両手でつかんだ。「一、二の三だぞ。「一！」今度はうまくいくかもしれない。「二の！」頼むから、どうかうまくいってくれ。「三！」

ふたりで力いっぱい引っ張った。アンはしなやかな体をかがめたが、ブーツを履いた足を滑らせ、ダニーがどうにか抱きとめた。

「ダニー！」

名前を呼ばれたダニーが再びアンに注意を向けると、彼女は自由なほうの手でマスクの上から彼の頬に触れた。

「切って、ダニー。さもなければ、あなたは逃げるべきよ。わたしは死んでもかまわない。本当よ」

ダニーはマスク越しにアンの目をのぞきこんだ。自分の呼吸音が、貨物列車が通過していたかのように耳のなかに大きく響いている。防火服に包まれた彼の体は震えていた。さまざまな解決策が頭のなかを駆けめぐったが、そのほとんどを却下せざるをえなかった。

いや、実のところ、もう打つ手がない。

「くそっ」ダニーは言った。

「ごめんなさい」

ダニーはマスクを横にずらすと、アンとじかに目を合わせた。こんな幕切れはだめだ……何かほかの選択肢はないのか？　おれもアン・アシュバーンも命知らずの愚か者だ。限界の壁を越え、懸命に自分を駆り立て、最終的には自滅するタイプだ。最後にもう一度だけあたりを見まわしてから、アンの腕に視線を戻した。本当におれにできるのか？

「それ以外に方法はないの」アンが煙と炎熱のなかで言う。「あなたが自分の命を救おうとしないなら」

決断を下したわけではなかったが、とにかく行動を開始した。なぜならほんの一瞬でも、たとえ千分の一秒でも彼女に苦しみを与えると考えたら最後、ディナーのときに腹におさめたペパロニ&オニオンピザとつけあわせのフライドポテトと、コーラとチェリーパイを盛大にぶちまけてしまいそうだったからだ。

震える手でグローブを脱ぐと、ジャケットのバックルを外し、防火服のなかに手を入れて織ったナイロン製のベルトを取りだした。アンがまぶたを閉じ、肩をくねらせるようにして再び重いジャケットを脱ぐ。

アンの腕にベルトを巻くと、バックルについたベルトの穴に入れる部分を壊し、きつく締めた。アンも意図を理解し、自由なほうの手でベルトの端を持ち、腕の筋肉が盛りあがるまで引っ張った。

これではだめだとダニーは胸の内でつぶやいた。アンが意識を失えば、ベルトが緩んで大量出血するかもしれない。それに彼女が瓦礫から解放されたら、すぐさまここから運びださなければならない。ショック状態に陥る可能性が高いからだ。そうなると、ダニーがベルトを押さえておくわけにもいかない。

ダニーはアンの手を押しのけると、いったんベルトを緩め、引き解け結び《スリップ・ノット》で結んだ。

「締めるぞ」

アンがうなずくと、ダニーはありったけの力をこめて、簡単にほどけないようにした止血帯を締めあげた。アンがうめき声をもらした瞬間、彼は胸に銃弾を受けたかのような痛みを覚えたものの、今度はうまくいった。アンの腕は筋肉質だが、ナイロンのベルトが牙のごとく深く食いこみ、確実に固定されている。

熱から守るためにアンの防火服を引きあげ、丈夫な生地で彼女の腕を覆った。この生地の上から切断すれば――。

またしても、頭上から不穏なきしみが聞こえ、ダニーは身をかがめると同時に天井を見あげた。

「早くやって！」アンが叫ぶ。

彼は腰にさげていた柄の長い斧を手に取り、カバーを外した。柄の部分には絶縁加工が施され、二万ボルトまで耐えられるようになっている。だが残念ながら、相棒の体の一部を切断するときの衝撃を和らげるようには作られていない。

成功する可能性は限りなく低いかもしれないが、体の一部を切断することが彼女の命を救う唯一の方法なのだ。

アンがこちらを見あげた。まばたきひとつせず、恐れを見せずに。意外なほど冷静な表情を見たとたん、ダニーは思いだした。彼女はダニーが知るなかで、男女を問わずもっとも勇敢な人だということを。

〝愛してる〟とダニーは声に出さずにつぶやいた。そんなふうに思うのはこれが初めてではない。

「マスクをつけるんだ」ダニーは命じた。「さもなければ、絶対にできっこない」

アンが言われたとおりにすると、ダニーは目を閉じた。だが一瞬だけだった。彼もマスクをつけ直すと、狙いを定めやすいように体の位置を変えた。角度を確かめるために、防火服の袖の上に斧の刃を置いてみる。彼女の腕の真ん中あたりに。足を踏ん張って構えの姿勢を取ると、冬場に斧で薪《まき》を割ったときのことをひたすら思い浮かべた。

同じことだ。これは薪だと自分に言い聞かせる。

ほんの一瞬でもアンの生身の腕だと思ったら、怖《お》じ気《け》づいてとんでもない切り方をしてしまいそうだ。

ためらわず、思いきりよく切り落とすのだ。

チャンスは一度しかない。

ダニーがたくましい腕をあげて斧を振りあげるのを見て、アンは感覚が麻痺《まひ》していった。一瞬、磨きあげられた鉄の刃に炎が反射し、オレンジ色に光った。

視線をそらせないが、かといってなりゆきを見守ることもできない。アンはダニーの顔に注意を向けた。マスクの奥の表情は動いていないのに、明滅する炎に照らされ、怒りに満ちた顔がゆらゆらと揺れている。彼は外科医も顔負けの腕前だとほんの二分前に思ったとはいえ、まさかこんなことになろうとは――。

むきだしの生存本能に駆られ、思わず口を開いてやめてと言ったが、その声は届かなかった。馬が猛スピードで駆け抜けるような音がしたかと思うと、部屋じゅうの天井が一気に崩れ落ちたからだ。ふたりがいる場所から四、五メートル離れた地点に外壁の煉瓦が落下した。

アンは折れ重なって倒れている木の梁を見つめた。さらに天井板も。どれくらいの重さがあるのだろう？「早くやって！」

それでもダニーは動こうとしない。

しかし次の瞬間、とうとう動いた。

ダニーは斧をひと息に振りおろした。まばたきするぐらいの一瞬の出来事だった。アンはただ、すばやく息を吸いこんだだけだ。

瓦礫から解放された反動で、一瞬、体が宙に浮いた……片腕だけを置き去りにして。着地した衝撃がヒップだけでなく体じゅうに響き、歯がガタガタ鳴り、両脚が床に叩きつけられ、背骨がねじれるほどの衝撃を片方の肩に受け、アンは叫び声をあげた。

切られたという感覚はまったくなかった。

けれども腕をあげた瞬間、いやがおうでも認めざるをえなくなった。炎と危険が消え去っても、腕が半分がなくなった事実は決して消し去れないことを。体がはじき飛ばされたせいで防火服が強く引っ張られたが、丈夫な生地はほつれたり破れたりしていなかった。ただし出血はある様子だ。さらに――。

時間が追いつこうとするかのように、すべてがスローモーションから電光石火の速さで脳裏に再生された。

ダニーの手が重いジャケットに食いこんだかと思うと、床から抱きあげられ、肩に担がれた。彼がその場から駆けだすと、アンは肩の上で揺られながら、どこへ向かおうとしているのかと目を凝らした。どうやらついさっき起きた倒壊で、倉庫の煉瓦の外壁が破壊されたらしい。安全な逃げ道とは言えないけれど、炎のなかにいるよりはましだ――。

いきなり世界が傾き、くるりとまわった。ダニーがアンを床におろし、煉瓦の破片の上に押しあげ、地面から一・五メートルほどの高さに開いたぎざぎざの穴から外へ出そうとした。

穴の向こうから誰かの手が見えた。建物の外にいる消防士たちがアンを助けだそうとしている。手を伸ばしているのはダニーの元ルームメイトのムースで、彼がアンを外へ引っ張りだした。

　そのときアンは気づいた。

「だめ！」声を張りあげ、足をばたばたさせて抵抗した。「彼も一緒じゃないと。残していくわけには――」

　まわりで複数の人が会話する声が聞こえ、梁の残骸と金属のかたまりと煉瓦の上を引きずられた。

「ダニー！」アンはマスクを引きはがして怒鳴った。「ダニーを助けて！」

　一陣の風が煙を建物のなかへと押し戻した。彼のヘルメットとマスクがちらりと見えた。両腕を広げてバランスを取りながら、瓦礫の山を乗り越えようとしている姿も。最後にもう一度、ふたりの視線が合った。たくさんのものに隔てられていても、ダニーの青い目を見分けられた。少なくとも、彼に違いないと自分に言い聞かせた。

　突然、建物全体が崩れ、三階から一気に倒壊した。灰と煤《すす》と煙と炎に、土埃をあげながら崩れたコンクリートと煉瓦と漆喰《しっくい》が加わり、アンが抜けでた穴から噴きだした。

「だめ！」アンは叫んだ。「ダニー！」

5

この二年間、いつかこの連絡を受ける日が来るだろうとトムは思っていた。こんなふうにサイレンを響かせながら町を駆け抜け、タイヤをきしらせて火災現場に入るだろうと。手のひらにじっとり汗をかき、不安で息もできず、恐怖に身をすくませて。妹が火災現場に閉じこめられるという恐れがついに現実のものとなった。

過去のさまざまな場面が音もなく次々と脳裏に浮かぶ――木にのぼっておりられなくなり、トムに受けとめてもらおうとして飛びおりた七歳のアン。トムと彼の友人たちに追いつこうと、必死に自転車のペダルをこいでいた十歳のアン。十二歳のときにはジャックナイフで脚を切ってしまい、母に内緒でトムが救急外来に連れていくはめになり……。

二百人もの消防士が参列した父の葬儀では、泣き崩れる母の隣で、アンは喪服を着てじっと座っていた。

そしていよいよ初出勤の日、アンはニューブランズウィック消防局の濃紺のシャツをそろいのワークパンツのなかに入れ、トムが毎日仕事に着ていくのと同じ制服に身を包んだ。

その格好を見た瞬間から、いつか妹が恐ろしい目に遭う日が来るのではないかとトムは恐れてきた。妹を落ち着かせ、気負いを捨てさせ、危険な真似はしないよう何度も説得を試みたものの、トムが何を言おうとアンは聞く耳を持たなかった。火災現場に到着すると、トムはSUVから飛び降りた。はらわたが煮えくり返っていたが、妹を救うためなら自分の命をなげうってもいいとも思った。

母はすでに家族のひとりを葬った。アンは昔から、まるでふたり目になろうと心に決めているかのようだった。

現場指揮所のそばに停《と》められた救急車に人が集まっている。トムは全速力で走っていった。その奥に見える倉庫は、ごうごうと燃える火の玉と化していた。人の手で作られた建物というよりは、地面に落ちた隕石《いんせき》のように見える。アンがあそこから救出されていることを祈るばかりだ。

トムはクリストファー・ベイカーのもとへ行った。「妹はどこだ?」

現場指揮官が返事をする間もなく、答えはわかった。倉庫が倒壊するのとほぼ同時に、まるで悪魔に追い払われたかのように火災現場から三人の消防士が飛びだしてきたからだ。彼らの脱出経路がみるみる爆煙と炎に包まれていく。三人のうちのふたりがもうひとりを運んでいる。

「シスター!」トムは大声で呼んだ。

すぐさまアンのもとに駆け寄る。怪我の程度を判断するため、まずは涙の筋がついた煤だらけの顔に浮かぶ表情を探った。アンは叫び声をあげ、消防士たちの手から逃れようともがいている。消防車と救急車の明滅する赤色灯の光を受け、もがき苦しむ姿はコマ送りのアニメーションのように見える。

「救急救命士!」アンを抱えて走りながら、ムースが言った。「大至急、救急救命士を!」

アンは運ばれながら、なおも抵抗を続けている。「ダニー!」

身をよじって拘束から逃れかけたそのとき、振りあげた片方の腕から血が飛び散り、炎の逆光に照らされて赤く輝いた。

トムはアンの両膝を押さえている消防士の肩をつかみ、押しのけて場所を交替した。

「怪我をしてるじゃないか!」くそっ。「アン、おとなしくしろ。出血して――」

「ダニー!」

救急救命士たちが担架と頸部《けいぶ》を固定するネックカラーを持って駆けつけた。トムとムースはアンを地面におろした。

トムはアンの頭のそばにかがみこんだ。「みんなで彼を救出する。ダニーボーイは必ず救出される。おい、こっちを見るんだ。とにかく気を静めないと――」

アンはくしゃくしゃに乱れた髪のあいだから、狂気じみた目でトムを見た。「ダニーがまだなかにいるの！」

アンの左袖から血が流れでた。トムは傷口を高い位置にあげるために、彼女の肘をつかもうと――。

腕の先に断面のようなものが見えた。自分が何を目にしているのか、さっぱり理解できなかった。

手がない。

いったい手はどこに――。

「あとはわれわれが、トム」救急救命士のひとりがトムの腕を引き、後ろへさがらせた。「われわれに任せてください」

「手はどこに行った？」

救急救命士たちはアンを担架に乗せて首を固定すると、怪我の具合を確かめた。

くそっ、手はどこに行ったんだ？

「ダニー！」アンがまた叫んだ。「わたしは大丈夫だから、早くダニーをあそこから助けだして！」

トムは倉庫に目を向けた。その瞬間、時限装置が作動したかのようにまたもや倒壊が起き、ついに建物が全壊した。ダニーがまだなかにいるとすれば、手遅れだろう。あの残骸のなかで生き残れる者など誰もいない。

アンに注意を戻したとたん、しびれるような感覚が頭のてっぺんから全身へと広がり、トムは寒けを覚えた。救急救命士が防火服の袖を肩のところで切り離す。直接この目で見ても、わけがわからない。間に合わせの止血帯が腕に巻かれている。固定されたナイロン製の赤いベルトだ。その先は？　刃物で切ったような断面から真っ赤な筋肉と筋状の腱《けん》と皮膚がのぞき、骨が白く輝いていた。

こんな間に合わせのものを腕に巻いただけで建物から引きずりだされ、走ってここまで運ばれてきたかと思うと、誰かを怒鳴りつけたい気分になった。もしこの止血帯が外れていたら？　大量出血を引き起こしていたはずだ。それにしても、あの倉庫のなかで何が起きたんだ？

「搬送します」

救急救命士たちが立ちあがり、担架を持ちあげる。トムが点滴バッグを手に取っても、誰も止めなかった。妹のこととなれば、トムが自ら手を貸し、救急車に乗りこむとわかっているからだ。もし異議を唱えようものなら、失《う》せろと言われることも。

「ダニー！」

トムはまだもがいているアンに向かって言った。「じっとしてろ。いいから動くな」アンの手が。ああ、なんてことだ。アンの消防士としての日々は終わりを告げた。それはトムがずっと願ってきたことだ。でもまさかこんな事態になろうとは。こんなことが起きるのを望んでいたわけではない。

ダニーは重いものの下敷きになり、戦場で殺された兵士さながらにうつぶせに倒れていた。個人用警報器が鳴っていた。ヘルメットの後頭部に水がぽたぽたと垂れ、どういうわけか片耳のなかに入ってくる。壊れた空気呼吸器のマスクの割れ目からも水がしみこみ、鼻と口を濡らしている。血でないのはたしかだ。さらさらしていて冷たいし、灰のような味がする。

そうか、マスクに大きなひびが入って密閉性は損なわれたものの、空気の供給は途絶えていないから、なんとか息ができているわけか。朗報だ。

あとは悪い情報ばかりだ。無線機からは何も聞こえてこないし、どれくらい倒れていたのかもわからない。空気ボンベの使用可能時間は約三十分ほどで、アンと一緒にいたのはほんの六、七分だから——。

「アン……」ダニーはうめき声をもらした。

アンにしたことが一気に脳裏によみがえったが、少なくとも彼女を救出できたのだと自分に言い聞かせる。アンが運びだされるのをこの目で見たから間違いない。だが覚えているのはそこまでだ。その直後に何かに押しつぶされて——。

そういえば、個人用警報器はどうした？　なぜもう鳴っていないんだ？　あのあとどうなったのか知りたいという強い思いで気持ちを奮い立たせる。止血帯は間違いなく固定されていただろうか？　結び目がほどけたり、ベルトが切れたりしたら……。

くそっ、なんとしてもここから抜けだし、アンの無事を確かめなければ。

だが問題は視界がさえぎられていることだ。何も見えないうえに腰から下の感覚がない。麻痺したのか？　ショック症状か？　脚が瓦礫の下敷きになっているせいだろうか？　うつぶせで倒れ、片腕が不自然な角度で曲がっているのはわかる。痛みを感じて当然なのに、まったく何も感じない。

ダニーは悪態をつき、なんでもいいから動かそうとした——だめだ、完全に閉じこめられている。さらに何度か試し、針金のモールのようにねじ曲がっていないほうの腕をどうにかあげて、首をわずかにまわす。もう一度脚を動かそうとしたものの、ぴくりとも動かない。ほんの一瞬、たとえようもない恐怖に襲われた。脚を動かせないのは、瓦礫の下敷きになっているせいなのか？　それとも脊髄を損傷したのだろうか？

もう一度集中しろ。防火服のなかで汗をかいていた。血かもしれないが、それを確かめるすべはない。とはいえ、体が熱を発するのは悪いことではないし、周囲があまり騒がしくないということは、少なくとも火の手は封じこめられたのだろう。もっとも、これはショック症状による支離滅裂なたわ言かもしれない。いや、実際に話しているわけじゃないか。まあ、今はそんなことはどうでもいい。

とにかくアンのもとに行かなければ。

「助けてくれ……」

おいおい、そんな小さな声じゃ遠くまで届かないぞ。ダニーは深呼吸をした。

「助けてくれ……」

胸ポケットにケミカルライトとホイッスルが入っているはずだ。手に取って、音をたてたり光を放ったりできれば、仲間が見つけてくれるかもしれない。

「助けてくれ……」

気力を振り絞り、最後にもう一度だけ体を動かしてみた。脊髄が損傷しているとしたら、賢明とは言えない行動だ。低いうなり声をあげ、体に力をこめ、頭を持ちあげると、やっとのことで瓦礫に埋まっていた左腕が自由になった。しかし、その代償は大きかった。ただでさえ、さえぎられている視界が真っ暗になり、胸に痛みを感じはじめた。

心臓発作か？　その可能性は充分にある。

自分はまだ若いとはいえ、父も祖父も心臓発作で亡くなった。冠動脈狭窄症《きょうさくしょう》は、医師が〝寡婦を作るもの《ウィドウ・メーカー》〟と呼ぶほど致命的な心臓発作で……。

まあ、おれが死んだとしても、夫と死に別れる女性がいるわけではないが。

これまでに快楽をともに得る以上の関心を持った女性はアンだけだし、彼女は結婚したがるタイプではない。くそっ、アンは指輪をはめてくれる相手に出会う前に、腕を切断するはめになった。

ああ、彼女になんてことをしてしまったんだろう。

ダニーはうめき声をもらし、グローブをはめた手を叩きつけられそうなものを探して……待てよ、これは配管用のパイプか何かか？　確かめようがないが、円筒状のやけに硬い物体に手が触れた。ちょうど手のひらでつかめそうだ。なんなのかはわからないものの、それをどうにか握ると、探りあてた別の何かに叩きつけた。どうやら湿った木材を叩いたらしく、くぐもった音は弱々しい声と大差なかった。でもコンクリートの床ならどうだろう？

今度は大きな音が鳴り響いた。

パイプを何度も繰り返し床に叩きつけた。

意識を集中し、続けざまに腕を十センチほどあげては振りおろした。回を重ねるごとにパイプがどんどん重くなり、音もどんどん小さくなっていく。

ダニーはとうとう降参した。さらに呼吸が困難になっていることに気づいた。

やがて空気の供給が止まった。三十分が経過したのだ。つまり、倒れてから二十分ほど気絶していたわけだ。

相変わらず、水がぽたぽた垂れる音しか聞こえない。自分を呼ぶ声も、サイレンの音も、瓦礫を取り除く音もまったくしない。この分なら、倒壊はもう起こらないだろう。とはいえ因縁の対決では重力が勝利をおさめ、倉庫はもはや瓦礫も同然だろう。

どうやらここで人生を終えるはめになりそうだ。おれの人生にはどんな意味があったのだろう？

自分に疑問を投げかけ、これまでの人生がスライドショーのように目に浮かぶのを待った。いわゆる、思い出が走馬灯のように駆けめぐるのを。

しかし心のなかの画面は真っ黒なままだ。それならそれでいい。思い返したい出来事などあまりない。くそっ、でも何かもっとましな思い出とともにあの世に旅立つべきじゃないか？　本当に何もないのか？

そうか……よし、『ゲーム・オブ・スローンズ』シリーズの結末がわからないのは腹立たしい。八月の暑い午後に、冷えたビールを味わえなくなるのも寂しい。しまった、こんなことになるなら、なぜわざわざ煙草をやめたりしたんだ？

書類仕事と交通渋滞と慢性的な肘の痛みに関しては未練はない。幸い、両親はすでに他界している。

あの世で双子の兄に会えるといいんだが。

そうだ、ジョン・トーマスに会えるのなら、悪くないかもしれない。

おれたちはお世辞にも品行方正とは言えなかったから、ふたりが顔を合わせるのは天国ではないだろう。でも地獄だって楽しそうじゃないか？　そっちのほうが、知り合いもたくさんいそうだ。

誰が次期大統領になるのかも、願いでていた昇給が認められるのかどうかも、背中のほくろが悪性黒色腫《メラノーマ》だったかどうかもわからずじまいになるわけだ。そういえば、家主の女性もカンカンに怒るに違いない。あのむさ苦しいメゾネットはもともと四人で借りたのだが、ミックがアルコール依存症の更生施設に入り、ムースがつい先日結婚し、ジャックも妹のもとへ行かざるをえなくなって……それでダニーがひとり取り残されたのだ。

誰があの家からおれのがらくたを運びだすんだ？

たぶん、署の連中がやってくれるだろう。気に入ったものがあれば、みんなで山分けすれば――。

ああ、なんてことだ。おれもあのリストに加えられるのか？　非番の夜にしこたま酒を飲み、忘れてしまいたい感情が怒り狂った雄牛のように胸に押し寄せたときに、みんなでウイスキーの入ったグラスを掲げて献杯する、あの悲惨なリストに。

職務中に命を落とした者たちのリスト。毎日毎晩、死を惜しまれる存在。残された仲間たちが名前を呼ぶたび、みんなの心につきまとって離れない亡霊。名状しがたいけれども、たしかに存在する後悔の念。

ダニエル・マイケル・マグワイア。自分の名前もあの列の最後に加えられるのだろうか？　それとも双子の兄、ジョン・トーマス・マグワイアのあとだろうか？

アンもおれを偲《しの》んで献杯するはずだ。胸を締めつけられながら、目に涙を浮かべて今夜の出来事を思いだすだろう。彼女のことだから、笑いあった楽しい日々を思いだすかもしれない。いや、やはり今夜の消火活動のことを思いだすに違いない。

あるいは、ふたりが一度だけ体を重ねたことを思いだすのだろうか？

どちらにせよ、いずれは早く忘れたい存在になるだろう。

アンに謝っておけばよかった。こうなることがわかっていたら謝っていた。運命は皮肉だ。アンを助けに行かなければ、おれは死ななかったはずだ。ということは彼女はおれの死を悔やみ、この先ずっと罪悪感を抱えて生きていくはめになる。

片腕だけで。

斧を振りおろしたときの記憶がよみがえり、ダニーは目を閉じた。またパイプを叩きつけなければとふと思う。

そうか。

これで一巻の終わりだ。

6

〝ロープス〟ことヴィク・リッツォは消防車から降りると、煙草を地面に落とし、ブーツで踏み消した。心臓が激しく打っているが、気づかないふりをした。前方に目をやると、霜のおりた草地の向こうに、廃墟と化した古い倉庫の焼け焦げた残骸が見えた。どことなく解剖を終えたばかりの死体に似ている。そこらじゅう穴だらけで、煉瓦のあいだから水がちょろちょろと流れだし、内部の間仕切りが跡形もなく消えている。

倒壊が激しい建物の北東側に消防車が集まっていた。点滅する赤色灯の光が重なりあって赤い波を作りだしているということは、いい知らせは期待できない。崩れ去った外壁の煉瓦が、よじのぼらなければならないほどうずたかく積もっている。あの瓦礫の下に誰かが埋もれているとしたら、棺《ひつぎ》が必要になるだろうと真っ先に思った。とはいえ、少なくとも火の手は完全に封じこめたらしく、ホースはすでに撤収されていた。水蒸気が夜空へと立ちのぼり、それとよく似た煙のほうは、冷たく不穏な空気の中を亡霊のように漂っている。

おなじみの煤のにおいと化学物質の悪臭が鼻を突いた。リッツォは六一七分署と四九九分署の消防士たちの動きを目で追った。瓦礫の山をつつく彼らの体が、煉瓦やコンクリートブロックや木材に影を落としている。

リッツォはフード付きの防寒着の下に装着している肩のサポーターを引きあげると、ひび割れたアスファルトを歩きだした。ポンプ車のすぐそばに現場指揮所が設置されていて、その脇を通り過ぎようとしたとき――。

「まだ現場復帰の許可がおりてないだろう、リッツォ」

リッツォはベイカー隊長に向かって首を振った。「おれも入らせてもらう。悪く思わないでくれ」

「自宅療養中のはずだ」

「だったら、心配でたまらない一般市民ってことにしといてくれ」

「どいつもこいつも、もううんざりだ！」

リッツォは投げキスをすると、噴射した水が凍って滑りやすくなった砂利をブーツで踏みしめ、救出作業が行われている場所に向かった。瓦礫の山をつつきまわしている消防士が何人か顔をあげてこちらを見たが、そのうちのひとりが声をかけてきた。

「まだ無理だって、ロープス」

言うまでもなく、六一七分署の仲間のチャック・パルネージだ。少なくとも、四九九分署の連中は余計な口出しをしない。誰であれ、よその署の問題には巻きこまれたくないものだ。

「冗談で言ってるんじゃないぞ、ロープス――」

「誰か何か言ったか？」リッツォは瓦礫の山をのぼりだした。肩を傷めているせいで、ぐらぐらするテーブルの上を転がるビー玉のような足取りだ。「空耳だな」

「腕を吊ってるだろう」

「おい、いらないお節介を焼いてる暇がどこにあるんだ？」

チャックが考えこみはじめたとき、リッツォは足を踏み外し、でこぼこの斜面に両膝をついた。すると、グローブをはめた手が差し伸べられた。四九九分署の〝ムース〟ことロバート・ミラーだった。ダニーの元ルームメイトだ。私服はびしょ濡れで、全身が灰にまみれ、シャツの前に血のしみがついている。目には苦悩の色が浮かび、髭《ひげ》をきちんと整えてある顔は青ざめている。

リッツォは遠慮なく、差しだされた手を取った。

六一七分署と四九九分署は友人同士でもなければ、仲間同士でもない。〈タイムアウト〉でともに酒を飲むこともなければ、合同で訓練をすることも、非番の日に一緒に副業をすることもない。町でばったり会っても、肩をポンと叩きあったり、おしゃべりを楽しんだりしない。

それよりむしろ、ビールのボトルで頭を殴りあうような関係と言ったほうがしっくりくる。つまりライバル関係にある。市の財源や、消防学校の新人採用や、勤務成績をめぐって。たしかにライバルには違いないが、どちらも相手を生意気な弟のような存在だと思っている。つまり、互いにちょっかいを出すのはかまわないが、まったくの他人が弟に手を出すのは許せないわけだ。今回のように弟同然の消防士が瓦礫に埋もれてしまったらどうするか？　リッツォを始めとする六一七分署の面々にとって、四九九分署のダニー・マグワイアは身内と言ってもいい。だから彼が……もしくはその亡骸《なきがら》が見つかるまでは、誰も捜索をやめはしないだろう。

消防士たちは舌打ちと悪態を繰り返しながら、黒焦げになった梁やら、焼けたオフィス機器やら、モルタルで固めた煉瓦の壁の残骸やらを持ちあげている。三階建ての建物は両側にぽっかりと巨大な穴が開き、骨組みだけの姿をさらしていた。リッツォは片腕が使いものにならない状態で捜索に加わるほど愚かではないので、懐中電灯で隈《くま》なく照らしはじめた。

なんてことだ。瓦礫の量が多すぎる。

この建物はもともと工場だったらしい。のちに倉庫として使用されるようになり、麻薬依存者のたまり場と化した。それにしても、なぜ重い機械類を二階に置いたりしたのだろう？　重心が高くなって、建物のバランスが悪くなるだけなのに。

だが、人間は愚かな生き物だ。

リッツォは足元に注意しながらゆっくり進んだ。あちこちから水が滴り落ちる音が聞こえる。消防士たちの必死の消火活動が終わり、ありとあらゆるものが冷たい涙をこぼしているかのようだ。足場がでこぼこで危険だ。十人以上の消防士が——男性も女性もいる——懸命に瓦礫を取り除いているのに、まだまだ大量にある。リッツォは懐中電灯で照らしながら瓦礫の山をよじのぼらなければならなかった。

いくらも経《た》たないうちに、腕を吊っている三角巾をむしり取った。久しぶりに脱臼した肩がすぐさま抗議の声をあげたが、今はそんなことを気にしている場合ではない。濡れそぼった残骸に光を向ける。光の反射やかすかな動き、合図や音を探して……。

生存者は皆無だろう。

ふと浮かんだ考えが頭から離れなくなり、とうとう視界がぼやけだした。くそっ、あとどれだけ同じことを繰り返せばいいんだ？　あと何度こんな事故が起き、こんなふうに捜索活動を行い、善良な者たちの命が奪われなければならない？　頭のなかで狂気の鐘が鳴りだしたので、リッツォは雑音を弱めるためにできることをした――ひたすら気づかないふりをし、ほかのことに集中して気を紛らせたのだ。ところが心のなかでどれだけ努力しても、今夜はうまくいかなかった。体が動く代わりに心が千々に乱れ、頭の混乱を無視してやり過ごす才能がうまく発揮できない。絶えず恐怖にさらされているせいで、燃えつきてしまったのだろうか。

でももしこの仕事をやめたら、自分には何も残らない。

足元にいっそう注意しながら、黒焦げの残骸の山をさらにのぼると、足場がますます悪くなった。すでに救出の段階は終わり、遺体収容の段階になっていることは内心ではわかっていたが、それでも懸命に捜索を続けた。いつか自分がダニーと同じ立場に陥ったら、あきらめずに捜索を続けてもらえば助かる見込みも――。

「リッツォ」

リッツォは足を止め、声の主を探して左手に視線をさまよわせた。誰も見あたらない。

だが、たしかに聞こえた。彼の名を呼ぶ声をはっきりとこの耳で聞いた。

リッツォは眉をひそめて声がしたほうを向き、腿までの高さの押しつぶされたデスクをまたいだ。懐中電灯で瓦礫の奥を照らすと、黒く煤《すす》けた金属と焼け落ちた木の梁の濡れた部分がストロボのように光り、目がちかちかした。

そのとき、何か直感めいたものが働き、リッツォは煤けた金属と木の梁のあいだをもう一度照らした。印刷機らしきものとスーツケースがいくつか見える。ここはシスターが引っ張りだされたという穴からは五メートルほど離れている。間違いなく範囲から外れている。電話で聞いた話によると、ダニーが彼女を建物の外に押しだした直後に、建物が倒壊したという。それならありえないとリッツォは内心でつぶやいた。こんなところにいるはずが――。

懐中電灯の光を遠ざけようとしたとき、何かが動いた。見落としてしまいそうなほどごくわずかに。向き直ってもう一度目を凝らした瞬間、木か金属の断片がコンクリートの床に滑り落ちてきらりと光った。

リッツォは眉根を寄せ、火災でまだ熱を持っている何かに怪我をしていないほうの手をついてかがみこみ、さらに奥をのぞきこんだ。

あれだ。奥のほうに見えるのは、紛れもなく消防士の防火服の袖についている反射テープだ。

リッツォは大きく歯笛を吹き、四つん這いになった。「ダニー！　マグワイア！　ダニー！　合図を送ってくれ。手を動かすんだ！」

瓦礫の山を捜索していた全員がいっせいにリッツォを見る。応答を待つあいだは永遠にも感じられた。

しかし、その手は動いた。たしかに動いたのだ。

「マグワイア！」リッツォが叫ぶと、ほかの消防士たちが瓦礫に足を取られながら駆け寄ってきた。「しっかりしろ、マグワイア！」

おい、兄弟、おれの目の前で死ぬんじゃないぞ。リッツォは心のなかで呼びかけた。しかし、手はそれきり動かなくなった。最後の力を振り絞って助けを求めたが、もう手遅れだというふうに。

「おい、しっかりしろ、マグワイア」リッツォは声がかすれた。ほかの消防士たちが、さらなる倒壊を引き起こさずに瓦礫をどける方法を考えだそうとしている。「くそっ、おい、しっかりするんだ……」

7

ニューブランズウィック、市街地
マサチューセッツ大学ニューブランズウィック病院

アンははっきりと意識を取り戻したわけではなかった。意識が表面に浮上するすれすれのところで、ロッククライミングさながらに形のない何かに必死にしがみついていた。意識の底のほうに鈍い痛みを感じるけれど、体はモルヒネでも打たれたように重苦しい。

実際にモルヒネのせいに違いない。パーコセットなら、吐き気をもよおすはずだから。

目を開けると、聴覚も一緒に覚醒した。ピッ、ピッ、ピッ、という心電図モニターの静かな音が聞こえる。自分が生きているのだと知ってアンは安堵した。病室はオートミール色で統一されている。シリアル食品会社のクエーカー・オーツをイメージして装飾を施したのかと思うほど、何から何までオートミール色だ。家具やカーテンは言うまでもなく、額に入ったポスターまで。小型テレビは消してあり、隣のベッドは空っぽで——。

思考がブーメランのように舞い戻ってくるのと同時に、頭のなかに立ちこめていた煙が晴れ、倉庫内の光景がよみがえった。あの直後に致命的な崩落が起きたのだ。

「ダニー！」

彼を見つけに行かなければと思い、体力よりも意志の力で身を起こして立ちあがろうとした。しかし、右腕が点滴につながれている。ああ、うっとうしい。点滴を引き抜こうとして——。

持ちあげた腕は先のほうがなかった。

医学的には断端と呼ばれる、切断して残された部分に丁寧に包帯が巻かれていた。先端は真っ白な包帯が幾重にも巻かれ、球状になっている。どことなくフェンネルの株元に似ていた。

ショックで——医学的な意味ではなく、感情が大きく揺れ動いたせいで——心電図モニターが異常を知らせる警告音を発した。救急救命士の医学訓練で得た知識を生かし、手を伸ばして警告音を切ると、アンは切断されたほうの腕を見つめ、何度も目をしばたたいた。

そうすればチャンネルが切り替わりそうな気がしたからだ。ホラー映画から子ども向けのアニメ番組に。

でも……だめだ。どうやらリモコンの電池が切れているらしい。適切な治療を受けたとはいえ……衝撃的な患部を、アンはじっと見つめていた。

もはや存在していない場所に痛みを感じることに気づいた。失った手のひらと指が、まだそこにあるかのようにうずいている。切断された神経が語りかけてくるようだ。家族は離婚なんかしていない。今でもクリスマスの朝には、ツリーのそばで家族五人がそろってテーブルにつくのだと。

その瞬間、胃のなかで獣が目を覚ましたのかと思うほどの激しい吐き気に襲われた。ありがたくも、そうなることを誰かが予測していたらしく、どぎついピンク色のプラスチック製の差し込み便器が置かれている。それを指先で――。

残っているほうの指で――。

「ああ、なんてこと……」

アンは差し込み便器をつかむと、吐きやすいようにどうにか横向きになろうとした。全身の筋肉と骨が悲鳴をあげ、涙で目がかすむ。視界がぼやけたのはたいしたことではない。問題は、病室のベッドや個性のない装飾や医療機器、さらに痛みまでが色褪《あ》せ、生々しい記憶が一気によみがえったことだ。

ダニーはわたしを助けるために火災現場に飛びこんできた。マスク越しに怒鳴っていた。そしてあの斧で……。

またしても最後の瞬間が頭をよぎる。外壁に開いた穴から助けだされたことを。自分を助けてくれた人をあとに残して。

彼は助からなかったに違いない。

熱い涙が頬を伝って流れた。ダニーの姿が脳裏に去来する。喪失感が胸にこみあげ、一緒に過ごした思い出がどんどん積み重なっていく。最悪だったムースの結婚式。ダニーとダンスをしたこと。そのあと……彼と体を重ねた。

次々に浮かんでくる記憶からどうしても目が離せない。これも一種の幻肢痛のようなものだろうか。もはや存在していない神経が痛むのと同じく、もはや存在しない人を思って胸が痛む。ダニーが逝ってしまった。ふたりの関係をどう呼べばいいのかわからないが、互いに惹《ひ》かれるものを感じ、情熱に身を任せた。だけど何もかも消えてしまった。わたしはこの先の人生を――長かろうと短かろうと――永遠にわからない答えを抱えて生きていかなければならない。答えてくれる相手はもういないのだから。

「ダニー」アンはうめき声をもらした。「わたしのせいで――」

それがきっかけのように病室のドアが開き、彼が現れた。

いや、ダニー・マグワイアではない。兄のトーマス・アシュバーン・ジュニア消防署長殿のお出ましだ。

大柄なトムが入ってきたとたん、病室が靴箱のごとく狭くなったかに感じられた。天井と壁が迫ってくるようで、まともに息もできなくなる。兄はいつもと変わらず若白髪で、目鼻立ちの整った顔をしかめ、近づきがたい威厳を漂わせている。かといって、まったくいつもどおりというわけでもない。

今日はさすがに疑わしげに目を細めていない。むしろ大きく見開いている。

「ああ、アン」トムがかすれた声で言った。「目が覚めたんだな」

アンは憐《あわ》れみに満ちた顔から目をそらした。トムの胸にもたれたい衝動に駆られる。兄の力を借りて楽になりたい。どうにかこの事態を好転させてほしい。けれども兄に頼るのは事態をさらに悪化させるようなものだ。

「名前で呼ぶなんてどういう風の吹きまわし？」アンはかぼそい声で言った。

「今夜は普通の状況じゃないからな」

アンはまぶたを閉じ、心の準備をした。「ダニーの遺体は見つかったの？　隠さないで教えて。今、知りたいの」

「生きて救出したよ。手術室に入ってる」

「本当に？」アンは勢いよく身を起こし、危うく気を失いそうになった。「ダニーが？ ダニーは……助かったの？」

「ああ、助けだした」

アンが震えながら枕にもたれかかると、トムは手を貸そうと前に進みでたが、そんな必要はないと妹から言われる前に立ちどまった。

「アン」

トムが珍しく悲しげな目をしているので、アンは居心地の悪さを覚えた。同情を寄せられると、自分には信頼できる人が誰もいないのだと思えてくる。

「彼にはいつ会えるの？」アンは尋ねた。

そのときドアが勢いよく開き、制服姿の若い看護師がいらだたしげな様子で病室に飛びこんできた。

「あとにしてくれ」トムが鋭い口調で言った。

新世紀世代《ミレニアル》とおぼしき女性看護師はぴたりと足を止め、ドナルド・トランプに投票するよう勧められたかのような顔つきでトムを見た。「なんですって？」

「今、妹と話をしている最中だ。話がすんだら声をかける」

看護師は鋭い目つきで山のような大男を見あげた。「わたしは患者さんの生命徴候《バイタルサイン》のチェックを――」

「血圧が急上昇したが、今は平常に戻っている。脈拍もだ。動脈血酸素飽和度も変化なし。点滴もきちんと流れているし、導尿バッグの中身も捨てる必要はない。以上」

「看護師長を呼びます」

「どうぞご自由に」トムはドアを引き開け、廊下を顎で示した。「相手が誰だろうと追いだすだけだ」

「どなたか知りませんが、ここを受け持っているのはあなたではなく――」

トムは身をかがめ、ゆっくりと話した。彼女の知能指数があまり芳しくないと言いたげに。「ぼくは妹の命を救って死にかけている男の話をしてるんだ。やつは今、内出血を起こして手術室に入っている。失血死せずにすんだとしても、血管が詰まって死に至るかもしれないし、植物状態になるかもしれない。ああ、いいとも、看護師長でも病院長でもローマ教皇でもなんでも呼べばいい。ひとり残らず全員、この病室から叩きだしてやる。わかってもらえたかな？　まだわからないなら、図を描いて説明しなきゃならないな」

看護師は度肝を抜かれた顔でトムを見た。わざと傷つける言い方で攻撃されたのは生まれて初めてのようだ。

それにしても、なんてひどい言い方だろう。

看護師は立ち去る途中でクロックスを履いた自分の足につまずいた。アンは目を閉じた。「どうしてあんな言い方しかできないの？」

「ぼくは謝らないぞ」

「ええ、知ってるわ。でも思いきってこれまでの習慣を捨ててみたらどう？」アンは重いまぶたを開いた。「救出までにかかった時間は？ ダニーはどこで手術を受けているの？ この病院？」

「まずはおまえの話が先だ」アンに見つめられ、トムは口を引き結んだ。「わかったよ。マグワイアは三メートルもある瓦礫の山の下から助けだされた。あらゆる種類の骨折と肩の脱臼、脾臓《ひぞう》破裂、肝臓の裂傷。病院に運びこんだとき、血圧は瀕死《ひんし》のレベルだったそうだ」

アンは救急救命士としての経験から、似たような容体の患者を思い返した。「彼は助かるわ」嘘《うそ》だった。「きっと大丈夫よ」

トムは首を振り、窓の外を見つめた。窓ガラスの向こうは、トムの暗澹《あんたん》たる気分を映しだしたかのように真っ暗だ。

「なぜそんなにダニーを嫌うの？」アンは小声で言った。今は喧嘩《けんか》をする気力すらない。相手が兄のような人であればなおさらだ。

「ぼくはおまえの心配をしているんだ」

「そういうことならわたしは大丈夫。一週間ほど休みをもらったら復帰できるから」

「何をするんだ？」トムがこわばった声で言う。

「自分の仕事を」黙りこんだ兄を、アンはにらみつけた。「今はやめて」

「だったら自分をごまかすな」

「なんのこと？」

「おまえのキャリアは終わりだ」トムがアンを見つめた。「もう終わったんだよ」

一瞬、先ほど看護師が浮かべた驚愕《きょうがく》の表情が頭をよぎった。まったく、言い方もさることながら、話を切りだすタイミングも最悪だ。よりにもよって腕を半分失って病院のベッドにいるときに、首切りの話を持ちだすなんて。

黙っているほうが無礼だとでも思っているのだろうか？

「ねえ、兄さん、せめてわたしが退院するまで口をつぐんでいられなかったの？　本当にむかつく。わたしはなんでもできるわ」

「冗談はやめろ、アン。ぼくは本気だ」

「だったら、どうしてそんなにいらいらしてるの？　兄さんはこうなることをずっと待ち望んでたんでしょう？　わたしがいい子になって第一線から退いたら、男のなかの男だけに仕事をさせようって。この二年間、ずっと待ち構えてたのよね。わたしが――」

「死ぬのをな」トムが身を乗りだした。「よくわかってるじゃないか、アン。ああ、そうとも。今か今かと待っていた。いつか母さんのもとへ行って、おまえが死んだと伝えなければならなくなるのをな。何しろおまえは――」

「わたしはこうして生きてるわ」

「腕を失ったじゃないか」

「わたしの腕がどうなろうと知ったことじゃないでしょう！　それにこんなふうになっても、まだ消火活動はできる――」

「無理だ」トムは嚙みつくように言い、腕を振りあげた。「おまえは自宅療養だ。永遠にな。いいか？　自業自得ってやつだぞ」

アンはひるんだ。「兄さんって本当に最低だわ」

「おまえがきちんと命令に従ったことが一度でもあったか、アン？　ただの一度もない。おまえは安全規則を破って別行動を取り、チャベスを二階へ行かせた」

「そのおかげでエミリオは助かったのよ。そうでなければ、わたしと一緒に閉じこめられて――」

「そうでなければ、チャベスがおまえを救出してたはずだ。マグワイアがチェーンソーを持って現れる前にな」トムは頭を振った。「ぼくがあの男を嫌う理由を訊《き》いたな？　いいだろう、あいつはおまえにそっくりだからだ。人の話を聞こうとしないし、規則よりも自分のほうが正しいと勘違いしてる。そういう考え方をするやつは必ず痛い目に遭う」

「下調べをすませてあるってわけね。ここに来る前に全員に事情聴取したの？　病室のベッドの脇に立って、威張りくさった態度で規則がうんぬんってわたしをいじめるために」

「いや、マグワイアの執刀医と直接話ができるようになるのを待った。おまえが真っ先に知りたがるだろうと思ったからな」

「あら、そう。兄さんが賢いのはよくわかったわ。だからもう行って」

「おまえが腹を立てることはないだろう。おまえは間違いを犯し、マグワイアは正気とは思えない行動に出て、ふたりとも病院に担ぎこまれた。その代償が――」

「結婚指輪をはめる場所」アンはぴしゃりと言い放ち、切断されたほうの腕を持ちあげた。「そう言いたいんでしょう？　兄さんはわたしが家庭に入って誰かの子を身ごもればいいと思ってるのよね。母さんのように夫の帰宅をただじっと待つことに自分の存在意義を見いだせばいいって。そんなのは一九五〇年代の話だわ。時代錯誤もいいところよ。わたしたちの世代は〝女は家にいて子どもを産め〟を実践する必要はないの。ねえ、知ってた？　今の時代は女性も車の運転をするし、選挙で投票もできるのよ」

「母さんを巻きこむな。それに、今は女性がどうのこうのという話をしてるわけじゃ――」

「あら、そう？　ああ、それから母さんのことについては、どんな話題にでも持ちだすわ。わたしは絶対に母さんのようにはならない。肩書きだけはご立派な誰かさんの威光にすがって生きる人生なんてまっぴらよ」

トムは黙りこんだ。「何を言ってるのかさっぱりわからない」

「むしろ兄さんがわかってないのは父さんと母さんのことだと思うけど」

「そうだとしても、悪いがおまえの考え方に諸手《もろて》をあげて賛成はできない。ひとつには、おまえが病院のベッドにいるはめになったのは、命令に従うかどうかが自分や仲間の命にかかわる状況で間違いをしでかしたからだ。もうひとつには、おむつを替えてもらった恩も忘れて、ぼくたちを育ててくれた両親をこきおろしたからだ。父さんと母さんが身を粉にして働いてくれたおかげで、今のぼくたちがあるんだぞ。おまえは人の性格を見抜く力によっぽど自信があるみたいだな」

「勝手に言ってればいいわ」思わず身を起こし、また薄っぺらい枕にもたれかかった。「兄さんは決してわたしを対等に扱おうとしない。口ではああだこうだ言ってるけど、結局そういうことなのよ」

「そんなわけがないだろう。おまえがぼくのようになれないのは、おまえが女だからじゃない。常に不満を抱えていらいらしてるからだ。そのせいで扱いにくいと思われて、職場でも信頼を得られない。だがさっきも言ったとおり、それももう終わりだ。おまえはお役ごめんだ、アン。今までご苦労だった」

アンが包帯に視線を落とすと、胃がむかついた。「さぞ愉快でしょうね。いかにも兄さんらしいわ。わたしが落ちこんでるときに限って、股間を蹴るような真似をする……おまえにはついてないだろうだなんて、わざわざ指摘してくれなくて結構よ。この二十五年間、いやというほどそのことを思い知らされて、耳にたこができるほど聞かされてきたんだから。その問題については、兄さんがついてる側の人間だってことは紛れもない事実なわけだし」

「聞く耳を持つ気はないようだな」

「一度ぐらい聞いてあげてもいいわよ。どんな気分になるか教えてあげましょうか」

長い沈黙が流れた。「母さんに連絡しろ。ひどく心配してる」

「母さんの心配を取り除けるほどの元気はないわ」

「だろうな。面倒をかけるほうが楽しそうだからな」

「楽しんでいるように見える？」

「母さんに電話をかけろ」

またしても膠着《こうちゃく》状態に陥り、ふたりは殺風景な病室のなかでにらみあった。顔を合わせれば喧嘩をするようになったのは、アンが消防学校に入ってからだ。

あの日を境に、敵同士になった。

「もう行って」やがてアンは言った。「出ていって。疲れたわ。体じゅうが痛いし、兄さんの顔を見てると気分が悪くなる」

「母さんに電話しろよ。言いたいのはそれだけだ」

トムがドアを押し開けて出ていくと、アンは精も根も尽き果てた。骨と皮だけが残ったみたいに感じられるうえに、アリが這いまわっているかのように全身がチクチクする。目を閉じると、胃もねじれるように痛かった。

背後にある心電図モニターが、突然発作を起こしたかのごとく警告音を発しはじめた。

ひょっとすると、実際に発作を起こしたのだろうか？　青や白の制服を着た医療スタッフの一団が駆けこんできた。しかしアンの頭を占めていたのは、ダニーと兄と仕事と家族のことだった。このまま消えてなくなってもかまわない気がした。助かろうと……助かるまいと。

本当にもうどうでもよかった。

8

彼らは命をつなぎとめた。

つまり、アンは助かった。

翌朝目覚めると、アンは窓のほうに顔を向けた。いかにも十一月らしい空模様で、どんよりと曇っている。病室が刑務所のように思えるのは、いろいろな管や線でつながれているからだろう。手錠で拘束されている気分だ。

尿意を感じた。少なくともそんな気がする。尿道にカテーテルが入っているから、不快に感じるのだろうか？

毛布の下をのぞきこんでみると、カテーテルはすでに抜き取られていた。よかった……ああ、そうだ。明け方に自分で抜き取ろうとしたら、医療スタッフに勝手にしろと言われたので、引っこ抜いたのだ。

左腕を持ちあげ、ぐるぐる巻きの包帯を見つめる。頭のなかで兄の声が聞こえた。

さらに昔からの悪友とも言うべき恐怖も忍び寄ってきて、一緒になってありとあらゆる言葉をささやきだした。しかしいっそ死んだほうがよかったかもしれないという思いが、頭のなかのざわめきを消し去った。

炎に囲まれて選択の余地がないなかでは、自分の腕を切断するのは賢明な決断だと思えた。ところが命に別状がない状態で――煙のにおいのする鼻水が喉の奥へ流れる後鼻漏と、季節外れの日焼け程度の第一度熱傷を腕に負ったのみで――病室にいると、あの選択が正しかったのかどうか自信がなくなる。

これからは予期せぬ人生を歩まなければならなくなった。死が差し迫る悪夢から逃れた代わりに、この先ずっと目的のない人生を送らなければならないのだろうか。

しっかりしなさい。アンは自分に言い聞かせた。そんなのまったくのでたらめだと証明するのはお手のものでしょう。ここから這いあがって、また消防署で仲間たちと一緒に仕事に励む日常を取り戻せばいい。自分の人生を。義手をつければいいのよね？　きっとぴったり合うものが見つかるはず。

そうよ、パラリンピック選手はいわゆる健常者に負けないほど強くてたくましい。考え方次第で高みに到達できるはずだ。そのためにはすぐにも行動を起こさないと。何しろ、長い道のりが待ち受けているのだから。

アンは身を起こすと、ベッド脇のテーブルに置かれた固定電話に手を伸ばした。受話器を手に取り、番号を押そうとして——。

左腕を持ちあげたとたん、〝〇〟のボタンを押す指がないことに気づいて頭がくらくらした。受話器を旧式の架台から外したままその場に凍りつき、息苦しさを覚えた。しかし、すぐに気を取り直した。別にボタンを押せないわけではない。右手の人差し指で番号を押し、誰かが電話に出るのを待った。

「あ、もしもし、あの……」思わず咳払《せきばら》いをする。「ダニーの病室は……ええと、ダニエル・マグワイアの病室はどこですか？」

答えをもらって電話を切ったとたん、ほっとして体から力が抜けた。遺体がある病室を医療スタッフが教えるはずはないから、ダニーは手術を無事に乗りきったに違いない。

少し休んでから、心臓を監視するための電極を胸元からすべて取り去り、さらに点滴も外そうかと思案した。しかし結局、この点滴でモルヒネの投与を受けているのだと考え直し、点滴バッグをスタンドに吊りさげた。これで楽に移動できるように——。

次の瞬間、看護師が病室に駆けこんできた。立ちどまったとたん、ゴムの靴底がリノリウムの床をこすり、きしんだ音をたてる。「何をしてるんです？」

アンは残っているほうの手のひらを看護師に向け、話をさえぎった。「トイレに行きたいの。用を足したら戻ってくるわ」

アンが両脚をベッドの脇におろして足に体重をかけると、看護師が困惑の表情を浮かべた。「本当に戻ってくるんですね？」

「ええ」アンは点滴スタンドをつかみ、手洗いへ向かった。「行って戻ってくるだけよ」

まずい、声がかすれている。しかも二十五歳のスポーツ好きな人間がすり足で床を移動しているだけなのに、喘息《ぜんそく》患者が階段をのぼったあとのような息遣いになっている。

「ミズ・アシュバーン、あなたがベッドに戻らなかったら、主治医を呼ぶことになる――」

「どうぞご自由に。でも相手が主治医だろうと、同じことを言うだけよ」

やはり自分が兄と同じDNAを持っていることに疑いの余地はないらしい。トムと同様、アンも人の言うことを素直に聞く性格ではない。彼女は足を引きずりながら歩きだした。看護師が何やらわめきながら飛び跳ねるのを視界の隅でとらえたが、知ったことではない。

手洗いのドアを閉め、騒がしい声を遮断した。

左手の奥にステンレス製の洗面台が備えつけられていた。壁にかかっている鏡が、不吉な未来を――認めないでいることはできるが、絶対に変えられない未来を――予見する水晶玉のように見える。

ああ、なんてひどい顔だろう。まるでアニメ版の自分を見ているみたいだ。役柄は、爆弾を投げつけてくる悪魔に追われながら炭鉱を走り抜けた人といったところだ。目を見開き、もつれた髪と顔と首にまだ煤と灰がついている。タトゥーのように煤と灰で覆われた顔に、入院患者用の襟なしの短い病衣はまったく似合っていない。白地に華やかなピンクの花柄の病衣は、誰かの祖母から拝借したもののようだ。

厳しい現実を突きつけられ、絶対に打ち勝てるという当初の意気込みはもろくも崩れ去った。

さらに向きを変えてよたよたと便器に向かうと、事態はますます悪化した。病衣をたくしあげようとして、これまでとは違う生活が始まったことをはっきりと思い知らされた。片手しか使えないので、裾を完全に持ちあげておくことができない。裾をたくしあげた状態で点滴スタンドを便座のそばまで移動させ、腰を落ち着けるのは不可能だ。

それでもどうにか便座に腰をおろしたとたん、涙が堰《せき》を切ってあふれそうになった。目からだけでなく、心のなかからも。

こんな仕打ちはあんまりだ。病衣の裾を押さえながら用を足し、右手をぎこちなくトイレットペーパーに伸ばす。気を失っていないし、点滴の管も絡まっていないけれど、すべてが恐ろしくなるのと同時に、亡き父と、母と兄のことを思って悲しくなった……ダニーのことも。

手洗いのなかに悲しみと混乱がひしめきあい、急に酸素が薄くなったように感じた。肺に必死に酸素を取りこもうとして、過呼吸を起こしそうになる。

しばらくして、ようやく気を取り直した。すぐに手と顔を洗いたいけれど、ここはホテルではない。ゲスト用のタオルが洗面台の脇にかかっているわけでもなければ、小さな固形石鹸《せっけん》が置かれているわけでもない。素足を温めてくれるバスマットもないし、〝必要なものがあればフロントにお申しつけください〟という札もない。

これは休暇ではない。腕を半分失った事実から逃げだすわけにはいかないのだ。

もはや存在していない手が、これからはかつてないほど大きな存在感を示すようになるだろう。

病室に戻ると、主治医と研修医とふたりの看護師が一列に並んでいた。彼らはお決まりのせりふを口々に唱えはじめた。〝滑って転ぶ危険があります。ベッドで横になっていてください〟

案外、これがディズニー映画のほとんど知られていないテーマなのではないだろうか。〝どうしてたまにはおとなしくしていられないの？〟

アンは映画の世界に背を向けた。結末はすでに知っている。映画をダウンロードして見たし、Tシャツも本も持っている。

点滴スタンドを押しながら廊下を進みだしたとたん、ちゃんと前を見ていないとバランスを崩して転びそうになることに気づいた。一歩ごとにかなりの集中力を要する。前に進もうとすると、どうしても動きが不自然になるので、両脚と腰と肩を常に意識しなければならない。

医療スタッフたちがマーチングバンドよろしくあとからついてくるのが、わずらわしくてたまらない。

エレベーターまで来ると、上階行きのボタンが動いているかのようで、人差し指で押そうとしてもうまくいかず、何度目かの挑戦でようやくできた。病院が生きているわけでもあるまいし、なんだか妙な感じだが、ともかくどうにかしてボタンを点灯させた。

エレベーターのドアが開き、なかに足を踏み入れようとした瞬間、何かが膝の裏にぶつかって足をすくわれたかと思うと、何がなんだかわからないうちに体をくるりとまわされた。

気がついたときには車椅子に座っていた。

「きみには何を言っても無駄だと伝えたら、こいつに乗って移動するのが条件だと言われたよ」

聞き覚えのある声を耳にし、アンは肩越しに振り返った。

「ああ、ムース……」

〝ムース〟ことロバート・ミラーはダニーの元ルームメイトだ。彼は巨体を沈めるようにしてアンの足元にしゃがみこんだ。見慣れた髭面を見たとたん、彼女の目に涙があふれた。

「さあ、お嬢さん、こっちへおいで」ムースが小声で言う。

彼が両腕を伸ばした。アンの包帯を見て、充血したムースの目にも涙が浮かんだ。

「〝お嬢さん〟と呼ばないで」アンは声を詰まらせた。

「わかったよ、アン。もう呼ばない」

アンは立ちあがると彼の胸にもたれて肩につかまり、うつろな目で廊下の先を見た。

「ダニーの病室に」かすれた声で言った。「ダニーの病室に行こうと思ったの」

「おれが連れていってやる。でも、なかには入れてもらえないかもしれない。あいつは今、集中治療室に入ってる」

「それでも行ってみたいの」

「わかった」ムースは抱擁を解くと、ポケットからバンダナを取りだした。「ほら」

赤と黒の色褪せたバンダナは洗いざらしで生地がやわらかくなっている。アンは正方形のバンダナを広げ、腫れて熱を持った顔に押しあてた。「弱っている姿をダニーに見せるわけにいかないわね」

「弱気になるなんてきみらしくないぞ、アン」

ムースは医療スタッフを追い払うと、車椅子を押してエレベーターに乗りこんだ。アンは噛みつき癖のある犬のリードを持つように、点滴スタンドを握りしめた。四階まであがると、ふたりは廊下を進んだ。表示板が出ているが、薄暗くて文字が読み取れない。廊下を行き交う人の歩調はふたとおりだ——何かに気を取られて急ぎ足で歩いているか、重苦しい表情でとぼとぼ歩いているか。

「ダニーの容体はどれくらい深刻なの？」壁に沿って廊下を進みながら、アンは尋ねた。「知ってるんでしょう？」

「かなり深刻だ」

「体に麻痺が残りそう？」

「歩けるかどうかを心配する段階にも入っていない」

ふたりがナースステーションまで来ると、看護師が制止しようとしてアンを見つめたが、ムースが話をしているあいだ、アンはまっすぐ前を見つめていた。しばらくすると、どうやら許可が得られたらしく、ふたりはまた先へ進みはじめた。

ガラス張りの病室をいくつも通り過ぎる。患者たちは、繭のなかのイモムシさながらに毛布にくるまれている。この階を訪れる見舞客はごくわずかで、誰ひとりとして花束や風船を持ってきていない。まるで死に神が廊下を行ったり来たりしながら骨張った指を差して、誰にしようかと行きあたりばったりに、あるいは計画にのっとって選びだそうとしているかのようだ——次は誰をもてあそんでやろうかと。

ムースは廊下の突きあたりの手前で車椅子を止め、ガラスのドアを開けた。「ひとりで入りたいかい？」

「ええ」

覚悟を決めて車椅子から立ちあがり、肘掛けに両手をつこうとした瞬間、左腕に強烈な痛みが走り、アンはうめき声をもらした。しかし、そこに手はない。包帯で巻かれた生々しい傷口があるのみだ。

アンは苦悶《くもん》の涙を押し戻した。もう手に負えない。この先の人生をどうやって生きていけばいいのだろう？

わたしは何者になるの？

否定的な考えをすべて押しやり、どうにか車椅子から離れて病室に入ろうとしたとき――。

「ちょっと待った。これを忘れてるぞ」

アンが戸惑いながらムースを見ると、彼は点滴スタンドを前に出した。「そうだった。ありがとう」アンはささやいた。

ムースは点滴スタンドをつかんだまま、手を離そうとしない。「これだけはわかってほしい。つまり……みんなもっと早くあいつを救出したかったんだ。必死に助けだそうとしたんだが……ああ、くそっ。なあ、アン、あいつは例の梁の下敷きになってた。車さえぺしゃんこになるほど重い梁の下で……」

ムースが言葉を途切れさせたので、アンは彼を抱きしめた。自分以外にも罪悪感を抱いている人がいることを知り、悲しみと安堵を覚えた。「あなたたちは最善を尽くしたのよ」

「おれのせいだ。おれがもっと早く——」

アンはムースを押し戻した。「もうやめて。もっと早くダニーのもとに駆けつけることなんて誰にもできなかったんだから。「それに彼をあの場所に行かせたのはあなたじゃない。わたしよ。あなたたちは英雄だわ」

「もしあいつが助からなかったら?」ムースが髪をかきあげた。「そのことを考えるたびに息ができなくなる。あいつはおれの親友なんだよ」

アンは苦悩を浮かべたムースの目をのぞきこんだ。やはり狂気じみた目をしている。わずかばかりの報酬で危険があふれている消火活動に身も心も捧《ささ》げるなど、並みの神経では務まらない。ましてや見ず知らずの他人や、自分のペットでもない動物や、自宅ではない家のために。裏を返せばそれはアドレナリン依存症と、人助けをして自分の存在を認めてもらおうとする救世主妄想《メサイア・コンプレックス》と、闘争心の表れだ。

悲劇は一瞬のうちに起こるが、その責めは一生負いつづけなければならない。

そしていつしかその責めが心に暗い影を落とし、感情に大きな影響を及ぼす。傍目《はため》にはわからなくても、確実に心がむしばまれていく。だから仲間の消防士が職務中に負傷したり命を落としたりすると身につまされるのだ。

こういうことは消防学校では教えてくれない。

でも教わらないほうがいい。

「だめよ、自分を責めたら」アンは語気を荒らげた。「あなたはダニーを見殺しにしなかったんだし、これからも回復を見守っていくんでしょう? 彼は絶対に回復する。だってダニー・マグワイアよ。不死身だもの」

「きみはまだあいつを見ていないからそんなふうに言えるんだ。心の準備をしておいたほうがいい」

アンは集中治療室をのぞきこんだ。医療機器と線と管がずいぶんたくさん見える。考えてみれば人体は不思議だ。無数の自律神経機能は正常に働いているときは実にすばらしいものだが、ひとたび正常に働かなくなると厄介な代物になる。

彼女は点滴スタンドを押しながら無菌の集中治療室に足を踏み入れた。医療機器が発する音を聞いたとたん恐怖に襲われたが、意を決してダニーの顔を見た。

アンは息をのんだ。「ああ……なんてこと」

顔の片側に縫合された大きな傷がある——頬の一部と額の半分をはぎ取られたかのような大きな傷だ。顔じゅうが赤紫色に腫れあがっていて顔つきが変わっている。ダニーだと知らなかったら見分けられなかっただろう。

さらに両脚はギプスで固定されていた。片脚は高い位置で吊られ、さながら三角関数の図形のようだ。腕と肩がくるまれているのはもちろん……どこかの時点で気管を切開して挿管したらしく、鎖骨のあいだの喉元にも包帯が巻かれている。

いきなり床がせりあがってくるような感覚に襲われ、アンはよろよろとベッドの端に腰かけた。必死に呼吸をしようとしても、うまく息ができない。

またしても涙があふれてくる。ああ、もう、わたしが泣いても彼は気づかないのに。傷だらけのダニーの手を取ってうつむくと、涙がこぼれ落ちた。

ダニーがこんな目に遭ったのはわたしのせいだ。

衝動的に決断して軽率な行動を取った結果、片手を失ったのは自業自得だ。だけどこれは？　彼がこんな……大怪我をするはめになるなんて。ダニーが生き延びたとしても、わたしは自分を許せないし、彼もわたしを許さないだろう。

ふとダニーの言葉を思いだした。十時には署に戻ってビアポンを始められると彼は言った。

それがまさか……こんなひどい事態になるとは。

「どうしてわたしを残して逃げなかったの？」

そう口にしたとたん、ダニーに責任を押しつけているような気がして後悔した。責任はすべてわたしに――。

カチッという音がした。

顔をあげた瞬間、アンはぎょっとした。ダニーが目を開けていた。左目の白目が血走り、左右の瞳孔の大きさが違っている。アンの姿を認めた瞬間、目に光が宿り、ダニーは口を開こうとした。

「しいっ」挿管されているにもかかわらず、ダニーは必死にしゃべろうとしている。

「だめよ……お願いだから……しゃべらないで」

容体の変化を知らせる警告音が鳴りだした。アンはかぶりを振った。

「ねえ、お願い……何も心配はいらないから――」

医療スタッフたちが飛びこんできて、迷わず集中治療室からアンを追いだした。アンが震えながら足を引きずって廊下に出ると、ムースが倒れないように彼女を抱きかかえた。アンは爪先立ちになって、閉ざされたガラスのドアの向こうを見つめた。ダニーのまわりに医療スタッフが群がっている。その隙間から彼がこちらに顔を向けているのが見て取れた。ダニーはまだアンを見つめている。あんなにまぶたが腫れあがって全身傷だらけなのに、たとえ一瞬でも注意を向けることができたのは奇跡としか言いようがない。

まもなく医師と看護師たちにさえぎられて、ダニーの姿は見えなくなった。

彼の姿を見るのはこれが最後になるだろうと心のどこかでわかっていた。これが最後の記憶に違いない。

わたしが愛したただひとりの男性の記憶に。

――十カ月後――

9

マサチューセッツ州ニューブランズウィック、旧市街
ハーバー・ストリートと二十二番街の交差点

市の公用車であるセダンがハーバー・ストリートに入ったとたん、タイヤがひび割れた路面を踏む音が大きくなった。アンは九月のまぶしい朝日に顔をしかめた。運転席のサンバイザーをおろしても強い日の光が差しこんでくるが、車を衝突させる心配はなさそうだ。通りには車も歩行者も見あたらないし、近くの商業ビルは何十年も前に廃墟と化している。

さらに二百メートルほど進んだところでブレーキを踏み、黒焦げになった倉庫の残骸の向かい側に車を停めた。

二回の出動警報が発せられたあの火災が起きた夜までは、ここは倉庫だった。

しかし今はほとんど建物の形をとどめておらず、倒壊した骨組みだけが残っていて、煤と煙にまみれて黒と灰色に染まっている。鎮火した火災現場特有のさまざまなもの

が入りまじったにおいが秋風にのって漂ってくる。深呼吸をしたとたん、懐かしさがこみあげて――。

アンは頭を前に傾け、大きなくしゃみをした。また頭をあげて洟《はな》をすする。どうも鼻の調子が悪い。もう一度くしゃみが出るかどうか様子をうかがいながら、鼻がこれほど厄介な存在になったのはいつからだろうと考えた。回復期の最初のつらい数週間だろうか？　それとも、そのあとに理学療法を受けていたとき？　火災調査官の資格を取得するために、慌てて講座を受講しはじめたとき？　あるいは新しい仕事を求めて職探しをしていたとき？

二週間前に、ニューブランズウィック市の放火調査・火災検査部の下っ端職員の欠員補充で採用されたとき？

それとも初仕事の今日から？

アンは安物のスーツの襟元に視線を落とした。ラミネート加工された写真付きのIDカードが銀色のクリップでとめてある。カードを傾け、自分の顔写真を見つめる。髪はさほど変わっていない。少し伸びて肩に垂らしている。一年前の夏に入れた例のブロンドのハイライトはもう影も形もない。顔はどうだろう？　そう、あまり変わっていないように見えるけれど、まったく同じとは言えない。険しい目はよく知らなかったら、瞳が青く縁取られているのに気づかず、真っ黒だと思うだろう。肌はペンキを塗った壁のごとく白くのっぺりとしている。頬骨の下がこけているのは、まだ体重がもとに戻っていない証拠だ。義務感めいたものに駆られて塗ったピンクのリップグロスは、引き結んだ薄い唇にはどことなく滑稽に見えた。

IDカードから手を離し、家を出る前に塗ったメイベリンニューヨークのリップグロスをぬぐい取った。この手のものは味が苦手だし、人をだましている気分になる。デスクワークに就くからといって、口紅と香水を使うタイプの女じゃないでしょう？ドアハンドルに触れると、義手がドアにあたってコツンという音をたてた。アンは目を閉じた。深呼吸をしなさい。

すべてを一変させたあの火災の翌朝をふと思いだす。病院のベッドで目を覚まし、また消防士としてもとの生活に戻れるはずだと自分に言い聞かせたことを。パラリンピック選手のように、勝ち誇った顔をした〝パラ消防士〟になってみせると。

トムの言ったとおりだった。アンの消防士としてのキャリアは終わった。

でもこの十カ月間、さまざまなことに打ち勝ってきた。危うく命を落とすところだったブドウ球菌感染症を始めとして。身体面では、治療中に多臓器不全を起こし、昏睡状態に陥ったときが一番大変だった。その後の道のりは、むしろ精神面での問題が次々と生じ、手を失ったことで壁にぶちあたるたびに解決策を見つけてきた。

今ではさまざまな種類の義手を使い分けられるようになったが、火災現場でホースを伸ばし、炎に向かって放水することはもうできない。

この仕事ならわたしにだってできると、アンは自分に言い聞かせた。

歩道に降り立つと、倉庫を見据えた。アンにとって、これが初めて担当する案件になる。防火服ではなく、スーツを着用していることは気にしないようにした。今のわたしの仕事は消火活動ではなく事後調査だ。自分の仕事をしなさい。

「火元と出火原因の特定」アンは声に出して言い、通りを渡りはじめた。ところが途中で、クリップボードとペンとボイスレコーダーを車に忘れてきたことに気づいた。

アンは歩みを止めた。そして、それ以上進めなくなった。

ハーバー・ストリートは典型的な寂れた通りで、アスファルトで舗装された道の両側に丸ごと一ブロックを占める大きなぼろぼろの建物が並んでいる。かつては活気にあふれ、製造工場や造船会社などが入っていたという。煉瓦造りの建物は一九〇〇年代初めに建てられたもので、木の梁と垂木が張り渡されていた。床は板張りで、屋根はトタン葺《ぶ》きだ。

やがてそうした産業がすたれてくると、この界隈の建物は使われなくなり、時代錯誤の遺物となった。

アンはまぶしい日差しに目をしばたたいた。いつのまにか過ぎし日に思いを馳《は》せていたと思ったら、『バック・トゥ・ザ・フューチャー』さながらに別の日が脳裏に去来した。また同じ建物だが、今度は夜だ。ポンプ車が停まり、アンとダニーは一回目の出動警報が発せられた火災現場に入ろうとしている。人生がすっかり変わってしまったあの火災現場に。

「この仕事をやらなければならないのよ、アン」また声に出して言う。

これまで持ちつづけてきた勇気をどうにか奮い起こそうとしたが、前に進むごとに疲れを覚えた。〝できない〟や〝やりたくない〟や〝くじけそう〟の壁を打ち破るのはもううんざりだ。何しろ毎日が試練の連続で、人生を活気づけるのは試練の難易度と失敗の量だけなのだから。

「火元と出火原因の特定」アンは繰り返した。

そのとき何かが動いたのが目にとまり、右側に注意を向けた。灰色の犬が――顔だけがピットブルで、耳が二倍の大きさに腫れあがり、肩に傷跡がある――焼け落ちた建物の向こうから探るようにこちらを見ている。

アンと犬は見つめあった。なぜかダニー・マグワイアが頭に思い浮かんだ。たぶん犬が怪我をしているせいだ。

集中治療室を訪ねたあの日以来、彼とは一度も顔を合わせていない。アンがリハビリ病院に移ったとき、ダニーに連絡してみようかと何度か思ったものの、ふたりともまだ回復途中で慌ただしい日々を送っていた。しばらくすると、ダニーが現場に復帰したらしいと風の便りに聞いた。

その知らせを聞き、アンはなぜか傷ついた。自分の不運を分かちあってほしかったのだろうか？　ダニーにも消防士をやめてもらいたかった？

まさか。

一度だけ、アンの留守番電話にダニーからメッセージが入っていたことがある。三カ月ほど前に。真夜中で酔っていたらしく、ろれつがまわっていなくて何を言っているのかさっぱりわからなかった。ところがそのとき、彼の名前を呼ぶ女性の声が聞こえた。車のドアの塗装が溶けそうなほど甘ったるい声だった。

だから、ダニーとは一度も連絡を取っていない。

「おなかがすいてるの？」アンが話しかけても、犬は逃げようとしなかった。

彼女はゆっくりとした動きで車に戻ると、バッグを手に取って通りを渡った。ファイバー・ワンのシリアルバーと、ボトル入りのポーランド・スプリングをつかんでひび割れた歩道にしゃがみこみ、元気づけるような声を発した。

犬は頭を低くし、腫れた耳を後ろに倒し、足を引きずりながらゆっくりと近づいてきた。どうやら片方の前足を負傷しているらしい。毛が薄くなり、皮膚の下のあばらがくっきりと浮きでている姿は見るに忍びなかった。

「はい、どうぞ」アンは朝食のシリアルバーを小さく折った。

アンが犬の目の前に放ると、犬は警戒した目で彼女を見ながらにおいを嗅いだ。最初のひと口はゆっくりだった。ふた口目はいくぶん速くなった。三口目は？　むさぼるように食べた。

アンはシリアルバーのかけらを次々に投げ、雄か雌かもわからない犬が近づいてくるよう仕向けた。しかし彼女がポーランド・スプリングの蓋を開けようとしてよろめいたとたん、犬はびくりとして一メートルほどあとずさりした。

アンはぎこちない動きでどうにか右の手のひらに新鮮な水を注ぎ、しばらく待った。やがて犬は喉の渇きに屈した。ざらついた舌がおそるおそるアンの手のひらをかすめた瞬間、彼女は目に涙がこみあげるのを感じた。

涙を流すのは何カ月ぶりだろう。最後に泣いたのは感染症にかかって苦しんでいたときだ。あのときは死に神に手を握られ、墓に片足を突っこんでいた。人生の岐路に立たされていた。生きるか、このまま衰弱していくのか？　病に打ち勝つのか？　それともこれで一巻の終わりなのか？

「ねえ、あなたを助けるっていうのはどう？」洟をすすり、かすれる声で言った。「大丈夫よ、取って食ったりしないから。約束するわ……絶対に痛い目には遭わせないって」

ハーバー・ストリートと二番街の交差点
ニューブランズウィック消防局四九九分署

くそっ、体じゅうが痛くてたまらない。ダニーは署の裏の駐車場にトラックを停めると、車から降りて勤務に入ることを考えた。

裏口のドアまで六百キロも離れているかに思える。実際は？　せいぜい十メートルだ。七分かけて通勤するあいだに頭がずきずき痛みだし、背中がこわばっていた。骨折は完治しているはずの両腿と左のふくらはぎの古傷が痛むのは、雨が降りそうだからだ。たった三センチの距離でもマラソンコースのように感じられる。

運転席のドアを開けたとたんに肩が悲鳴をあげ、新しい恋人に無性に会いたくなった。ほんの六時間前に会ったばかりなのに。いや、まだ六時間も経っていないかもしれない。それでも、またつながりたくてたまらない。

とうとう我慢できなくなり、助手席に置いてあるダッフルバッグに手を突っこんだ。求めていたものを探りあてた瞬間、ダニーはにやりとして、頭ほどの大きさもある鎮痛剤のボトルを取りだした。ボトルに貼られたラベルには、黒い油性マーカーで〝ベティ・くそったれ・マグワイア〟と書いてある。

そう、デートの相手というのは、イブプロフェン系の鎮痛剤だ。

ボトルの蓋を開けながら、ダニーは改めて思った。実のところ、これほど健全な関係を築けた相手は初めてではないだろうか。ベティは決して期待を裏切らないし、いつでも求めに応じてくれるし、生活を劇的に向上させてくれる。それなのになぜかダニーは嫉妬心を覚え、自分だけのものにしたくなる——それでもベティは独占欲の強い最低男となじったりはしなかった。

彼はボトルを振ってカプセルを六錠取りだし、まだ熱いダンキンドーナツのコーヒーで一気に流しこんだ。

消防署の裏口のドアに再び目をやり、息を吸いこむ。誰かがベーコンエッグを作っているらしい。ダフでなければいいが。あいつが作るベーコンエッグはいつもベーコンが生焼けで、卵が固すぎる。ダニーの好みはカリカリに焼いたベーコンと半熟の目玉焼きで、あれでなければとても火曜の朝を乗りきれそうにない。

しばらく時間をつぶそうと思い、マールボロを取りだして火をつけた。春にリハビリ病院を出たとたんにヘビースモーカーに逆戻りしたが、ベティが受動喫煙をいやがるわけでもないし、今はルームメイトがいないので、灰皿が吸い殻でいっぱいになろうと誰からも文句を言われない。

最高だ。

座席にもたれて目を閉じた。ニューブランズウィックの消防士は不規則なスケジュールで働いている。ずっと前から国の基準の二勤三休よりも苛酷な勤務を強いられているのに、市の財政状況が悪いせいで、現状の人員でシフトをカバーしなければならない。しかもようやく新人が入ってくることになったらしいが、全員が六一七分署に配属されるそうだ。

アシュバーン署長は予算削減のせいで、現場指揮官として休みを返上して働いているので、自分の署に有利に事を運べるのだろう。新しい消防署、新しい消防車両、特別な支援。

うらやましい限りだ。

ダニーは重たいまぶたをこじ開け、両手に視線を落とした。両の手のひらはまめだらけだった。土曜は五時間、日曜は七時間、チェーンソーを使ってずっと作業をしているせいだ。古い農場を手に入れるなんて、頭がどうかしていたとしか思えない。二十ヘクタールの敷地に立つ空き家は木々と伸び放題の茂みに囲まれている。いくつもある離れ家にも蔓《つる》が絡みつき、まるで木の幹のようになっている。

斧を使えば作業が楽になるのかもしれないが、もう手に取る気にはなれない。斧を振りおろして何かを切ろうとは思えなかった。

とはいえ、農場があるおかげで何かに集中していられるのはたしかだ。シフトの合間に手入れをしに行くあの土地がなかったら、本当に正気を失っていただろう。少なくともあの古い農場があるから、アン・アシュバーンに電話をかけずにすんでいる。くそっ、酔っ払って彼女の留守番電話にメッセージを残したことを思いだすたびにぞっとする。

リハビリ病院を出たとたん、ダニーはアンに電話をかけたり、家を訪ねたり、メールを送ったりするための口実を探した。つまり自分は精神的にまいってなんかいないし、あの火災で彼女をどれほど失望させてしまったかと思い悩んだりもしていないと、もっともらしく弁解しようとしたのだ。

うまく伝える言葉が見つからないままに、アンへの思いだけが募っていった。そこでビールの力を借りたというわけだ。彼女の電話番号は、二年前に聞きだした瞬間からずっと覚えていた。ところが酩酊《めいてい》して電話をかけたのがいけなかった。アンは電話をかけ直してくれなかった。なぜだろう？　とてもじゃないが、今さらまた電話などできるわけがない。

ダニーは左手を握りしめた。傷がひりひりと痛み、手のひらのまめが今にもつぶれそうだ。指の関節には茂みを払ったときに刺《とげ》が刺さった傷が数えきれないほどあるし、手首の甲もどこかでぶつけたらしく痣《あざ》ができている。

この左手が憎くてたまらない――。

「朝食をとりに行かないのか？　それともここでぐずぐず過ごして癌《がん》になるつもりか？」

声のしたほうを見ると、けばけばしい黄色のダッジ・チャージャーが停まっていた。黒いアルミホイール、黒のスモークガラス、ボディの側面には赤いストライプの塗装。ムースはミラーサングラスをかけ、腕組みしてドアの脇に寄りかかっていた。その姿はどことなく、一九八〇年代に作成された髭面のフィギュアを思わせた。

「ダフが調理してるなら、本当に癌になるかもな」

ムースは眉をひそめた。「そんなひどい言い方はやめろよ」

「事実を言ってるだけだ」ダニーはゆっくりと息を吸いこんだ。「差別的な発言がいけないのはわかるが、本音も言えないなんておかしいだろう」

「たしかに差別的ではないな。ただついてないってだけで」

ダニーは噴きだした。「やれやれ、ただでさえついてないのにな。貧乏くじを引いたってわけか。まったくありがたい」ムースが見つめてきたので、ダニーは頭を振った。「何か言いたいことがあるのか?」

そう訊いたものの、なんとなく察しはついた。

「ダフから聞いたよ。土曜の晩、おまえを家まで送り届けたって」

「妬《や》いてるのか? 心配するな。最後の一線は越えてないから。それに、おまえには毎晩体を温めてくれる美人の新妻がいるじゃないか」

「ふん、まだ根に持ってるってわけか」

ダニーは口を開きかけたが、それ以上踏みこむのはやめた。去年の十一月以来、ダニーの人嫌いにはますます拍車がかかっていた。何かあるのかもしれないが、深入りは禁物だ。相手がムースの新妻のディアンドラとなればなおさらだ。

それに、結婚にうらやましさは感じない。いや、おれが指をパチンと鳴らすだけで、あの女ギツネはわが家のむさ苦しいベッドに迷わず仰向けになるだろう。ムースはそれをわかっている。だから絶対に結婚指輪を外そうとしないのだ。

指輪さえはめていれば、妻を永遠につなぎとめておけると信じているかのように。

「いや、おれの知ったことじゃない」ダニーは小声で言い、吐息をついた。

ムースは目をそらしたが、すぐさま視線を戻した。「みんながおまえを心配してる」

「心配してくれと頼んだ覚えはない」ダニーは火のついた煙草の先を見つめた。「おれが仕事に遅れたことが一度でもあったか？」返事がないので、元ルームメイトにちらりと目をくれ、手を丸くして耳にあてた。「ノーと言ったか？　たぶんそうだな。おれが現場で手を抜いたことがあったか？　またノーだな。当然だろう」

「おまえの酒の飲み方は――」

「これが最後の質問だ。おれのろくでもない人生に口出ししてほしいって、おまえやほかの誰かに頼んだことがあったか？」ダニーはダッフルバッグをつかみ、車から降りた。「答えはもちろんわかってるな」

最後にもう一度、振り向きざまに煙を吐きだした。

「そういうわけだから、おまえたちも余計な口出しはやめて、自分のことだけを心配してればいいんだ。たとえば、おまえの結婚生活が問題だらけだってことをおれはよく知ってる。でも、おまえもおれの助言に耳を貸そうとはしない」

それ以上険悪な雰囲気になる前に、ダニーは早足で歩きだした。

「アンによろしく」ムースが吐きだすように言った。「今度会ったら伝えてくれよな」

ダニーは立ちどまり、ダッフルバッグのストラップを握る手に力をこめた。殺意を覚えるほどの怒りが胸にこみあげる。

しかし怒りの裏にはもっといやな感情が潜んでいた。苦悩と自己嫌悪があふれだし、双子の兄と同僚のソルを亡くしたことなど、本物の試練の準備運動にすぎなかったのではないかと思えてくる。

ダニーの人生は刻々と時間が過ぎ去っている。しかし心は、倒壊したあの階段の吹き抜けにアンと一緒にいまだ閉じこめられたままだ……そしてあの斧を使って……。

『恋はデジャ・ブ』の主人公のように、同じ日を際限なく繰り返すのはもう疲れた。

でも、そうやって人生を終えていく者もいるのだ。

とはいえ、わざわざ親友にその現実を思いださせてもらう必要はない。

「くたばれ、ムース」そう吐き捨てると、ダニーはまた歩きだした。

10

マッギニー・ストリートとベネディクト・アヴェニューの交差点

ニューブランズウィック消防局六一七分署

トムは携帯電話を反対の耳に持ち替え、公用車のＳＵＶをマッギニー・ストリートに乗り入れた。

「市長が本気で言ったかどうかわかったもんじゃない……いや、ぼくは信じないね。うぬぼれるな、ブレント。彼女は根っからの政治家で、しかも二期目を目指して立候補したばかりだ。消防士たちの支持を取りつけるためなら、われわれを喜ばせるようなことをなんでも言うはずだ。だから答えはノーだ。ぼくは彼女を信用しない」ブレントの話がさらに続いたので、トムはたわ言を打ちきらざるをえなくなった。「いいか、よく聞け。見た目に惑わされるな。彼女はおまえを魅了しようとしてるんだよ。いくらおまえが彼女の香水の香りが好きだからといって、みんなを悪い方向に導くわけにはいかない」

トムは通話を終え、愛車のエクスプローラーの助手席のバケットシートに携帯電話を放った。そこでふと考えた……愛車？　まあ、やはり自分の車と言って差し支えないだろう。市から支給された署長専用車とはいえ、いわば個人財産だ。かまうものか。考えてみれば、各消防署のポンプ車、はしご車、トラック、救急車……消防車両もすべて自分のものだ。

人員もまたしかり。だからブレント・マシソンを消防士連合の仕事から外さなければならない。あの男は市長の前だと鼻の下を伸ばしっ放しで、彼女にいいように操られていることをわかっていない。

愚か者め。しかし、ブレントを嫌っているわけではない。嫌いになれるはずがない。消防にかかわる人々はみんな……いや、わが子のような存在とは違う。自分は父親の器ではないし、彼らは本当の家族ではない。

何しろ本当の家族でさえ、もはや家族とは言えない状態だ。妻は出ていった。アンはクリスマスカードの写真から消えた。残っているのは母だけだが、母と一緒にいるときでさえ、自分には果たすべき務めが山ほどある。まあ、とにかく家族と呼べるのは母だけだ。

もっとも母が心から望んでいるのは、娘の人生にかかわることだが。

アンのことを考えたら、ますます不愉快になった。トムはコンクリート敷きの通路に車を乗り入れた。四つある消防車の車庫のシャッターはすべて開いていた。ポンプ車とはしご車の赤い車体とクロムめっきとガラスが、日差しを受けて光っている。

六一七分署はニューブランズウィック市にある六つの消防署のなかで一番新しく、消防救助本部の役割を果たしている。六カ月前に建てられた四階建ての煉瓦造りの建物には、最先端の施設が整っていた。会議スペース付きの署長室、レストラン顔負けの厨房《ちゅうぼう》と食堂、レクリエーションルーム、ウエイトトレーニングルーム、さらに三階と最上階には当直用のプライベートスイートがある。

二段ベッドの並ぶ大部屋や共用のシャワールームはもはや存在しない。

離婚と同時に、トムにとって六一七分署はセカンドハウスではなくなり、唯一のすみかになった。

少なくとも、財政難に苦しんでいる市にとっては思いがけないプレゼントだったに違いない。というのも、この建物は不動産開発業で巨万の富を築いたチャールズ・リプキンが、火災現場から娘を救助してくれた感謝のしるしとして寄贈してくれたものだからだ。今にして思えば、数百万ドルの寄付の使い道を事前に相談されていたら、老朽化が進んでいるほかの五つの分署の改装費用にあてたいと答えていただろう。しかし金持ちというのはあれこれ口出ししたがるものだし、市のほうは寄付を辞退できる立場ではなかった。

トムはSUVをゆっくりとバックさせ、チャック・パルネージのジープとヴィク・リッツォの真っ黒なF-150のあいだに駐車した。細長い駐車スペースの奥には芝生の広場があり、バレーボールのネットが張られ、ピクニックテーブルとバーベキューグリルが置かれている。芝生はまだ青々としているのに、建設工事で切り倒されずに残った大木は、赤と金色の葉を輝かせている。けれども、この風景も長くは続かないだろう。灰色の十一月と青白い十二月を過ぎれば、あっというまに一月が訪れる。

車から降りる前に、手を伸ばして携帯電話をつかんだ。画面にひびが入っているのは、しょっちゅう投げつけているせいで、今の精神状態からすると、あとひと月で完全に壊れそうだ。

いい大人なんだから、いいかげん、癇癪《かんしゃく》持ちを直さなければ。

ドアをロックせずに車から離れ、裏口へ向かおうとしたとき——。

なんだ、あれは！

建物の向こう側の芝生に人影が映っていて、どこかの愚か者が消防署の壁に向かって小便をしているように見える。

愚か者は本当に壁の前に陣取っていた。片手で自分のホースを持ち、先端から小便をほとばしらせている。

トムは怒鳴り声をあげることはないまでも、足音荒く歩み寄った。ろくでなしを現行犯逮捕して、粗相した犬をしつけるように小便に鼻をすりつけてやる。

角を曲がろうとして、トムは立ちどまった。ますます怒りがこみあげてくる。男はニューブランズウィック消防局の濃紺のTシャツに、同じく濃紺のワークパンツ、それにワークブーツという格好だったからだ。身につけているもののすべてが真新しく、カーハートのブーツには傷ひとつついていない。Tシャツにもパンツにも、工場で折りたたまれたときについたしわがまだ残っている。

「おい、こら！」

新入りがすばやく振り向くと同時に黄金色の液体が飛び散った。トムは慌てて後ろに飛びのいた。

行儀作法までいちいち教えなければならないのか？　とんでもない新人は顔色を変えた。絆創膏《ばんそうこう》のパッドのように顔が真っ白になっている。年の頃はせいぜい二十歳から二十二歳といったところだ。トムの顔写真はたびたび新聞に載るので、白髪まじりの頭に見覚えのない者はほとんどいないはずだ。

案の定、新人の顔色がますます白くなっていく。

「し、しまった」

「さては、あいつがレモネードにいたずらを仕掛けたな」トムはつぶやいた。

「トイレが〝使用不可〟になっていたんです！　署長、誓って本当です――」

「さっさとファスナーをあげて、なかに戻れ。でもその前に、壁をきれいに洗い流しておけよ」

新人をあとに残し、蝶番《ちょうつがい》が外れそうなほど勢いよくドアを開けた。思ったとおり、食堂の真ん中のテーブルに大きな水差しが置いてあった。中身のレモネードは四分の一ほどしか残っていない。そばにあるグラスもほとんど空だ。

「ダミット！」トムは声を張りあげた。「今すぐ署長室に来い！」

毎日同じことの繰り返しだ。

同じ頃、アンは町の反対側にあるメトロ救急動物病院にいた。獣医が姿を見せると、アンははじかれたように立ちあがった。すでに一時間も待っている。彼女は汗ばんだ手をパンツの尻でぬぐった。

「どんな具合ですか？」

ドクター・デルガドは豊かな黒髪をした五十歳くらいの女性だ。化粧っ気のない顔は穏やかで、見ているだけで心拍数が落ち着いてくる気がする。

「そうね」ドクター・デルガドが説明した。「栄養失調。寄生虫。ノミとダニ。垂れ耳と肩に感染症。前足の肉球のあいだに裂傷。奥歯が欠けているから、抜かなければならないわ。あの子の様子を自分の目で確かめたい？」

「あ……ええ、はい」

獣医はほほえんだ。「どうぞこちらへ。そうそう、去勢手術がすんでいるから、どこかの時点までは誰かに飼われていたはずよ」

獣医のあとに続いて廊下へ出ると、ほかの診察室が並ぶ廊下を進んだ。閉じたドアの向こうからくぐもった犬の吠《ほ》え声や猫の鳴き声が聞こえるということは、どうやらこの病院は繁盛しているらしい。ふたりはいかにも病院らしい殺風景な部屋に入ると、ケージの列に近づいた。例の野良犬は一番端のケージの隅で丸くなっていた。ひどく怯《おび》えた様子なのに、助けを得られないのは慣れっこだという表情を浮かべている。

「ねえ、大きなきみ」アンは小声で言うと、ケージの前にしゃがみこんだ。「気分はどう？」

犬はためらいがちに尻尾の先を振って応じた。

「あなたのことがわかるのね」ドクター・デルガドは言った。「いずれにせよ、抗生物質の注射が終われば、明日には引き取れるわよ。かなり強力なものを投与しなければならないけど――」

「引き取る？」アンは立ちあがった。「どういうことですか？」

獣医の顔がよそよそしくなった。「てっきりあなたが引き取るんだと思っていたわ」

「無理です……わたしは犬好きじゃないし、ペットも飼ったことがないので」アンは慌てて言い添えた。「でも、もちろん治療費はきちんと払います。引き取り手が見つかるまでの餌代やなんかも」

「治療がすんだら、ここで預かるわけにいかないのよ」

「でも、犬を欲しがっている人たちをよくご存じですよね？」

「できる限りのことはするわ。でもピットブルの雑種の場合、手を焼かされる可能性があるから。もし引き取り手が見つからなければ、保護施設に送られることになるわ」

アンは深呼吸をした。「そうですか。でも誰かが保護施設から引き取ってくれるかもしれない」一瞬の沈黙が流れた。「そうですよね？　だって、そういう話をしょっちゅう耳にするもの。きっとこの子にも飼い主が見つかるはずです」

「期限は一週間。それも運がよければの話よ。もう一度言うけど、ピットブルの血がまじっているから、欲しがる人がいるかどうかわからない」獣医は一歩さがった。

「あなたのクレジットカードの番号はすでに聞いたわね。費用がかかる場合はその都度連絡するわ」

「この子の具合については？」

「あなたが知りたければ」獣医が片手を差しだす。「連絡するわ」

アンは獣医と握手すると、スチール製のケージを振り返った。犬がケージの奥からアンを見あげる。疲れ果てた淡い茶色の目が訴えていた――あれこれ処置を施され、痩せた体に得体の知れないものを注入され、長い悪夢の続きを見ているようだと。

「ごめんね」アンは犬に向かって言った。「本当にごめんね」

犬は最後にもう一度だけ尻尾を振ると、包帯を巻かれていないほうの前足に頭をのせた。アンは背を向け、室内を隅々まで見まわした。すべてがきちんとしていて清潔で、技師や獣医がきびきびした足取りで歩いている。ステンレス製の診察台、レントゲン機器、医薬品がしまってある前面がガラス張りのキャビネット。人間が通う病院と比べても引けを取らないほど専門的な施設だ。

気がつくとアンは、駐車場に停めた公用車のセダンの運転席にいた。助手席に目をやると、さっきまで犬を乗せていた座席に泥がこびりつき、血のしみがついている。あとできれいに掃除しなければ。

そのとき携帯電話が鳴りだし、アンはぎくりとしてバッグのなかを探しまわった。電話をかけてきたのが誰かがわかると、彼女は悪態をついた。「もしもし？　ミスター・マーシャル？」

「言っただろう、ドンと呼んでくれてかまわないと」新しい上司が言った。「きみの様子を確認しようと思ってね。何か進展は？」

アンは駐車場から動物病院を見つめた。「あ、ええ、ありました」車のキーに手を伸ばし、静かにエンジンを始動させる。「一時間……いえ、二時間以内にオフィスに戻ります」

「そうか、それはよかった。ところでひとつ訊きたいんだが、もしかしてこれから現場に向かうつもりなのか？」

「なんですって？」

「きみに支給されている車の全地球測位システム《GPS》によると、この一時間二十分、火災現場から十一キロも離れた場所にずっといるようだが。どこで何をしているのか、ちょっと気になったものでね」

アンは顔をしかめ、ハンドルに額をもたせかけた。「あの、実は迷子《ストレイ》を見つけたんです」

「流れ弾《ストレイ・バレット》か？」

「犬《ドッグ》のほうです」

一瞬、沈黙が流れた。「悪いが、すぐにオフィスに戻ってきてもらえないか。少々話がある」

「わかりました」

ドン・マーシャルが電話を切ると、アンはすぐさま行動に移った。ギアをドライブに入れて、窓を開けるのと同時にセダンを発進させ、消防防災ビルへと引き返しはじめる。道がかなりすいていたので、駐車場にまた車を入れるまでに十分もかからなかった。

車から降りてドアをロックすると、反省の言葉をあれこれ考えた。決していいかげんな気持ちで仕事をしているわけではないし、やる気も満々で——。

ガラス張りで黒い鉄骨造のビルが無秩序に広がっている。その玄関で、ドンは待っていた。日差しのなかに立ち、何か食べている。細身で背が高く、バスケットボール選手のような体つきをしている。聞いた話によれば、実際に昔はそうだったらしい。アフロヘアを短く刈った髪は、こめかみのあたりに白いものがまじりはじめている。噂《うわさ》によると、全米大学競技協会《NCAA》の一部リーグであるディヴィジョン1に所属するシラキュース大学でプレーしていたが、大学を中退して陸軍に入隊したという話だ。規律主義な態度からして、いかにも元軍人らしい。

　実際に戦闘に参加していたと考えて、まず間違いないだろう。

「本当に申し訳ありませんでした」玄関の前まで来ると、アンは言った。「二度とほかのことに気を取られたりしないと――」

「一緒に来るんだ」ドンは命じると向きを変え、アンを置いて歩きだした。

彼はベーグルを食べていた。半分食べかけのオニオンベーグルには、たっぷりとクリームチーズが挟まれている。

「ところで、きみのポストに何人の応募があったか知っているか？」ドンが尋ねた。

アンは歩道で追いつくと、歩調を合わせてビルの角を直角に曲がった。

「いいえ」

「あててみろ」

世のなかの不景気について考えをめぐらせる。「十人か、十五人ぐらいですか？」

「ひとりもいない」ドンが足を止め、アンを見おろす。「ただのひとりもな。きみが応募してくるまでの六カ月間、そのポストはずっと空席のままだった」

「そうでしたか」ここは謝るべきところだろうか？　「すみません」

「この際、はっきりさせておこう」ドンは最後のひと口を食べ終えると、皿代わりに使っていたナプキンで口を拭いた。「努力もせずにくだらんたわ言ばかり聞かせるつもりなら、きみをクビにして空席に戻してもいいんだぞ。きみに賭けてみることにしたのは――」

「この腕のせいですね」アンは自嘲気味に言った。

「違う。きみが本心からここで働きたがってるわけではないとわかっている」ドンは再び大股で歩きだした。「きみはまた消防車に乗り、ホースを引いて火災現場に入ることを望んでいる。しかし現実には、もはやその選択肢はない。こっちは未処理の案件がたまってるのに、たった三名の火災調査官で調べなければならない。しかもそのうちのひとりは、妻がミズーリ州のセントルイスで職を得たから引っ越すことが決まってる。ああ、そうだ、まだ言ってなかったな？　もうひとりは妊娠中で、一週間以内にベッドで安静状態に置かれるかもしれない。そのうえ、彼女は産休が明けるまで戻ってこない。繰り返しになるが、仕事をきちんとこなせない者を置くぐらいなら、空席のほうがましだ。わたしが自ら現場に出向かなければならないとしてもかまわない。だからきみも現実に目を向けて、この機会について真剣に考えるべきだ。そうでなければ、二十四時間分の失業手当の申請をするか」

アンは頭を振った。「わたしを信頼できないとおっしゃるんですね」

「ああ、そうだ。何しろきみは仕事を始める前に現場から立ち去るような人間だからな。しかもわたしが電話で進捗状況を尋ねたとき、きみは嘘をついた」

「すみませんでした。とんでもないへまをしでかしました。今後はあなたを失望させる真似は決してしません」

「わたしを？　きみはわたしを、わたしを失望させないつもりなのか？」ドン・マーシャルは立ちどまった。「そもそも根本から考え違いをしているみたいだな。きみは動物病院に行くために仕事をサボったが、その火災現場で亡くなった人がいるんだぞ。他人の財産を侵害する犯罪行為が行われ、その過程で犠牲者が出た。命を落としたのはホームレスだったかもしれない。おそらくそうだろう。だが彼らにだって父親と母親がいるんだ。すでにこの世にいないとしてもな。きみはどうせ情熱を持てる天職をあきらめざるをえなくなって、しかたなくこの仕事に就いたんだろう。正義を追い求める仕事だからいいだろうと。だがな、誤った電気配線が原因であの火災が起きたんじゃないとすれば……あのブロックは二年前に送電が停止しているから、その可能性はまずないが、何者かがあの建物に侵入し、火をつけ、全焼させたということだ。警察が犯人を突きとめるのに協力しろとは言わない。きみが事務職だと考えてるこの仕事は、人々の安全を守るために欠かせない仕事だという事実に気づけとも言わない。だがわたしが設けた基準を満たせなければ、きみはお払い箱になる。きみにはきみの天職があるように、これがわたしの天職なんだ。わかったか？」

アンは唾をのみこんだ。「わかりました《イエッサー》」

「だったら、さっさと車に乗って、現場へ引き返して仕事をしろ。そのために、きみはこの市の納税者から給料をもらってるんだからな。それから覚えておくように。九十日間の試用期間中は、わたしは理由も予告もなく、きみを解雇できることを」

「イエッサー」

ドン・マーシャルは駐車場を顎で示した。「さあ、行け」

「イエッサー」

アンは向きを変え、とにかく歩きだした。車にたどりつく前にドンに呼びとめられた。「それで、犬は？」

アンは振り向いた。「犬ですか？」

「犬はどうなったんだ？」

「ええと、腕のよさそうな獣医のもとに置いてきました」

「路上よりはましだな」

「ええ、ましです」

もう一度謝ってしまう前に、彼女は別れの挨拶をして車に戻った。謝罪の言葉など、ドンは聞き飽きたはずだ。もともと自分のペットでないとはいえ、動物を見捨てるのだと思うと涙がこみあげた。

まったく、自分の人生に嫌気が差す。

もううんざりだ。

11

出動警報。四九九分署からの応援要請に応じ、六一七分署よりポンプ車二台とはしご車一台が現場に急行していた。

トムは火災現場に到着すると、救急車の後ろに車を停めて外に出た。火元は二階建ての安普請で、同じくらいぼろぼろの隣の家にも火の手が近づいていた。風にあおられて小さな庭に広がった火が、乾いた羽目板張りの壁を焦がしている。

電気系統が焼けるようなにおいが漂っているのはよくあることではないが、誤った電気配線が原因で火災が起こるのは、一九二〇年代に建てられた小さな平屋や一九五〇年代の一戸建てだけとは限らない。

消火のために使われた大量の水が一階の窓から流れでている。ひと足早く現場に到着した四九九分署の連中は――むちゃばかりする愚か者どもは――建物の外側から放水するという消火活動の原則に反し、家のなかにホースを引きこんでいた。

トムは現場指揮官のベイカー隊長に足音も荒く歩み寄った。友好的に会話を始めるつもりは毛頭なかった。「おい、いったいどういうつもりだ、チップ？」

ベイカー隊長は片手をあげてトムを制した。「また喧嘩を始める気か？」

「なぜあの間抜けどもは屋内に入ってる？」答えは聞くまでもない。「チップ、おまえはやつらの屋台骨だぞ。何をやってるんだ。この現場の指揮官はおまえだろう」

「もうほとんど鎮火したんだ」

トムが頭を振って口を開こうとしたとき、立ち小便をしていた例の新人がそばを通りかかるのが目に入った。

手を伸ばし、新人の防火服の袖をつかんだ。「ちょっと待て。違う」

新人は足を止め、不安そうな目でトムを見あげた。レジーという名前だが、すでに〝食い込みパンツ《ウエジー》〟というニックネームをつけられている。もっとも、姓がベイナーであることを考えれば、〝立った下腹部《ボナー》〟にならなかっただけでもよしとするべきだろう。

「ここを折り返して、ここを固定してから……このバックルをとめるんだ。消防学校で教わっただろうが」

手早く防火服のジャケットの着方を直してやると、新人はうなずき、口ごもりながら何か言った。

しかしその声は、二階のガラスが砕け散る音にさえぎられた。

煙がもうもうと吹きだし、やがて炎もあがった。

「くそっ」トムは小声で言った。「炎が壁を這いのぼってるな」

ウェジーが目をしばたたく。「なんですって？」

「隣の家に放水するから、手伝いに行け」トムはウェジーを前に押しやった。「チップ、やつらを現場から退避させろ。おまえが命じないなら、ぼくがやる」

「ホースを外へ出せ」ベイカーが無線機に向かって怒鳴った。「もう一度言う、ホースを外へ出して、全員退避しろ。これより配置を変更する。六一七分署の応援部隊は、南西にある隣の家の屋外へ」

まもなく開け放した玄関のドアから、三人の消防士がホースを引きずりながら姿を現した。チャベスとダフィとミラーだ。三人の体の大きさから、トムはそう判断した。

「全部で何人送りこんだ？」返事がないので、ベイカーを肘でつつく。「おい、何人だ？」

「四人だ」

「それで四人目は誰なんだ？」

その問いに答えるように、当の本人が姿を見せた。二階の窓を叩き割り、玄関の上に張りだしたアスファルト・シングル材の屋根に飛びおりたのだ。

ダニー・マグワイアは十歳前後の少女を抱きかかえていた。もがく少女の顔に空気呼吸器のマスクを装着すると、声を張りあげた。「救急救命士！」

消防士たちが駆け寄り、両腕を差し伸べる。はしご車は使えないが、どのみち出番はなさそうだ——少なくとも今回の救助に関しては。マグワイアはひざまずくと、少女の顔に自分のマスクをつけたまま、消防士たちに引き渡した。

「マスクを外させるなよ！」身をくねらせ、空気ボンベをおろす。「こいつも一緒に」

少女は手足をばたばたさせ、大声で何やら叫びながら家のなかを指さした。

「愚かな真似はよせよ」トムは小声で言った。「おい、まさかボンベも持たずにあのなかへ戻るつもりじゃないだろうな。おい、ちょっと貸せ！」トムは手を伸ばし、ベイカーの手から無線機をもぎ取った。「マグワイア！　引き返すなんて絶対に許さない——」

マグワイアはまったく動じなかった。いったん立ちあがってこちらを振り返ったあと……身をかがめ、大きな体をねじこむようにして、自らが叩き割った窓の枠をくぐり抜けた。

「おい、冗談はよせ、マグワイア！」トムは怒鳴った。割れた窓から灰色の煙がもうもうと吐きだされ、炎があがっているのが見える。マグワイアはマスクもつけずに、あの炎のなかに入っていったのだ。「全員、建物から退避」トムはプラスチックの筐《きょう》体《たい》が割れそうになるほど無線機をきつく握りしめた。「離れろ！」

再びホースに水が送られると、火元に向かって一斉放水が行われた。マグワイアが屋内のどのあたりにいるのかも、なんのために引き返したのかも神のみぞ知るだ。しかし少なくとも、少女は通りの向こうの芝生の安全な場所に運ばれた。救急救命士たちに囲まれ、激しく咳《せ》きこみながら必死にもがいている。自分も家のなかに引き返そうと思っているのだろうか。

猫か犬が残っているに違いない。

くそっ、これだからペットは困る。

「六一七分署の応援部隊は、左隣の家の延焼防止に専念しろ」トムは命じた。

それを合図に、六一七分署の消防士たちが隣家のほうへホースを引っ張っていく。隣の住宅からも出火していた。同じバスに乗りあわせた乗客のくしゃみで風邪をもらうように、火種をもらったのだ。まだ燃えだしたばかりだから延焼を食いとめられる可能性はあるが、何しろ相手は一九八〇年代に製造されたパーティクルボードだ。火をつけてもらうのを待っている誕生日ケーキのキャンドルのようなものだ。

ウェジーはおろおろしながらホースを持って走っていく。当然の反応だ。初めての現場では、誰もが目をむく体験をするものだ。ところが新人はぎこちない手つきで消火栓のキャップを外してホースをつなぎながら、火元の家をちらちらと何度も振り返った。

炎のなかからマグワイアが出てくるのを待っているのだ。

「マグワイア、応答せよ」トムは無線機に呼びかけた。「マグワイア、退避しろ、どうぞ」

応答があるとは、はなから期待していなかった。

「マグワイア、今、どこにいる？　どうぞ」

マグワイアが叩き割った窓から火の玉が噴きあがる。まいった、すさまじい勢いだ。

トムは胸の内でつぶやいた。

「二階に放水する必要がある」トムは命じた。「四九九分署のチャベスとダフィで取りかかってくれ。形勢は不利だぞ」

かたわらではチップ・ベイカーがうつむき、両手を腰にあてて行ったり来たりしている。頭のなかではトムを罵っているのかもしれないが、幸い、消防署長に仕事を奪われたからといって食ってかかる者はいない。そんなことをして、トムの機嫌を損ねたりしたら……。

まあ、ぼくがチップ・ベイカーの立場なら、今頃――。

そのとき一階の出窓から鋭い衝撃音がして、ガラスが内側から外に向かって砕け散った。何か大きくて重たいもので窓ガラスを打ち砕いたようだ。ところが、脱出するための道具として使われたのは、テレビでも足のせ台《オットマン》でもなければ、ふたり掛けのソファでもなかった。最初にダニー・マグワイアの肩が現れ、まもなく大きな体が見えたかと思うと、ヘルメットをかぶっていない頭が出てきた――ばかでかい空っぽの頭が。

ということは、なんとかその頭を失わずにすんだらしい。空気ボンベも無線機も持たず、危険を回避する能力を封印しながら、無事でいられたのは奇跡としか言いようがない。

もっともマグワイアの場合は、危険を回避する能力がもともと備わっていないのだろうが。

マグワイアは両腕でかばうように何かを抱えこんでいるが、トムはそれがなんなのかまったく見当もつかなかった。

マグワイアは着地するのと同時によろめき、そのまま顔から倒れこんだ。煙を吸ったせいで意識を失ったのだ。

「救急救命士！」トムは命じた。「おい、救命士はどこだ！」

倉庫の焼け跡の現場に再び到着してから二時間後、アンは公用車のセダンの運転席に戻った。必要なことはメモを取り、暫定的な結論をボイスレコーダーに録音し、次の段階に進むための大まかな計画を頭のなかでまとめた。

しかし、オフィスには戻らなかった。

北へ数ブロックほど進み、火災でほとんど焼きつくされた敷地の前で車を停めた。大量の瓦礫は細かく分別したうえであらかた撤去され、更地になっていた。雑草がそこかしこに生え、残っている小さながらくたは、崩壊した建物の破片と微生物にも分解できないごみのたぐいで、おそらくこのまま何世代にもわたって放置されるだろう。もしくはこの場所に、誰かが新たな建造物を建てるまで。でもこの界隈にそんなことは起こりそうにない。

車から降りて通りを渡ると、両手を腰にあてて歩道にたたずんだ。

アン自身が足を踏み入れたあの火災のにおいがまだ残っていた。防火服と空気ボンべの重みも体が覚えている。最初のうち、炎と煙は倉庫の外へ吐きだされていた。ところが風向きが変わったとたん、建物のなかに充満した。今もはっきりと思いだせる――チャベスの声、規則違反だと言われたこと、別行動を取ろうと彼を二階へ行かせたこと。

アンは歩みを進めた。建物の内部の様子を思いだしながら三角法で測定し、瓦礫の下敷きになったと思われる場所で立ちどまる。記憶がありありとよみがえってきた。瓦礫のあのデスク、梁、瓦礫、炎と煙。下敷きになった手をどうにか引き抜こうと、自分にのしかかっている瓦礫を必死に押しのけようとしたこと。

やがてダニー・マグワイアがオレンジ色の炎の壁を打ち破ってやってきた。チェーンソーを持って。

ふたりは力を合わせてどうにか乗りきった。火の勢いを加速させる可能性のあるものを火災現場に持ちこむことは禁止されている。ガソリンで動く工具などもってのほかだ。けれどもアンは瓦礫の下敷きになり、時間切れが迫っていた。それにあの建物は木の梁や柱で支えられていた。斧よりもチェーンソーのほうが速いとダニーは判断したに違いない。

自分が彼の立場だったとしても、同じことをしただろう。

アンは視線を落とし、腕の半ばから先に装着している義手を見つめた。日常生活を送るのに使用しているもので、人の肌に似た色をしているため、獣医のドクター・デルガドのように義手だと気づかない人も大勢いる。

何気なく義手を持ちあげ、右手の指先でなぞってみる。感覚のない指、ぴくりとも動かない手のひら、曲がらない指の関節。何も感じなかった。触れても感じないのは感覚を伝える神経がないからだが、正直なところ、感情的にも何も感じない。そういうことだ。この義手は持って生まれたものと同様に、今や体の一部となっている。

何をそんなにくよくよする必要があるの？

ダニーのことがふと頭に浮かんだ。彼がどうしているのか確かめたい衝動に駆られなくなるまで、あとどのくらいかかるのだろう。職場の同僚ではなくなり、ふたりは他人同士になった。結局のところ、消防士の仕事以外に、わたしたちには何か共通点があったのだろうか？　そう考えると、互いが別々の人生を歩みつづけているのも納得がいくし、ふたりとも心に大きな傷を残す経験をしたのだから、たぶんこれでいいのだろう。車の事故に遭った人が、焼け残った車の残骸をプランターに変え、毎日自宅の前庭で思い返したりしないのと同じことだ。

だいいち、ダニーが酔っ払ってアンの留守番電話にメッセージを残したとき、女性の声も聞こえた。彼がどんな方法で心の傷を癒やしているのかだいたい察しはつく。罪悪感で胸が痛むたびに、アンは何度も自分に言い聞かせた。ダニーは元気にやっているはずだし、自分もそうだと。あの倉庫火災から数時間、数日間、数週間、数カ月間と歳月が過ぎるうちに、ふたりはまったく異なる場所で人生を歩むようになった。同時に、炎のなかに閉じこめられ、恐ろしく長く思えたあの時間はもはや過去のものとなった。

前を向いて生きていかなければならない。

更地を見つめた。そう、倉庫の残骸がきれいに片づけられたように、あの火災で起きた出来事も人生の年表から消し去られた。

ふたりの関係ももう終わった。

背後の車のなかで、携帯電話が鳴りだした。アンは一瞬ためらってからきびすを返し、電話に出るために車へ引き返した。

12

「煙草、あるか?」

ダニーがあたりまえのように言うと、チャベスはコカインをくれとでも言われたかのようにぎょっとした目で見返した。

「ないのか」ダニーは小声で言った。「救急車のなかだぞ――」

「だったら、向こうで吸うよ」

「しかも、煙を吸いこんで手当てを受けてるところだ」

チャベスはそう言ってもう一度酸素マスクをつけさせようとしたが、ダニーは拒んだ。チャベスを押しのけ、両膝に煤で黒く汚れた手をついて体を前に傾けると、深く息を吸いこんだ。思わずぜいぜいと息が切れ、話をしなくてすむように蒸気の立った二軒の家を見つめた。まるで家と家のあいだに爆弾を落とされたかのようだ。右側の家のキッチン側と、左側の家のリビングルーム側が水に濡れ、無残に黒く焼け焦げている。

四九九分署のポンプ車が現場から立ち去るのを見て、ダニーは毒づいた。あれに乗るはずだったのに。

チャベスが再度、酸素マスクをつけさせようとした。「ダニー、ぜいぜいいってるじゃないか――」

「いってない――」

ダニーは強がったものの、激しい咳に襲われ、鎮めるのに苦労した。なんとか咳がおさまると立ちあがり、サスペンダーを肩にかけ直して防火服に手を伸ばした。

「はしご車に乗っていくよ」ダニーはチャベスの肩をポンと叩いた。「ありがとう。後ろに乗って――」

「署に戻るんじゃないだろうな」

「どうして戻っちゃいけないんだ。もう火は消えたし――」

「おまえは病院に行くんだ」

「エイミー、おれの世話に命を懸けるのはやめてくれ。みっともないじゃないか」

「黙れ。世話なんか焼くか」チャベスは横を指さした。「ほら、署長のお出ましだ。

せいぜい楽しむといい」

ダニーは思わず目を閉じた。そのあと目を開け、激しい剣幕でこちらに近づいてくるトム・アシュバーン署長を見た。

いやになるほどアンの目にそっくりな目は怒りにぎらつき、若白髪の髪は手でかきむしったかのように立っている。その目はダニーにぴたりと照準を合わせていた。

「何をぐずぐずしてるんだ」今にも爆弾を落としそうな気配を漂わせてダニーの前に立つと、署長は声を荒らげた。「救急救命室で診てもらえ。今すぐ」

ああ、煙草が吸いたいと、ダニーは思った。「署長といえども、強制する権利はないはずです」

トムはダニーの言葉を無視した。「チャベス、患者をストレッチャーにのせて大学病院の救急救命室に行け」

チャベスが悪態をつくと、ダニーは首を振った。「行きませ――」

「行くんだ――」

「必要ありません」

署長が脇に挟んだ黒く焦げたファイルを取りだした。「おまえは非番で、しかも、精神科医の診断を受けるよう勧告を受けている身だ」

ダニーはこれにはさすがに黙っていられなかった。「いったいなんの話をしてるんですか？」

トムはダニーの顔の前でもともとは黄色だったファイルを振った。「これを取りに家のなかに戻ったんだろう。危険も顧みず——」

「あの女の子の数学の宿題なんですよ。だからどうしても——」

「死ぬところだったんだぞ。空気呼吸器の酸素をあの子にやって——」

「あの子は喘息なんです！　息ができなかったんです！」

「おまえに規則を守れと口うるさく言っても無駄だな。おまえは規則なんてなんとも思っちゃいない。死にたいと思ってるんだからな」

ダニーは署長に顔を近づけ、声を潜めて言った。「ルームメイトのジャックがこの三カ月のあいだに二度もここへ来てるんです。署長もご存じのとおり、ジャックは特殊部隊《SWAT》の隊員だ。この地区をパトロールしてる警官じゃない。あの子には宿題しかないんですよ。父親は刑務所に入っていて、母親はろくに働いてもいない。だからおれは戻って宿題を取ってきた。同じことがあったら、またやりますよ」

「そんなのは屁《へ》理屈だ」

「あの子には何もないんです！」

「精神科医の診断を受けて許可が出るまで停職だ」

ダニーは目を細めた。「はっきり言ったらどうなんです?」

一瞬、間があり、そのあとトムは前に進みでて、ダニーの目を見つめた。「どういう意味だ?」

ダニーはチャベスをちらりと見た。チャベスは事情を察し、頭を振って後ろにさがろうとしたが、焦るあまり、足がもつれてつまずいた。

ダニーはチャベスに聞こえないよう小声で言った。「アンのことを根に持ってるんでしょう? こんな陰険なやり方をしないで、はっきり言ったらどうです」

署長は歯を食いしばり、地面に視線を落とした。視線をあげたとき、その目には冷たい光が宿っていた。「仲間も自分自身も危険な目に遭わせるような消防士はいらない。とにかく精神科医の診断を受けるか、辞めるかのどちらかにしろ。選択肢はそのふたつしかない。それから妹のことだが、ぼくはちっとも気にしていない。チャベス、こいつを早く連れていけ!」

さらなる怒りが押し寄せ、ダニーは目の前が真っ白になるのを感じて目をしばたたいた。

気がつくと、ムースの髭面が目の前にあった。何か言っているらしく、口が動いている。

なんと言っているのかはわからなかった。水中にいるみたいに、すべてがくぐもって聞こえる。

「……行くぞ。おれが一緒についていく」

腕を引っ張られるのを感じてふと見ると、ムースがダニーの腕をつかんでストレッチャーにのせようとしていた。

「言われたとおりにするんだ」ムースは穏やかな口調で言った。「さもないと、何もかも失うぞ。こんなふうに引退したくはないだろう」

チャベスが乗りこんできた。「さあ、ダニーボーイ、さっさと救急救命室に行って、〈タイムアウト〉で飲もう。いいな?」

「さあ」ムースがせかした。「今朝から蹴飛ばしてやりたいくらいおまえには腹が立ってるが、署長に盾突くのはやめろ。頭のなかの声を信じるな、ダニー。おれにはわかっているんだ。おまえにささやきかける声はいつもおまえを間違った方向に導く」

アンは午後五時にオフィスを出て、階段で三階から一階までおりた。帰宅する市の職員で混雑したロビーを抜け、ガラスのドアから午後遅い日差しの下に出ると、迷路のような駐車場で自分の車を探した。家に戻る途中、ここに越してきてから見つけた個人経営のピザ店、〈パパ・ジョーズ・ピザ〉に寄った。

ペパロニ&オニオンピザを助手席に置くと、メープルトン・アヴェニューをさらに進み、左に曲がった。八十平方メートルのケープコッド様式の切り妻屋根の家は通りを半分行ったところにある。ガレージが離れているので、片開きのドアの前に車を停めた。

右手にピザを持ち、左の肩にバッグをかけた。ドアに近づいて、火事の一カ月後に取りつけた新しいドアロックの暗証番号を義手の人差し指で押す。片手しか使えないので鍵は厄介なのだ。

なかに入ると、この家特有のにおいがした。洗濯用洗剤のタイドと、レモンと、メープルトン一四〇四番地が入りまじったにおいだ。

ドアを蹴って閉めると、どっと疲れを感じた。

リビングルームからキッチンまで大股で十二歩進み、シンクの横に立ったままピザを食べた。いつも最初に手を洗うからこのほうが便利だし、ひとりきりなので、クレート&バレルのテーブルを使うまでもない。ミディアムサイズのピザを半分食べ、残りは明日の夜にオーブンで——決して電子レンジではない——温め直して食べるために取っておいた。電子レンジで温めると、生地がやわらかくなりすぎて、冷めると今度はかちかちに固くなってしまう。アンは食べ終わったあとも、その場にじっとたたずんでいた。

なんて静かなんだろう。

今日が金曜か土曜の夜でないのがせめてもの救いだ。火曜ならひとりで家にいてもなんの問題もない。クロスフィットでトレーニングをするか、『ビッグバン★セオリー／ギークなボクらの恋愛法則』の再放送を見るか、塵《ちり》ひとつない家を掃除する以外に何もすることがなくても。週末は最悪だ。もともと消防士の友達しかいなかったが、その友達もみんないなくなってしまった。決して嫌われたわけではない。男性ばかりの消防士たちのなかで唯一の女性消防士だったときも、女性として扱われたことはなかった。

問題は、アンにはなんの責任もないが、事故以来、彼女は消防士がいかに危険な職業であるかを思いださせる存在になってしまったことだ。そもそも〈タイムアウト〉は、消防士が内輪の冗談や下品な話、仕事の愚痴を言いあって盛りあがる場なのだ。アンの前では仕事の話は厳禁だ。あるいは下品な話も。彼女は笑ってすませられる相手ではなくなってしまった。

アンは義手を見おろした。残っているほうの手の型を取ったとき、爪に色を塗りたいかと装具士から訊かれた。本気にしたが、冗談だった。悪意は感じなかった。彼は退役軍人で両脚を失っていたものの、義足だと思えないほど自然に歩いていた。

〝きみならできる〟彼は言った。〝保証する〟

「わたしならできる」アンはがらんとした家に向かって言った。

返事がないのが自分の人生を物語っているようで、母のことが思いだされた。母は何かと言うとこの家に〝ちょっと手を加えてあげるわ〟とか〝きれいにしてあげる〟とか〝もっと居心地よくしてあげる〟とかうるさく干渉してくる。

母はイチジクを持ってきたがった。プラスチックの作り物ではない、本物のイチジクだ。

アンはメールで断りの返事をした。電話で話すよりも手っ取り早いからだ。電話だと挨拶に一分、通話を切る理由をあれこれ並べ立てるのに十九分かかる。室内に小物が置かれていないことが、母には理解できなかった。この家が食事をもっぱら外食ですませる人の冷蔵庫のように見えたのだろう。たしかに消防士だった頃は、家は寝に帰るだけの場所だった。

アンにとっては職場が家だった。

それに母のおかげで、一九九〇年代には、一生かかっても使いきれないほど大量のローラ・アシュレイがあった。

足首が痛みだし、電子レンジの上のデジタル時計に目をやる。三十分もここに立っていたことに今さらながら気づいた。

気持ちを奮い立たせ、フェンスで囲った小さな裏庭に面したサンルームに出た。サンルームは一年じゅう使うことができ、アンはそこをホームオフィスにした。新しい仕事に早く慣れたかったし、調査官としての本拠となる場所が必要になるだろうと思ったのだ。オフィスマックスでノートパソコンと、スキャナー搭載のコピー機、安物のデスクとキャスター付きの黒い椅子を購入した。

椅子をデスクの前に引っ張ってきてノートパソコンを開いたが、電源は入れなかった。

ほかにも筆記用具とクリップ、ファイル、メモ用紙三冊に紙の束も買いそろえた。そのひとつひとつを見て、四百ドルを無駄にしてしまったと思った。オフィスとは名ばかりの――。

アンは眉間にしわを寄せて、ノートパソコンを見つめた。そのあと椅子を引いて、デスクに視線を移し、続いてコピー機を見た。

それから、またノートパソコンに視線を戻した。

オフィス機器。どこにでもあるようなオフィス機器……手を失った倉庫にも、ここにあるものと同様の製品が大量にあった。

アンははじかれたように立ちあがると、急いでキッチンに戻ってバッグをつかんだ。そして、ドアをロックするのも忘れて家を飛びだした。

13

〈タイムアウト・スポーツバー&グリル〉は一九八一年に開店した古い店だ。当時、トミー・ツートーンの《ジェニーズ・ナンバー／867-5309》が大ヒットしていて、誰も彼もが歌詞にある番号に電話をかけた。〝ベティ・デイヴィスの瞳〟（一九八一年のキム・カーンズのヒット曲）を持ち、〝魔法《マジック》〟（一九八一年のポリスのヒット曲）さながらにたちどころに男を虜《とりこ》にしてしまうジェニーの声が聞きたかったからだ。店にはアーケードゲームのコーナーとビリヤード台があり、当時の最先端を行っていた。壁に飾られたバスケットボール選手のラリー・バード、アイスホッケー選手のボビー・オア、そして一九八〇年、レークプラシッド・オリンピックでソ連を破り、〝氷上の奇跡〟と言われたアイスホッケーチームのポスターはまだ新しく、色褪せてはいなかった。

あれから三十五年、ポスターはまだ飾られているが、伝説のスタープレイヤーと並んでメジャーリーガーのノマー・ガルシアパーラとダスティン・ペドロイア、フットボール選手のトム・ブレイディ、アイスホッケー選手のカム・ニーリーが輝くばかりの笑顔を見せている。アーケードゲームがあった場所はボックス席になり、家電量販店のベストバイに来たのかと思うほど大量の薄型テレビが置かれている。ビリヤード台はまだあり、オーナーのカール亡きあと店を引き継いだ妻のテリーは、窓から顔を出して床ではなくビールのボトルのなかに灰を落とすのなら、奥で煙草を吸わせてくれる。

　壁を飾る伝説の英雄たちと同じく、客も代替わりした。今テーブルに座ったり、ビリヤードをしたり、バーをうろついたりしている消防士や警官や刑事は、一九八〇年代から九〇年代にここへ通っていた常連客の息子や娘や甥《おい》や姪《めい》たちだ。

「新しいのを持ってきたわ」

　ダニーは目の前にバドワイザーを置いたウエイトレスを見あげた。ホセフィーナはここで働きはじめて一年になる。黒髪のロングヘアと濃い茶色の瞳が魅力的な娘だ。

「よくわかってるじゃないか」ダニーは言った。

「ええ《スィ》、ダニーボーイ。あなたのことはなんでも知っているのよ」

　ホセフィーナがウインクをしてほかのテーブルに向かうと、ムースは舌打ちした。

「いいかげんにしろよ」

ダニーはビールをひと口飲んで、硬い椅子の背にもたれた。「なんだよ」

「この店のウエイトレス全員とつきあわないと気がすまないのか？」

「ホセフィーナとはつきあってない」

「まだな」

「彼女はないよ」ダニーは殺人課の刑事の注文を取るホセフィーナを見た。「そんなことをしたら、エイミーに殺される」

「なんだって！」ムースが身を乗りだすと、六人掛けのテーブルが付箋ほどの大きさに見えた。「エイミーがホセフィーナに気があるっていうのか？」

「知るか。どうでもいいだろう」

「冷たいことを言うなよ。教えてくれ」

「おれは何も知らない」ダニーはわざとらしくビリヤード台を顎で示した。「三番の台で次にプレーすることになってる」

「あの全身ラルフローレンの金持ち息子どものあとだろう。ここに来る前にアウトレットで買いそろえたのかな？」

ダニーは四人組が身につけているローファーや時計、そしてきれいにカットされた頭髪を値踏みした。「ムース、あのお坊ちゃんたちはアウトレットなんかで買い物はしない」

上は二十五歳、下は二十一歳くらいからなる四人組は、二十分前にふらりと〈タイムアウト〉にやってきた。おそらくヨットで〈ニューブランズウィック・ヨットクラブ〉に乗りつけ、会員専用のスペースにヨットを係留し、パパとママと一緒にロブスター・テルミドールとベイクド・アラスカのディナーをとったあと、盛り場に繰りだしてきたのだろう。海に面した豪邸と、アメリカ独立戦争を戦った兵士の直系の子孫しか入会を許されないアメリカ愛国婦人会の会員であるフィアンセのところへ戻る前に、刺激的な体の関係を求めてやってきたのだ。

この手のタイプは前にも見かけたことがあるし、これからも来るだろう。〝金持ち息子〟たちは風邪のウイルスのようなもので、消えてはまた現れる。だが命にかかわることはなく、接触を避ければ感染の危険は低い。

だからダニーは連中に気のすむまでプレーさせ、台が空くのを待つつもりだった。

「いいかげん早く教えろよ」

ダニーはムースに視線を戻した。「いつもならわざと人を怒らせるが、おまえはこっちにその気がなくても勝手に怒ってくれる」

「エイミーのことを何か知っているなら、教えてくれ」

「本人に直接訊けばいいじゃないか」

「あいつは秘密主義なんだよ」

「おまえはだまされてるんだよ」

「おかしなことを言うな――」

鋭い指笛が聞こえ、ふたりは会話を中断してビリヤード台のほうを見た。

「もっとビールをくれ」若造のひとりが騒音にかき消されないように声を張りあげた。

「今すぐだ、おねえちゃん《チキータ》」

ダニーは眉根を寄せ、若者を観察した。法科大学院《ロースクール》か、あるいは医学部の学生だろう。腕力よりも頭で勝負するタイプだ。ゴールドの時計にバミューダパンツ、ファーストネームはなんとか何世という仰々しい名前に違いない。

ダニーはビリヤード台のほうにわずかに体を向けてビールをあおり、かかわるなと自分に言い聞かせた。

二分後、ホセフィーナが円いトレイにクラフトビール――当然だ――をのせて四人組のほうに行くと、『プリティ・イン・ピンク／恋人たちの街角』でジェームズ・スペイダーが演じた金持ち息子のような四人は、チャベスが見たらいい気がしないだろうと思うような目でホセフィーナをじろじろ見た。

「病院で何かいいことあったか?」男の声がした。

ダフが椅子を引くと、ダニーはうなずいて挨拶し、そのあと自分に訊かれているのだと気づいた。「あるわけないだろう。自己負担した分をあとで署に払い戻してもらわないといけない」

「呼吸リハビリは必要ないのか?」

「ない」

「エイミーは?」

「もうすぐ来る」ムースが言った。「まだ早いからな」

ダニーはビリヤード台に視線を戻した。

「リッツォが来たぞ」ムースがささやいた。

ムースの言葉どおり、六一七分署のリッツォが仲間を連れて店に入ってきて、いつものように反対側の窓際のブース席に向かった。

「もう一本どう、ダニーボーイ?」

ダニーはホセフィーナを見あげた。「飲み終わってたのに気づかなかったよ。もちろんもらう」

ホセフィーナがほほえんだ。「今夜はいつあなたを追いだしたらいい?」

「つぶれるまでいさせてくれ」

「悲しいこと言わないで、ダニー」ホセフィーナが彼の肩に手を置いた。「でも、あなたには友達がいて、いつもあなたを気遣ってくれる――」

「おい、おねえちゃん《チキータ》！　酒はどうした？」

ダニーがゆっくり椅子を引くと、ホセフィーナは首を振った。「ダニー、いいの」

彼女は声を張りあげた。「今、行きます――」

「早くしないと、移民税関執行局《ICE》に通報するぞ――」

ダニーは立ちあがった。「今、なんて言った？」

次の瞬間、バーにいたほかの五十人の客がいっせいに話をやめた。静まり返った店内に、ＢＧＭの音が響き渡る。意味が通じなかったのか、ヨットボーイは完璧な歯並びの白く輝く歯を見せて笑った。

「そこの彼女に」ひと言ひと言を強調するように言う。「早く酒を持ってこないと、強制送還させると言ったんだ」

ムースは太い腕でダニーの体を押さえつけ、耳元で低く命じた。「座れ。連中が店を出ていくまで待って、路地でやればいい。それなら誰にも見られない」

「ダニー、いいのよ」ホセフィーナは言った。「わたしは気にしてない――」

「彼女に謝れ」ダニーは出口を手で示した。「謝ったら、とっとと出ていけ」

「きみはここのオーナーなのか？」金持ち息子は仲間を見まわした。「父親はさぞ誇りに思っているだろうな。芝刈りか、ごみの収集の仕事をしていたんだろう？　あれ、もしかしたら……石工かな？　この国に必要な壁を造る仕事をさせたらいいんじゃないのか」

男があてつけるようにホセフィーナを顎で示すと、ダニーはムースの腕がほどけるほどの勢いで飛びだした。

気づいたときには相手をビリヤード台に押し倒し、両手で首をつかんで後頭部を何度も何度もフェルトを張った硬い台に打ちつけていた。

「殺す気か！」誰かが叫んだ。

「やめろ！」

そのあと、ムースが慌てず騒がす冷静な声で言った。「ダニー、だから言っただろう……店を出るまで待てって。そのほうが面倒なことにならずにすんだのに」

喧嘩が始まる前、ヴィク・リッツォはまだビールを注文してもいなかった。騒ぎのほうに目を向け、ダニーボーイ・マグワイアがどこかのヨットクラブの会員の息子に馬乗りになっているのを見ても驚かなかった。その男は、月曜の夜にテレビでフットボールの試合を見るときに座るソファ代わりにされていた。ダニーは上位一パーセントの富裕層に脳震盪《のうしんとう》がどういうものか直接教えてやっている。

巨漢のムースはといえば、ただ突っ立って見ているだけでなんの役にも立っていなかった。色男のダフも同じだ。ふたりは仲間が大勢の警官が見ている前で人を殺そうとしているのに、止めようともしていない。

「よう、イタリア人」

リッツォは振り向いた。噂をすれば影が差す。「よう、ギリシア人」

巡査のピーター・アンドロポリスが親指で肩越しに指した。「放っておいていいのか？」

「なんでおれが行かなきゃならない？」

「おまえのところのやつだろう」

「おれの仲間はこいつらだ」リッツォは一緒に来た六一七分署の三人の消防士を顎で示した。「向こうにいるのは四九九分署のやつだ」

「そんなことはどうでもいい、リッツォ。おまえが何もする気がないなら、おれたちが逮捕するしかない。そういうことだ」

マイキー・ラング巡査もやってきた。「それで、どうするんだ？　あの台はおれのお気に入りの台だ。あいつの頭を打ちつけたら、フェルトがだめになっちまうじゃないか。もうだめになってるかもしれないが」

全員の視線が自分に注がれているのを感じて、リッツォはどうして自分はいつも悪い場所に居合わせてしまうのだろうと思った。

誰かのお守《も》りなんてまっぴらだ。特に運転免許証を持っていて、衝動が抑えられず、酒癖の悪いやつは。

「くそっ！」

リッツォはボックス席から出ると、喧嘩を見物している客をかき分けていった。金のやり取りがされているところから見て、賭けが行われているのは間違いない。若造が反撃するかどうかに賭けているのではなく、ダニーが故殺罪に問われるか、悲惨な身体的損傷による重暴行罪に問われるかを賭けているようだ。

ムースの横を通りかかったとき、リッツォはラルフローレンを着た三人組の前に陣取っているムースをにらみつけた。ムースに野次馬の整理をする気はさらさらなさそうだ。「おまえがなんとかしろ」

「してるよ」

たしかに見るからに頼りなさそうな一団が、『ウォーキング・デッド』に登場するゾンビのようになった友達に加勢するのを阻止してはいる。ご苦労なことだ。リッツォはダニーに、彼のしている行為が法に反すると論理的に説明してやめさせるなんて無駄なことはしなかった。いきなり背後からダニーの胸に両腕をまわすと、左手を拳に握り、それを右の手のひらで押さえた。

ハイムリック法は主に食べ物を喉に詰まらせたときに用いられる応急処置法だが、ほかの場面でも役に立つ。

腕に力を入れ、拳でダニーの肋骨の下を突きあげて息をすべて吐きださせ、心臓にショックを与えて短い不整脈を起こさせた。ダニーが思わず男の首から手を離すと、次にリッツォは怪我をしたほうの肩を後ろに引っ張った。

ダニーはトロール船にくっついていたフジツボがはがれるように、ヨットボーイとビリヤード台から離れた。はずみでダニーとリッツォは何度か回転した。アルコールの入っていないリッツォは足を踏ん張って止まることができたが、ダニーはそうはいかなかった。四九九分署の荒くれ者は尻もちをついた。

だが、つぶれていた酔っ払いが突然元気になるように、いつまでも座りこんだままではいなかった。ダニーはトースターからトーストが飛びだすように立ちあがり、再びヨットボーイに飛びかかろうとした。

リッツォが止めに入った。「やめるんだ」

「どけ――」

「ウーバーで車を呼ぶ時間だ、マグワイア」

「黙れ、リッツォ」

そして新たな喧嘩が始まった。

14

午後十時過ぎ、携帯電話が鳴った。昔懐かしい鐘の音に、アンはパソコンから顔をあげたが、電話に出たときには作業中の内容が画面だけではなく、頭にも残ったままだった。

「もしもし」

「アン？」

アンは眉をひそめた。「待って。もしかして、ムース？」

「そう、おれだよ。久しぶりだな。しばらく話してなかったから」

「久しぶり」アンは咳払いをした。「元気だった？　ディアンドラはどうしてるの？」

「元気だ。彼女もおれも元気にやってる。引っ越したんだ。新しいチャージャーを買って、エンジンに手を加えてパワーアップさせてるところだ。相変わらずだろう？」

「そうね」アンはガラスのドアを閉めたサンルームを眺め、どうすればムースの気分を害さずに話を切りあげられるか考えた。「それで……ほかにニュースは？」

「そうそう、ディアンドラがアヴェント・サロンという美容院で働きはじめたんだ。繁華街のど真ん中にある超一流の店で、つい先週もリース・ウィザースプーンがハイライトを入れに来た。気前よくチップをはずんでくれたらしい。このあたりで映画を撮影しているんじゃないかな。ディアンドラは今は受付の担当だけど、すぐにヘアスタイリストになるよ。彼女が美容学の学位を取ったのは知ってたかい？」

アンはパソコンの画面に視線を戻した。アンが調べていたのはニューブランズウィックの旧市街で、ムースの妻が働いている中心部からは離れている。中心部はディズニーランド並みに清潔でごみひとつなく、ロデオドライヴにあるような一流ブランド店や高級レストランが軒を連ねている。午前中、アンが訪れたのは、旧市街にあるハーバー・ストリートだ。廃墟となったビルがあり……放火があとを絶たない。

オフィス機器をひそかに処分するのにもってこいの場所だ。

「すばらしいじゃない。ところで、ムース」印刷のアイコンをクリックすると、ブラザーのワイヤレスプリンターがデスクの端で音をたてた。「今、仕事中なの。何か用があったんじゃないの？」

「そうなんだ。火災調査官になったんだろう？　どんな調子だい？」

「今日が初日だったの」おかげさまで、さんざんだったわよ、ムース。「それで、用はなんなの？」

「上司はドン・マーシャルだろう？」

「そうよ」

「彼がシラキュース大学のバスケットボール選手だったことを知って――」

「用件はなんなの、ムース？」電話の向こうが静かになると、アンは鼓動が速くなった。「ムース？」

「ああ」ムースはゆっくり息を吐きだし、ためらいがちに言った。「実はその……ダニーのことなんだ」

心臓が早鐘を打ちだした。「死んだの？」

「まさか！　死んでなんかいない」再び間があった。「少なくともおれの知る限りは。十五分前に別れたときは元気だったよ。でも……心配なことがある。誰かがあいつに言ってやらないといけない。自分のしていることがどれだけ自分を傷つけてるか、気づかせてやらないと」

アンはもっと具体的な内容を聞きたかったが、だいたい予想はついた。

「もしもし？　アン？」

アンは義手を見つめ、ドン・マーシャルのことを考えた。案の定、気分がどっと落ちこんだ。

ダニーはアンの手に負える相手ではない。アンは新しい仕事に就いたばかりで、今日の失態で失った信頼を早く取り戻したかった……。

ダニーに会ったら、慰めるだけですむとはとても思えない。

「気を悪くしないでほしいんだけど」またしても咳払いをする。「力にはなれないわ、ムース。わたしはもう消防士じゃない。あなたがどうしてわたしに連絡してきたのかわからないわ」

「あいつにガツンと言ってやれるのはきみしかいない。アン、きみはあいつに恩がある。どうしておれがきみに電話をかけたのかわかってるはずだ」

十分後、アンは車に乗った。かと思うと、いきなり車を飛びだして玄関に走り、戸締まりを確認した。ドアはロックされていたが、もう一度ドアノブをまわし、デッドボルトがかかっている感触を確かめた。そしてさらにもう一度確かめずにはいられなかった。

もういいと自らに言い聞かせ、スバルに戻った。同じ行為を繰り返さずにはいられない理由はわかっている。それを防ぐ方法も。解決策はただひとつ、どんなにパニックに陥っても前に進むことだ。あの火事で崩れ落ちてきた瓦礫に腕を挟まれたときに感じた不安があまりに大きく、脳がストレスによってダメージを受け、正常な神経経路のいくつかが破壊されてしまったかのようだった。何か不安を感じると、その原因を冷静に分析するのではなく、反復行動をやめられなくなってしまう。反復行動は不安の表れで、自分が何かを正しく行ったと確信できればすべてうまくいくと思うのだが、それは妄想にすぎない。

わかっているのにやめられず、そのたびに自分をたしなめるのに疲れはじめていた。せめてもの救いは、町の反対側にあるダニーの家に向かうあいだ、それについて考えていられたことだ。アンがドアをノックしたとき、ダニー・マグワイアがいったいどんな行動に出るかあれこれ心配するよりはましだ。

結局、ダニーは何もしなかった。

ダニーはマサチューセッツ大学ニューブルーニー校を卒業してからずっと、三人のルームメイトとともに、プレザント・ハイツにある一九四〇年代に建てられた淡い青のメゾネットの一階で共同生活をしていた。聞いたところによると、上階に住んでいる家主の女性はジャックの母親のいとこか何からしい。

アンはここには数回来たきりだった。一度目は七月四日の独立記念日のパーティのとき、二度目はムースとディアンドラのいわゆる最悪の婚約発表パーティのときだ。一般的に、婚約発表の場でなんらかのトラブルが起こったとしたら、そもそも結婚などするべきではない。まあ、どうでもいいことだが。

対になった防風ドアとそろいの郵便受けが並んだ小さな玄関ポーチにあがると、アンはフリースジャケットの袖を引っ張って義手を覆い、義手の関節でドアをノックした。返事がなく、もう一度ノックすると、安っぽい金属の戸枠に振動で揺れたチェーンがあたってカチャカチャいう音がした。

ドアには呼び鈴も、のぞき穴もない。消防士ふたりとSWAT隊員ふたりが住んでいる家に押し入ろうと考える者などいないのだろう。

アンは携帯電話を取りだし、ダニーの番号にかけた。子どものときに住んでいた家の住所、父が亡くなった日付、ニューブランズウィックの全消防署の電話番号と同じように、いちいち覚えなくてもいつのまにか頭に入っていた。

応答なし。

外側の防風ドアを開けて腰で押さえ、ドアノブをまわしてみたが、鍵がかかっていた。今度は堅い木のドアをドンドンと叩き、後ろにさがって見あげた。それでどうにかなるわけでもないのに。

アンは悪態をつき、階段を五段おりて、離れたガレージに通じるアスファルトの私道を囲む芝生を横切った。ダニーの部屋に明かりはついていなかったが、いくつかの窓は閉まっていて、テレビの青い光がちらちら映っていた。

歩いていくと、アンの足音が特別大きいのか、落ち葉がガサガサいう音が響き渡り、近所じゅうの人を起こしてしまうのではないかとひやひやした。建物をまわりこむと、裏口のドアは二階に通じる階段の陰になっているのがわかった。幸い、上部に安っぽい照明が取りつけられていて、懐中電灯を使わずにすんだ。

裏口に防風ドアはついていなかったので、戸枠をコツコツ叩き、そのあと、両手で目のまわりを囲んでガラス窓からなかをのぞいた。キッチンは散らかり放題だった。汚れた食器がシンクに積みあげられ、カウンターには空のビールのボトルが並び、つぶれた煙草の空き箱が、スタントカー競技でクラッシュした車のごとく、あちこちに散らばっている。

アンはもう一度ノックし、鍵がかかっているものと思いつつドアノブをまわした。鍵がかかっていれば、帰る正当な理由ができる――。

ところがドアはすんなりと開いた。あたかもこの家が救世主として選んだ人たちのリストに彼女を加えたかのように。まったく。

「ダニー?」返事はなく、アンはなかに足を踏み入れた。「ダニー……起きて」

キッチンの向こうはリビングルームで、廊下の先にベッドルームが四つとバスルームがふたつある。歩いていくと、テレビのちらちらする明かりが床に反射し、あの世への道筋を示す、かがり火のように見えた。

本当に死んでいたら、どうする?

しばらくして、アンは再び大きな声で呼んだ。「ダニー?」

またしても返事はなく、アンは毒づいてさらに奥へと進んでいった。鼓動が速くなり、手のひらが汗ばんでくる。アーチ型のリビングルームの入口で立ちどまると、かすかにいびきが聞こえ、安堵のあまり膝から力が抜けた。

ダニー・マグワイアは生きていた。生きてはいたが、黒のボクサーパンツをはいただけの姿でソファの上で手足を伸ばして寝ていた。たくましい腕を枕にし、鍛えあげられた体を惜しげもなくさらしている。無防備な姿はセクシーで、アンは思わず目をそらした。

ダニーがどれだけタトゥーを入れていたかすっかり忘れていた。

ひとりでにダニーの裸体に視線が向かい、アンは頬を赤らめた。消防士という職業柄、胸板は厚く、筋肉が発達し、腹筋はムースとは違って六つ以上に割れている。腰骨も浮きだして……。

アンは頭を振ってタトゥーに視線を移した。長年かけて入れたタトゥーは、外見への強いこだわりや、反社会性や、壮大なプランがあってのことではない。そのひとつが、重要な歴史――喪失の歴史を刻んだものだ。ダニーは自らの体に殉職した仲間の誕生日や、死亡した日付、ニックネーム、あるいは似顔絵を刻みつけた。ダニーの肌に描かれた殉職した仲間たちを追悼する地図は、美しくもあり、痛ましくもあった。

あのときわたしが死んでいたら、どこにわたしのタトゥーを入れるつもりだったのだろう。アンはふと思った。

「アン？」

ダニーに名前を呼ばれ、アンはすばやく黒のヘインズの下着から目をそらした。

「ダニー」

彼は何度か目をしばたたいて、頭を起こした。「おれは夢を見てるのか？」

声がかすれているのは、飲酒と〈タイムアウト〉で金持ちの息子と喧嘩をし、ヴィク・リッツォと殴りあったのが原因だろう。ムースからおおよその話は聞いていた。目を覚まし、こちらを見つめているダニーの顔の横が赤く腫れている。明日には黒い痣になっているだろう。

「あまり調子がよさそうじゃないわね」アンは言った。「悪気があって言ったんじゃないわよ」

ダニーがうめいて体を起こした。背中か肩、あるいは両方の骨が鳴る音がしたが、アンは聞こえないふりをした。そのあとダニーが短い黒髪をかきあげると、彼女は思わずテレビに視線を移した。そうでもしなければ、盛りあがった二頭筋から目を離せなかっただろう。

ダニーがマールボロに手を伸ばすと、アンは頭を振った。「どうかしてるわ」

「何が？」ダニーは煙草をくわえた。「ライターを取ってくれたりはしないよな」

「もちろんよ。わたしはあなたのメイドじゃないし、あなたは煙を吸いこんで治療を受けたばかりでしょう」

「誰に電話をもらって様子を見に来たんだ？」

ダニーが立ちあがると、アンはいたたまれずに横を向き、ふらりと廊下に出てベッドルームへ向かった。四つのベッドルームのうち、ふた部屋が空いていて、床に埃が玉になってたまり、忘れられたハンガーがかかっているだけなのを見て妙な気持ちになった。ムースはディアンドラと住むようになり、ミックは州外のリハビリ病院でアルコール依存症の治療を受けている。三番目のベッドルームはジャックの部屋で、むきだしのベッドとチェストがあるだけだったが、シャツやパンツがチェストの上に放りだしたままになっていた。一番奥のベッドルームはダニーの部屋で、アンはちらりとのぞいただけで、きびすを返し――。

そこで思わず立ちどまった。煙草を指に挟んで廊下の壁にもたれているダニーは、まるでジェームズ・ディーンだった。

眠そうな目で見つめられ、アンは服を着てと言いたくなったけれど、それでは彼の体を意識していると認めることになってしまう。

「おれはルームメイトをふたり失い、もうひとりも失いかけている」空いているほうの手で、がらんとした部屋を示す。「みんなハエのようにばたばた落ちていく」

「時は移ろいゆくものよ」アンは腕組みした。「顔を怪我してるじゃない」

「リッツォはきみの電話番号を消去するべきだ」

「ムースがかけてきたのよ」

「それなら、やつもだ」

「いったいどうしたの、ダニー?」アンは散らかり放題の部屋を顎で示した。「この部屋を見てみなさいよ」

床に洗濯物の山ができていた。ふたつあるところから見て、ひとつは洗濯したもの、もうひとつは汚れ物なのだろう。ベッドはシーツや毛布がくしゃくしゃになり、枕にはカバーがかかっていない。カーテンレールは曲がり、カーテンの代わりに毛布が釘《くぎ》で打ちつけてあった。

「ここにはあまりいないから」ダニーは小声で言って煙草を吸った。

アンはかがんで、レースのランジェリーを拾いあげた。「それでも、ひとりではないみたいね」

ダニーが肩をすくめる。「そのようだな」

「ねえ」アンはランジェリーを振ってみせた。「彼女の何が問題だったの? このカップのサイズから考えるに、体形は問題なかったと思うけど」

ダニーはしばらく黙りこくっていたが、やがて低い声で言った。「彼女はきみじゃなかった。それが問題だったんだよ」

15

突然、空気が張りつめ、アンは自分の聞き間違いに違いないと思った。そもそも、ちゃんと聞いてなどいなかった。

「おかしなことを言わないで」ヴィクトリアズ・シークレットのランジェリーを床に落とし、腰で手をぬぐう。「ムースが心配してるわ。ほかのみんなも」

ダニーは肩をすくめた。「心配される覚えはない」

「殴り合いの喧嘩をしたでしょう」

「あれは喧嘩なんかじゃない。ホセフィーナを侮辱したやつの首を絞めただけだ。殴ってはいない」

「リッツォのことを言ってるのよ。あなたはわたしたちの……いいえ、自分の仲間を殴ったのよ。同じ消防士を――」

「あいつが邪魔をしたから――」

「彼はあなたに人殺しをさせないようにしたのよ。一時間で六本もビールを飲んだあとに」

「おれは酔ってなんかいない」

「相手の首を絞めたときには酔っていた。あなたが短時間でそれだけの量のアルコールを分解できる驚異的な肝臓の持ち主だったとしても、ミックを見習って施設で治療を受けるべきだわ」アンは頭を振った。「自分が何をしているかわかってるの？　今日だって現場で命を落としかけたんでしょう。手順を無視して――」

「ムースのやつはきみの存在を忘れるべきだ」

「自分の命を危険にさらした」

「実際に見たわけじゃないだろう」

「現場から生きて出られなくなるところだった。それもこれも、子どもの宿題を取ってくるだけのために」アンは手のひらを上に向けた。「宿題がその子にとってどれだけ大切なものだったか、聖人ぶって講義をするのはやめてね。そんなのは言い訳にすぎない。死にたいなら、署に迷惑をかけないで、頭に銃弾を撃ちこむか、首を吊ればいいでしょう。現場では絶対にやらないで。そこにいたみんながあなたの死に責任を感じてしまうわ。そんなのはフェアじゃない。間違ってる」

緊張をはらんだ間が空いた。ダニーがアンの義手に目をやった。

ダニーの視線が義手にとまると、アンはかぶりを振った。「やめて、わたしの怪我を自己破壊的な行動の理由にしないで。あなたはそんなことはしないはずだわ」

「きみの手を切り落としたことをなんとも思うなと言うのか？」

「切り落とされたのはわたしの手よ。あなたの手じゃない。自分が手を失ったかのような態度は取らないで」アンは部屋にあった象の置物を手に取った。「わたしはこの体で生きていかなければならないの。消防士の仕事をあきらめ、人生をやり直すことを余儀なくされた。でもあなたには天職と呼べる仕事があって、仲間がいる。持てるものをすべて持ってるのに、自滅するような行動を取っている。あなたは何も変わってないのに」

ダニーが壁から離れてアンに近づいてきて、彼の体が廊下の壁と壁のあいだを埋めつくさんばかりになる。ダニーはアンの前に来ると、険しいまなざしで彼女の顔を見まわした。「おれは四百五十キロの瓦礫の下敷きになったんだ。結腸の一部と脾臓すべて、肝臓の四分の一を失った。もちろん手を失うほどドラマチックじゃないが、きみがご託ばかり並べるなら、はっきり言わせてもらう。おれがどう感じるべきか、いちいち教えてくれなくて結構だ。自殺行為についての警告はありがたいと思う。頭の隅にでもとめておくよ」

集中治療室で治療を受けていたダニーの姿が脳裏によみがえり、アンは気分が悪くなった。「あなたが無傷だったと言ってるんじゃないわ」

「そうか。それなら、〝あなたは何も変わってないのに〟という言葉を誤解してたようだ。おれにとってはたいしたことじゃなかったみたいな言い方だったから。おれの誤解だ。間違いない」ダニーはそう言って、アンに顔を近づけた。「なにせ、おれひとりで、この市で一番優秀な消防士の手を切断したんだし。歩けるようになるのに三カ月かかり、きみと獣《けだもの》の腹の底に閉じこめられ、毎年仲間の命を奪っていく、いまいましい怪物に囲まれていた――」

「やめて！」

ダニーがひるんだ隙に、アンは彼に一歩近づいて顎をあげた。彼女は女性にしては長身なほうだったが、それでもダニーのほうが優に十五センチは背が高く、四十五キロは体重が重かった。もちろん彼の体格に圧倒されて、言いたいことも言えないわけではなかったが。

「あなたはわかっていない」アンはいらだたしげに頭を振った。「火事は獣でも怪物でもない。邪悪なものじゃないの。餌を求めて町をさまよったり、わたしたちの任務によって殺された仲間の復讐《ふくしゅう》を果たしたりはしないの。ねえ、ダニー」彼のタトゥーを手で示す。「あなたはなんでも個人的にとらえすぎている――」

「今、なんて言った？」

「聞こえたでしょう？」

「おれは……」ダニーは天井を仰いだ。「待ってくれ。ああ、よかった。おれは悪い夢を見ているだけなんだ。そうじゃなかったら、任務中に命を落とした仲間や家族のことを気にかけるななんて、きみが言うはずない――」

「違うわ――」

ダニーがアンの声をかき消すほどの大声で言った。「おれは今、二日酔いから目を覚まそうとしてるところなんだ。そして、これから仕事に行かなきゃならないことに腹を立てている！」

アンはダニーを見つめ、彼にも気づかせてあげることができたらどんなにいいだろうと心から思った。彼女は数カ月のあいだ変化に戸惑い、苦しんだ末にようやく気づいた。でもそれは人に教えられるものではなく、自分自身で気づくしかない。気づかない場合もあるが。

「あなたはひどく誤解してるわ、ダニー。火事は癌みたいなもので、何を殺すかなんて考えていない。人間なんて眼中にないの。火事は生き物じゃないから。あなたは怪物と戦っているんじゃない。怪物なんていないの。変異した細胞と同じようなもので、若い女性もお年寄りも、裕福な人も貧しい人も癌にかかって命を落とす。わたしの父、あなたのお兄さん、ソルはみんな職務中に亡くなった。火事がそっと忍び寄ってきて、殺したんじゃないわ」アンは義手を掲げた。「こうなったのは、仕事が原因よ。消防士が危険な職業だということは充分承知してたわ。それでも予測不能な状況に追いこまれて、死ぬか生きるかの決断をしなければならなかった。わたしが攻撃目標にされたのでも、選ばれたのでもない。わたしは危険を承知のうえで消防士になって怪我をした。怪我をしたり、命を落としたりした仲間はみんな、同じようにリスクを計算し、たまたま計算が外れてしまっただけ。死んだ仲間を悼むなと言ってるんじゃないわ。わたしが言おうとしてるのは……十カ月前、わたしたちが自ら飛びこんでいった火事に、戦わずしてみすみす殺されるような真似はしないでということよ。あなたは生き延びた。その幸運を無駄にしないで」

アンはダニーの反応を待った。

沈黙が長く続けば続くほど、悲しみが増していった。「こんなことにならずにすめばどんなによかったか。ダニー、ごめんなさい。本当に……本当に……申し訳ないと思ってるのよ。わたしがへまをして、あなたが助けに来て、最悪の事態になってしまった。誰もあんな立場には立たせたくなかったわ。特にあなたは」

しばらくして、ダニーがようやく口を開いた。「おれはほかのやつとどう違うんだ？」

「本当に答えてほしいの？」

「ああ」

「正直に言うと……今あなたがこんなふうだからよ。事故の後遺症の典型的な症状だから心配だったの」

「おれをそんなに弱い人間だと思ってるのか」ダニーが低い声でささやいた。「ありがたいことだ」

「強い人は自暴自棄になったりしない。前後不覚になるまで酔ったり、仕事で愚かな真似をしたり、仲間を殴ったりしない。強い人は前に進む。あなたはしなければならないことをしただけ。わたしがそうしろと言ったから。それなのにあなたは前に進まないで、わたしを自己破壊的な行動を繰り返す言い訳にしている」

ダニーの顔が仮面をかぶったようによそよそしくなった。彼は煙草を吸って、肩越しに煙を吐きだした。

「それを言いに来たのか」再びアンを見つめる。「映画じゃあるまいし、演説をぶったところで、傷ついた愚か者がすばらしい人間に生まれ変わるような奇跡は起きない。それはハリウッド映画のなかだけの話だ。現実の世界ではありえない」

アンは腕組みして、ダニーの顔を探るように見つめた。彼の表情は険しく、取りつく島もない。「よりよい方向に進めばいいのにと思っていたの」

ダニーの視線はアンの唇に注がれている。突然空気が張りつめ、彼女は一歩あとずさりした。ダニーが怖かったからではない。別の理由があった。

アンは顔にかかる髪を払いのけ、気持ちを立て直そうとした。「もう帰らないと」

「説教はおしまいか?」ダニーが低くうなるように言う。「これで終わり?」

「力になりたかっただけよ」

「なぜだ?」

アンはダニーをにらんだ。「あなたはあの火事でわたしを見捨てることができなかった。わたしはあなたが事故の後遺症で自己破壊的な行動を取るのを放っておけない。簡単なこと——」

「おれにはそう思えないんだ、アン」

「何が?」

「どうして今、おれに死なれちゃ困るんだ？」

アンはダニーのまわりを歩きはじめた。「酔っていないときに話しま――」

ダニーがいきなりアンの腕をつかんで引き戻した。「おれは酔ってなんかいない。質問に答えろ、アン。きみはこの惑星のありとあらゆることを知ってるみたいだから、もうひとつくらい高尚な意見を聞かせてくれてもいいだろう。きみが別次元の優れた人間で、ものごとを個人的にとらえたりしないというなら、おれが今、死のうが生きようがどうでもいいじゃないか」

「誰にも死んでほしくないのよ！」

「どうしてだ？」ダニーがアンの額に額を寄せた。「個人的にとらえたりしないんだろう？　ああ、つまり……予測不能なリスクなんかじゃないわけか、アン。おれに自己破壊的な行為をしてほしくないのは、そんなことをされたら少しは責任を感じるかもしれないからじゃないか？　自分にもっとできることがあったんじゃないか、もっと別の、もっといいやり方があったんじゃないかと思い悩むようになるのを心配してるんじゃないのか？　来る日も来る日も眠れぬ夜を過ごし、夜ごと天井を見つめては、今ここでおれと過ごした一瞬一瞬を何度も思い返すはめになるのを心配してるんじゃないのか？　思い返しては、おれに自殺を思いとどまらせる機会があったんじゃないかと必死に探し、同時にそれが見つからないことを祈る。見つかりでもしたら、責任を感じるからだろう？」ダニーはいきなりアンを放した。「いや、そんなはずはない。そうだろう？　おれが自殺する悲劇が起きたとしても、きみはけろりとして、子どものようにスキップして夕日に向かって去っていく。想定内のリスクだから、心が痛むことはない」

アンは頭がずきずきしはじめ、うなじをさすった。「精神科医の診断を仰ぐべきだわ。仕事を続けるためだけじゃなくて」

ダニーがあきれたように両手をあげた。「ムースの口をふさがないといけないな」

「もう、わたしでも、ほかの誰でも手に負えない」

ダニーはアンの顔に向かって指を突きつけた。「憐れむのはよせ」

「だったら、そう思わせるようなことはしないで」アンはダニーの頭のてっぺんから爪先まで見おろした。「それに、あなたは間違ってる。わたしはこの市で一番優秀な消防士なんかじゃなかった。それはあなたよ、ダニー。みんながそう思ってるわ。あなた以上の消防士はいない。みんながあなたを必要としているの。あなたには健康で強くあってもらわないと困るのよ。わたしの忠告は受け入れられない、現実は見たくないというなら、それでもかまわない。せいぜい、あなたが戦っている怪物とやらから人々を守ればいい。人々を守るためには、生きていなければならないから。怪物だろうが獣だろうが、どんな言い方をしてもかまわない。わたしが心配しているのは結果だけ。あなたはまだこの惑星にいて、その手にホースを握ってるのよ」

突然、目に涙がこみあげ、アンはすばやくまばたきして目をそらした。ダニーの前で泣くわけにはいかない――。

ダニーはたこができた、ざらざらした手のひらでそっとアンの頬を包み、自分のほうを向かせた。

「放して」アンは涙声で言った。

しかし、身動きできないわけではなかった。いつでもダニーの手を振り払うことができ、そうすれば彼もすぐに両手をおろしただろう。

「アン……」ダニーの声もかすれていた。「ああ、アン……」

16

翌朝八時にアンは動物病院のドクター・デルガドに電話をかけた。受付係が電話に出るのを待ちながらキッチンカウンターを指でトントン叩き、コーヒーをひと口飲んで、ブラウスの後ろをたくしこむ。

「メトロ救急動物病院です」

「ああ、あの、もしもし」アンは咳払いをした。「アン・アシュバーンですが、お電話したのは――」

「保護された犬のことですね？　灰色の毛並みの」

「ええ、そうです。できれば――」

「ちょうどニューブルーニーの施設に引き渡したところです。これ以上の費用がカードから引き落とされることはありませんから、ご安心くださ――」

「待って、どういうことです？　市の保護施設に送ったんですか？　引き取り手を探してくれると思っていたんですけど」

「ずっとここに置いておくわけにはいかなかったんです。怪我も命にかかわるほどではありませんし、こちらとしましては——」

「そんな、待ってください」アンは声を荒らげてもなんの助けにもならないと自分に言い聞かせた。「受け入れ先の担当者は？　その、誰宛に連絡すれば……いえ、いいんです。それじゃあ」

　電話を切ってもアンは呼吸ができず、とにかく車のキーを取りに向かった。だが、そこで足を止めた。リハビリの医療福祉士から、怪我のあと一年は生活を大きく変える計画を立てないよう注意されていた。それに新しい職場で一日働きながら、犬の世話をするなんて——。

「それが何よ」アンは声に出して言った。「あれはわたしの犬なんだから」

　町を抜けようとしたものの渋滞がひどく、いくつ赤信号を無視しても迂回路《うかい》を取っても九時までに職場に着くのは難しそうだった。

　市の保護施設の駐車場に乗り入れたとき、ほかに車は二台しか停まっておらず、車を降りたとたんに犬が吠えるくぐもった声が聞こえてきた。

　アンは正面のドアに駆け寄ったが、鍵がかかっていた。

彼女はドアを叩いた。何度も何度も。ようやく、疲れた様子の中年女性が携帯用のマグカップを手に、脇にあるガラスのドアの向こうに現れた。「ここは九時にならないと開かない――」

「わたしの犬がここにいるんです」アンは大声で言った。「今すぐ、連れていかないと。仕事があるんです」

「申し訳ないけれど、入れるわけにはいきません。そういう決まりで――」

「デビー？」

女性が顔を近づけた。「アン……？」あっというまにドアが開き、力強い腕に抱きすくめられた。「ああ、なんてこと。久しぶりじゃない」

アンは目を閉じてどうにか落ち着いた声を出した。「ええ、本当よね」

デビー・ファッツィオが抱擁を解いた。「元気なの？ 文字どおりの意味よ、社交辞令じゃなくて」

「なんとかね。サルはどう？」

「おかげさまで。なんといってもサルのことだから、ご存じのとおり訓練三昧。五〇八分署で残業しているわ」

サル・ファッツィオは人のいいベテランの消防士で、定年を目前に控えている。デビーとのあいだに三人の子どもがいて、一家とは消防署の行事で顔を合わせていた。

「それで、犬を飼いはじめたの？　あれから……」

デビーが言葉に詰まって義手を見ないようにしているので、アンはもう一度抱きついて気まずくなるのも無理はないと声をかけたくなった。けれども、そうする代わりにうなずいた。「ええ、犬を飼うことにしたの。というか、昨日その犬を道端で見つけて、動物病院では置いてくれないから、それならって……わたし、わけがわからないことを言ってるわね。その、引き取れる？」

「つまり、飼い主はいないのね？」

「野良犬だったわ」

「どこの動物病院から送られてきたの？」デビーが手招きして正面玄関の鍵を開け、ついてくるようアンを促した。「ああ……待って、ちょうど到着した便があるわ。今手続き中よ」

ふたりは受付カウンターの奥にまわり、施設の管理区画の裏手に延びるコンクリート製の犬舎に入った。アンは最初の何匹かを見て目に涙がにじみそうになり、むきだしの床に意識を向けた。何もかも清潔で犬も元気なのが救いだが、この犬たちがどうしてここへ来ることになったのか、里親が見つからなかったらどうなるのかということしか考えられなかった。

「ねえ、ボビー、今朝到着した三匹はどこ？」

アンは緑色の用務員の制服を着た若者を見あげた。ドレッドヘアをしていて、穏やかな笑みを浮かべている。「おれが連れてきて、今は突きあたりのBにいる」

「そう、ありがとう」デビーは左に曲がって別の犬舎のドアを開けた。「ここには四棟の建物があるの」

「正直言って、あなたがどうしてこの仕事をやっていられるのかわからないわ」

「ここではたくさんの犬が救われているの。子ども連れの家族がここへ入ってくるとうれしくなるわ。楽なことばかりじゃないけれど、わたしたちは役に立っている……苦しみを和らげて、残酷な行為をやめさせて、日々喜びを与えている。前に進みつづけるには幸せな面に目を向けなきゃ、そうでしょ？」

「え、ええ……そのとおりね」

デビーが別の犬舎を進んでいった。「さあ、着いたわ。ここよ」六十ほどのケージが並ぶ通路の突きあたりで足を止めた。「この三匹のどれかかしら？」

最初の二匹は大きさが違った。アンが最後の一匹に目を向けると――。

ケージの一番奥に灰色の入りまじった体が見えた。尻尾をしまいこみ、うなだれてうつろな目をしている。けれども犬は視線をあげると、驚いた顔をした。

アンはそばに寄って膝をついた。金網のあいだから曲げた指を差し入れ、丁寧に縫いあわせて包帯が巻かれた傷口と耳の腫れ具合を確認した。「こんにちは」

犬は尻尾の先だけを振った。それからぎこちない足取りでゆっくりと近づいてくると、アンの指を嗅いでなめた。

「お母さんが誰かわかっているみたいね」デビーが言った。

「いい?」アンは助手席に目をやった。「計画はこうよ、スート」先の信号が赤になったのでブレーキを踏んだ。「わたしたちは裏の階段からあがるの。目立たないようにしてて。わたしのオフィスのデスクの後ろではぶらついてもいいわ。外には定期的に連れてってあげる。デビーはあなたを運んだ人から嚙みついたりしないって聞いたらしいから、これからもそうして」

後部座席を埋めつくしているものをバックミラーで見て、サルの妻に心のなかでもう一度礼を言った。スートが入っても窮屈でないくらい大きい組み立て式のケージを貸してくれて、使い古しだが清潔な大量のタオルと水を入れるボウルまでくれたのだ。おまけにハーネスとリードもあって、スートはといえば新品の鑑札と狂犬病ワクチン注射済みと記された札のついた無地の赤いナイロンの首輪で遊んでいる。

「どう思う？　それでいい？」

スートはキャラメル色の目であたりを見まわし、通過する車と店を追っている。その落ち着きぶりから、一緒にいれば安全だとわかってくれたのだとアンは自分に言い聞かせた。本当にそうなのかは定かでなかったが。

消防防災ビルの駐車場に車を入れたアンは建物の裏手にまわった。すでに十分の遅刻だが、自分はその状況をさらに悪化させようとしている。スートはおとなしくハーネスをつけられ、座席から歩道に降ろされるに任せている。

スートは必ずしも大きくはないが、細身のわりには体重があった。

「さあ、トイレに行きましょう」わたしったら何をしているのだろう？「ほら、芝生に入るわよ」

スートは動かなかった。無理もない。英語を話さないのだから。それでもアンが短く刈られた枯れた芝を歩いていくと、スートは足を引きずりながらついてきた。ハーネスが好きではないらしく、耳が気になるか、あるいはリードが嫌いだと言わんばかりに何度も頭を振った。

それでも、うんちもおしっこもしなかった。

アンはノーベル平和賞でも受賞したかのように誇らしい気持ちになった。

とはいえ建物にスートを忍びこませて、ケージとタオルとボウルをオフィスに持ってあがるのはひと苦労だった。スートが完全に怯えていたので裏の階段をゆっくりとあがり、そのあとのカーペット敷きの廊下は急がせた。開いたドアの前をいくつも通るのはブロードウェイの舞台で一身に注目を集めている気分だったが、なんとかやり遂げた。

オフィスに入ってドアを閉めると、ケージをL字型のデスクの後ろに手早く設置し、底面にありったけのタオルを敷きつめた。やわらかいタオルのベッドに触れながら、この色とりどりのパイル地に触れてきた犬たちのことを思った。すべての犬がスートと同じように家を見つけられたことを願いつつも、そんなはずがないのはわかっていた。

支度が整うとアンはそっと立ちあがった。スートが大きな疲れた目で見つめてくる。

「おいで、こっちよ。ここがあなたの居場所」スートが動かないので、彼女は手を伸ばしてタオルを叩いた。「さあ、早く」

だめだ。まったく動かない。

ここでもファイバー・ワンが効いた。バッグからシリアルバーを取りだして少し与え、残りを用意したベッドに置いた。

スートはケージに入ってゆっくり食べた。それから顔を外に向けてアンを見ながら丸くなった。アンは見つめ返しつつ、スートは残業をいやがるかもしれないなどとばかげた心配をした。自分はこの子の救世主ではあるけれど、友達と言えるだろうか？だとしたら――。

ふいに昨夜、ダニーと交わした会話がよみがえって、心を占領した。キスをされる寸前にあとずさりして、彼の家の玄関から逃げだして以来、頭を占領していると言ってもいい。

日がのぼるのを見るのは久しぶりだった。リハビリ病院以来だ。でもそう、今朝の朝焼けは桃色と淡紅色で壮麗だった。

「そこにいれば大丈夫。外出するときには連れていくからね」

スートが頭を垂れてアンを見つめた。

アンはケージの扉を閉めに向かったが、途中で足を止め、パンツに合わせたジャケットを脱いだ。高い服ではない。せめて一週間分は職場に着ていく服が必要になって、TJマックスの店内を走りまわって手に入れたブランドもどきだ。それでも自分のにおいがするので、互いの絆《きずな》を深めるのに役立つかもしれない。

「いやだ、わたしったら何をしてるんだろう」アンはつぶやきながらジャケットを丸めてケージに入れた。「観葉植物だって一度も買ったことがないくせに――」

鋭いノックの音がして、彼女はすばやく立ちあがった。ブラウスをパンツのウエスト部分にたくしこみ、髪を整えて、仕事ができる人間らしく見せようと努力する。しまった、あのリップグロスをつけてくればよかった。

「どうぞ」

ドン・マーシャルが顔をのぞかせて低い声で言った。「今日が〝愛犬を連れて仕事に行こうの日〟（飼い犬を職場に連れていくことで保護犬の引き取りに関心を持ってもらおうと制定された日）だったとは知らなかったな」

17

ムースのやつは遅刻だ。そうだろうとも。

ダニーは『ジュマンジ』に出てくるジャングルのような庭のある、荒れ果てた古い家の前でトラックを停めた。サイドブレーキを引いてギアが一速に入っていることを確認してからエンジンを切った。車から降りて濡れた髪を撫《な》でつけ、ワークパンツを引きあげる。

二十分経ち、煙草を二本吸って、留守番電話に伝言を三回残してもまだ時間を持て余していた。

悪態をつかないために建物を眺め、自身の農場を思い浮かべた。自分が手に入れた農場と同じく、この二階建ても長いあいだ空き家になっていて、屋根は神聖《ホーリー》なクリスマスよりもひど《ホーリー》い気分になるほどぼろぼろで、屋根裏部屋の窓はほかの窓よりもさらに大きく割れ、壁板は冬の暴風雪、春の強風、夏の雷雨、秋の吹きおろしを何度も受けて、塗装がはげて木材がむきだしになっている。ここにもかつては芝があったのかもしれないが、今は牧草から伸びたこの時期最後の蔓が、『アダムス・ファミリー』の漫画のごとくそこらじゅうに絡んでいる。

一番近い隣家は四百メートル先だ。

家に向かって脚を高くあげながら背の高い雑草をまたいでいくと、家と崩れかけた玄関先を囲むように草を刈ったばかりの広い場所へ出た。ダニーは玄関の階段を三段のぼり、釘が並んで打たれている左側で足を止めた。ここなら階段下の台が体重を支えてくれる。

壊れかけた正面玄関のそばの枠には公文書がとめられ、この日に消防署が建物を使用する予定であり、不法侵入を禁じると書かれていた。

ダニーがなかに入ろうとドアを開けると、蝶番がきしんだ。室内は何もかもがお化け屋敷のようだった。暗い四隅からクモの巣が垂れさがり、汚れた窓から差しこむ光は部屋を明るくするどころか、不吉な雰囲気を醸しだしていた。床と天井の朽ちかけた箇所がへこんで、傷口のように開いている。

ダニーは一階をまわって人や野生動物がいないことを確かめた。確認はすぐにすんだ。二階は先ほどよりもゆっくりと歩を進めた。傷んだ床板の底が抜ければ落ちる距離はずっと長いからだ。クローゼットにひとつだけ残ったハンガーを調べ、ベッドルームをのぞいてベッドの支柱の骨組みとチェストに目を向ける。バスルームを見てまわると、亀裂の入った陶器製の猫足付きのバスタブがあり、割れた鏡の破片がしみのついた洗面台に散らばっていた。

三階の屋根裏部屋にはコウモリの糞《ふん》が堆積しており、水のしみと屋根に開いた穴から入った木の葉が散在していた。

階下に向かう頃には、鼻がかびと埃でやられ、肋骨は前日のむちゃな救助で痛み、頭は酒と眠れない夜を過ごしたせいでガンガンしていた。自分の暮らしぶりと、このくたびれた家との共通点は認めまいとした。

冗談じゃない。

共通点などあるものか。

遠くから低いエンジン音が聞こえた。「やっと来たか」

外に出ると、ムースの黄色のチャージャーがダニーのトラックの後ろに停まったところだった。ムースが顔をしかめて運転席から大きな体を出そうとしている。

「ここに来るとはいい度胸をしてるな」

「よう、やっとお目覚めか」ダニーはワークブーツの底で煙草の火を消した。「どうしてこんなに時間がかかったんだ。遅刻だぞ」

ムースはそばまで来たが、奥行きのないポーチにはあがってこなかった。疲れた様子で目の下には隈ができ、髪は本のページをちぎって丸めたようにくしゃくしゃで、生活習慣の乱れのレベルを一段階あげようとしているかに見える。ニューブランズウィック消防局のシャツは胴まわりがきつく、肩のあたりは以前よりもゆとりができて、筋肉が胴まわりの脂肪に変わってきていることを示していた。当然ながら、カーキ色の厚手の制服は潤滑油のしみだらけだ。

「ここにいるのはまずいんじゃないか」ムースが言った。

「おまえ、自主トレをしてないな」

「謹慎中だろう」

「燃焼促進剤を持ってるか?」

「話をそらすなよ」

ダニーは夜中にアンが訪ねてきたことを思いだして、胸に怒りがよみがえった。

「わかった。ディアンドラは元気か? 最近、おれのことを訊いたりするか?」

ムースが体を固くした。「いや、そんなことはない。くだらないことを言うな」

「悪いな。礼儀正しくふるまってるつもりだったんだが。代わりにおまえの車の話でもするか？」

「アンのことでおれにあたるなよ。あれはおまえが――」

「彼女に電話なんか絶対にかけるべきじゃなかった」ダニーは玄関前の階段をおりた。釘の打ってある箇所に沿って歩くルールは無視した。「アンはすでに手いっぱいだ。おれやほかのやつの心配なんかする必要はない」

「おいおい、ダニー。じゃあ、どうすればいいんだ？　みんながおまえのことを話してる。署内のやつらだけじゃない。ジャックも心配して――」

「どうすればいいか教えてやろう。自分の人生に集中していろ。耐えられるならな」

「どういう意味だ？」

「わかってるくせに」

体重も横幅もあって威圧感たっぷりのムースが、気弱に目をそらした。

「ディアンドラのことでおれに仕返しをしてるつもりか？」ダニーは間合いを詰めた。

「彼女が夜、おれに電話をかけたことがあったから？」

ムースが驚いた顔をしたので、ダニーは自分を罵倒したくなった。ムースの妻の話など持ちだす必要はなかったのに。それにムースはいいやつで、ただ悪い状況にいるだけだ。問題は妻のほうにある。

「言っただろう」ダニーは声を落とした。「ディアンドラはよくないって。忠告したはず――」

ムースがのけぞって首をまわした。「最後に勝つのはいつもおまえだな」

「そっちがひとりで張りあってるんだろう。おれはディアンドラにはこれっぽっちも気がないのに」

「そこがおまえの問題なんだよ、ダニー。誰のことも、なんのことも気にかけない」

「女性に関して道徳的にご立派なことを言うのはやめろ。おまえのことは充分すぎるほどわかっているし、何度もかばってきたつもりだ。おれが気にかけてるのはアンを巻きこまないでほしいということだけだ。わかってくれるか？　彼女にはもう電話をかけないでくれ」

マサチューセッツ大学ニューブルーニー校の一年目に経済学の入門クラスで出会って以来、ムースには気を張りつづけている側面があった。里子だという意識が足を引っ張り、虚勢を張って強い男を気取る厚い仮面にはひびが入っている。だからこそダニーはアンの話を持ちだすのはこれが最後だと心得ていた。

「彼女にはもう電話をかけないでくれ」ダニーは繰り返した。「おれのことで。いいか？」

しばしの沈黙のあと、ムースが顔をそむけた。「ああ、わかったよ」

「よし。さてと、煙草はどうだ?」ダニーは勧めた。「封を切ったばかりだ」

ムースが手を伸ばすことはわかっている。ダニーはマールボロを差しだした。ダニーが待つまでもなく、ムースは煙草を抜いた。

ダニーは使い捨てライターで火を分かちあった。「それで、おれたちはこの場所に火をつけるってわけか」

「おまえがこの訓練に参加するのを署長は認めると思えない」

「認めさせるよ」

絶妙なタイミングでトム・アシュバーンのSUVがトラックとチャージャーの後ろに停まった。アンの兄が車から降りてくる様子は、総合格闘技大会のリングのロープを軽々と乗り越えて誰かの首をへし折る準備は万端だと言わんばかりだ。

たぶん本人は認めはしないだろうが。

「説明させてください」アンは立ちあがった。「その……」

ドンがオフィスに入ってきてデスクをまわりこんだ。見おろされたスートはケージのなかで縮こまって首をすくめ、小さくうなり声をあげている。木の葉のように震えていては、威嚇の効果も台なしだ。

「かわいそうに」ドンが小声で言った。「憐れなやつだ」

「こんなはずじゃなかったんです。その、今朝のことですが」アンは咳払いをした。

「つまり何が言いたいかというと、この子の様子を確認しようと思って獣医に電話をかけたら、市の保護施設に送られていて、それで安楽死させられるのではないかと心配になって。ここに来る途中で施設に寄らないと、もしかしたら——」

「この犬の名前は？」

「スートです。ご覧のとおり、煤《スート》みたいに灰色なので」

ドンが後ろにさがった。「ところで、ゆうべもらったメールだが」

アンはスートを見て、それから上司を見た。

ドンはまったく平然としている。アンの困惑した顔を見て、彼は眉を片方あげた。

「三通送ってきただろう、十時頃か？　それとも半分寝ながら打っていたのか？」

「ああ」アンは髪を後ろに払った。「そう、その、一定の法則があることはわかっていただけると思うんです。この二年で火災が六回。どれも郵便番号が同じ地区内で発生していて、現場では不自然なほど大量のオフィス機器が見つかっています。これは連続放火事件ですよ」

「あるいは麻薬取引やギャングの縄張り争いで知られる市の悪名高い地区に、廃墟となったビルが集まっているということかもしれない。報道番組に電話で知らせる段階だとは思えないが」ドンがそっけなく言った。

「報告書を読んでいただけましたか？」

「二回な。今朝、ジムのマシンに乗りながら」

「ほかの現場の報告書のうち三つにも、多すぎるほどのプラスチック製品に関する記載がありましたよね」

「だから？」

「ビルが廃墟だったなら、そうしたオフィス機器はなぜそこにあったんでしょう」アンは肩をすくめた。「ビル荒らしはえり好みせず、根こそぎ持っていくものです。片っ端から持ち去るので品定めはしません。それなのに問題となっている現場の半数で、携帯電話やコンピュータといったものが建物内にあったという公式な記録が残っています。なぜでしょう？」

「以前は使われていたが、最近は放置されていた」

アンはかぶりを振った。「十一月にわたしが巻きこまれた火災は？　一階は仕切られたオフィスになっていて、オフィス機器が置いてありました。たしかです。建物が崩れたとき、上から降ってきたノートパソコンがあたったんです。ＭａｃＢｏｏｋでした。そのときはなんとも思いませんでしたが、今になって気になりだしたので、あの現場で目にしたものと……特にほかの報告書に書かれていたものと照らしあわせて考えてみたんです。これまでの火災はそれらを処分するためだったとしたら？　あるいはコンピュータ内の情報を消し去るためだったら？　そうでなくても、ほかに理由があるのかもしれません」

ドンが肩をすくめた。「突拍子もないことを考えるより、ありふれた事実に目を向けるんだな。だが、調査は続けてくれ」

「そのつもりです」

ドンが背を向けた。「一時間後に部門会議だ」

アンはデスクの前に走りでた。「待ってください。すみませんが、はっきりさせておきたいんです。この子を連れてきたことで、わたしはクビになったりしませんか？　その、スートのことですけど」

「部門会議があると言っただろう。チームのみんなの前でクビを言い渡すと思うか？」

「まあ、犬を連れてくるのは禁止という決まりを知らしめる……か、新たに作るにはいい方法かもしれません」

ドンがアンの後ろにいるスートのほうを見た。「これが猫なら話は違っただろう。猫は嫌いだ」

「つまり……これからも連れてきていいんですか？　慣れるまでは」

「いつもそうやって人の限界を試そうとするのか？」

「ええ、実はそうなんです」

ドンが腕組みして廊下のほうに目をやった。唇を引き結んでいるが、怒っているのではない。笑いをこらえているのだ。「きみには振りまわされそうだな。だが仕事をきちんとするなら、犬の件は目をつぶる。どうだ？」

アンは口元を緩めた。「『ジ・オフィス』というドラマを見たことがありますか？」

「どうしてだ？」

「訊いてみただけです」アンはスートに視線を送り、親指を立てた。「ありがとうございます」

18

職場からの帰りに、アンはペトコに立ち寄った。スートもペット用品店内に連れていきたかったが、刺激に対してどう反応するか見当がつかず、またその日は寒かったせいもあって、車に残すことにした。店に入ると、なるべく早く買い物をすませようと、ドッグフードにおやつ、犬用のシートベルト、ベッド、自宅用のケージと次々に手にしていった。外に出たときには、愛車の古いスバルのアウトバックに消防車が横づけされていて、頭がどうかしたように手あたり次第食いちぎっているスートを解放しようと消防士が窓ガラスを割っている場面を半ば予想していた。

予想は外れた。

アンが車に着くと、運転席で縮こまっていたスートが顔をあげて尻尾を振った。

「いい子ね!」

自宅に向かう途中、ドライブスルーでサラダを買った。アンはずっとスートに話しかけつづけた。部門会議のこと、担当している調査のこと、一連の火災のこと。それに母が電話をかけてきて、なんだかんだと伝言を残したことも。

車を私道に入れて――。

ブレーキを踏みこんだ。スートがダッシュボードにぶつかるまいと慌てて座席の上であとずさりし、アンは悪態をついた。ダニー・マグワイアが玄関前の階段に座っていた。黒髪と大きな体にオレンジ色の夕日を浴びながら、コンクリートの階段を占領している。彼は煙草を吸っていたが、もみ消して吸い殻をジーンズにしまい、立ちあがった。

「なんなの」アンはつぶやきながらギアをパーキングに入れた。

車を降りてドアを閉めた。これでスートがダニーにかぶりつこうと考えることもない。

「やあ」ダニーが芝生を歩いてきた。「荷物を運ぶのを手伝おうか?」

「ここで何をしてるの?」

「謝りに来たんだ。ゆうべのことを」

「どの部分を?」アンは頭を振った。「まあ、いいわ。謝罪は受け入れる。そういうわけだから、悪いけどわたしはなかに入って――」

「犬を飼ってるのか?」ダニーが車をのぞきこむと、スートは座席に沈みこんだ。ダニーはうなずいた。「保護犬だな。いいことだ。名前は?」

アンは青く澄んだ秋空を見あげた。犬の名前を尋ね、ペット用品を運んで彼女の家に入っていくダニーの言動はどれも間違っている気がした。まるで変わりない日常を抜けて、時間のひずみに陥ってしまったかのようだ……何も起こらなかったふりをする空間に。

「ダニー、こんなことはやめて」

「その子を出してくれ。そうすればきちんと挨拶ができる」

「知らない人はいやがるの。特に男の人は」

「おれは好かれる」

「あなたのうぬぼれにはときどき疲れるわ」ダニーがクリスマスまででも待ってやるといった様子でじっと立っているので、アンは肩をすくめた。「いいわ、嚙みつかれても自分のせいよ」アンはドアを開けてリードを握った。「おいで、スート。裏に行きましょう、庭を見せてあげる」

アンはリードを引いたが、スートは抵抗した。キャラメル色の目はダニーを見つめている。

「あの人のことは気にしなくていいの。あなたをいじめたりしないから。行くわよ」

スートが首をかしげてから、おずおずと座席の上を移動して地面に飛び降りた。アンは振り返って——。

ダニーは後ろにいなかった。芝生に寝そべり、両腕を広げて足首を重ね、目を閉じている。

「何をしてるの？」

ダニーは答えずにじっとしている。スートが空気のにおいを嗅いだ。それから一歩踏みだす。また一歩。ダニーは呼吸をする以外は微動だにせず、広い胸に酸素を取りこんでは、ゆっくりと息を吐いている。

そのうちにスートが間合いを詰めた。逃げられるように尻にぎりぎりまで重心をかけ、尻尾を立てて警戒している。

「いいんだ」ダニーが目を閉じたまま、ささやいた。「好きなだけ時間をかけて」

スートは最初にダニーの手のにおいを嗅いだ。後足で立ちあがる。腕のにおいを嗅ぐ。胸のにおい。顔のにおい。

ダニーがおもむろに目を開いた。「おれはおまえのママの友達だ。よろしく」

スートとダニーは一時間にも感じられるほど長いあいだ見つめあっていた。やがてスートは座って丸くなり、痩せ細った体をダニーに預けた。ダニーがようやく片手を持ちあげ、スートの脇腹をやさしく撫でた。

「ほら、好かれるって言っただろう」

アンは腕組みしてその様子を見据えた。まったく、こっちは懐柔するのにシリアルバーをあげなければならなかったのに。ダニーは？　そんなものはなくても、スートは心を許している。

まったく、男ときたら。

「それで、ディナーはどうするんだ？」ダニーが訊いた。

アンは口を開いてから、また閉じた。けれども気がつくと小声で言っていた。「残り物のピザとサラダがあるから」

「いいね、腹ぺこなんだ」

長い沈黙がおりた。それから深くは考えまいとしてアンはダニーを家のなかへ、キッチンテーブルへと案内した。ピザを温め直し、サラダを持ってダニーの向かいに腰かける。

「今、どんな仕事をしてるんだ？」ダニーがペパロニ＆オニオンピザを頬張る合間に尋ねた。

アンが口にしたサラダは段ボールを思わせる味がした。「火災調査官が何をするかは知ってるでしょう」

「うまくいってるのか？」

「そこそこね」

「サラダはおいしい？」

アンはフォークを置いた。「ダニー、こんなのは——」

ダニーがペーパータオルで口をぬぐった。「聞いてくれ……おれはただ、しらふのときに会いたかったんだ。ゆうべのおれは正気じゃなくて、意味不明なことを言ってただろう。まずは電話かける手もあったが、来るなと言われただろうし」

「だからいきなり来たわけね。誘われるまで待ったことはあるの、ダニー？」

「きみと同じくらいはね、アン」

「あなたがそんなふうに笑うと頭にくる」アンは低い声で言いながら、レタスをフォークでつついた。「はっきりさせておかない？　わたしにキスをしようとしてすまなかったと——」

「それについては反省してない」アンが顔をあげると、ダニーは目を伏せた。「してると言ったら嘘になる」

その瞬間、アンの思考は薄暗くて散らかったダニーの部屋に引き戻された。顔を突きあわせたまま立ちすくんでいる自身の姿。彼の口から自分の名前がかすれた声でこぼれる。唇を寄せられる直前だ。

体がかっと熱くなり、アンは椅子の上で身じろぎした。「さっきの話だけど、実はわたしたちの火災に似た件を調べているところなの。ほら、わたしとあなたがかかわった最後の火災よ」

ダニーが椅子に深く座り直し、足首を交差させた。ピザの生地をちぎり、新しいベッドで丸まっていたスートに差しだす。少し間を空けてからスートは足を引きずってそばに来て、英国貴族のように上品に受け取ると、何やらつぶやきながらベッドに戻って一気に食べた。

「とてもおとなしいわ」アンは言った。「気性も穏やかだし」

「あいつはいい犬だ。運がよかったな。きみもあいつも」ダニーの肩から力が抜けた。

「それで、担当している火災というのはどれのことだ？」

「市街地の倉庫火災よ」

「ハーバー・ストリートの？　二日前に起きた？」

「そう、それ。同じくらい年代物の建物なの。わたしたちが一緒に……その、わかるでしょう。とにかく、このふたつにはいくつか共通点がある。しかも聞いて、二件だけじゃないの。ほかの火災ともつながりがあるんじゃないかと思って」

「あのあたりには頭がどうかした連中がたくさんいる。気晴らしに火をつけたりするからな」

「まあね」アンはレタスを口に入れた。

「そんな場所に行って危なくないのか？　誰かと組んで行くのか？」

「銃を持ってる。携帯する許可は取ってあるから」

「いい子だ」

「いい女、でしょう」アンは口を動かしながら言った。「子どもじゃないわ」

「悪い」ダニーが口元をかすかに緩めた。「さてと、大きなやつに話を戻すか」

「大きなやつって、ムースが来てるの？　わたし、どういうわけか見逃していた？」

ダニーが眉をひそめ、それから笑いだした。「違う、あいつとは話をつけた。もうわずらわされることはない」

「つまりあなたは心を入れ替えて、仕事でも愚かな真似はやめるってこと？　よかった。あなたにとって、とてもいい決断よ。心底、喜んでるの。あなたがお酒の量を減らして、携帯電話にウーバーのアプリを追加して――」

「きみはいつか本当に許してくれるのか？」

アンはフォークをおろした。ああ、ダニーといるとこうした感情の穴にはまってばかりだ。論理的な思考が引っこんで、感情に翻弄されてしまう。

「気を悪くしないで」アンは言った。「でも許すのはわたしじゃない」

「おれはほかにも誰かの腕を切り落としたかな？」

アンは義手を持ちあげた。「こんなのはたいしたことじゃない」

「まったくだ」

ダニーの顔を見たアンは、そこに強い罪の意識を認めて腹立たしくなった。唐突にフォークから手を離した。「時間はどれくらいある？」

「いつ？　今か？　特に予定はないが」

「ちょっと待ってて」

アンの家のキッチンに腰かけたまま、ダニーは上階で歩きまわる足音に耳を澄ました。ちょうど真上にいる。目的を持ったすばやい足運びだ。そこでふと考えた。彼女が最後にぶらぶら歩いたのはいつだろう？

「ピザをもっと食べるか？」ダニーはスートに話しかけた。

スートが立ちあがって寄ってくると、ラブラドール・レトリーバーの口の一番やわらかい部分で最後のひと切れを受け取った。

「なあ、よく聞いてくれ」スートは赤と黒のベッドに戻ってまた体を落ち着け、ピザを食べながらこちらを見ている。「いいか、おまえにはアンを見守っていてほしいんだ。彼女は精神的に強いし、頭も切れる。でも、ひとり暮らしだからな」

そう……自分が知る限り、アンはひとりで暮らしている。そうでないとは思いたくない。あの火事のあと、つきあった男はいるのだろうか。

くそっ。彼女がほかの男と一緒にいることを考えただけで、吐くほど懸垂と腹筋をしたくなる。

もちろん、筋肉がついていることを確認するために。さらに筋肉をつけるために。あるいは誰よりも筋肉質であるために。

情けない。

「いいわよ、行きましょう」

ダニーは顔をあげた。レギンスとフリースジャケット姿のアンがダッフルバッグを肩にかけている。ダニーは硬く締まったアンの腿から目が離せなかった。あの腿が自分の腰に巻きついたことが一度だけある。だがその一度で、彼女といるときの感覚が忘れられなくなった。

「どこに行くんだ？」ダニーは訊いた。

どこだってかまわない。眉をワックス脱毛されることになろうが、足の爪にペディキュアを塗られるはめになろうが、ついていく。

「今にわかるわ」アンが犬用のビスケットを手に、スートをケージへと導いた。ダニーが組み立てを手伝おうとして断られたケージだ。「いい子にしてて。テレビをつけておくから」

「音楽のほうがいい」振り返ったアンに、ダニーは頭を振ってみせた。「コマーシャルや番組に犬が出てきたら、それに刺激されるかもしれない。閉じこめられていて逃げられないときは特に」

「いつから犬のことがわかるようになったの？」

「ジャックからあれこれ学んだんだ。やつは警察犬と仕事をすることが多いから」

キッチンを離れる際にアンがラジオをつけて、地元の放送局に周波数を合わせた。小型のスピーカーから流れるＢＢＣワールド・サービスの心地よいささやきを耳に、ダニーはアンに続いて玄関を出て、彼女の車に向かった。

十五分後、ふたりはマウンテリアの駐車場に乗り入れた。ダニーもよく知るクライミングジムだ。それにしてもここまでの道のりは最高だった。もっと時間がかかればいいのにと思った。アンのすぐそばに座っているのはすばらしい。しかもそれなりの理由があって——特別、話もしなかったので——横顔を見つめていられたし、洗濯洗剤の香りを嗅いで、彼女の声の調子に耳を傾けることができた。

「ふたりでのぼるのか？」ダニーがささやいた。

「あなた次第よ」

「だったら、おれは下からの眺めを楽しむことにしよう」

車を降りると、ボンネット越しにアンがにらんできた。「そのために来たんじゃないから」

「おまけだよ」

アンがダッフルバッグを肩にかけた。「じゃあ、ヒップは見ないでと言っておくわ」

なるほど、この点に関しては口をつぐんでいたほうがいい。守れない約束はするべきじゃない。

こみあった駐車場を抜けて明かりのついた入口に向かう頃には、空が暗くなりかけていた。マウンテリアにはあらゆるレベルと年代向けの壁があり、ジュースタンド、託児室、のぼり方の説明書きも用意されている。そのためか、外の乗用車は二種類に分かれる傾向にある。ファミリータイプのミニバンと、本格的にのぼる人のルーフキャリアがついたSUVだ。

横にいるアンはやる気満々で、ダニーは並んで歩いているにもかかわらず置いていかれそうな気がした。そう、アンはいつもこうだ。同じ場所にいても先を行っている。だから、常に追いかけている気になるのだろう。ほかの女性はといえば、みんな自分をおびき寄せてつなぎとめ、座らせ、家に泊まらせ、関係を迫る。だがおれのアンは違う。自身の人生を懸命に生きていて、こちらの状況をあれこれ気にしない。

ああ、すばらしい女性だ。願わくは……だめだ、何を願っていいかもわからない。

なかに入ると受付の男ふたりが顔をあげ、彼女に歓迎の声をかけてきた。

「アン！」

「やあ、アン」

ふたりともダニーより年下で、顎髭を生やし、シャツから腕をむきだし、引きしまった筋肉を余すところなくひけらかしている。ダニーはそれを見て、向こうにはあって自分にないさまざまな優れた点を挙げずにはいられなかった。

あの筋肉をアマゾンの通信販売で買えないのは残念だ。

目を細めてカウンターに歩み寄ったダニーは、さらに自分を大柄に見せようと背筋を伸ばした。「彼女の連れだ」

「同伴者なの」アンが機械に通すために会員証を提示した。「見学させてもらえる?」

「もちろんだよ、アン」

「きみの頼みなら」

ダニーのなかの原始人が御影石《みかげ》のカウンター越しにこのふたりを数発殴ってやりたいと訴えたが、彼は衝動を抑えて回転ドアを抜け、大人の話し声と子どもの歓声が響く大きな洞窟に似た空間に足を踏み入れた。安全ベルトをつけた人たちが手足を伸ばして体を支え、高さの違う青、緑、赤、黄色の傾斜したパネルをのぼっている。

アンは唯一こみあっていない黒のパネルに向かった。それは床から始まってすぐに後方に曲がっているので、宙で逆さにぶらさがることになる。引きはがされてヒップからマットに落ちないためには、握力と筋力だけが頼りだ。

これをのぼる気か? 嘘だろう……。

後ろにさがったダニーが愚かな真似はよせと言うのをこらえる一方、アンはダッフルバッグをベンチに置いてフリースジャケットを脱いだ。スポーツブラと、ルルレモンのヨガウェアを身につけた姿はフィットネスのモデルさながらだ。ダニーは義手を見て、それが機能性に欠ける見せかけにすぎないとわかった。動かないそれらしい手と手首を肘の先に装着し、肌に近い色の素材とプラスチックでとめている。アンはそれを器用に外し、代わりに肘と肩の両方で固定する継手《つぎて》をつけた。筋電義手だ。黒と鮮やかな緑のいかにも機械的な代物で趣味が悪い。先は丸くなっていて、そこにアンが手に似せた屈曲した先端部をねじこんだ。

「座っていて」アンが指示した。

ダニーはベンチに腰をおろし、ジーンズの膝で汗ばんだ手のひらを拭いた。それでも汗が引かないので、ウインドブレーカーを脱いで額をぬぐわなければならなかった。なぜそんなに緊張しているのか訊かれたとしても、説明できなかっただろう。

しかし、心配は無用だった。

アンの動きはダンサーのようにしなやかで、活力がみなぎる強さがあった。おまけに突起があるところまでよじのぼったりせず、マットから飛びあがって壁にぶらさがった。そこから下半身を揺らして反動をつけてからクライミングシューズをグリップに固定し、クモのごとくホールドからホールドへと進んでいく。胴体を壁面にぴたりとつけて、義手と自分の手を美しく動かしている。

ためらいはなかった。踏み違えることも、足を滑らすことも、調整し直すことも。

おまけに安全のためのハーネスもつけておらず、明らかにマウンテリアの規則に違反していると思われたが、アンを止める者はいなかった。

その代わり、たくさんの人が動きを止めて彼女を見ていた。それからほどなく集まってきて、ささやいたり、指さしたりしはじめた。

アンはさらに上へと向かい、四階の天井まで到達した。ほとんど汗もかかず、ペースも変えずに、ダニーの頭上を横切っていく。背筋が浮きでて、脚とふくらはぎは硬く締まり、肩と腕の筋肉が割れている。下からの眺めを楽しませてもらうなどとふざけたことを言ってしまったが、実際にアンのずば抜けた……すべてを目のあたりにすると、みだらな思いなどまったく頭に浮かばなかった。

「ママ、わたしもあんなふうになりたい」

ダニーはそばで見ていた母娘《おやこ》に目をやった。少女は十歳か十二歳くらいだろう。ピンクと黒の装具をつけ、目を丸くして両手を腰にあてている。

「もちろんなれるわ」母親が言った。「一生懸命がんばればね」

ひと呼吸置いてから、ダニーは咳払いをした。「それに、度胸があればだな」かすれた声でつけ加えた。

19

アンは実力をひけらかそうとしたわけではなかった。消防士だった頃に学んだことをひとつ挙げるとすれば、マーフィーの法則のとおり、いい格好をしたい人は必ず痛い目に遭うということだ。けれどもダニーが自責の念に駆られたままでいるのなら、彼女がどれほど〝ひどい状態〟であるかをはっきり知ってもらったほうがいい。

マットに飛びおりて、チョークのついた手のひらをレギンスで払い、首をめぐらすと――。

今までのぼっていた場所を人々が取り囲んでいた。ある種の畏敬の念を浮かべた顔を見て、アンは壁にのぼったことを後悔した。それからダニーが目に入った。ベンチに座り、両肘を膝についている。がっしりとした腕は緊張で直角に曲がり、まるで彼女が落下して床に激突し、燃えあがるとでも思っていたかのようだ。

強い視線にとらわれて、ダニーしか見えなくなった。

顎髭を生やした長身の若い男がアンの前に進みでた。「今回も見事なクライミングだったね、アン」

アンはわれに返って身震いし、受付係のクリスにほほえみかけた。「ありがとう」「でも、ハーネスをつけなきゃいけないのは知ってるよね」

しまった、やはり指摘された。「間違った判断だったわ。もうこんなことはしないから」

クリスがアンの肩に手を置いた。「きみが承知してくれていることはわかってる。ぼくたちが心配なのはほかの人たちだ。それに、保険のこともある」

「ええ」

ダニーが近づいてきてクリスにのしかかるように立った。自分のほうが優に二十キロは重く、十センチ以上背が高いことを知らしめたいのだろう。そう、〝おれは強いんだ。痛い目に遭わせるぞ〟と言いたいのは誰の目にも明らかだ。

予想どおり、アンの体から警報が鳴りだしたかのようにクリスが手を引っこめた。

「わかってくれればいいんだ」

それからクリスは眉をひそめて壁のほうを見やった。ふたりの若者が今にも愚かなことを始めそうな様子だ。クリスがそちらに向かい、アンはいつでも帰れる状態になった。ここに来たのは体が不自由だという話を終わりにしたかったからで、目的は果たされた。ダニーとのあいだのドアを閉めて、ひとりで歩きだすときが来た。

アンは義手を掲げてダニーを見据えた。「わたしが打ちひしがれているとか、不完全だとか思わないで。そんな考えは捨てて、立ち去ってくれればいいの。あなたのためにならないし、わたしに対する侮辱よ」ダニーが義手に視線を向けようとしないので、アンは目の前に突きだした。「見てよ、ほら。これは噛みついたりしないし、どこにも行かないわ」

ダニーの頰に赤みが走ったのにはいろいろな意味があるのだろうが、アンはそこに含まれた感情を追及するつもりはなかった。それは彼の問題だ。

「きみのクライミングには圧倒された」ダニーが口を開いた。「みんなもそうだ」

「この手をちゃんと見て」

顔をしかめたダニーは実際よりも大きく見えた。「見る気はない。言いたいことはわかったし、きみの能力をうれしく思う。だが、おれにこうしろときみが強制することはできない。それが現実だ」

「わたしのせいで自分の人生を台なしにしてるのなら、あなたの考え方を変えてあげる。だって、そんなのは間違って――」

いっせいに大声がしてアンは首をめぐらせた。先ほどの若者のひとりが、猛烈な速さでホールドからホールドへと移って壁をのぼっていく。クリスがうんざりしているのがわかった。

アンは注意を戻した。「わたしのことや過去にとらわれるのはやめて。わたし自身が過去から解き放たれたみたいにね」

「だけど前に進めているわけじゃないだろう。きみの言葉を信用していいのかどうかわからない。消防士じゃなくなってうれしいというのか？　消防署に出勤しなくていいと思うと力がみなぎるとでも？　おれたちの日々が恋しくないのか？」ダニーが慌てて考え違いを正そうとするように首を振った。「あの日々が、という意味だが」

「わたしに選択肢があるっていうの？　酔いつぶれる？　殴り合いの喧嘩をする？　大事でもない人に手あたり次第、難癖をつけて現実逃避する？　煙草を始めるのはどう？　それで――」

「おれはきみとは違う向きあい方をしたっていいだろう」

「向きあい方？　向きあってると言えるの？　正確には、〝自爆〟に近いんじゃない」

後ろで誰かが息をのんだが、アンは無視した。「それに正直言って、どうしてあなたが……ちょっと、話をしてるんだからこっちを見てくれる?」

ダニーがアンに視線を戻した。「まず言っておくが、どこを見ようがおれの勝手だ。それから、あれに少々気を取られていた」

アンは振り返り、ダニーが指さした方向に目をやった。先ほどのティーンエイジャーが両手でふたつのホールドをつかみ、両足は別のふたつのホールドに置き、四点で体を支えて天井からぶらさがっている。腿は痙攣《けいれん》し、腕も震えている。汗が優に六メートルは離れたマットに落ちて、ひそやかな音が息をのんで見守る人々のあいだに響いた。メトロノームが若者に残された時間を刻んでいく。

若者が鍛えているのは間違いなく、筋肉質の締まった体をしている。けれども自分の能力や筋力よりも気持ちが先走り、今は恐怖で動けなくなっている。安全を確保するハーネスもつけていない。

クリスが若者に話しかけた。「そこでじっとしてるんだ。スタッフが迎えに行く」

アンが駆けつけた。「わたしがハーネスを届けるわ――」

「チリがすでに準備にかかってる」クリスが声を落とした。「ぼくはやめろと言ったんだ。なのに止める前に壁をのぼって――」

若者の片足が外れて、見物客たちが息をのんだ。もうひとりの受付係のチリがフルスピードで自身のハーネスをつけてベルトを締めている。がんばって。アンは心のなかで声をかけた。けれどもチリが風のようにすばやく動いたとしても、頭上の状況は刻々と悪化していて、最悪の事態が予想された。すぐに通報しなければ――。

「今、救急隊を呼んでる」ダニーが携帯電話を耳にあてた。「あそこから落ちたらあの子は体を強打するだろう」

「しっかりつかまってるんだ！」クリスが叫んだ。

十五人ほどの見物客たちがまた息をのんだ。若者がもう片方の足も滑らせ、ゆらゆらと揺れている。スパイダーマンがクモの巣なしでふたつの高層ビルのあいだにぶらさがっているかのようだ。ああ、手が。両手が汗でどんどん滑りやすくなっている。そんな状態であの体重を支えられるだろうか？

アンは集まっている人々の前に行って両腕を広げた。「さがりましょう。後ろにさがって」それから少女の前に立った。十二歳くらいだろう。「ねえ、そのシャツ、かわいいわね」

少女が視線を落とした。「え、ああ……これはボランティアをしたときの」

「わたしもキャンプヒルでボランティアをしたことがあるのよ」少女の視線が天井に戻ったので、アンは一歩横に移動して再び視界をさえぎった。「どこの小屋に泊まったの？」

「ここに書いてある」

少女がシャツに視線を落として小屋の名前を指さしたとき、いっせいに悲鳴があがり、続けて激しく打ちつける音がした。

アンは少女の母親に低い声で告げた。「この子をロッカールームへ、早く」

あの音からすると……少なくとも一本か二本は脛骨《けいこつ》が折れただろう。


ダニーが救急隊への通話を終えたのは、まさに目立ちたがり屋の若者がホールドから手を離し、間違った着地をしたときだった。間違ったというのは、本人が両脚の複雑骨折で目の前に飛んだ花火を楽しんだふうには見えなかったからだ。若者は膝をまっすぐ伸ばしたまま、足からプールに飛びこむ格好で両腕をまわしながらマットに落下した。それが助けになるかのように。

あの着地なら間違いなく満点をもらえただろう――もしこれが間抜けさを競うオリンピックで、過激ないたずらが売りのアーティストのスティーヴォーが審判だったなら。けれども実際は、整形外科医に金を注《つ》ぎこむことになりそうだ。複雑骨折をした左脚のすねから骨が飛びでている。

アンが野次馬をさがらせているので、ダニーはクライマーで今や怪我人となった若者とともに人々の注目を一身に集め、彼がしきりに動かしている手を握りしめた。これ見よがしに着ているTシャツは地元のカトリック系の私立学校のもので、にきび顔と危険に対する明らかな認識の甘さからして未成年に違いない。とはいえ、成人だからといって愚かな真似をしないわけではない。人のことは言えない身だ。

「じっとしてるんだ」ダニーは声をかけた。「救急隊がもうすぐ来る」

「折れたの？　ぼくの脚は……」

若者が頭をあげて足元を見ようとしたので、ダニーがその妙案を止めた。痛みを感じているときに傷の状態を目のあたりにしても、いいことはない。特に膝から下が人体解剖学のテスト問題みたいに見えるときは。

「動くんじゃない」ダニーは男の肩を押し戻してマットに横たえた。「力を抜いて深呼吸をするんだ。名前は？」

「デイヴィッド。デイヴ・リッチモンド」

「そうか。デイヴ、おれはダニー。医療の訓練を受けてる。ところで、年はいくつだ？」

「十八歳」

「何かアレルギーは？」

「な、な、ないけど。ああ、どうしよう。母さんに殺される」

「持病はあるか？」男性ホルモンによるありがちで愚かしい行動以外に。「知っておかなければならないことは？」

「ないよ……ぼくの脚、どうしたの？　感覚がないんだけど」

ショックのせいだろう。あるいは脊髄損傷かもしれない。可能性を排除できない限り、何かを決めつけることはできない。

「そのまま横になっているんだ。いいか？　どうしたらお母さんに連絡が取れる？」

アンがそばに来て膝をついた。「どんな具合？」

一瞬、ダニーは過去に引き戻された。緊急出動の要請を受けた現場にアンといて、怪我人をのぞきこんで診断し、救急救命室に状況を報告して搬送車に乗りこむ。彼女は常に相棒だ――。

いや、相棒だった。ずっと相棒だったのだ。

アンとともに対処した痛みや苦しみや怪我を思うとげっそりするが、あのつながっているという感覚が恋しかった。日々の交流。言葉はいらない。言わなくても伝わっていた。

　ふたりの思考は同じだからだ。

「デイヴはしっかりしている」ダニーは小声でつけ加えた。「ちょっとショックを受けてはいるが」

「そうみたいね。通報を受けて、来るのはどこの分署？」

「おれたちのところだ」

　アンの表情が硬くなった。けれども彼女はそれをすばやく隠し、怪我をした若者の友人に声をかけた。すっかり緊張して離れて立っている。「お友達の身分証を持ってきてくれる？　彼が使っていたロッカーから」

　ブロンドの若者は傷口を見て唾をのみこみ、吐き気と闘うように言葉を絞りだした。

「はい。そいつ……まずいことになってます？　ぼくはやめろって言ったんだけど」

「わたしたちはお友達の対応をしたいだけ。だから彼の財布と携帯電話を持ってきてくれたら助かるわ」

　友人が去ると、アンは立ちあがって受付係のふたりに話しかけた。同じように顎髭を蓄えたふたりは、抹茶ラテに豆乳ではなくアーモンドミルクを入れるという非人道的な飲み方は流行《はや》らなかったが、それ以外ならなんでも広まるインスタグラムを恐れているらしい。

あるいは、ふたりがかすかにうんざりした様子に見えるのは、こちらの勝手な思いこみかもしれない。

おそらく後者だろう。

遠くに聞こえていたサイレンが徐々に大きくなり、マウンテリアのガラス張りのフロントドアから差しこんだ赤い光が怪我人の動揺した顔を照らしだした。そこに友人が財布を手に戻ってきた。

受け取ったダニーは、なかを開くなり悪態をついた。「十八歳じゃなくて十七歳じゃないか、デイヴ」

「もうすぐ十八歳だよ」

「法律では〝もうすぐ〟は認められないんだ。親御さんに電話しろ。治療の同意をもらわなければならない」

「おまえの母さんはカンカンだな」友人が小声で言った。

デイヴが頭を振った。「このまま病院に行くわけには――」

ダニーはその言葉をさえぎった。我慢も限界に近い。「だめだ、ご両親に電話をかけろ。さあ」

20

四九九分署の消防士たちがストレッチャーとともに到着すると、アンは後方に退き、気をそらすためにクリスとのおしゃべりを再開した。すると脚を折ったデイヴは問題児で、きちんと入館手続きをしていなかったことがわかった。受付係のふたりもデイヴの行動には匙《さじ》を投げていた。

「あなたたちはできる限りのことをした」アンは言った。「万事うまくいくわ」言葉をかけながら、ほとんど自分に言い聞かせていた。ダニーのルームメイトだったムースがストレッチャーの前方を、エミリオ・チャベスが後方を持ち、確固たる足取りでオープンスペースを進んでいる。胸に消防隊の紋章がついたシャツと濃紺のワークパンツという姿で、それはかつてアンが昼夜を問わず身につけていた制服だった。

ふたりはアンを見てためらった。そこでダニーが立ちあがった。

ムースがはっとした。「やあ、おふたりさん。ここで何があったんだ？」

ダニーがアンを見た。アンはダニーを見た。

「脚を複雑――」

「天井から落ちて――」

「骨折したんだけど――」

「そのせいで複雑――」

「激しく打ちつけたから」

「骨折したんだ」

交互に言ってから同時に口をつぐんだ。アンは目をそむけないようこらえた。「デイヴは未成年で、母親がこっちに向かっているところよ」

ムースがアンに笑顔を向けた。それから怪我人の対応に全神経を注ぎ、チャベスと手順に沿って動いた。アンも充分すぎるほどよく知っている手順だ。ニューブランズウィック市では消防士は医療補助者と救急救命士の役割も担っている。アンは頭のなかで順を追って各判断を下していった。

今でもできるとアンは思った。わたしの仕事がまだできる。

確信を覚えたが、しょせんは無意味だ。芯のないランタンのようなものだ。この種の対応は消防士の仕事のほんの一部にすぎない。もちろん消防士は今回のように挑戦を余儀なくされない、切迫していない状況で脚を骨折した子どもの処置ができることも大切だ。けれどもホースを引きずって階段をのぼったり、斧で内壁に穴を開けたり、倒れた仲間を灼熱《しゃくねつ》の現場から助けだしたりもしなければならない。

ダニーが頭を傾けて患者に点滴がつけられるのを見守りながら、アンのそばに来た。

「大丈夫か?」

声があまりに小さくてアンは聞き逃しそうになったが、仕事中に話しかけてくるときのダニーはいつもそうだったことを思いだした。みんながいるところで私的な話をするときは。

口を開けて平気だと答えようとしたが、勢いに任せて言いきることはできなかった。なぜだか嘘をつけない。話をうまくそらす完璧な言葉が喉でつかえた理由を突きつめるつもりもなかった。

デイヴの首に頸椎《けいつい》カラーをつけ、膝から下を固定すると、ムースとチャベスがストレッチャーに移した。ストレッチャーのベルトを締めているときにちょうど母親が到着した。すっかり慌てた様子で髪を乱し、コートをはためかせ、ハンドバッグを脚にぶつけながら息子に駆け寄った。

「デイヴィッド、まったくあんたって子は！」

ダニーが小声で言った。「こういう状況は初めてじゃないらしいな」

「そうね」アンはダッフルバッグを取りに行った。「行きましょう」

彼女の身体能力を知ってもらうこの試みは見事失敗に終わった。おまけにアンがあきらめなければならなかった仕事をこなすムースとチャベスの様子を脇で眺めるはめになるありさまだ。そう、思ったとおりだ。神はうぬぼれ屋を嫌う。ダニーに大丈夫だと示したかったのは事実だが、いくらか自慢したい気持ちがあったことも否めない。ムースが母親をなだめて状況を説明しているあいだに、チャベスはためらいつつふたりのもとにやってきた。ダニーにうなずいてみせたが、ぞんざいな挨拶だ。まあ、このふたりは次の勤務でも顔を合わせるのだろう。

「元気かい、アン？」

チャベスはいつもいい人だった。こちらに向ける穏やかなまなざしがアンの記憶にあるチャベスのすべてを物語っている。変わらず長身で、色が浅黒くて、ハンサムな消防士の英雄で、男ばかりのカレンダーでは消防士のパンツをはいて長いホースを手に写っている。とはいえ、自分の好みのタイプだと思ったことはなかった。そう、あの頃はダニー・マグワイアから目を離すことができなかったから。

それで、質問はなんだったかしら？

「元気よ」アンは明るくほほえみ、それから必死に見えないように明るさのスイッチを調整した。「とても元気」

倉庫火災で大怪我を負ったあと、チャベスはリハビリ病院に一度立ち寄ってくれた。こちらの顔に意識を集中して腕は決して見ないようにしている様子を見て、アンは見舞いを早々に切りあげてもらった。チャベスは帰るきっかけを与えられてほっとしたようだった。アンに彼を責める気はなかった。病院のベッド脇に居心地悪そうに立っている姿から、怪我をしたのが自分でなくてよかったと思っているのは間違いなかった——そして、当然とも言えるその安堵の気持ちを申し訳なく思う心やさしい人だ。

「あなたはどう？」アンは尋ねた。尋ねざるをえなかった。

「ああ、元気だよ。元気にやってる。うん、ありがとう」

ほほえんで、それから笑みが消えた。そのあとチャベスが無理やり口角をあげたので、アンは気を遣わなくていいと言いたくなった。

アンは汗ばんだ手のひらをレギンスの腰の部分でぬぐった。「うれしいわ。それならよかった」

「ああ、そう……そうだね」チャベスが自分の背後に目をやる。「そろそろ出発だ。

会えてよかったよ、アン……あとでな、ダニーボーイ」

「わたしも会えてよかった」アンは大きすぎる声で答えた。「本当によかった」

クリスがやってきた。「知らなかったよ。きみが救急救命士たちと友達だなんて」

「友達じゃないわ。というか、友達だったの。昔はわたし……」アンは頭を振った。

「ねえ、もう一度言わせて。今回のことは本当に申し訳なかったと思ってるの。これ見よがしにのぼったりするべきじゃなかった」

「あの子は会員になったときからずっと問題を起こしてきた。少なくともこれで会員資格を取り消す理由ができた。基本的な免責条項を定めた書面にサインしてるから、おそらく訴えはしないだろう」

ダニーが割って入った。「証言が必要なら、おれたちの連絡先はわかるだろう？」

「わたしの電話番号はわかるわよね」アンは言い直した。「力になれるなら教えて。責任を感じてるの」

クリスがにっこりした。「きみは最高だよ、アン。チリも感謝してる」

「会えてよかった」ダニーがふたりの会話をさえぎり、剣で相手の腹に狙いを定めるように片手を突きだした。

奇妙な間が空いたあと、クリスが目の前の手を握った。ダニーがかわいそうな受付係の体を膝でへし折って通りに投げだす前に、アンはドアへ向かった。

外は真夜中のごとく暗かった。ムースが救急車の後ろのドアを閉めていた。運転席の頭上で光る赤色灯が、アンの意識を再び消防の仕事に引き戻した。明暗の反復はなじみ深く、それでいて今は無縁の代物だ。

いつのまにか入りこんできた悲しみに気持ちが揺らぎ、アンは息ができなかった。

「さてと」ムースがアンとダニーを交互に見た。

ムースのにんまりしている様子からして、ダニーは消防署で相当からかわれるだろう。もしダニーが肩に手をまわしたり、ふたりの仲をほのめかしたりしたら、わたしのような状況に立たされるのがどういうことかを即座に理解するに違いない。というのも、この手でダニーの腕をもぎ取るからだ。

「見なきゃならない怪我人がいるんじゃないのか」ダニーが低い声で促した。

ムースは肩をすくめた。「エイミーが病歴の聞き取り中だ」

「それは搬送中にできるよな」

「母親から車をまわしてくるから待っていてくれと言われたんだ。救急車のあとをついていきたいんだと」

アンは立ち去りたい衝動に駆られたが、ダニーには車がないので、先に帰るなどと言いだせばどうすればいいのかという話になるだろう。

「ところで」ムースがブーツのかかとを揺らした。「このところ、ずっといい天気で――」

まったく。

ダニーがアンに視線を送った。「おい、行こう」

「なあ」ムースが呼びとめた。「今度の土曜に一緒にディナーをとらないか。家に来てくれよ……ディアンドラが料理教室に通っていて、腕をふるいたがってる」

張りつめた沈黙が悪臭のように広がったので、アンはそれを埋めようと、とにかく言葉を発した。「彼女は美容師を目指しているんだと思ってたわ」

「まあ、それがディアンドラのライフスタイル・ビジネスの第一段階だな。髪、メイク、スキンケア、ファッション、室内装飾、健康的な食事にかかわりたいんだよ。徹底してね。そんな妻を心の底から誇りに思っている」

そう言ってムースがダニーに視線を投げたとき、アンの我慢も限界に達した。だが、ちょうどそこに若者の母親がミニバンで現れ、おかげで救われた。車は酷使されているらしく、フロントバンパーはへこみ、側面はこすれ、サイドミラーは視神経のようなものでぶらさがっている。

無謀な運転を物語る車のありさまから、子は親に似るのだろうかと思った。

ムースが手を叩いた。「行かないとな！　じゃあ、土曜に会おう……アン、きみの連絡先をディアンドラに渡しておくから、彼女から指示のメールが届くと思う」

指示？　相手の気分を損ねずに、連絡先は渡さないでと頼むにはどうすればいいのだろう？　ムースの妻ほどお近づきになりたくない人はいない。ふたりの結婚式は最悪だった。あれだけで充分だ。

救急車は排気ガスを残して走り去った。マサチューセッツ大学ニューブランズウィック病院の方向を目指すムースのあとを、ぼろぼろのミニバンが麻袋でできた吹き流しのようにもの悲しげについていく。

アンはダニーに目をやった。「あの夫婦とディナーをとるのは遠慮するわ。あなたとも。適切とは思えないもの」

「時間の無駄と言ったほうが近いな。あの夫婦の関係はめちゃくちゃだ」

ふたりは同時に縁石からおりた。車に向かう足並みも同じで、アンはわざと飛んだり跳ねたりして歩調をずらした。よかったのは、車に乗りこむとダニーがいつになく無口になったことだ。

少なくとも、絶対に起こりえず、ムースの夢のなかにしか存在しない土曜の地獄のディナーについて、調子のいい言葉を並べ立てたりしなかった。

帰り道、アンは赤信号で停まったり、角を曲がったりといった眠っていてもできるような動作を繰り返すうちに、手のひらがまた汗ばんできた。実際、体も加熱灯の下にいるかのようにほてっている。アンは次の赤信号でフリースジャケットを脱いで後部座席に放った。

「わたしの家までどうやって来たの?」アンは尋ねた。「あなたの車は見あたらなかったけど」

「歩いた」

アンは横目でダニーを見た。「八キロも?」

「頭をすっきりさせたかった」ダニーがウインドブレーカーに片手を入れ、悪態をついて手を引き抜いた。「ああ、わかってる。車内は禁煙だな」

「もちろん」

「わかってるって言っただろう」ダニーがすぐさま言い返す。

次の信号でダニーが片膝を上下に揺すっているのに気づいた。まるで左半分で仮想の短距離離走をしているかのようだ。

出発前に駐車場を横切りながら歩調が合ったときと同様、アンにはダニーがどう感じているかわかった。今、タイヤの上で細かいリズムを刻む彼の足と同じくらい、自分の鼓動も激しく打っている。わたしだって愚か者じゃない。ふたりとも混乱しているのだ。過去と現在がぶつかりあい、〝日常〟と〝永遠〟と〝自分には起こりえないこと〟がかけらとなって通りに散らばっている。

これが人生だ。習慣と日課はものごとが永遠に続くかのような錯覚を生むが、それは繰り返しという薄っぺらな基盤の上の幻想にほかならない。賭けるなら、変化や混乱を選んだほうがずっと確実だ。

少なくとも、何かが起きたときに驚きはしない。

「家まで送るわ」アンは言った。

「歩ける」

「それは知ってるけど」

「いいから――」

「寒いし――」

「わかったよ、母さん」

アンは歯を噛みしめた。そうでもしなければ、これが――〝これ〟が何かはさておき――エスカレートして、なんでもないことで怒鳴り合いになる。

そのあいだも精神的な圧迫の度合いは増していた。アンのなかで。ダニーのなかで。ふたりが超常現象を引き起こして、スバルのドアとフロントガラスを吹き飛ばすのも時間の問題だ。

ダニーの家に着くと、アンは短い私道に車を入れて裏手にまわり、ブレーキを踏んだ。行き先を変えたことでダニーがむっとしているのがわかったが、アンは気にしなかった。

彼女に腹を立ててほしかった。

そのほうが安全だ。ここを目指すあいだに、いらだちと痛みに火がついて、別のたぐいのエネルギーが生まれていた。先ほどとは違う熱。切迫した……危険な熱だ。急に車内の空間が狭くなった気がした。壁が自分に、ふたりに迫ってくる。

「ギアをパーキングに入れるんだ」ダニーがかすれた声で言った。

いいえ、名案とは言えないと、アンは心のなかで答えた。ギアをバックに入れたいのよ。

けれども手には別の考えがあるようで、レバーをパーキングに入れるだけでなく、エンジンまで切った。いきなり静けさに包まれて自らの激しい息遣いに気づいたアンは、酸素を肺に取りこもうと唇を開いた。

「わたしたちはこんなことはしないわよね」声が異様に低い。けれども問題は声の大きさではなかった。「わたしはしない」

「たしかなのか?」ダニーがこちらを向いた。「だったら、おれにさっさと降りろと――」

「さっさと降りて」

そう願っているのはアンの一部だけだった。そして感情を読み取る特殊能力を備えたダニーはそれに気づいていた。彼にはわかるのだ。

アンはかっとなって冷静さを失った。ダニーの首筋に手をあてて、彼を口元に引き寄せた。正しくないことをする点においては信頼できるダニー・マグワイアは、思ったとおりためらわなかった。

ダニーは永遠に続くかのようなキスをした。激しく唇を重ね、わがもの顔で官能的に舌を差し入れてくる。その瞬間、アンはかつて彼と一緒にいた日々に一度だけベッドをともにした夜がなぜ人生最高だったのかを思いだした。

空気を求めてようやく唇が離れたとき、ダニーの半ば閉じた瞳に自分の姿が映っていたが、アンはのぞきこみたくなかった。確認するまでもなく、自分の厳格で聖人ぶったきれいごとは、ダニーの第一希望を優先する処理能力には対抗できない。

つまり、意味のない体の交わりには。
「許可を求めていいのか？」ダニーが言った。「このあとのことを」
だめよ。こんなことをすべきではない理由は山ほどある。
それなのに、頭に浮かぶ理由はことごとく知らない言語でできていた。
「話はしたくない」アンはキーをつかんで車を降りた。
そして驚いたことに、そばに来たダニーもおしゃべりに興味はないようだった。

21

会話はなかった。ダニーはアンに続いて裏口のドアへ向かった。彼女は明らかにこのことについて深く考えないようにしている。それでかまわなかった。おしゃべりに興じるつもりはない。今すぐアンのなかに身をうずめたかった。相手の下着をおろして自分のジーンズの前ボタンを外すあいだは、我慢の限界を試されているようだった。散らかったキッチンに入ると、再び気持ちに火がついた。暗闇で互いの体がぶつかり、ダニーの手は荒々しく動き、アンの爪は彼のウインドブレーカーに食いこんだ。

ダニーはシンク脇のカウンターにアンを押しつけてすばやく座らせ、膝を割った。ベッドルームには行きたくなかった。片づいていないからではない。これまで何人も連れこんできたからだ。アンがこの行為に意味はないと自身に言い聞かせるにしても、一夜限りの女性たちと同じだと誤解させたくなかった。

これは違う。

アンの心の準備ができたところで、ダニーはレギンスのウエストに指をかけてはぎ取った。それからなめらかな腿の筋肉に両手を這わせた。すばらしい体形だ。〈タイムアウト〉で見繕ってくる、やわらかくてぽっちゃりとしたタイプとは似ても似つかない。とはいえ、アンの体がどんなふうでも気にしなかっただろう。

相手はアンなのだ。

「避妊具を使った。ほかの女性とは」ダニーはアンの目をまっすぐに見つめた。「誰であろうと、どんなときも」

アンが目を閉じたので、ダニーは台なしにしてしまったと思った。それでも知っていてほしかった。実際、この十カ月、安全な行為に努めてきた。自分の体を気にしてではない。アンとのこの瞬間を願い、祈ってきたからだ。

アンのために自分の体を大切にしてきた。

「いいからキスして」アンがささやいた。

それが交わした最後の言葉だった。せわしなく動くダニーの手の下でアンが体をのけぞらせ、胸を押しつけてきた。近づきたい。彼女をもっと近くに感じたい。けれども一方で、ゆっくり進みたい気持ちもあった。一秒一秒を記憶に刻みたいからだ。

アンの手がジーンズの前を探るとダニーの気持ちも高ぶった。引き裂くように前を開き、あとは下腹部のなるがままに任せた。

アンが腰を傾けて彼の情熱の証《あか》しを握る。その手の感触があまりに衝撃的で、ダニーはうめき声をもらした。けれどもカウンターの高さと互いの体の位置がしっくりこなかったので、アンのヒップを持ちあげてその問題を解消した。

覚えていたよりもずっとよかった。ぴたりとはまる感じ。熱く締めつけられる感覚。

シャンプーの香り。自分の顔を撫でる彼女の髪。肩をつかむ強くてたしかな手。

ダニーはアンを抱えたままリビングルームを進んだ。一歩進むごとに突きあげてリズムを刻む。彼女を横たえるあいだだけ、ふたりの体が離れた。

しかし、それも長くは続かなかった。

ダニーはすばやく上になってアンの片膝に腕をかけ、曲げた脚を持ちあげた。あっというまに再び身をうずめる。もう抑えることはなかった。繰り返し打ちつけると、その動きを受けとめるアンの呼吸が浅くなり、声がかすれてきた。

ダニーはクライマックスを迎えることを拒んだ。彼女のなかに身を沈めたときから爆発寸前だったが、そのときを先延ばしにしてきた。しかしそれも限界に近づいている。体が震えだし、自身を解き放ちたい衝動を抑えきれなくなっていた。

その問題をアンが解決してくれた。彼女が息をのんでのけぞった瞬間、ダニーは動きを止めた。アンがのぼりつめるのを感じたかった。目を閉じて、締めつけられる感覚に意識を集中した。それから自分も喜悦の波に身をゆだねた。アンのなかに深く身をうずめて固定する。クライマックスを迎えた瞬間は頭がくらくらした。

最高だ。

たまらなくいい。

ああ、なんてこと。

アンはダニーが自らを解き放ったのを感じた。それが意味するところはわかっている。さらにこれで終わりという相手ではないことも。

目を開けてリビングルームの天井を見つめながら、はめを外した学生のような行為をする年ではないと思った。異性の部屋、ソファの上、無謀なふるまいと後悔。とにかくこれはその種のものだと自分に言い聞かせた。

ダニーが頭をあげた。アンが帰らなければと伝えかけたとき、彼が再び動きはじめた。奥深くで、先ほどよりもゆっくりと。アンは突きあげられて、地獄と天国を見るようだった。ダニーの目が挑んでくる。このすばらしい行為を軽く見なそうとしたことを見透かすように。

これほどしっくりこなければ、そうするのも簡単だっただろう。けれども、あいにく意味をなすのは快感だけだった。アンはまぶたを閉じて底知れぬ深みに戻っていった。体が支配し、思考は待合室で控えている。自分を突き動かす愚行について思いをめぐらす時間はたっぷりある。今は彼だけを感じていたい。

それにダニーには感じるところがたくさんある。

大柄でずっしりしていて、この大きさと重量感も魅力のひとつだ。アンも体格はいいので、自分を華奢《きゃしゃ》だと感じることはほとんどない。それに、女性には助けが必要だといった考えにも興味がない。それでもダニーほど大きくて力強い体に組み敷かれていると、どこか官能的に思えてくる——。

どこからともなく、ふたりで火災現場にいたあのときの光景が頭に流れこんできた。空気呼吸器のマスク越しに目が合い、天井で炎が渦巻き、危険や外界と切り離された感覚が鮮明に思いだされた。

愛してる。

あのとき浮かんだ言葉が頭をめぐっている状態で、ダニーの肩を押し戻そうとしたが、手遅れだった。アンは再びクライマックスを迎えた。解放感がすべてを奪っていく。ふいに望みもしない涙で目が痛み、まばたきをして押し戻した。覆いかぶさっているダニーの大きな体が激しく動く。泣き顔を見られたかもしれないと思うとアンは行為に集中するどころではなく、そのことで頭がいっぱいになった。

本当はダニーが思ってくれているのと同じくらい、アンにとって彼は大事な存在だった。このみだらな事故は惨事のもとだ……とはいえ、避けられない惨事だった。

ようやくダニーが動きを止めたとき、アンの呼吸は乱れていたが、それは体の疲労のせいではなかった。アンは二十数えたら彼の下から抜けだそうと考えた。取り乱しているのを悟られたくなかった。

結局、十四までしか数えられなかった。「行かないと」

ダニーが彼女の肩に頭をもたせかけてきた。「そうか。わかった」

アンがダニーの両肩を押し戻そうとすると、本人が体を引いた。それでもアンはダニーの下から這いでるようにして、相手に立ちあがる隙を与えなかった。

上体を起こしたとたん、避妊具を使わなかったことを思いだし、アンはすばやくトイレにこもった。洗面台にあったトイレットペーパーを義手に巻きつけて丸め、脚のあいだに挟んだ。

廊下に出て、ぎこちない足取りでキッチンに入った。レギンスと一緒にはいていた下着をすばやくつけ、あてたものがずれないように押さえる。レギンスを身につけると、少し落ち着いた。そこでようやくリビングルームに戻った。

本当は何も言わずに帰りたかった。けれどもそんなことをすれば、ダニーは外へ出てくるだろう。実のところ、ダニーといても居心地は悪くない。とはいえ、それも深く考えたくないことを並べた長いリストに含まれていた。

リビングルームの入口に立って、アンはダニーを見た。彼は先ほど離れたときのままソファに腰かけ、髪は乱れている。ジーンズをはいているだけでもありがたかった。そのとき、前の晩に部屋に入ってダニーの姿を目にしたときのことを、予期せぬ相手の目にさらされたタトゥーのことを思いだした。まさかわたしに見られるとは思ってもいなかっただろう。

「わかってる」ダニーがそっけなく言った。「わざわざ繰り返さなくていい」

「なんのこと?」

「ひと晩だけ。一度きりだって言いたいんだろう」ダニーが息を吐いた。煙草を吸っているような吐き方だが、火のついたものは手にしていない。煙ってもいない。「きみがそう言ったんだ、前にベッドをともにしたときに。覚えているか?」

アンは謝らなければならない気持ちになった。でもちょっと待って。どちらも大人で、同意のうえでしたことだ。それにダニーの予想は正しい。アンはまさにそう伝えようとしていた。

「同じ意見でよかったわ」

ダニーの笑いは刺々しかった。「ああ」

アンは背を向けた。「体を大事にね」

玄関を目指しながら、今にも呼びとめられるのではないかと思っていた。けれども止められなかった——止めてほしくなかったはずだと、アンは夜気のなかへ踏みだしながら自分に言い聞かせた。

「これでよかったのよ。ばかね」つぶやいてスバルに乗りこんだ。

ハンドルを握ってフロントガラスの向こうを見つめる。胸骨の奥が痛み、心筋梗塞を疑ったが、吐き気も左腕の痛みもめまいも感じない。心臓発作ではなさそうだ。長いあいだそっとしておいた場所が痛むだけ。そうだとしても、何も変わらない。さっきふたりのあいだで起きた出来事は過去に、十カ月前に根差していることで、炎はずいぶん前に消えたはずだ。くすぶりさえ残さずに。

あれは……若者の救助要請をしたことでかき乱された感情を体が解き放っただけ。

それ以上の意味はない。

エンジンをかけて車をバックさせながら、ダニーの家の私道を逆走するのは今の心情にぴったりだと思った。まるで彼と薄暗い家に入ると決めたことを取り消せるかのようだ。家までの道のりは覚えていない。メゾネットで切り返してUターンし、次の瞬間には自宅に車を停めていた。

家に入りながら、スートという世話をする存在がいることをとてもありがたく思った。そうでなければ室内を歩きまわって、汚れてもいないものを拭いていただろう。

部屋に入るとスートがケージのなかで立ちあがり、骨張った尻尾で外枠を鳴らした。「スート」アンはしゃがんでスートをケージから出した。「おしっこに行く?」すぐさま裏口に向かうと思っていたが、スートは大きな頭をアンの手と胴と脚の外側にこすりつけてきた。アンはスートを片腕で抱いてから体を離し、犬がその場で回転できる程度のスペースを空けた。一回、もう一回。

短くてやわらかくて温かい毛が手のひらに触れる。アンはスートが体を押しつけてくる感覚がたまらなく好きだった。

「わたしもあなたに会えてうれしい」声がかすれた。

22

次の日の午前中、アンはオフィスを出て、町の中心部にある不動産登記所へ出かけた。シボレー・エクイノックスと、タイヤの格納部の縁が錆びついたトラックのあいだに車を停め、一九七〇年代から抜けだしてきたような建物へと向かった。どの階にも薄汚れて大げさなコンクリートの格子のはまった窓が並び、大きな襟付きの格子柄のスーツを思わせた。

階段がなければ、入口がどこかもわからなかっただろう。

長距離バスの発着所並みでしかない内装を施したロビーに足を踏み入れると、古いかびと長年かけてしみついたニコチンのにおいがした。やはりそうだ、完成した当初から使われていたに違いない木材に似せたはめ板が貼られている。においがしみつきやすい素材で、しかもその悪臭をお宝よろしく大事にためこんでいる。

登記所は一階にあった。アンは市の紋章とはげかけたローマン体の表示がある重いドアを押した。一番奥に、職員がずらりと並んでいる。受付係の男女が、書類をやりとりする小窓のある、銀行でよく見る仕切りと二台のコンピュータの背後に座っていた。彼らは偽オーク材のはめ板の一部に見える。化石のようなふたりは六十代くらいで、ポリエステルの制服を着て、どちらもパーマをかけた髪を後ろに撫でつけてスプレーで固めていた。

アンは女性のほうに歩み寄った。女同士のほうが話が通じやすいだろう。

「すみません、記録の閲覧をお願いします」アンは親しげにほほえみかけた。感じよく、警戒させないように。「市街地の六区画についてで、住所はわかるのですが、オンラインでログインしようとしても入れなくて」

「相談窓口に電話をかけましたか？」

電話が鳴りだし、隣の男性が三回目、いや四回目、違う、五回目の呼び出し音を聞いてから受話器を取った。「もしもし、相談窓口です」

アンはメモ用紙に落書きをしている男性職員をちらりと見てから、女性に視線を戻した。「その電話はここで受けているみたいですね」

「相談窓口に電話をかけましたか？」

これをクリアしないと先のレベルに進めないテレビゲームか何かだろうか？

「ええ、かけました。ここへ来るようにと言われました」

電話に応対中の職員がうんざりした声を出している。「ここに来て発行してもらわないと。サーバーがダウンしているんですよ」

「それで来たんです」アンは続けた。「でもサーバーが使えないのに、どうやってログインの手助けをしてくれるんですか？」

女性が紙の束から一枚取ってカウンター越しに滑らせた。「これに記入して」

アンはちらりと視線を落とした。「実物を見るだけでいいんですけど」

「そうですか」用紙が引っこみ、古めかしい台帳が突きだされた。「これに記入して。それから運転免許証の提示を」

アンは名前と住所を書いてから身分証をちらりと見せた。受付係がブザーを押し、右手のゲートの鍵が解除される。

「これが地図です」間延びした口調で告げられた。「質問があればこちらへ」

その場合も用紙に記入しなければならないのよねと、アンは心のなかで言った。そうでなければ、お仲間に電話をかけるか。

アンはうなずいて紙を受け取り、ゲートを抜けた。廊下を進めばいいのだろうか？ドアを三つ通り過ぎたところで、探していた部屋を見つけた。不動産譲渡証書保管室は手術室のように煌々《こうこう》と明かりがともっていた。天井は無駄に高く、並んでいる金属製のファイルキャビネットは顎の高さしかない。長いデスクにコンピュータが三台のっているが、アンはログインIDのようなものはもちろん受け取っていなかった。

それに、手で調べるほうが性に合っている――。

まばたきの合間に、体を揺するダニーに組み敷かれ、その肩に爪を立てる自分の姿が頭に浮かんだ。

ゆうべ眠れなかったせいで疲労困憊《こんぱい》している。けれどもすでに、自分のしたことに納得できる理由を見つけようとかなりの時間を費やしていた。今のところダニーは電話をかけてきたり、メールを送ってきたりはしていない。彼とは距離を置きたかった。

それなら、カナダにでも行ったほうがいいだろう。

さあ、そろそろ地図を頼りに目的のものを見つけよう。

たくさんのデスクと椅子が部屋の中央に並んでいる。そのひとつを確保してバッグを置き、上からコートをかけた。メモ用紙を出しながら、新しい上司の激励の言葉を思い起こす。古い倉庫での火災のうち、少なくとも二件で死者が出た。それに、自分の人生はあの火事を境に永遠に変わった。

そう、ここには解決すべき犯罪がある。

闘ってでも守るべきものがまだ存在する。この場合、それは正義だ。

「ごめんなさい。少し遅れてしまって」

ダニーはやわらかすぎるソファから腰をあげ、豊かな白髪まじりの髪をした五十歳くらいの女性に片手を差しだした。ゆったりとした茶色のワンピースは、農場で薪にかぶせる防水シートを想起させる。

「かまいませんよ」ダニーは返した。

相手の澄んだ気遣わしげな目を見ると、壁を抜けてワーナー・ブラザースのアニメの世界に飛びこみたくなってくる。

「ダニエル・マグワイアといえばアイルランド系のいい名前ね」女性が握手をしながらほほえみかけてくる。

「ええ、まあ」

「わたしもアイルランド系なの。ドクター・ローリー・マコーリフよ。入る？」

こっちに選択肢があるならお断りだ。「はい」

奥のオフィスはおおよそ想像していたとおりだった。自然な色みが多く使われ、ここにも安いパンのように真っ白でやわらかすぎる家具があり、隅では水の流れる置物がいかにも噴水ですといったせせらぎを響かせている。

「どこに座ればいいですか？」ダニーは訊いた。

「好きなところに」

ダニーは選択肢を見まわした。ふたり用のソファ、肘掛け椅子、もうひとつ肘掛け椅子、揺り椅子。これはおれが仕事を続けられるかどうかを見きわめる最初のテストなのだろうか。勘ぐってみてもわからないので、一番近い肘掛け椅子に腰をおろした。ドクター・マコーリフが揺り椅子を選んだことに驚きはなかった。その脇の小さなテーブルにメモ用紙が置いてあることからして、そこが定位置なのだろう。

「さて、どうして自分がここにいるか話してみる？」

いやだ。「この面談を受けなければ仕事を続けられないので。テストの時間はどれくらいですか？」

「テスト？」

「ええ、テストに合格しないといけないんでしょう？」

ドクター・マコーリフはもう一度ほほえんだ。「そういうわけではないけど」

「嘘はやめてください」

医師が目を細めるのを見て、ダニーはこの面談は思っていたほどリラックスしたものでも打ち解けたものでもなさそうだと初めて気づいた。「嘘じゃないわ。わたしの仕事はあなたの精神と感情の状態を評価することだけれど、そのために空欄をたくさん埋めてもらうような真似はしない」

「おれの人事ファイルは読んだんでしょう?」

「ええ、読んだわ。ちょうどそこにあるわよ」

ダニーは入室時に見逃していたデスクに目をやった。吸い取り紙の上に本が積まれ、ハーヴァード大学の紋章入りのマグカップと、中央には分厚い書類フォルダーが置かれている。

ダニーは肩をすくめた。「だったら、どのみちおれが話すことは全部知っているわけでしょう。時間を無駄にしないで、おれはあなたが言うところのPTSDを抱えているってことにすればいい。そうすれば治療計画がまとめられる。結局のところ、おれは計画に従う気はありませんが、それで足取りも軽く互いの道を進めます」

「あのフォルダーの内容について説明してもらえない?」

ダニーはドクター・マコーリフを見据えた。「母は十二歳のときに自殺。父は飲んだくれ。兄は三年前に現場で殉職。消防士仲間のひとりを去年失う。それから……そうだな」

「それから？」

ダニーは視線を卓上噴水に向けた。コンセントにつなぐコードはないので、どうやら電池式らしい。あるいはドクター・マコーリフのように人間同士の避けがたい駆け引きを知っている人ならソーラー電池か。なんといっても地球温暖化——いや、気候変動とかなんとか、最近叫ばれている問題があるからだ。

「ダニー？　それからなんなの？」

「仕事中に事故がありました。事故といっても誰も死にませんでしたが」

ダニーは昨夜のアンの姿を思い起こした。上半身は服を着たままレギンスだけを脱いだ格好で、自分が彼女のなかに解き放っているあいだ、天井を見つめていた。黒と緑の義手の硬さや、腰のあたりを撫であげられる感覚がいまだに残っている。アンものぼりつめていた。それは間違いない。けれども都合よく解釈をするつもりはなかった。アンは彼の体を利用しただけだ。望まれれば何度でも応えてやる。

「その事故について聞かせて」ドクター・マコーリフが促した。

「ファイルを読んだでしょう」

「何があったかは知っているわ。でも、あなたがどう感じているかは知らない」

ダニーは肩をすくめた。「アン・アシュバーンの手を切り落としたときはぞくぞくしましたね。間違いなくおれの消防士人生のハイライトだ。このあと何十年も誇りと満足感とともに思いだすでしょう。唯一残念なのは、消防署でその行為をたたえる記念の盾のたぐいをもらえなかったことです。これでどうですか？」

医師がもう一度目を細めた。「わかっているわよね。また火のなかに飛びこみたいなら、わたしがそれを承認しなければならないことを。この面談に合否はあるの。ペンと紙は使わなくても。喧嘩腰になるのはやめて、素直になりなさい。現場に復帰したいんでしょう」

ダニーは身を乗りだして鋭いまなざしで見返した。「面談なんてくそくらえだ。二十年前なら消防士はじっと座ってこんな――」

「心理学のたわ言を聞く必要はなかった？　あなたのその癇癪がどこに行きつくのか想像はつくわ。こんなことは時間の無駄だと思っているみたいね……時間の節約があなたにとっては重要らしいから言うけれど、あなたがくそくらえと言っているものは、わたしが博士号を取って、残りの人生をかけて研究し、かかわり、支持していく分野なの。だから、わたしの仕事に価値がないと主張しても、水をうわ向きに流そうとするようなものよ。それにあなたがもう一度ホースを持ちたいなら、そのために越えなければならないハードルを管理しているのがわたしだという事実も変えられない」

「だったら嘘をついて、あなたが聞きたいことだけを並べたら？」

「わたしが聞きたいことが何か知らないでしょう」ドクター・マコーリフはまたほほえんだ。「だから、アン・アシュバーンの話から始めるのはどうかしら。十カ月前に何があったか話して」

ダニーは腕組みした。それから癇癪を起こしていると言われたことを思いだして、腕をおろした。

「まさかと思うでしょうけど」医師が小声で言った。「あなたには現場に復帰してほしいと思っている。本当よ。そんなふうに思えないかもしれないけれど、わたしはあなたの力になるためにここにいる。わたしたちの目指すところは同じなの」

ダニーはおとといの夜にアンが来て、ソファで酔いつぶれている自分を見つけたときのことを思い返した。アンにはいろいろと言われたが、核心は突いていた。彼女は永遠に治らない怪我と折り合いをつけようとしている。こっちは少々ふてくされて、世界に火をつけようとしていた。自分自身にいらだっていたからだ。

「彼女を愛してる」ダニーは投げやりに言った。「アンのことを。これで知りたいことはほぼわかったでしょう」

23

アンがオフィスに戻り、荷物をまとめて帰ろうとしていると、鋭いノックの音がした。「はい」

入ってきたのはドンだった。スーツのジャケットを脱いでシャツの袖をまくっている。ネクタイは赤で、市のシンボルの錨《いかり》が並んでいる。

十時間勤務の十二時間目のような様相だ。「話がある」

「ええ、わたしも渡したいものがあったんです」

かがんでデスクの下に潜ったアンを見て、ドンが小声で言った。「頭痛薬か？」

アンは立ちあがってピンクのビニール袋を差しだした。「プレゼントです」

「教えてほしいんだが、どうしてチャールズ・リプキンがわたしに電話をかけてくるんだ？」

「じゃあ、代わりに開けますね」アンはビニール袋から包みを取りだした。「それとも自分で開けたいですか？」

「市長に苦情を申し立てると脅してきた」

アンは肩をすくめた。「どういう理由で？」

「きみが面会を迫り、保険証書を見せろと騒いだだの、秘書に嫌がらせをしただのと言っている。いったい何をしているんだ？」

正義を追い求めろと激励してくれたことを持ちだすときではなさそうだ。

アンは包みを開いて白いマグカップを取りだし、黒いレタリングの文字を上司に向けた。「見てください！」

ドンがプレゼントを手に取った。「〝世界一の上司〟だと？」

「あなたはわたしにとって『ジ・オフィス』のマイケル・スコットなんです。ほら、あのばかげたところがないだけで」

「参考までに言っておくと、きみをクビにするかどうか、もう一度考えているところだ」

「でも、それは前よりずっとましな理由からですよね？　あなたが神経質になっているのは、わたしがこの仕事を真剣にとらえすぎているから。つまりこれは進歩です」

ドンが半分まぶたを閉じた。「きみはわたしがこれまで犯してきた罪に対する報いだな」

「それをいうなら、善行が報われたというやつですよ。とにかく、今朝、不動産登記所へ行ってきたんです」

「つまり、そっちからも苦情の電話が来るということか？　民間企業はいつもわたしたちみたいな公の機関より行動が速いからな。どうりでリプキンが先に電話をかけてきたわけだ」

「リプキン開発は問題の六つの倉庫のうち、三つをこの二年間で購入しています。これでもつながりがあるとは思わないんですか？」

「リプキンは開発のための安い物件を手に入れる。それが開発業者の仕事だ。だから社名もそうなっている。それに寂れた地区とはいえ、ひどい火事ほど土地の価値をさげるものはないんだぞ」

「連続火災の前にこうした倉庫を買ってるんですよ」

ドンが眉根を寄せた。「きみが言いたいのは、建物にはさほど価値がなかったということか。つまり、保険金詐欺で金をだまし取りたいなら、価値のある建物を焼き払ったはずだ。老朽化した倉庫なんかではなくということか」

「もし更地にしたくて、そのためのお金を払いたくなかったら？　地所にあるものを燃やして保険金を手に入れ、そのお金でがらくたとして残ったものを片づける……もともとそこにあった朽ちた貝殻や何かと比べても格段に少ない量です。それで採算が取れるなら……そう悪くない方法でしょう」

「一度ならうまくやりおおせるかもしれない。だが二度、三度と繰り返せば、詐欺を働いていると印象づけるようなものだ」

「もし違う保険会社を使っていたら？　問題の地所はそれぞれ違う法人が所有しています。それらの法人のそもそもの設立者をやみくもに探っていって、ようやくどれもリプキンだとわかったんです。リプキンはさまざまなことに関する自分の痕跡を隠しています」

長い沈黙が落ちた。ドンがオフィスのドアを閉めた。「聞いてくれ、リプキンのことだ」

「会いに行くなとは言わないでください。金持ちには特権が与えられているなんて考え方は断じて拒否します。リプキンはほかの目撃者や関係者と変わりません」

「同感だ」

「でも……？」

「覚えているか、リプキンの海辺の豪邸で火事があったのを。あれはたしか、一年ほど前だったか？」

「わたしが四九九分署の仲間と駆けつけました」

「報告書にそうあったな」また沈黙が落ちた。「わたしは実に優秀な調査員を現場に派遣した。ボブ・バーリントンという男だ。彼は徹底的に調査していた」

「あなたは部下のそれ以外の行動は受けつけないんでしょうね」

「しかしボブが調査を終えることはなかった。調査を始めて三週間ほど経った頃、遺体となって入り江に打ちあげられたからだ」

　アンは眉をひそめた。「そう言われれば、そんな記事を新聞で読みました。消防署でも話が出ましたが、心臓発作じゃなかったんですか？」

「真実を知ることはないだろう。まず彼のボートがトロール船に発見された。怪しい点はなかった。その翌日に遺体があがったが、サメに食われていた。死因は心筋梗塞と検死官は推定したが、それはつまり、揚げ物好きと運動不足を原因とするのが妥当だ。しかしそんな生活習慣は確認されていない」

　アンの理解によれば、マサチューセッツ州では州の検死官とその検死官が所属する部署が遺体を調べ、死因を判定する。死因は癌、心血管障害、感染症といった病気に起因するものから、銃弾による内出血や何かがあたったことによる鈍的外傷などさまざまだ。それから四つの区分——自然死、事故死、他殺、自殺——のいずれかに分類される。どの区分とも判定できない場合は、不明となる。ボブ・バーリントンの場合、ボートで心臓発作を起こして海に落ちたのか——あるいは何者かに船外に投げだされて岸まで泳ごうとして死んだのか、考えずにはいられない。

ただし誰かを殺すつもりなら、岸にたどりつくまでに相手の心臓が止まるほうに賭けたりはしない。

ということは、最初に首を絞められたのだろう。

「それなら、解剖が行われたんですか？」アンは訊いた。

「ああ。だが遺体の損傷がひどく、死に至った外傷の特定はできなかった……結局、何があったのか突きとめることも」

「リプキンがこの死にかかわっていると考えているんですね？」

「わからない。ただ、わたしは部下を危険な目に遭わせないことが自分の責務だと肝に銘じている。だからあの男には充分に注意してくれ。会いに行くのを止めたりはしない。やつと話をする正当な調査上の根拠を示してくれたからな。しかしながら、わたしはボブの死に疑問を持っている。自分の管理下にある調査官をまた失うつもりはない」

「そのあと、調査はどうなったんですか？」

「別の調査官が終わらせた。それでもボブが死ぬ前につかんで公的に記録しなかった事実はなんだったのか、わたしはいまだに自問している」

「当然ですね。慎重に進めます」

「よし」ドンがマグカップを持ちあげて、なかをのぞいた。持ち手も確認した。

「コーヒー党なんだ。知っていたのか？」

「知りませんでした。ベーグルから見当をつけることはできましたけど、決めてかかるのは嫌いなんです」

「本当にそうか？」上司はデスクのあたりを見まわした。「犬はどうしてる？」

「元気です。いい子ですよ」スートが尻尾を振った。自分のことを話しているとわかったらしい。「一緒にいられてとてもうれしいです」

上司がマグカップを手にドアへ向かった。「もしリプキンにわずらわされることがあったら、命令書を発行してやる。わたしだってやつを引きずりおろしたいんだ。それから仕事中に犬を見ていてほしかったら、わたしが外に連れていく。嚙みつかないならな」ドンがドアを開けた。「ああ、そうだ、ちょっとした嵐が来るらしいぞ。帰りの運転は気をつけろ」

ちくしょう。トムはゴムのようなチキンがふるまわれるディナーが大嫌いだった。それにスーツも。ネクタイも。

風がうなり、あられが降るなか、町の中心部にあるマリオット・ホテルのグランド・キャニオン並みに広いロビーに足を踏み入れた頃にはすでに、さっさと退散してこの濃紺の拘束衣と赤い絞首刑用のロープをむしり取ることを考えていた。この格好は自由がきかないだけでなく、肌をかきむしりたくなる。

子どもはいないので、子どもが病気だとか子守りの問題、ベビーシッターが来ないといった言い訳を使う選択肢はない。

とはいえ、消防の緊急事態という切り札は常に後ろのポケットにしまってあった。

受付テーブルには人が群がり、自己紹介の名札を受け取ろうと並んでいる。トムはその無意味な手順を飛ばした。名札などつけたことはない。だいいち新聞に載りすぎていて自分が誰かは知れ渡っているし、何よりも近づいてこられたり、雑談をしたり、意見を投げかけたりしやすい雰囲気を作る気はなかった。とりわけアンのことがあってからは。

まったく、妹が怪我をしてからのひと月はとんでもない騒ぎだった。あらゆる種類の知人やごますりが寄ってきて、さまざまな温度のいたわりを見せた。まるでこちらの問題が自分たちの問題でもあるかのように。

「署長、こっちだ」国際消防士連合《IAFF》五六九〇支部の会長ブレント・マシソンがエスカレーターの下で手を振っていた。濃紺のスーツに赤いネクタイ、襟には連合のピンをつけ、軍人風の髪型は要人の警護特務部隊を思わせる。

トムが柄入りのカーペットを横切るあいだに人々が声をかけてきた。トムはさまざまな行政のぼんくらや、社交に余念がないタイプや、メディアで注目を集めたがる輩《やから》にうなずいてみせた。

ブレントと握手して、手を打ちあわせた。「言っておくが、三十五分で署から緊急の呼び出しが入ることになっている」

「驚いたな」ブレントがネクタイのゆがみを直した。「ところでグラハム・ペリーが来て、さっき会った。市長がぼくたちに会いたいそうだ」

「これから？　彼女は聴衆に売り込みをしないのか？」

「今はまだディナーの前だ。時間はある。さあ、控え室はこっちだ」

トムはブレントと足並みをそろえた。「はめられた気がするのはなぜだろうな」

「被害妄想だよ」

トムはロビイストのふたりにうなずいてみせたが、向きを変えて近づいてこようとする様子を見ても歩調を緩めなかった。「教えてくれ。おまえは今、いくつだ?」

「なんだって?」

「何歳かと訊いたんだ」

「三十五歳だ」

ふたりは真鍮《しんちゅう》のプレートがついた両開きのドアと、演劇や高級レストランや宝飾品のポスターしかないカーペット敷きの廊下を進んだ。ステーキのにおいがするということは、ホテルの換気装置に問題があることを意味する。経営者側が従業員に対して最後に火災避難訓練をしたのはいつだろうとトムは思った。

ブレントが視線を投げてきた。「どうして年なんか訊いたんだ?」

「そんなふうに純粋に浮かれる年でもないと思ったからだ」

「キャサリンとのあいだに何があったのか知らないが――」

「おや、ぼくたちはもう市長とファーストネームで呼びあう仲だったのか。そのあとは? 一緒にネットフリックスを見て、冷えたビールを飲むのか?」

「彼女はいい市長だ。人としても。それにこっちのことをわかってくれてる。父親は消防士だったし」

トムは頭を振った。「政治家が信頼性のあることをひとつすると、それがひとり歩きをする。おまえもそれを思い知らされるだろう。だが、そうやって学ぶぼうがいい。ぼくが口出しすることじゃない」

「おまえは彼女を知らないんだよ」ブレントがソールズベリールームという名の控え室の前で立ちどまった。「それに、そんなふうに世をすねる年でもないぞ」

「今にわかる」

ブレントがドアを開けると、なかはぎゅう詰め状態だった。ボウリングができるほど長いテーブルのまわりに優に五十人がひしめきあっている。自分たちが作りだす騒音に負けじと、みんなが声を張りあげていた。

「こちらでしたか」市長の右腕の男が近づいてきた。陶磁製の人工歯冠をきらめかせ、笑顔で手を差しだした。「お越しいただきありがとうございます、署長」

グラハム・ペリーはこざかしくて使いものにならない利己主義者がブルックス・ブラザーズのスーツを着ているような男で、トムは百八十度向きを変えたくなった。こうした連中とはこれまでもずっとやむをえずかかわってきた。名門大学の人気者タイプで、『ジュリアス・シーザー』の〝ブルータス、おまえもか?〟というせりふがぴったりの裏切り者の連中だ。市長が側近として必要とする人間がこれなのか？　そうだとしたら、市長は人を見る目がないか、人はペテン師にだまされるものだと考えるペリーと同意見ということだ。

ブレントが咳払いをしてトムの脇腹を肘でつついた。けれどもトムはペリーの脂ぎった手を握る気はなかった。

ペリーは不快のもとになっている手を引っこめて、笑みをさらに大きくした。「まあ、われわれとしてはこの選挙で消防局の支援を得られてどれほど感謝しているかをお伝えしたかったんです」

「支援などしていないが」

ペリーがブレントを見やった。気まずい空気が流れる。

「冗談だろう」トムは小声で言った。「まさか、おまえ――」

部屋にいた熱を帯びた人々が、紅海が割れるようにふた手に分かれた。きちんと目を向けなくても、そんな影響力を持つ人物はひとりしかいないとわかっている。

市長のキャサリン・マホーニーは真っ赤なワンピースを着ていた。ワンピースは非常に慎み深いものの、包まれた体は正反対だ。トムは市長の顔に視線を据えたが、直接見なくても相手のあらゆる情報が視界の端から飛びこんでくる。

くそっ、ブレントみたいに骨抜きにはされないぞ。

「トム」市長がなめらかな声で呼びかける。「来てくれてうれしいわ。支援してくれて本当にありがとう。あなたの支援があればこの選挙も大きく変わってくる。バーリングは強敵になりそうだから」

「こっちは何も約束していない」トムはブレントに向き直った。「はっきり言ったはずだ。ぼくはどの候補者も推薦する気はない」

ブレントが顔を紅潮させるのを見て、トムは平手を食らわせたくなった。

ペリーが口を開いた。「マホーニー市長は組合を非常に大事に思っておられます。それにご存じかどうか知りませんが、市長のお父上は――」

「消防士だった」トムはぼそりと言った。「ああ、聞いたよ。ふたりが触れなかったのは、それがビジネススクールに出す願書に載せるためにボランティアで半年活動しただけということだ。彼は三十年以上マホーニー・テクノロジーズを経営しているが、身につけた消防技能がいまだに通用するのかは疑問だな。さて、そろそろ失礼して仕事に戻らせてもらおうか。ぼくが必要ないのは明らかだ」

トムは勢いよくドアを開けて退室した。ブレントに対するあらゆる罵倒が喉にこみあげたので、歯を食いしばる。信じられない。やつはあの女にすっかり懐柔されて、

赤いワンピースを脱がせるために
ニューブランズウィック市にいる三百人の消防士の将来を進んで差しだそうとしている——。

「トム！」

呼びとめる女性の声がした。トムは悪態をついてそのまま行こうとしたが、ちょうど誰かを怒鳴りつけたい気分だった。マホーニー市長なら喜んで首から的をぶらさげるだろう。トムは振り返り、彼女の長い脚がふたりのあいだのカーペットの上を一気に進んでくるさまには注目しないようにした。

「寝耳に水の話だったのね」目の前で足を止めた市長が自分と視線が合うほど背が高いことにトムは驚いた。「推薦について、あなたはブレントと話をしたものだと思っていたから」

警護特務部隊が五メートルほど離れた場所で目立たないように待機し、イヤフォンをつけ、銃を忍ばせて、ほかには誰もいない廊下を見据えている。

「ああ、話はした」トムは腕組みした。「推薦について同意はしなかった」

はしばみ色の目。マホーニーのはしばみ色の目は濃い茶色の髪に合っている。髪は肩までの長さで、先はカールしている。メイクはさほど施していない。口紅は唇と同系色で、まつげはつけまつげではなく本物だ。どういうわけか澄んだ空気のにおいがする。

「あなたの気持ちを変えるチャンスが欲しいの」

「ここでまた父親が消防士だったことを思いださせる気か」

「そうじゃない。バーリングがこの職に就いたら、消防士の人数を十パーセント減らして、新たにアリーナを造るわ。自分のプロバスケットボールリーグ《NBA》のチームを持ちたいのよ。それがこの市にどんな影響をもたらすとしても」

「その話はみんなが何年もしている」

「バーリングならやるわ。消防士や警察官や教師に隠れて」

「危機感をあおろうというのか」

「メールアドレスを教えて」

「ウェブサイトに載ってる」

「名刺はないの？」

「何を送りつける気だ？」

「真実よ。それでおそらく、あなたと会って話し合いができると思う」

トムは目を細め、その〝話し合い〟で正確には何をするのだろうと考えた。うぬぼれではなく、誘いをかけられているのではないかと思わせるふしがあった。自分は不器量な男ではない。市では立場上、多少なりと力もある。それに公選された役職者が再選のために不正行為に走るのはよくある話だ。

ブレントとはどこまでいったんだ?

「わたしはまっとうな人間よ」市長が続けた。「わたしを支持してもらうだけの理由がある。この仕事をできるのは残り九カ月だけれど、あと四年あれば本当の意味で変化を起こせる」

「そう言われても、きみのことは知らないし——」

「それを変えたいの」

「知る必要はない。消防局は長いあいだ苦労してきた。慢性的に資金不足で、休憩時間の半分は装備の修理にあてている。基本給はこの規模の市の平均に比べて低いし、施設は改修しないとどうしようもないところまできている。それなのにきみは目の前に立って、こうしたことをすべて魔法のように変えられるというのか? 冗談じゃない。ぼくはこの仕事を十五年続けてきて、どの政治家ももれなく同じことを言ったが、何もしてくれなかった。自分を推薦してくれという調子のいい言葉はまったく信用できない。あと四年欲しいだって? 前職のグリーンフィールドが死んだとき、父親が市議会に金を払ってきみを当選させ、前職の任期を終えさせたじゃないか。きみは金持ちのお嬢さんで、偶然にもぼくが気にかける市をおもちゃにしているだけだ。頼むから自分が市長にどれほど向いているかとか、どれほど変化を起こしたいかとか言うのはやめてくれ」

「わたしのことを誤解しているわ。わたしは違う」

「これまでの政治家も……経験という点ではきみに勝るやつらだが、全員が同じことを言った。きみの言葉を真剣に受け取らないのは申し訳ない。これはきみの父親が娘を市長にして、埠頭《ふとう》近くに立ち上げを考えている新規部門の税控除を受けようというのとはわけが違うんだ」

「父はわたしの選挙運動には絡んでいないわ」

「きみと議論する気はない。貴重なご機嫌取りの時間を残しておかないと、何百人もがこびへつらおうときみを待ってるしな。組合の推薦は会長から取りつけたんだから受け取ればいい。選挙運動の材料に利用して、自分の仕事に取りかかればいい。ぼくもそうさせてもらう」

「機会を与えてほしいの。頼んでいるのはそれだけよ」

相手の目を見つめたトムは、自分の抱いた感情が気に食わなかった。これっぽっちも。「欲しいものは手に入れただろう。くだらない見世物に巻きこまないでくれ」

「あなたの気持ちを変えてみせるから」

トムは市長を上から下まで眺めた。「きみには何ひとつ興味がない。市長としても、それ以外でも。もしブレントが会員に協力させたいなら、それは会長である彼次第だし、ぼくは邪魔するつもりはない。ブレントはその決断に責任を負うことになるだろうが、それも一度は身をもって学ばなければならない教訓だと思っている。よければそろそろ失礼して、自分の仕事に集中させてもらおうか」

トムはその場を立ち去った。引きとめられないだけでなく、何も送りつけられないと確信していた。

ロビーを抜けて回転ドアから外に出ようとしたところで携帯電話が鳴りだした。かけてきた相手の表示を見て歯を食いしばり、留守番電話に切り替わるに任せた。

今の心理状態で母の相手はできない。雨で雷も鳴っているから運転に注意して、家に着いて車を降りたら電話をかけてなどという話につきあう忍耐力がない。

まるでこっちが十六歳で、仮免許しか持っていないかのような扱いだ。

外は嵐で、降りしきる豪雨が木々の先端をたわませていた。今のトムの気分にぴったりの天候だ。暴風雨のなかを小走りで車に向かい、車内に飛びこんだとたんにまた電話が鳴った。

ドアを思いきり閉めるのはいい気分だった。

母は極度に臆病で心配症だ。こんなときは、大騒ぎする母を締めだしたくなるアンの気持ちもわかる。しかし妹が境界線を引くということは、自分がその不安を丸ごと受けとめるということだ。

携帯電話を取りだし——。

眉をひそめて隊長のベイカーからの電話を取った。「チップ、どうした」

「エミリオ・チャベスが麻薬の過剰摂取で三十分前に倒れた。レミー・ラサールに発見されて、救急車で大学病院に運ばれたところだ。知らせておいたほうがいいと思ってな」

トムは目を閉じた。「くそっ！」

24

ダニーは雨のなか、大学病院の救急救命室の入口に駆けつけた。受付係と治療の優先順位を決める看護師が受け入れ場所の隣の〝関係者以外立ち入り禁止〟と書かれたドアを示す前から、向かう先はわかっていた。足を踏み入れるとブザー音が鳴り、バーを押すと重いスチール製の仕切りが開いた。そこを抜けて、患者が収容されている区画へ急ぐ。チャベスがどこにいるか尋ねる必要はなかった。ムースたちが廊下のなかほどで寄り集まって立っている。あの険しい表情はいやというほど知っていた。

「どうなんだ？」ダニーはムースに訊いた。

ムースに脇へ移動するよう合図され、ダニーはほかの隊員から離れてついていった。

「ナロキソンを投与したところだ」ムースが声を潜めた。「レミーがヘロインの残った注射針を見つけて、その証拠を処分した。みんなには処方薬に対する過剰反応だと言ってくれているが、それは嘘だ」

レミー・ラサールは警官で人のいい男だ。どうやら消防署はレミーに借りができたらしい。「ほかに道具は？」

「それほど調べなかったようだ。言いたいことはわかるだろう」

「レミーはどうしてそこに駆けつけたんだ？」ダニーは体をあちこち叩いて煙草を探したが、火気厳禁だと思いだして手を止めた。「誰かが電話をかけたのか？」

「バスケットボールをする予定になっていたらしい」

「そういう予定なら、エイミーはなぜヘロインなんか打ってたんだ？」

「さあな。レミーの話では、その一時間ほど前にエイミーから電話があって、遊びに来いと言われたそうだ。ドアは開けておくからって。それで深く考えずにレミーが行ってみたら……しかも、ちょうど勤務明けでパトカーで行ったから、トランクにナロキソンが入っていたってわけさ。その偶然がなかったら、今頃は葬式の準備をしてるところだ」

「エイミーの母親は？　こっちに向かってるのか？」

「ああ。おれが電話をかけたよ」

ダニーは閉ざされた処置室のドアに目をやった。プライバシーを守るために引かれたカーテンの隙間から、チャベスが青白い顔をして目を閉じているのがわずかに見えた。大柄で筋骨隆々としているので、病院のベッドがまるで子どもがおもちゃの家に置くベッドのようだ。「署長に連絡は？」

「ベイカー隊長がした」

「来るのか？」

「ああ。そういうわけなんで、今すぐ退散するか？」

「おれにもここにいる権利はある」

「好きにしろ」

ダニーは両手を腰にあて、トムと口論になる可能性はどれくらいか考えた。タイミングと場所は悪いが、ふたりの関係は一触即発のところまできている。だとすると……。「なかに入って様子を見てもいいのか？」

「かまわないとは言われてる。でも誰も……その、わかるだろう。みんな入らずにここにいた。だって、なんと声をかければいい？」

ダニーは仲間のあいだをすり抜けてガラスのドアをノックし、返事を待たずになかに入ってドアを閉めた。

チャベスはまぶたを閉じたままだった。「ダニー」声がすっかりかすれている。ダニーはモニターにすばやく目を走らせた。血圧は低く、脈拍は弱い。酸素量も少ないままだ。

「どうしてわかった？」ダニーはベッドに近づいた。「また読心術か？」

「おまえはマールボロのにおいがする」

「お世辞はよせよ。そばに座ってもいいか？」

「好きにしてくれ」チャベスが顔をこちらに向け、目を開けて焦点を合わせようとした。「そうすればおれも煙草が吸える」

「そんなことをしたら、ふたりしてここから追いだされちまう」

「レミーに二時間後に来いと言えばよかった」

ダニーは椅子を寄せて自分の顔をこすった。「つまり、本気で死ぬつもりだったんだな」

「かもな。おまえだって一度も考えたことがないなんて言うなよ」

「そうは言わない」とりわけジョン・トーマスが死んでからは。「考えたことがないやつなんているか？」

チャベスが息を吐いた。「だからおまえには話せるんだ。ほかのやつならおれに説教して精神科に連絡するだろう」

「先走るなよ。生きる意味がどれだけあるかっていう感動的な演説を考えてるところなんだから」

「勘弁してくれ」

ダニーは両手を組みあわせて、そこに視線を落とした。「今まで何度死のうとした？　嘘はなしだ」

「一度もない」チャベスが重そうに手を胸にあてた。「誓って言う」

「だったら、何がきっかけだ？　アンに会ったことか？」

黒髪が枕の上で左右に振られる。「違う。彼女が元気にやっていてうれしかった。怪我なんかしてほしくなかったから。でもおまえが助けて――」

「じゃあ、どうして死のうとした？」

「自分の女の話はしたくないんだな」

「おれの女じゃない」

ふたりは押し黙った。かすかな機械音が静けさを埋める。

「ヒト免疫不全ウイルス《HIV》に感染したんだ、ダニー」

ダニーは表情が変わるのをこらえようとしたが、ショックの色が浮かんだらしく、チャベスが顔をそむけた。

「ほかのやつには言わないでくれ。まだ誰も知らない」

　ダニーは空咳をした。「今はもう死の宣告ってわけじゃない。だから――」

「年に一度の健診に行ったときに採血して、それきりすっかり忘れていた」チャベスが処置室の遠くの隅に視線を泳がせる。「でも三日前に電話が来たんだ」

「そうだとしても、仕事ができないわけじゃない」

「仕事のことだけじゃない……人に関することだ。もう一緒にいられないなんてホセフィーナには言えない。やりきれないのは彼女を失うことだ。それでヘロインをたっぷり打てば目的を果たせるんじゃないかって。思ったとおりだった。いや、思ったとおりになるはずだった。レミーにもうちょっと遅く来るよう伝えてさえいれば。あいつはいつも時間ぴったりなんだよな」

「なんてことだ」

「ほかの誰かが発見したらって心配になったんだ……その、取り乱してしまうような誰かが」

　ダニーは〈タイムアウト〉で一番のウエイトレスを思い返した。「どうして感染したんだ、エイミー？　原因はわかって……くそっ、こんなことを訊いてもいいのか？」

　チャベスが両手で顔を覆った。「半年ほど前に近所のジムで、ステロイドのまわし打ちをしたんだ。やっちゃいけなかった。本当に愚かだった。おれは救急救命士だっていうのに。でも高校時代から知ってる連中で、みんなで一巡しただけだ。それに麻薬の静脈注射に比べたら、感染のリスクは微々たるものだ。なのに感染した」

消防の仕事に就く者は皆、体を鍛えておかなければならない。実際、もっと筋肉をつけるために薬を打つ者もいる。それが現実だ。ダニーはそのことで人を非難したことはない。急に神経が過敏になって、自分のジムでの行動を思い返した。ステロイドもホルモン注射もやっていない。それはたしかだ。おまけに賢明にも避妊具は欠かさず使ってきた。ここ十カ月は疑わしい相手もいたのでなおさらだ。

けれども愚かにも、こうしていられるのも神の加護があればこそだと気づいていなかった。

チャベスはきつく目を閉じ、痛みに耐えるかのように口をゆがめて歯をむきだした。

「おれはいやだ、ダニー。こんなのは耐えられない」

「いや、おまえなら立ち向かえる」ダニーはそう言いながらも、自分が嘘をついているのではないかと不安になった。「できる。ただ……どうするか考えないと」

「もういいよ」チャベスが力なく言った。

「どうだ、おれがホセフィーナを――」

「頼むからやめてくれ、ダニー」チャベスがダニーに目を向けた。「彼女には……だめだ、絶対に知らせちゃいけない。まだつきあってもいないんだ」

「何があったかはそのうちホセフィーナの耳にも届く……この救急搬送のことだが。おまえの入院を誰かから聞かされることになる。ＨＩＶの話は今する必要はないが、せめて……そうだな、過ちを犯したと伝えるとか。過剰摂取したことについて」

ダニーにはそれしか言ってやれることが浮かばなかった。なぜなら、ときに自分が地球上にとどまる唯一の理由が愛する女性のためということがあるからだ。

それをおれは身をもって知っている。

「ホセフィーナを愛してるなら」ダニーは言葉を継いだ。「おまえがどんな顔で彼女を見つめていたかは知ってるから愛しているのはわかってるが……自殺を図ったことを人づてに聞いてほしくはないだろう。おまえたちふたりの距離が近づいていたことには、みんなが気づいてる。たとえレミーが処方薬に対する過剰反応だと最初に話しても、ほかにどんなことを言われるかわかったもんじゃない」

医療保険の携行性と責任に関する法律《HIPAA》は病院内で患者のプライバシーを守るには有効だが、ことゴシップとなるとニューブランズウィックは非常に狭い世界だ。

「おれがホセフィーナを連れてくる」ダニーは片手をあげて反論を制した。「繰り返すが、ＨＩＶのことまですぐに話さなくていい。ただ少なくとも彼女の顔を見て、もう一度会いたかった理由を思いだすんだ」

「おれたちに未来なんてない」

「おまえはさっきからそう言ってるが、それが事実かどうかはわからないだろう」

「誰が病気持ちと一緒にいたいなんて思うんだ」

「陽性の人がみんな、中世のハンセン病患者みたいに隅の暗がりで孤独に生きていると本気で考えてるのか？　まさか、冗談抜きで？」

ふたりはまた押し黙った。チャベスの心拍数を測るモニターが、安定した機械音とともに安定した脈を記録している。すべてが規則正しいリズムを刻んでいることに安堵するべきなのだろうとダニーは思った。けれどもこの状態も一時的なものにすぎないのではないかと危惧していた。チャベスなら間違いなく、ありがちな薬剤の過剰摂取だったという決まり文句が聞きたい人たちを安心させて、薬物に対する認識向上プログラムに参加することに合意するはずだ。ただしここを出られればの話だが。

一時間はそうしていたかに思えたものの、実際には十分くらいだったのだろう。

「そろそろ行くよ」ダニーは立ちあがった。「おまえの母親がこっちに向かってる」

「おれの心配なんてやめればいいのに」

「だったら、心配の種を与えないことだ」

チャベスが悪態をついた。「なあ、もしホセフィーナが来たとして、おれはなんて言えばいい？　おれたちにはこんなことまだ早すぎるんだ。早すぎたと言うべきかな。彼女にはおれとかかわりを持つ理由がない」

「そう決めつけるな。まずはここに連れてくるから。しっかりしろよ、エイミー。ホセフィーナはいい子だ。だから好きなんだろう。今は全部話さなくていい。でも彼女が〈タイムアウト〉の客から話を聞く前に、自分は大丈夫だと直接伝えるんだ」

長い間があった。「わかったよ」

「おまえなら大丈夫だ」

顔をそむけたチャベスを見て、ダニーは自分が正しいことをしているのかどうか自問した。だが何か生きる目的が必要だとしたら、それは愛のほうがいいに決まっている。

「二十分ほどで戻る。どこにも行くなよ」

チャベスが目をぐるりとまわした。「すぐにもおれがここから出してもらえるような口ぶりだな」

ダニーが処置室を出ると、彼の表情から未来を読み取ろうとするかのように、みんなが心配そうな顔を向けてきた。けれども、これからの計画を仲間に話すわけにはいかなかった。まったく、もし話せたとしても、そんな未来を知りたかったと思う者はいないだろう。

「煙草を吸ってくる。また戻るから」

仲間を残し、ナースステーションの前を通って救急車用の駐車場に出た。知った顔が何人か制服姿で濡れないように立っていたので、ダニーは張り出しの下を通ってその場を離れた。煙草に火をつけることで病院の禁煙区域のルールを犯していたが、気に病む必要はないと自分に言い聞かせた。

だめだ、効果がない。

三回深く吸いこんでからもみ消したところで、ヘッドライトが光って一台のＳＵＶが立ち入り禁止区域に停まった。誰が何をしようとダニーはまったく注意を払っていなかったが、白髪まじりの男がこちらに歩いてくるのは気づいた。もっとも会いたくない相手、アン・アシュバーンの兄だ。このところ、不運が続いている。

「署長」ダニーは低い声で言った。「エイミーに会いに来たんですか？」

「ベイカー隊長が電話をくれた。容体は？」

ダニーは腕組みした。そうした質問には答えないのが隊員のあいだでは暗黙のルールとなっている。少なくとも正直には。期待される返事と答えるべき内容はわかっていた。〝あいつなら大丈夫。きっと乗り越えます。またはしごにのぼるのが待ちきれないみたいです〟

けれどもその回答は口から出るのを拒んだ。ベッドに横たわるチャベスの姿だけが繰り返しまぶたに浮かぶ。

ダニーは署長から目をそらした。「自暴自棄になってます。何週間かすれば、ここを出るために嘘をつくでしょう。でも、おれは怖いんです。みんなで紺色の制服を着て、泣いているあいつの母親と並んで立つことになるのが」

トムがたじろいだのを見て、自分が何をしたのかいやというほどわかった。だが、それが現実だ。チャベスのＨＩＶの件は秘密にしておいてやりたいが、それも今のところ自分が願っているだけだ。

「こんな話をしてるのは、おれが精神科医の評価を受ける対象になってるからじゃない」ダニーは署長に背を向けた。「もう疲れたんです。頭にこびりついて離れない、ろくでもない不安に、生きながら食われていくのに。もしおれが何も言わなかったせいでエイミーが自殺したら？　それを受けとめる余裕はおれにはない。それを抱えて生きていくこともできない。もう手いっぱいなんです」

まったく、とんだスピーチだ。すばらしい消防士である以上に人としてもすばらしい男の強制停職処分と精神科医の診断を促すようなことを言ってしまった。これこそ最悪の裏切り行為だ。

かわいそうな仲間を、自分が歩んでいるのとまったく同じ軌道にのせてしまった。

しかも、自分は良心が痛むようなことをどんどん増やしている。

ムースからメールで知らせを受けたアンは、即座に車のキーをつかんで雨のなかを飛びだし、マサチューセッツ大学ニューブランズウィック病院の救急救命室に向かった。あまりに急いでいたのでスートをケージに入れるのを忘れ、町を半分過ぎたところで失敗に気づいた。家に帰ったときにソファのクッションがぼろぼろだったり、ランニングシューズが食いちぎられていたりしても、それは自分の責任だ。

大学病院の敷地は小さな市に似ている。建物群を芝生で縁取られた道が取り囲み、そこにそれぞれの異なる診療科の方向を示す鮮やかな色の看板が立っている。救急救命室はまわりこんだ端にある。かつて四九九分署の救急隊の救急救命士だったアンは、その場所を知りつくしていた。

おまけに、そこは腕の治療で運びこまれた病院でもあった。

救急車で搬送されたときの記憶は断片的にしかない。怪我の状態の診断。入院患者用の病室への移動。

あのとき頭にあったのは、ダニーが生きて火災現場から出られたかどうかだけだ。

アンは外来者用の駐車場に車を乗り入れた。ワイパーがせわしなく行き来する合間に並んでいる車がちらりと見えるが、それもほんの一瞬だった。車を停めて外に出ると、ウインドブレーカーのフードをかぶって両手をポケットに突っこんだ。

白々と光る入口へと進みかけたとき、救急車の専用区域から背の高い人影が出てきた。

アンにはそれが誰か瞬時にわかった。

進路を変えてダニーのほうに向かった。ダニーもこちらに気づいたらしく、足を止めた。

「やあ」アンが追いつくと、ダニーがぶっきらぼうに言った。

「ムースが連絡をくれたの」

「そうだろうな」

ダニーは髭を剃《そ》る気もなかったらしく、顔は無精髭でざらついて見え、ウインドブレーカーはずっと丸めてあったようにしわが寄っている。けれどもジーンズは清潔で、雨のなかにいても彼の体から石鹼の香りがした。

ダニーの鼻や髪からしずくが滴っているというのに、本人は雨に気づいていないようだ。

「いったい何があったの？」アンは尋ねた。

「ムースは言わなかったのか？」

「何も。エミリオがこれから病院に搬送されるというメールをもらっただけよ。火災のせい？」首を振るダニーを見て、アンは眉をひそめた。「だったら、事故に遭ったの？」

「違う」

「なんですって……まさか」

「もう行かないと」

「どこへ？」止める間もなくアンの口から言葉がこぼれた。

「エイミーの願いをかなえてやるんだ」

ダニーが短い別れを告げて歩きだした。アンはその場にとどまるよう自分に言い聞かせた。

けれども心臓がふたつ鼓動を刻む頃には、ダニーに追いつこうと駆けだしていた。

「わたしも力になりたい」

ダニーは歩を緩めなかった。こちらを見もしない。ただ嵐のなかを大股で進んでいく。「なんだって？」

「エミリオよ」風向きが変わり、アンはバランスを崩した。「その願いをかなえるために、わたしも手を貸したいの」

「おれひとりで対処できる」

アンは彼の腕をつかんだ。「ダニー」

ダニーが立ちどまり、アンの頭越しに遠くを見つめた。「いいか、助けはいらない」

「お願い、これはエミリオのことでしょう。わたしたちのことじゃない」

「そうだな、悪い。忘れてたよ。おれたちは現実から目をそらして、何も起こっていないふりをするんだったな……実際、何も起きていないなんて言うなよ。すべてがおれたちにかかわることだ。きみの腕も。何もかもおれたちのことなんだよ、アン。ああ、もちろんきみはおれより精神的に先を行っている。それをどう表現するかは任せるが。だが、ふたりのうちでものごとがはっきり見えてるのはおれだけだ」

アンは両手を腰にあてた。「今、話しているのはエミリオの――」

ダニーがお手あげだとばかりに何やらつぶやきながら嵐のなかを歩きだした。

アンはあとを追った。「エミリオに何が必要なの？」

稲妻が頭上で走り、閃光《せんこう》がここが正念場だとアンに念押しする。それに応えるように雷光が夜空を駆け抜け、雨が目に入って痛んだ。ふたりがダニーのトラックに行きついたとき、アンはダニーがひとりで乗りこんでそのまま走り去るかと思ったが、彼はやはり型どおりの行動は取らなかった。

ダニーがもう一度立ちどまり、腰に手をあててアンを見おろした。「見返りは？」

アンはまばたきをして、フードをより目深にかぶった。「なんて言ったの？」

「見返りが欲しい」ダニーは土砂降りの雨も、四方から吹きつける突風も、自分たちが嵐のなかで声を張りあげていることも気づいていない様子だ。「言っておくが、ベッドをともにすることじゃない。代わりに何かしてほしい」

「本気で言ってるの？」アンが救急救命室を指すと、それを合図にさらに閃光が走った。「あそこで生きようと闘ってる仲間がいるのよ」

ダニーが肩をすくめた。濡れた顔に病院のセキュリティランプが映っている。「おれはきみが欲しいものを持ってる。だからおれが欲しいものをくれたら、手伝わせてやる」

「あなたって最低」

「わかってる」ダニーが首を傾け、頭のなかで長い計算式を解いているような顔をした。「そうだ……農場の草を刈る手が必要だな。それもきみが何不自由ないことを証明する機会になる。おまけにあそこで救急車を呼ぶはめになっても、応対するのは四九九分署のやつらじゃない。それも理由のひとつだ。あるいは……もっといいのは、ムースの土曜の夜の――」

「いいわ、そのディナーに一緒に行くわよ」アンは嚙みつくように言った。

「ほら」ダニーがゆっくりと口元を緩める。「簡単な話だ。さあ、乗って。〈タイムアウト〉までホセフィーナを探しに行くぞ」

アンはぶつぶつ言いながら反対側にまわって乗りこんだ。ランニングシューズは水をたっぷり吸って足までぐしょぐしょで、パタゴニアのウインドブレーカーの開いた襟から水が滴っている。アンはダニーに悪態をついた。

運転席をにらみ、トラックの座席がひどく濡れても気にしないことにした。ダニーも気にしているふうには見えない。

「わたしが嘘をついてるかもしれないわよ」アンは言った。「ムースの家に行く話だけど」

ダニーがエンジンをかけてアンを見やった。「嘘はついてないな。きみがいったん交わした約束をすっぽかしたことは一度もない。それでホセフィーナへの手土産は赤ワインと白ワイン、どっちにする？」

25

「それで、仕事のほうはどうなんだ？」

ダニーが口を開いたが、アンは話をする気分ではなかった。トラックのなかはアフターシェーブ・ローションとマールボロのほのかなにおいがして、鼻腔《びこう》をくすぐる彼の香りを楽しんでいる自分に腹が立った。

「これが社交的な場だっていうふりを本気でしたいわけ？」アンは低い声で言った。

「まさか。ぜひともエイミーが自殺を図った話をしようじゃないか」

アンは横の窓から外に目を向けたが、雨にさえぎられてほとんど何も見えない。

「話をしないっていうのはどう？」

「だめだ。だったら、おれが先に話そう。今日、精神科医に会ってきた」

アンはすばやく向き直ったせいで、反応を隠す暇がなかった。「そうなの？　どうだった？」

誓って言うが、もしダニーがまた報復合戦を始めるなら、ひと目でわかるところにパンチを食らわせてやるつもりだった。だがその点からすると、目のまわりの青痣はまだ消えていないので、少なくとも一番いい場所はすでに取られている。

「煙草を吸ってもいいか？　窓をちょっと開けるから」

「そんな支えに頼らないほうがいいわ」

「わかった。車を停めるまで待つ」

「窓を開けて。濡れればいいのよ」

「もっと」

「なんですって？」

「〝もっと濡れれば〟が正しい。すでに濡れてるんだから」

ダニーが新鮮な冷気を取りこみ、ヒーターのスイッチを入れた。温かい風が足にあたると心地よかった。赤信号に引っかかるのを待ってダニーが煙草の火をつけ、顔をそむけて煙を吐いた。

「なんとか面談を免れようとした」ダニーが視線を投げてきた。「それは意外でもなんでもないと思うが」

「そうね」

「医師は思っていたより優秀だった。もちろん仕事の許可はおりないだろう。それも本物の医師だという証拠だ」

アンの胸が失望でちくりと痛んだ。とはいえ、まさか百五十ドル払って五十分ソファに座っていただけで、ダニーの内面が変わると信じていたわけじゃない。人生において、簡単に清算できることなどない。とりわけ彼みたいな経験をしたあとでは。

「きみからもっと反応があると思ってたが」ダニーが言った。

「面談を受けてくれてよかった」

「訊いてもいいか？」ダニーが座席を挟んでまた視線を投げてきた。「これはまじめな話だ」

アンは座席の同じ位置で姿勢を正した。シートベルトを外して締め直す。「いいわよ」

「リハビリ病院にいたとき、きみは精神科医と面談しなければならなかっただろう？」

「治療の一環だったから、そうね」アンは眉根を寄せた。「あなたも受けることになってたでしょう？」

「受けることにはなってたが――」

「すっぽかした」

「……すっぽかした」

「でしょうね」アンは頭を振った。「それで？」

「助けになったか？」

アンは善良で心やさしい二十四歳の、修士課程を終えたばかりで理論から外れたことにはまったく対処できない精神科医とのぎくしゃくした三度の面談を思い起こした。投げかけられた質問には正直に答えたが、あの面談から得るものがあったとは言えない。鎮痛剤のせいか、気分の問題か、あるいは相手の経験不足が原因なのか。

「なあ？」ダニーがちらりとこちらを見た。「どうだった？」

「なんて答えたらいいのかわからない」

「つまり、役に立たなかったわけだ」ダニーが難しい顔をした。「じゃあ、なんだったんだ？　まじめな話、どうして気持ちを立て直すことができたんだ、アン？」

ダニーの表情は真剣そのもので、本気で訊いているのがわかった。そのひたむきさに驚いてアンは口を開いた。

「病院のセラピストがきっかけじゃないの。彼女の善意が足りなかったわけじゃなくて……ただ、通じあえなかっただけだと思う」アンは膝にのせた義手に意識を集中させた。失われたものの象徴だ。「でも助けになることもあるんじゃないかしら」

「面談を続けてほしくて言っているんだな」

「ええ」

「それで、きみの場合のきっかけは？」

アンは義手を裏返して〝手のひら〟を見つめた。それからウインドブレーカーの袖をまくり、残った腕にはめこんだカーボンファイバーをむきだしにした。

「感染症にかかったの」気がつくとそう言っていた。「リハビリ病院を退院してから一週間後くらいだった。忘れもしない、ベッドから起きあがろうとしたらまったく力が入らなかったの。インフルエンザにかかりかけのときみたいに。腕の先端は痛まなかった……ええと、それは正しくないわね。ないはずの手が痛んだから。でも不快感の原因は全部、神経の損傷から来てると思った。だからそのまま放置してたんだけど、いきなり熱が出て、傷口の検査をしたら感染症の初期段階だとわかった。皮膚が真っ赤になって、血でできているみたいだったわ。悪くなるのはあっというまだった。どの抗生物質が効くのか見きわめるためにサンプルを採って、最初は広域抗生物質を使って、それから薬の量をどんどん増やしていったの。感染症との競争だったけど、しばらくは勝てなかった。リンパ管炎の鮮やかな赤い筋がさらに増えて、すぐに敗血症になった。そうしたら気絶しちゃって、病院に逆戻り」

もっと個人的な話をする代わりに事実を詳細に伝えているだけであることには自分でも気づいていた。まるで患者の状態を報告しているように。そうして距離を置かなければこの話はできない。

これまで口にしたことは一度もなかった。

アンはフロントガラスの先を見た。「青よ」

「なんだって？」

「信号が青になってる。進めるわ」

ダニーはわれに返ったように見えた。「ああ、そうだな」

車が発進するとアンは話をやめたくなった。けれどもそんなはずはないと自分に言い聞かせた。ダニーを助けたい。気づかせてあげたい。これはほかにも道があると証明するためだ。

私的なレベルでつながることとは違う。

自分の胸のつかえをおろす必要があって話しているのとも違う。

そんなはずはない。

「怖かっただろう」ダニーが小声で言った。

「きわどい状況だった」アンはあまり深く掘りさげないように自制した。「でも頭が朦朧として、きちんと考えられなくなるものなの」

「そんなに悪化したとは知らなかった」

「とても運がよかったの。多剤耐性菌じゃなかったから。抗生物質の点滴が救ってくれた」心臓がドクンと鳴って、早鐘を打ちだす。まるで記憶という名の侵入者が体のなかに戻ろうとしているかのようだ。「とにかく、わたしの考え方が変わった話を聞きたかったのよね」アンは適切な言葉を探して沈黙した。どういうわけか、体を重ねたことよりも、こうすることのほうが親密に思えた。「あの火事の夜と翌日は、こんなことには負けない、わたしを止められるものは何もないという気持ちでいっぱいだった。退院して家に帰るまでは、ほとんど変わらずそんな感じだった。そして自分のものに囲まれて、自分の家にいて日課をこなしていると、ある意味、それが現実になった。入院中はそうではなかったけど。そんなとき……」

「感染症に襲われた」

「そう」眠れないいくつもの夜、心をむしばむ気分の落ちこみ、怒りと恐れから生じる認知のゆがみについては話すのを拒んだ。「悪い考えが頭をぐるぐるまわって……人生が終わったみたいに感じた。でもそんなときに急遽《きゅうきょ》、再入院することになった。

乗り越えられるかどうかは見当もつかなかった」アンはダニーをちらりと見た。「小さい頃、自分のお葬式を想像したことはある？」

「まさか。ないな、一度も」

「そう、わたしはあった。『ア・クリスマス・ストーリー』で主人公のラルフィーが目が見えなくなったと空想する場面みたいに。自分は棺のなかにいて、みんなが最後のお別れに来て、わたしを亡くして泣いているところを想像した。たいていは罰を受けたことに納得できないときに反発してね」アンは肩をすくめた。「そしてあのとおり大人になって死の淵《ふち》に立たされて……そういったことが現実に起こったの。死のスパイラルに陥りながら、あのときみたいに自分を見おろすみんなの顔を見あげていた。誰もがひどく動揺していて……」

母の姿が、きちんと整えた髪に完璧なメイクを施した姿が胸を刺した。娘が死にそうなときにも、母は人前に出ても恥ずかしくない格好でいなければならなかった。

「兄が来ていた」アンは顔をしかめた。「ほとんどずっと集中治療室の隅の椅子に座っていたわ。わたしが持ち直すのを待って、どれほど無責任な人間かもう一度説教をしたいんだと思った」

「感染症になったのは自分の責任だと？　まさか」

「というより、そもそもあの火災現場に閉じこめられたことが」アンは頭を振った。「とにかく最悪だったのは、父がどこからともなく現れる夢を見たとき。ベッドの脇に立って、おまえにはまだ早いって言ったの。闘えって。おれの娘なんだから、アシュバーン家の男たちはみんなそうしてきたんだからって」

ダニーが首をまわした。「そりゃすごいな、きみのお父さんまで会いに来たのか」

「違うわ。わたしは霊の存在を信じていない。熱と使っていた薬のせいで潜在意識にあったものが呼び覚まされたんだと思う。これまでずっと女に生まれたことの埋め合わせをしながら生きてきたから。それは性格テストにもはっきり出ていたわ。だけどそれが効いた……紛れもなくわたしの脳がやる気を出す正しいレバーを引いた。わたしは闘わなければと思った。何があっても前に進むと決めた。手を失っても、仕事を失っても……そう、どんなことがあっても」

前方で〈タイムアウト〉の看板が赤と金の光を発している。大衆向けの通りのかがり火だ。

最後にそこへ行ったのがいつだったか、アンは思いだせなかった。それでもどのビリヤード台が左に傾いていて、女性用トイレの真ん中の個室の水がどんなふうに止まらないか、何を注文するべきかは知っている。揚げ物はよし。ハンバーガーもよし。

魚は絶対だめ。海沿いの町なのに、あの店では冷凍のタラしか出さない。消防士仲間と数えきれないほどあそこに行った。男たちの盛り場にいる数少ない女性という事実が誇らしかった。

一生分くらい昔の話だ。あの頃が恋しくなった。そこでアンは意識してスートの愛らしい顔を思い浮かべた。

「人が生き延びるには、気づきの瞬間が必要なんだと思う」アンは静かに言った。

「霧が晴れて、生きるに値することや追い求めるにふさわしいゴールがあると気づく瞬間が。たとえそれが、これまで自分を突き動かしてきたものとは違うとしても」

ダニーはバーの正面に縦列駐車した。自分が誰のために生きたいかはわかっている。アンがこれからの人生の支えにするべき基盤を求めていないのが残念だ。

エンジンを切りながら、アンにちらりと目をやった。「そんなに大変なことになっていたとは考えてもみなかった。その、考えていたのは……まあ、わかると思うが」

「あなたは自分のことを心配しなければならなかったから」アンが体の向きを変えてトラックを降りた。「ところで、エミリオとホセフィーナはいつからつきあってるの？」

ダニーは手を伸ばしてアンの腕に置いた。硬くて円筒状のものに触れたとき、思わず手を引っこめた。

「これは嚙みついたりしないわ」アンが義手をあげた。「保証する」

「すまない」

アンがきっぱりと首を振った。彼の目の前で扉を閉めたも同然だ。「さあ、ホセフィーナを見つけましょう」

アンが歩きだしたので、ダニーは急いで追いつくしかなかった。〈タイムアウト〉に入ると、ふたりは二匹の犬のように体を揺すって雨粒を払った。店はさほどこんでおらず、並んだテーブルの向こうにいるホセフィーナは簡単に見つかった。六人掛けのテーブルで警官の注文を取っている。警官たちがダニーのほうにうなずいてみせると、ホセフィーナがこちらに首をめぐらせた。

そして体をこわばらせた。真っ青な顔で警官に何やら告げてからやってくる。

「何があったの？」

当事者にはわかるのだ。愛する者は悪い知らせがあるときはいつだって気づいてしまう。

「エイミーが病院に運びこまれた」ダニーが低い声で言った。「一時間ほど前のことだよ」

「どれくらいひどい怪我なの？」ホセフィーナが口に手をあてた。「もしかして……」

「きみを探してきてほしいと頼まれた。やつはきっとよくなる」

ホセフィーナが何やらスペイン語で口走って、いんちきレフェリーみたいな白黒の制服の前で十字を切った。「神よ、感謝します。仕事中は注意するよう言ってるのに。怪我をする人ばっかり。多すぎるわ！」

ダニーはあらゆることに対するホセフィーナのどうしてという質問には口をつぐんだ。そしてチャベスを気の毒に思った。これは大変な道のりになりそうだ。「あいつが会いたがってる」

「誰かにわたしの穴埋めをしてくれるよう頼んでくる」ホセフィーナが言った。「マネージャーなら、彼女ならわかってくれる。ご主人が救急車、じゃなくて、救急救命士だから」

「病院まで送りましょうか？」アンが申しでた。

「お願い、ここへはバスで来てるの」

ダニーが手に持った車のキーを振った。「待ってるよ」

ホセフィーナが奥に向かうと、ダニーはアンを見つめた。アンは初めて来たような顔で店内を見まわしている。それは彼女にとっていいことなのだろうか、それとも悪いことなのだろうか。当人はすべてを切り捨てたいらしいが。おれも含めて。

アンがこちらを向いた。「いつの夜だったか、あなたがここでヨットボーイたちと喧嘩をしたのは、ホセフィーナが侮辱されたからだってムースが言ってたけど」

「やつらが失礼だったんだ。もっと痛い目に遭うべきだった」

「あなたはいつも誰かを守ろうとしてたわね」

ダニーは誰かがアンによからぬふるまいをしている場面を想像してみた。「今でもそうだ」

いっとき、間が空いた。「土曜のムースの家でのディナーだけど、わたしは本当に行かないほうがいいと思う」

「ほかの人たちも来るぞ」来るはずだ。町の半分は招待したほうがいいとムースに言っておいたのだから。「仲間内だけじゃない。おれたちがどうこうって話じゃないことはやつらに言っておく。だいいち、みんなきみに会いたがってる」

「わたしはもう隊員じゃないのよ」

「おれたちが外部の人ともつきあいがあるのは知ってるだろう。特にユーモアのセンスがあるやつとは」

「ごめんなさい。どうしても無理なの。わたしが行くなんておかしいし、それはあなただってわかってるでしょう」

「またおれと関係を持ちたくなるのが心配なのか？」ダニーは声に苦々しさがにじむのを隠そうともしなかった。「お互い楽しんだだろう」

「そんなんじゃない」アンが口を引き結んだ。「何も心配なんてしていない」

嘘つきめ、とダニーは思った。

「好きにすればいい」ダニーは出口を顎で示した。「先に行ってエンジンをかけてくる。今夜は凍えるほど冷えこんでいるからな」

外に出て、土砂降りの切れ間を見計らって煙草の火をつけたが、トラックまでの短い距離でもすぐさま湿っぽくなった。乗りこんだところでメールの着信音がした。携帯電話を取りだしてメールを読み、悪態をついた。

上等だ。署長が朝一番で会いたがっている。

思ったよりも早くクビになりそうだ。

26

アンは失礼な真似はしたくなかった。けれどもダニーが救急救命室の駐車場に車を入れたとき、頭がずきずきと痛んで胸のつかえを覚えた。空腹のせいかもしれないが、腸閉塞のように感じた。

ふたりに挟まれて座ったことが大きな問題だった。病院に戻るあいだじゅう――ほんの十分が二十五年にも思えた――ダニーの脚がずっとあたっていた。はるか昔に消防車に乗っていたときのように。

思いだしたいことではない。とりわけダニーのメゾネットでの出来事のあとでは。

ダニーが救急救命室のすぐそばに駐車スペースを見つけた。ホセフィーナは車を降りる際にバッグをつかみ損ね、中身を歩道にぶちまけた。アンは飛び降りて、鍵や財布やタンポンやメイク用品をバッグに戻すのを手伝った。

「ねえ、なかにはダニーが連れていってくれるから」アンはティッシュペーパーを手渡した。「エミリオのためにすでにたくさんの人が集まってる」
「ありがとう。店まで迎えに来たうえに、送ってくれて」
アンは涙のにじむ茶色い目から視線をそらした。「お安いご用よ。彼の面倒を見てあげて」それから背筋を伸ばしてトラックの屋根越しにダニーを見た。「わたしはも
う行かないと」
ダニーの目は陰になっていたが、むしろそのほうがよかった。そこに映っているも
のなど見たくない。
手を振って自分の車に向かいながら、アンはすべてをダニーに押しつけている気が
した――気がしているのではない。それが事実だ。とはいえ、自分は今やこのすべて
の出来事とは遠い関係にある。そこの線引きには配慮が必要だった。
車に戻るとUターンをさせられて、結局入口から出ることになった。今夜の状況を
的確に表しているではないか。けれども、この騒ぎからは抜けだせた。
とにかく家に帰ってスートに食いちぎられているものがないかどうか確認し、早め
にベッドに入ろう。
そういう計画だった。
こぢんまりとした自宅のそばまで来たとき、正面の道路に見慣れた車を認めてブ

レーキを踏んだ。そしてそのまま通り過ぎてしまえないかと考えた。

母だ。

私道に入り、車を降りて玄関に向かう。母が十年愛用するホンダのシビックに近づくと、窓がさがった。そこで、母と何カ月も目を合わせていなかったことに気づいた。

ナンシー・ジャニス・フィッツジェラルド・アシュバーンは六十歳には見えない。酒も煙草もやったことがなく、常に日差しを避け、〝型〟に沿って生きてきた――それが何かは知らないが。そんなわけで、美容整形なしでも色白のアイルランド系の肌はいまだになめらかでほとんどしわがなく、チークとファンデーションは薄塗で、まつげは黒々として上を向き、口紅はピンクで顔色を最高の状態に見せる完璧な色合いだ。もちろん髪も整っている。白髪を隠すために染めているけれど、安っぽさはない。赤褐色のベースに黄褐色のハイライトを入れ、顔を縁取って肩に軽くかかる程度にうまくカットされている。

「母さんに電話をかけようとしていたところだったのよ」アンは嘘をついた。「迷惑をかけて本当にごめんなさい。あなたの兄さんがつかまらなくて」

「どうしたの？」

「嵐を避けられるところに入ったら？」

「いいわ、このままで」アンが見あげた拍子に、雨粒が目に入った。目を細め、痛みを取り除こうとぬぐっているうちに、世のなか全体に腹が立ってきた。「何か必要なの？」

「裏庭に大きなカエデがあるでしょう？　あれよ、あなたが兄さんとブランコを——」

「ええ、わかるわ」

「風で半分に折れて家の上に落ちたの」アンが疲れて息を吐きだすと、母が話の先を急いだ。「裏の家の人が親切に防水シートをかけようとしてくれたけど、お父さんとわたしのベッドルームがひどく雨もりしているのよ。それから一階も。だから泊まれるところを探しているの……それに本当よ、本当にあなたの兄さんをつかまえようとしたの。だけど、きっと忙しいんだわ」

アンはもう一度トムに電話をかけてみるべきだと言いたかった。千回でもかけてみればいい。けれども、もちろん母を嵐のなかへ放りだすわけにはいかない。

「ええと、部屋を確認させて。その……犬を飼ってるの。だから入ってもらう前に大丈夫かどうか確認したいのよ。知らない人に対してどんな反応を見せるか、まだわたしにもわからないから」

「犬を飼いだしたの？　言ってくれればよかったのに」母の傷ついた表情が槍《やり》のようにアンの胸を貫いた。「でも、いいのよ。ペットを飼いなさいって一年間言いつづけてきたんですもの。本当によかった」

「ここにいて」

アンは玄関まで走って暗証番号を打ちこんだ。なかに入り、室内を見まわす。ソファが裂かれているのではないだろうか。大丈夫。そのままキッチンへと進む。ごみ箱は置いてあった場所にある。中身も散らばっていない。けれどもスートはケージにいなかった。

まったく、母とひと晩過ごすなんて。

どうしてこうなったのだろう。もちろんほとんどの家庭では、親が子どもと過ごすのはよくあることだと知っている。

しかし自分の家族は普通ではない。外からはそう見えるだけだ。英雄の消防士、完璧な主婦、有望な息子と娘。本当に核物質みたいなもので、表面をこすってみないとわからない。特にトム・シニアに関しては。

それにナンシー・ジャニスにも問題がある。あの人はうわべだけで、中身がない。

まあ、どうでもいいことだ。ひと晩くらいなら母と一緒でも乗りきれる。

一階を確認し終わった頃には悪い妄想に駆られていた。スートがどうにかして外に出たとしたら？ 胸に不安がこみあげ、アンは走って二階にあがった。廊下の照明をつけて――。

開け放したベッドルームのドアからなかをのぞくと、ベッドの上でスートが丸くなっていた。不在の主人のにおいを求めるように、枕の下に鼻先をうずめている。

「ただいま」アンはそっと声をかけた。

スートはびくりとして頭をあげ、眠そうな目をしばたたいている。それから細い尻尾を上掛けにパタパタと打ちつけた。

アンは隣に寝そべり、頬を寄せて大きく息を吸いこんだ。お返しにスートが鼻を押しつけてくる。アンはつながっているという感覚に驚いた。生まれたときからずっと一緒にいるみたいだ。

体を起こしてスートを見つめる。「お願いがあるの。母さんを食べないでくれる？ ここにいるのは朝までだから。あの人は……そうね、どうせマシュマロみたいな味しかしないと思う。甘すぎて、あなたのメインディッシュって感じじゃないわ」

スートは申し分のない紳士ぶりで、ナンシー・ジャニスの心を奪ったようだった。

そうはいっても、母はなんにでも心を奪われる性分だ。母の人生においてはすべてが〝完璧〟で、〝美しく〟て、〝すばらしい〟のだ。

母のグラスは半分満たされているどころではない。受け入れがたいことを拒絶するバラの香り付きの防衛機制であふれている。アンは母に我慢がならないのは、自分のモラルの欠如が原因だとは思っていない。

母と娘には共通点が何ひとつなく、近しい関係だったこともない。だからこそ、父の本当の姿を知ったときにあれほど裏切られたと感じたのだろう。真実を知ったときにはトム・シニアはこの世にいなかった。目を覚ませという警鐘が鳴る前に、今後は父の記憶を胸に、あの勇敢さとカリスマ性に倣って生きていく覚悟をしていた。

ところが父の本性が明らかになり、アンは家族とのつながりをいっさい失った。兄は当時すでに自分の人生を歩んでいて、秋からは消防学校に通う予定だった。ナンシー・ジャニスは？　アンはワンピースや、カールした髪や、エナメルの靴を強要された少女時代をどうにか切り抜けた。

尊敬もしていない女性に、女ならこうあるべきだというまったく興味のない固定概念を押しつけられるのはうんざりだ。

「どこもすっきりしているのね」スートを撫でていた母が立ちあがった。「本当に整然としている」

「悪いことみたいに聞こえるんだけど」アンは母の二十キロ以上ある旅行用バッグを階段の下におろした。「わたしはスートを外に出さなければならないから。おいで、スート」

「悪くはないわ」母は裏口までついてきた。「ただ、がらんとしているだけ」

「ホーム・ショッピング・ネットワークで取り寄せたがらくたであふれさせる必要はないでしょう」

母のため息で、意図したとおりに伝わったのがわかった。アンと兄が育った家はこまごまとした置物や、一時的に流行ったものや、かわいらしい〝瞬間〟でごった返していた。

通販業界の生態系で育つのは格別だ。

「外に出るわよ、スート」アンはドアを開けて脇に寄った。「さあ、行って」

スートは戸枠のところに立って、いぶかしげに空を見あげている。

「ついてきてほしいの？」お願い、わたしを一緒に外に出して。「ほら、一緒に行きましょう」

「お茶を用意するわね」母が言った。「ケトルはどこ？」

「持ってない。Kカップ（専用のコーヒーメーカーを使用するカートリッジタイプのコーヒーのブランド）を使うから。それに今でもお茶は飲まないの」

「Kカップって何？」

「気にしないで。好きにしていいから」

「わたしはコーヒーは飲まないの」

「おいで、スート」

幸いスートは裏庭に出ようと決心してくれた。アンはそれに便乗して外へ出て、深呼吸をしてから室内に戻る心の準備をした。アンが部屋に入ると、母がカップをふたつ用意して、鍋で湯を沸かしていた。

「心配ないわ、アニー・バナニー。ふたりでも充分なくらいハーブティーを持ってきたから」

アニー・バナニー。ああ、そのニックネームがずっと大嫌いだった。

アンが黙りこむと、母は振り向いて確固とした明るい笑顔を投げてきた。「夜用よ。ゆっくりやすめるように」

アンは小ぶりのタオルをつかんでかがみ、スートの足を順に取って泥を拭いた。

「言ったでしょう、お茶は飲まないって」

「まあ、それならコーヒーを淹《い》れましょうか？　淹れるだけなら――」

「いいえ、いらない。何も飲まないから」

「まあ、そうなの」

アンはうつむいた。「一緒には座るわ」

「まあ、ぜひそうしてちょうだい。久しぶりですもの」

まったく。忘れていたが、ナンシー・ジャニスの会話の四分の三は〝まあ〟で始まる。おしゃべりなわりには、話をすること自体にしょっちゅう驚いているみたいに。そう、存在そのものが輝かしい夫の前では、母はそこにいるだけで口をきかない妻だった。おそらくこれほど月日が経った今も、自分の話に耳を傾ける人がいるのが驚きなのだ。

しかし、母の失われた時間を取り戻すのはアンの仕事ではない。それに母に話すよう促すのは、閉めきった空間でファブリーズを丸ごとぶちまけるようなものだ。そして顔の前を手であおいで、あの花のにおいが鼻に入るのを防ぐところを連想させる。

アンはテーブルにつき、最近どうしていたのか尋ねなければと自分に言い聞かせた。けれどもピラティスや、カードゲームのブリッジや、高齢者向け施設でのボランティアに興味があるふりができる自信がなかった。

特に病院のベッドにいるチャベスや、自分の道を見つけようともがいているダニーや、埠頭の倉庫で死んだ人たちのことを思っているときは。

そう、これが問題なのだ。母の心配ごとと自分が抱えていることのあいだには、渡れないくらい大きな隔たりがある。ティッシュペーパーと手術用のガーゼ、サンダルと爪先に金属の入ったワークブーツ、調子外れのハミングと助けを呼ぶ悲鳴ほどの隔たりが。

母がコーギー犬がモチーフのハンドバッグから緑と白の箱を取りだし、ティーバッグをカップにひとつずつ入れた。それから鍋の熱湯を注いで、自分の不眠症の解消法を運んできた。

アンの前にカップを置いて弱々しくこちらに目を向ける様子は、寒さに凍える犬が家のなかに入れてくれと懇願しているかのようだ。

「気持ちが変わったときのために」母がそっと言った。

変わらないとアンは叫びたくなった。いいかげんにして。これが父さんの不倫の原因なの？

27

翌朝、ダニーは六一七分署の裏手の駐車場にトラックを停め、携帯電話で時間を確認した。十五分前だが、そうしようと決めて、ある種のアラームをセットしていたわけではない。アラームに頼らず目覚めることができたほうがいい。その点に関して、ダニーはまったく問題なかった。

煙草に火をつけ、窓を細く開けて煙を吐きだした。嵐が過ぎ、九月の太陽が強烈な光を伴って戻ってきた。抜けるような雲ひとつない青空を見て、ダニーはマクドナルドでたらふく食べたあとにオーガニックの食生活を始めるところを連想した。ごろごろする目をしばたたき、コーヒーを飲んでさらに煙草を吸う。

九時五分前、吸いさしを冷たくなったダンキンドーナツのコーヒーに浸して車を降りた。署長の新しい輝くばかりの消防署には管理者専用の通用口があるので、少なく

ともここの隊員たちと顔を合わせることはない――誰もが自分がここにいる理由を知っているだろう。

アンの兄にとっては楽しいミーティングになるに違いない。そうだ、少なくとも、消防士としての最後の行動が人を喜ばせることになるじゃないか。

ダニーはガラスのドアを引き開け、町の中心部にある法律事務所で見るようなしゃれた待合室に足を踏み入れた。革張りのソファ、コーヒーテーブル、薄型テレビ。灰色と青という配色の小さなラグまで敷かれている。

リプキンの連中が隈なく気を配ってくれたとわかってうれしい限りだ。寄付金と建物だけでなく、カーテンや家具まで用意したとは。

空気さえもいいにおいがする。

これほどすべてが豪華に見える場所では、大物に会う前に必ず秘書が来て、身分証と指紋を要求されるものだとダニーは思っていた。

ここでは要求されなかった。ただガラス張りになった場所へと歩いていった。署長室の三面はなかが見えるようになっている。そしてくだんの人物は古びたデスクに座っていた。書類に埋もれ、電話機が端から落ちそうになっていて、ほとんど空の棚

の脇には枯れた植物が置きっ放しだ。

何もかも完璧に整頓された新しい空間のなかで、トム・アシュバーンは隔離された汚染物質のようだった。

トムが顔をあげた。「入ってくれ」

そういった趣旨のことを言ったのだろう。オフィスは防音構造になっている。

ダニーはドアを押し開けて入った。「おはようございます」

「かけてくれ」

どうしてわざわざ。ここに長居する気はない。けれどもダニーは指示に従い、きしむ木の椅子に座った。

ダニーは腕組みした。「早かったですね」

アンの兄は椅子に背中を預け、問題児を前にした校長のごとく両手の指先を合わせた。ひどく疲れているようだ。目の下にできた隈のせいで顔が老けて見え、白髪まじりの頭も相まって五十歳近くに見える。憐れなことに、実際は三十代半ばなのに。

「ドクター・マコーリフから昨日、連絡があった」

「どこにサインすればいいんですか？」

「なんだって？」

ダニーは身を乗りだして書類の山を示した。「おれの解雇通知のことですよ。勤続年数が短いから年金がもらえないのはわかってます。でも保険継続の申込書はもらいたい」

署長は返事をしなかった。やはりこれはおいしい食事のように味わうものなのだ。

「仕事に戻ってほしい。だが、執行猶予期間だ」

ダニーは聞こえをよくしようと頭を振った。「なんですって?」

「聞こえただろう。チャベスが抜けたから、四九九分署のシフトを調整した。今日から出勤して、明日と日曜が休みだ」署長は書類を手に取って目を通しはじめた。それから顔をあげた。「どうしてまだここにいる? 四九九分署での点呼に遅れるぞ」

ダニーは不安が胸を打つのを感じた。「わけがわかりません」

「充分わかるように説明したはずだが」

「どうしてクビにしないんですか?」

「それについて本当に話しあいたいのか?」

ダニーはもう一度頭を振った。「混乱してるんです」

「これがおまえとぼくとの個人的な問題だと思っているからだろう。それは違う。セラピストの報告書には、重度の心的外傷が見受けられ、鬱病の可能性ありと書かれている。三カ月の休職と必須の経過観察が望ましいとも。それにアルコールの問題もあると思われるので、自らこの問題に取り組むことを勧めている」

「それならなぜシフトに戻すんです？」

「全隊員の心の健康の証明書を待っていたら、乗り手のない消防車と、使い手のないホースと、のぼる者がいないはしごだけになる」

ダニーは両手を組みあわせた。したくない握手をする場面だからだ。「ありがとうございます」

署長の目が書類の上を行き来しているが、同じ行を繰り返し読んでいるように一定の場所から進まない。しばらくしてぶっきらぼうな言葉が投げられた。「お返しだ。これで貸し借りなしだからな」

「返済すべき借金があったとは知りませんでした」これは嘘だ。アンのことがある。

「いずれにしても最近は」

「チャベスの件だが」トムが視線をあげた。「もしおまえが何も言わなかったら……とにかく、まあいい」

ダニーは心のなかで精神的に不安定な隊員を順に挙げていった。しかし署長ともめるつもりはなかった。ようやく道が開けようとしている。

「ただし条件がある」

ほらきた。「というのは?」

「手順や方針をひとつも破らないこと。すべては規則どおりに行われる。それと、このことは人事ファイルに記載する。冗談ではなく、何かしでかしたらクビだ。人員不足なんて知ったことか」

つまり、クビになるかどうかは署長次第というわけか、とダニーは思った。

「さあ、四九九分署に行ってこい」トムが立ちあがった。「それから握手だ。合意した証拠にな」


ボストンの渋滞は問題だ。

アンは93号線の標識をまたひとつ通過しながら、公用車のセダンのダッシュボードについた時計を確認した。朝一番にリプキンのオフィスに電話をかけて、九時ちょうどに到着すると伝えてあった。その時間には着けそうにない。リプキンは九時半までは来ないだろうと言っていたが。

ニューブランズウィックにもそれなりに高層ビルがあるものの、ボストンのガラスと鋼鉄の森林地帯に比べると、学生のスポーツチームの二軍とプロ選手みたいなものだ。この超高層ビルの全部をリプキンが所有しているという事実が彼の裕福さの証しであり、アンは舌を巻かずにはいられなかった。

ともあれ、この調子ではそこに近づくまでに百歳になってしまう。

幹線道路は渋滞しており、動脈血栓症や、泥がたまった排水路や、落ち葉を取り除いていない側溝を連想させた。アンは車に乗っている人たちの生活に、その詳細、予定、人生の誕生、中間、終焉《しゅうえん》に思いを馳せた。そういう視点で見ると、毎朝毎晩、世界じゅうのあらゆる主要都市のアスファルトの上に集まる人々の経歴は、一冊ずつ書棚に並ぶ本のようで、まとまりとして見ると埋もれていても、一冊の中身は完璧に個人的な意味を持つページで構成されている――こうしたものがそれぞれの車には詰まっている。

人類はきら星が集まる銀河だ。無限で深遠で、理解するには広すぎる。

といっても、神になりたいと望んだことは一度もない。

ようやくリプキン開発の地下駐車場に入ったときには九時二十分だった。駐車券を取り、六階建ての三階に空きスペースを見つけた。リプキンのオフィスは摩天楼の最上階だと知っても驚きはしない。王は自ら征服した世界を見渡しているものだ。

エレベーターを降りると、進む方向ははっきりしていた。右手の先だ。リプキン開発のロゴが入ったガラスの壁が、〝R〟の文字をかたどった巨大なクリスタルの彫刻を中心にして配された受付エリアを取り囲んでいる。

アンはなかに入って黒い御影石のデスクに向かった。黒に身を包んだ魅力的なブロンド女性はもうひとつの美術作品のようだ。後ろに撫でつけて引っつめた髪を見ているだけで頭が痛くなってくる。

「アシュバーン調査官です」アンは名乗った。「ミスター・リプキンにお会いしたいのですが」

『ウォール街』でゴードン・ゲッコーのオフィスを訪ねたバド・フォックスがあとまわしにされて何時間も待つシーンが頭をよぎり、アンは上司のことを思った。この聴取にどれだけ時間がかかろうと、ドンがスートを見てくれているからありがたい。

「もちろんでございます。お待ちしておりました」

もちろんでございます？　そんな表現を最後に聞いたのはいつだろう？　ともかく入室でもめることはなかった。

「どうぞこちらへ」

ブロンド女性は立っているというより宙に浮かんでいるような足取りで長い灰色の廊下を案内するので、これはロボットか何かではないかとアンはいぶかしんだ。まるで骨は針金でできていて、関節に玉軸受が入っているかのようだ。

まったく普通じゃない。アンはいくつもの閉ざされたドアを見まわした。電話の音はしない。話し声も。廊下を歩く人もいない。

「訊いてもいいですか?」アンは声をかけた。

ブロンド女性がちらりとこちらを見た。「お望みならば」

お望みならば? これってアルフレッド・ヒッチコックの映画なのだろうか?

「ここはリプキン開発の本部ですか?」

「上層の十階分がリプキン開発です。こちらの階はミスター・リプキン専用です」

「フロア全体がですか。すごい」

「ミスター・リプキンは非常に多忙です」

「まあ、所有するビルをすべて見るのなら」

「あなたは幸運です。ミスター・リプキンが会おうと決めたのですから。通常は何カ月も先まで予定が埋まっています」

「放火は優先事項でしょう。特に自分の不動産で起きたことですし」

「ミスター・リプキンはあなたとの面会を心配してはいません」

わかったわよ。ヴァンス・リフリジレーションのボブ・ヴァンスみたいに名前を連呼しなくても。（ボブ・ヴァンスはアメリカのテレビドラマ『ジ・オフィス』の登場人物で、自己紹介には必ず自社の名前もつける）「あなたの名前をうかがっていませんでしたが？」

もしもボブ・ヴァンスの妻と同じフィリスと答えたら、神の存在を信じるだろう。

「パーセフォニーです」未来のステップフォードの妻（SFホラー小説『ステップフォードの妻たち』に出てくる貞淑で従順なロボット妻）が滝ほどの高さのある紫がかった灰色のドアの前で足を止めた。「こちらでお待ちください。お越しになったことをミスター・リプキンに知らせてまいります」

　残されたアンは、リプキンが古風なフィリスことパーセフォニーと体の関係があるのかどうか考えた。イエスに賭けたほうが確実だろう。パーセフォニーがあれほどの忠誠心を見せるのは、相当な給料をもらっているか、恵まれた暮らしを餌に口説かれたかのどちらかだ。それに、リプキンの妻は数年前に亡くなったはずだ。

　ドアが再び開いた。「ミスター・リプキンがこれからお目にかかります」

　秘書が脇に寄ったので、アンは一生忘れられないような部屋に足を踏み入れた。入口のドアよりも高い天井、ホテルのロビー並みの広さ。壁も床も一面に灰色の大理石が使われている。ラグも絵画もない。三面に窓があり、会議用のテーブルがいくつか置かれたスペースが三つか四つあるだけだ。

　広大な海原に続く眺めを背景に、〝ミスター・リプキン〟は電話さえなく整然とした大きなデスクに座っていた。実際は七十歳のはずだが、六十歳くらいに見える。非常に高額で非常に精巧な美容整形の賜物であることは間違いない。真っ白で豊かな髪は吹きだまりの雪のようで、大物らしい落ち着いた表情はホッケーのゴールキーパーのマスクを連想させる。

あの冷静沈着ぶりの裏で多くのものを守っているのだろう。誰も自分の顔にパックを打ちつけてこないように。

アンは即座に相手に不信感を持った。それからこの男が与えた消防署を思った。

「アシュバーン調査官」呼びかける声は抑揚がなく、都会の人が発しがちな母音の特徴は、布からしみを抜いたようにほとんど消えている。「来てくれてうれしいよ」招待状をもらっていただろうか?「会っていただき、ありがとうございます」

「こっちに座らないか。コーヒーか紅茶は?」

「いいえ、結構です」

リプキンがそっけなくうなずく。アンは振り返らなくても、光に追われる影のごとくパーセフォニーが姿を消すのがわかった。シルクのカバーがかかった椅子に移動しながら、手に汗がにじんでくるのを感じる。

「ここにかけたまえ」リプキンが指した椅子はほかと見かけは変わらなかった。

そう、椅子の背から床へと伸びるコードを除いては。アンが別の椅子を選んだとしても、同じものが埋めこまれていると思ったほうがいい……本人が座る椅子以外は。アンは腰をおろしながら、自分の体の何を監視されるのだろうと考えた。どれほど記録されているのか。今は皮膚温の微妙な変化や体重の移動、呼吸すらも測定する方法がある。

アンは座面のできるだけ手前に腰かけた。「さて、倉庫火災の件ですが」

男がゆっくりと口元を緩めたときに初めて、アンは彼の目がこの部屋の内装と同じ色だと気づいた。危険な海霧の色だ。

「もっと深くかけてくつろいだらどうだ、アシュバーン調査官。何も急ぐわけじゃあるまい」

アンは通ってきた両開きのドアを見やった。「わたしが一刻も早く戻るのを上司が待っていますので」

「待たせておけばいい」

28

ブレーキがきしみ、第十七消防隊は二階が炎に包まれたアパートメントの前に乗りつけた。ダニーは歩道に飛び降りて、ホースを取りに後方へ向かった。

「ダニーボーイ、おまえはまず住人たちを避難させてくれ」ベイカー隊長がムースにうなずく。「おまえもだ」

「了解」

ダニーとムースは空気ボンベとマスクを装着し、その他の装備を取ろうと車のシャッターを持ちあげた。斧や工具が現れ、ムースは斧をふたつつかんで振り向いた。

それを見て、ダニーの服の下に汗がにじんだ。「おれは手斧《ちような》を持っていく」

「なぜだ？　ドアをぶち壊すには長柄のほうが……ああ、悪い」

あれこれ考えずに行ってくれ。

ダニーは柄がヒッコリー材で刃渡りが四十センチほどの手斧をつかんだ。これでドアをこじ開けるのが楽しみだ。それに長柄は一本あれば事足りる。ふたりとも持つ必要はない。

ムースとアパートメントの正面玄関に駆けつけながら、ダニーは自分が大きな斧を持たない戦略上の理由を挙げつづけた。

住人たちは殺到して入口から出ようとしている。午前十一時半をまわっているが、いまだにバスローブ姿の人もいる。ほとんどが高齢者であることから、猫も多いと思われた。建物の煙感知器が鳴っていて、けたたましい音のせいで耳鳴りがする。煙のにおいが強い。

これは高温の火災だ。においでわかる。

アルバート・アインシュタインのような髪をして、アーチー・バンカー（一九七〇年代の人気テレビ番組の主人公で、高等教育を受けておらず、頑固で独善的で保守的な労働者）のクローゼットから出してきたようなバスローブ姿の老人が、ダニーの前で足を止めた。

「そのうちあの子に殺されると彼女に忠告したんだ。気をつけろって。あの子が銃を持っていたかどうかは知らんが」

「誰のことです？」

「彼女の孫だよ。悪いことに、ここ三週間は一緒に住んでいた。誰か警察を呼んだのか？」

「あなたも逃げたほうがいい」ダニーは老人のせいでなかなか進まない列を示した。

「全部任せてください」

「わかった」

老人が行くのを見届けて、ダニーは無線機のスイッチを入れた。「こちらトゥー・ファイヴァー・エイト・セヴン、どうぞ」無線がつながると隊長に伝えた。「家庭内暴力の可能性あり。ニューブランズウィック市警の到着確認を。どうぞ」

ベイカー隊長が答えた。「三、四分で到着予定。どうぞ」

「トゥー・ファイヴァー・エイト・セヴン、了解。以上」

ダニーとムースは二階の踊り場に到達し、階段の渋滞から外れた。突きあたりをひと目見ただけで、ダニーのなかの警鐘が鳴りだした。廊下にはドアが八つ。左右に四つずつ並び、ひとつを除いてすべてが開け放たれているか、細く開いている。住民が急いで逃げた――あるいは避難時にはどこでも通れるようにというありがちな決まりを忠実に守ったかだ。

唯一残されているのは？　あのひとつだけ閉ざされたドア。煙が出ているのはあそこじゃないか。

「警察の到着を待ったほうがいい」ダニーは言った。「いやな予感がする」

「冗談だろう。考えすぎだよ」

ふたりはすりきれたカーペットの上を進んだ。化学製品のにおいが鼻と喉の奥を刺激する。火のついた部屋のドア付近と建物の外側に煙が渦を巻いて吐きだされていくおかげで、ダニーはざっと危険度を分析できた。火災の範囲、速度、濃度、色。

範囲はかなり広い。通気性の悪い一定の空間で、高温で燃えていると推測される。廊下の天井付近では煙の層がどんどん厚くなり、大きな黒い煙のかたまりが部屋から空へとうねりながらのぼっていくのが廊下の突きあたりの窓から見える。速度が問題だ。煙は切れ切れで、安定していない。これも通気性が悪いしるしで、自然発火してフラッシュオーバー（爆発的に延焼する火災現象）を起こす危険性が高い。濃度も厄介だ。煙は大気中に浮遊する固体燃料、エアロゾル、ガスなどを多く含んで固形物のようになり、どれもが即座に燃えあがりそうだ。そして色が最悪だ。黒いということは高い毒性を表している。つまり、なかに生存者がいる確率はきわめて低い。

そうした〝空気〟を二、三度吸うと気を失い、数分後には死に至る。

ダニーは無線機を押した。「こちらトゥー・ファイヴァー・エイト・セヴン、どうぞ」つながると状況を報告した。「二階で断続的な黒煙あり。ドアは閉鎖。今すぐ煙の放出と冷却を。でないと建物のこの一角は大爆発を起こします。どうぞ」

ベイカー隊長が応答した。「ドアは開けられるか?」

「賢明ではないと――」

「はい」ムースが割って入った。「今、やってます」

ダニーがムースの防火服の袖をつかんだ。「なかに誰かがいるとしても、すでに死んでる」

「生きているかもしれない。調べてみないと」

ベイカー隊長の声が流れた。「入ってくれ。はしごは設置した。煙を放出中だ」

遠くでガラスの割れる音がして、直後に煙の量が減り、圧力が軽減した。

「温度がさがるのを待つんだ」ダニーが言った。

「腑《ふ》抜けたことを言うなよ」ムースがドアに近づき、片側に立った。斧の柄を握って強くノックをする。「消防です。開けてください」返事がないので、ムースが繰り返した。「開けないと突入します」

ダニーは廊下の突きあたりの窓から、はしごの位置が変わるのを確認した。窓をさらに割って、炎の温度をさげて安定させようとしているのだ。

ムースがノブをまわそうとしたが、鍵がかかっていた。「入るぞ!」

ムースが大きく弧を描いて斧を振りあげた。ダニーはドアのなめらかな表面に鋭い刃が食いこむのを正視できず、目をそらした。数回強く打ちつけたあとで、ムースが拳を打ちこんで施錠を解除しようと手探りした。

「くそっ、デッドボルトだ。鍵はない」

ダニーはマスクをつけた。「おれが体あたりする」

ムースがさがって自分の空気ボンベを装着しているあいだに、ダニーはドアに全体重をぶつけた。火で弱っていた木製のドアが砕け、熱気と煙が襲いかかってくる。ダニーは身をかがめ、ヘッドライトをつけてなかに入った。煤と不純物のまじった空気が厚く立ちこめ、日光はなんの役にも立たないので、焼けた家具や黒焦げの壁や床のしみと化したラグを頭に描きながらカニのように横歩きで室内を進んだ。すべてに火がついたままで、温度がさがったとはいえ、木材やプラスチックや金属などを焼きつくすには充分な熱さだ。

最初の遺体は廊下で見つかった。

手足を広げて横たわっている。ドアに向かって走っている最中に爆発か何かの力で倒されたらしい。仰向けかうつぶせか、男か女か、服を着ていたのか裸だったのかもわからない。髪も服も焼け落ちて、骨格の広範囲に皮膚と肉が焦げついているが、判別できるような特徴はなかった。

「こちらトゥー・ファイヴァー・エイト・セヴン。リビングルームを出た廊下でひとりの遺体を発見。先に進みます、どうぞ」

「了解。以上」

はしごから伸びたホースの栓が開かれ、大量の水が壊れた窓から弧を描いて入ってくる。煙があがった。今度は蒸発による白い煙だ。

最初に黒焦げのドアを開けると、そこはいくらか被害を免れた汚いバスルームだった。ビニール製のシャワーカーテンがバスタブの端でモダンアートの作品のように溶け、壁には煙のあとと水滴が残り、淡い青と黄色の配色はくすみつつも名残をとどめている。

次のドアはおそらくベッドルームだろう――。

ドアを開けてなかに入ったダニーは、自分が目にしているものをなかなか理解できなかった。壁が何かで汚れている。ピンクの花柄の壁紙についているのは……茶色い手形？　かすみの隙間から次に見たのは、ベッドの上で手足を広げた体だった。両の手首と足首が支柱に結ばれ、赤い猿ぐつわを噛まされている。

動きはない。

そしてこの高齢の女性は、シカのようにはらわたを抜かれていた。しかもごく最近に。

ダニーは無線機に向かってしゃべった。「ふたり目の被害者をベッドルームで発見。これは殺害現場です」

名乗るのを忘れたが、気にしていられない。ダニーは近づいてみた。年老いた女性は恐怖に顔をゆがめ、見えない目で頭上の天井を見据えている。たるんだ皮膚が青白いフェルトをたたんだように脇の下や首、骨張った腿の両側に垂れている。

ダニーは体を覆ってやりたかった。シーツか毛布を見つけて、少しでも尊厳を守ってやりたい。だが、証拠を損なう危険は冒せない。

「なんてことだ」入ってきたムースがダニーに並んだ。「火が出たときに、こんなことが起こっていたなんて」

29

「わかるだろう、わたしは普通じゃない女性が好きなんだ」チャールズ・リプキンがアンの義手に注目しながら言った。「聞かせてくれ。どんなふうに腕をなくしたのか」

リプキンはその答えをすでに知っているとアンは思った。自分のことを調べさせたはずだ。

「話が脱線しないほうがいいでしょう。あなたの倉庫で起きた火災について話しましょう」

「痛かったかね？」男はほほえんだ。「いつも考えていたんだ。醜くなるとはどういうものなのか」

「火災のあったビルはすべて別会社の所有となっています。なぜリプキン開発名義にしないのか興味をそそられます」

「自分を醜いと感じるのか？　ほら、女性としてだ。もう完全な体じゃないだろう」

「それぞれ異なる保険に入っていたことも気になります。リスクを分散させるためなら、賢い方法でしたね。こうした火災を考えると」

「気を悪くしないでほしいんだが、恋人といるときは義手を隠すのか？　枕や袖やシーツのひだに？　そうすれば相手に見えないし、気を取られることも、ムードが壊れることもない」

「なぜならこの地区に放火が集中しているからです。二年のあいだに六回ですから」

リプキンの左眉がぴくりと動いた。「恥じているかね？　自分のことを。昔の自分を懐かしく思うかい？」

「それなのに起訴された人は誰もいない。ホームレスの仕業だという意見もあると思いますが、それを言うなら、市のあの地区は何十年も荒廃したままでした。どうしてここ二年でこうした放火が連続して起きているのでしょうか？」

「かつては消防士。今はただの事務員。自分でも落ちぶれたとわかっている」

「説明できますか？」

「もちろんできるとも。詳細を説明したところで、きみみたいに利口な女の子にはわかりきっていることだが、お望みとあらば。きみは片腕をなくした。そして仕事に復帰したいという満たされない願望を抱いた落伍者《らくご》だ。問題は、自分が望む仕事がもはやできないことだ。これまでは楽勝だった身体テストに合格できないからね。その状況から抜けだせないきみは頭がどうにかなって、目的を探している。どれだけ書類を書いても調査をしても、欲しいものに手が届かないから正気を失っているんだよ。それできみの頭はありもしない接点を見つけている。女がよくすることだ。精神的な混乱によって、きみは公用車のセダンに乗って、はるばる都会までやってきたわけだ」

リプキンが身を乗りだした。「わたしがこの一度きりの面会に応じたのは、きみを憐れに思ったからだ。わたしにもとても大事な娘がいる。あの子も火事で台なしになってしまってね。昔はとてもかわいかった。今では怪物みたいだ。だが、きみたち消防士があの子の命を救ってくれた。だからわたしはあの新庁舎を贈ったんだよ。わたしは消防士を大いに後押ししているし、きみの前職を支援している」

「つまり、ノーコメントということですね」

「今ので充分だろう」

「なんの説明にもなっていませんでしたね。でも、あなたと議論するつもりはありません」

「そうか」リプキンが立ちあがった。「さてと、そろそろ失礼して自分の仕事に戻るとしよう。さっきも言ったとおり、面会に応じたのはきみを憐れに思ったからだ。だが、今後は嫌がらせととらえる。ものごとには結果がつきものだ。自分で身をもって学んだように。きみがそれ以上何も失わないようにしようじゃないか」

アンも立ちあがった。「わたしは自分の仕事を続けます、ミスター・リプキン。もし何か隠していることがあるなら、じきに明るみに出るでしょう。どうぞご準備を」

「人に言うばかりでなく、自分も忠告に従ったほうが賢明だと思うが」

「ではまた」

「それはどうかな。ああ、そうだ、お母さんは元気かね？」

「なんですって？」

「ナンシー・ジャニスだよ。ひとり暮らしだろう？　クランダル・アヴェニューの家で。嵐で木が倒れてきたんじゃなかったかな？」

アンは体を硬くした。みぞおちが締めつけられる。ボブ・バーリントンのことを、遺体となって入り江に打ちあげられたあの火災調査官のことを、それから上司の警告について考えた。けれども脅しに屈するつもりはなかった。

「ミスター・リプキン、こうしたあなたの行為は、接触を持ったたいていの人に効果があるんでしょうね。よかったですね、そんなうまい威嚇手段を開拓されて」それから片手で制した。「待って、あなたの言葉を深刻にとらえろと言う前に、見てほしいものがあるんです」アンは携帯電話を取りだし、相手に画面を向けた。「これまでの会話は全部録音してあって、この便利なアプリが二分ごとにファイルを上司のドン・マーシャルに送信しているんです」

「そんなものは証拠にならん」リプキンがうんざりした口調で言った。

「そのとおり。でもドンはあなたがボブ・バーリントンを始末させたと信じています。ボブがあなたの家の火災調査をしていたからです。ですから、もしわたしや、わたしの家族や、わたしの親しい人に何かあったら、母の家に関するあなたのこのちょっとしたコメントを――」携帯電話が振動し、アンはにっこりして画面を指さした。「ほら、見てください。またファイルが送信されましたよ。次に何が起こるかというとメールの通知が届いた。「これがドンが受信したという確認通知です」

「隠し録りされた音声など、なんの証拠にもならん」

アンは座っていた椅子を指さした。「ここにモニタリング装置がないふりなんてしないでくださいね。これでおあいこでしょう」

両開きのドアが開き、すばらしい脚を持つロボットがドーベルマンのごとくドアのところで待機した。

アンはドアに向かいながら、途中で振り返った。「もうひとつ。植毛をした殺人歴のある、強迫性障害の勃起不全治療薬予備軍より、心にやましいところがなくてプラスチック製の手をつけているほうがよっぽどいいわ。わたしは仕事を変えて、あなたみたいな人格障害の犯罪者を刑務所にぶちこむ手助けをして満足感を得ているの。その半面、あなたはこの先、男性型脱毛症がさらに進んで、自分より下だと見なす人たちとシャワーを共有する喜びを得ることになる。ああ、それから勃起不全のことだけど、そういう人に限って、女として劣ってると言ってわたしみたいな人をおとしめようとするのよね……ほら見て」アンは再び画面を示した。「またファイルが送信された。CDのベスト盤でも作って、CBS系列の地元局に送ろうかしら……いいえ、待って。あなたは大都市にいるのがひどくうれしいみたいだから、CNNのほうがいいわね。全国に放送されるから。それじゃあ、ごきげんよう、ミスター・リプキン」

オフィスを出たアンは振り向かなかった。廊下を進む脚はゴムのようで、額の汗を拭きたかったがそれはこらえた。弱いと思われたくなかった。

背後では秘書の足音が悪態をつくように鋭く響いている。

受付に面したガラスの壁を押し、そこから出られたときにはほっとした。

エレベーターでは義手を使って下向きのボタンを押した。

本物の手はどうしようもなく震えていた。

立体駐車場に戻ったときには、アドレナリンと恐怖心で頭がくらくらしていた。車に向かって歩きながら上を見る。監視カメラの格納器が一定の間隔で天井に設置されている。リプキンが所有する地所はどこも同じに違いない。

こんなふうにすべてを監視しているのだろうか？　それなら地所内のリプキンの知りえないところで災難が起きたりはしないだろう。

公用車のセダンに近づきながら、タイヤが切りつけられているのではないかと半ば覚悟していた。被害妄想に取りつかれて、手をジャケットの袖で覆ってドアを開けた。通りに出てからようやく深い息をつき、ほかの車に合流した。93号線に戻り、ニューブランズウィックを目指しながら上司に電話をかけた。

ドンは最初の呼び出し音で出た。「あの野郎」

「あなたの言ったことは正しかったです。あの男ならなんでもするでしょう」

「大丈夫か？」

「ええ、わたしなら大丈夫です。最後のスピーチ、気に入ってもらえました？」

「最高だった。わたしでもあれほどうまくは言えなかっただろう。録音するというのはすばらしい案だった。よくやったな、アン」

プロとしての誇りが花開き、アンは胸が温かくなった。「ありがとうございます」

「安全運転だぞ。それから、まわりに不審な車がいないかどうか注意しろ」

「そうします。わたしの犬はどうしてますか？」

「わたしのオフィスにいる。デリでランチにしようと言ってある。きみも一緒だ」

「いいですね。一時間くらいで戻ります」

「用心しろ」

通話を終えると、アンは深呼吸をした。火災と戦っていたときに似た感覚が胸をよぎる――ホースを手に炎と対決するときに急激に襲いかかってくる攻撃逃避反応、精神的かつ肉体的な挑戦、恐怖心の克服、最後に迎える勝利。

体の奥底から、振り向くまいと決めた場所から、じわじわと笑みがこみあげた。目的を見つけたという確信だった。ダニーの怪物のたとえを使うなら、倒すものが見つかったということだ。

怪物といえば、アンはリプキンの娘の身に何が起きたのか思いだそうとした。娘はニューブランズウィック・ヨットクラブのそばに立つ、海辺の豪邸で火事に遭った。閑散期の十月で、娘はそこにひとりでいた。出火した一階のリビングルームから外に出るのではなく上に向かい、三階で重度の火傷《やけど》を負った状態で発見された。当時、出火原因は暖炉のガス管の欠陥ではないかと見られていた。それが爆発を伴って古い家を吹き飛ばしたのではないかというのだ。内部にスプリンクラーは設置されていなかった。その家は改装されて洗車機や映画鑑賞用の部屋はあったが、火災時の備えとしてはもっとも基本的な警報器しかなかった。

アンは娘の様子を思いだした。ストレッチャーで運びだされ、皮膚が溶けてはがれた状態で救急車の後ろに乗せられた。冷淡だが、アンはいったん消防署に戻ったあとは思いだすことはなかった。

あの夜、多くの警報が鳴ったけれど、それがひとつ増えただけだった。あの週、あの月に。

それにしても、コンスタンス・リプキンはなぜ外ではなく上階に逃げたのだろう?

ダニーが消防学校を出たばかりの新入り消防士として初めて出勤したとき、今では引退した当時の副隊長アレン・グールドに脇へ呼ばれ、遅かれ早かれどの隊員も〝いずれ真っ黒焦げの赤ん坊を目にするだろう〟と言われた。

ひどい表現だが、この凄惨な火災現場を非常に的確に表している。

ダニーは消防署に戻る車のなかで、あのとき感じた未来に対する病的とも言える好奇心と恥ずべき興奮を思いだしていた。塵や煤のなかに踏み入り、普通の人がうかがい知れない暗部を見て、人間とは思えない醜悪さの岩を持ちあげ、その下でのたくって人の心をむしばむ蛆虫《うじむし》を確認するのが待ちきれなかった。

凄惨な火災は頭にこびりついてトラウマとなる。たとえば性的な拷問を受けた女性がライターのオイルを浴びせられ、グリル用の木炭のごとくマッチで火をつけられた姿を視界の隅で一瞬とらえたときみたいに。

彼女がバーベキューの肉のようなにおいがしたことを、ダニーは今でも覚えている。あれから六年経つが、いまだにレストランでリブロースを注文しないのは彼女が原因だ。

ベテランの消防士になると、普通はそうした出来事をひとつしか心にとどめていない。なぜならひとつ以上に取りつかれると、それが幽霊のようについてまわり、ストレスを感じたときに潜在意識のなかから出てきて悪夢となり、やがて現場を離れることになる。

見たことを手放す処理能力を身につけなければ、この仕事を長く続けることはできない。

ダニーはいつもあらゆる種類の暴力や悪行を征服してきた己の能力を誇りに思っていた。出血した人を助け、狭い空間やベッドの下から子どもの体を引きずりだし、心肺機能蘇生《そせい》を行い、その戦いに負けたこともある……。そう、ドアを壊して散らかった部屋に踏みこんだ瞬間に、十七歳の少年がベッドの上で散弾銃を自分の顔に向け、ヘッドボードに貼られたプロスノーボード、スケートボード選手のショーン・ホワイトのポスターに脳みそを飛び散らせたことも。

こうした出来事を覚えていないわけではない。ただ、まれに思いだすときは、小さな画面に映しだされた字幕付きの外国の白黒映画のように見えた――すべてがコマ送りで、臨場感はまるでない。

そうあるべきだ。さもなければ、自分が壊れてしまう。

「まったく、たまらないな」ムースが頭を振った。「だって、あのおばあさんは引き裂かれてたんだぜ」

ダフが肩をすくめた。「おかげで腹が減ったよ。ランチにビーフと野菜を煮込んだグヤーシュなんか出たりしないよな？」

「おまえは死体を食べるハンニバル・レクターか？」前の座席でドクがぼやいた。

ムースがダフを見つめた。「ベティ・ホワイト（百歳近い女優）みたいなおばあさんのあの姿を見たあとで、どうしてそんなことが言えるんだよ？」

ダニーは窓の外を見つめていた。車はショッピングモールの前を走っていた。ブティックや美容院やカフェなど、どこも地元の人たちが経営する店で、どこも経営に苦しんでいる。日差しを浴びながら、人々が少人数で固まって歩いている。今日は何曜だっただろう。金曜か？

たぶんそうだ。

「……だよな？」

ダニーはムースに腿を叩かれて初めて、話しかけられていたことに気づいた。「なんだって？」

「戻ったら、おまえとおれでランチを作るって言ったんだよ」

「ああ、もちろん」

「なあ」ダフが口を挟む。「なんでグヤーシュはいやなんだよ？」

ダニーは外の景色に視線を戻した。低い声で話しながら走っているうちに、煙臭い鼻汁が喉の奥へ流れこんで吐き気がした。

今この場所に意識を向けろと、ダニーは自分に言い聞かせた。そうすれば、ほかのすべてを忘れられる。いつもその方法で切り抜けてきた。

30

仕事を終えたトムはSUVに乗りこみながら、わざわざ洗い立てのシャツを着てカーキ色のパンツにたくしこんだわけではないと自分に言い聞かせた。それに、あえて靴箱の奥からまだ履きなれていない一番いいメレルの靴を取りだしたわけでもない。おまけに二度も髭を剃ったなどということはありえない。

そう、どう考えても一時的に地球にやってきた宇宙人に体を乗っ取られたとしか思えなかった。

消防署から車を出したところで、携帯電話が鳴りだした。発信者の名前を見て、悪態をつきつつも電話に出る。「おい、言っただろう、木を撤去する手配はしていると。今日片づく予定だったんだが、それどころじゃなくなった」

いいかげんにしてくれ。こっちは自分の祖母を切り裂いて内臓をランチに食おうとした、統合失調症の男が起こしたアパートメント火災の対応に追われていたのだ。

「明日には必ず撤去する」トムは妹に言った。「そうだ、訊かれる前に言っておく。屋根の修理は六一七分署のふたりに頼んだ。ちゃんとやってるよ。おまえもあと二十四時間以内には母さんから解放される——」

アンが話をさえぎった。「あの人は好きなだけいていいの」

ちょうど宇宙人のことを考えていたが、おまえは何者だ？　妹に何をした？

「てっきり母さんを追いだしたくてしかたがないんだと思っていた」

「ねえ、兄さん。リプキンの地所で起きた火事を覚えてる？　一年くらい前の」

「ああ、もちろん」トムは左折して、町のなかでもましな地区を目指した。「それがどうした？」

「こっちであの火災を見直してるところなの。これまで一度も、なんの刑事告訴もされていないわね」

「ガス管の不具合だったんだ。ガスが家のなかに逆流して、暖炉の火をつけたとき、すべてに引火した」アンもあの現場にいたので当然そうしたことを全部覚えているはずだと思ったが、口にはしなかった。「なぜそんなことを？」

「例の倉庫火災を調べてるの」

「どれのことだ？　埠頭の近くのか？」

「そう。今日、チャールズ・リプキンに会いにボストンまで行ってきた」

「どうやってそんなことができたんだ？　聞いた話だと、あの男のオフィスは要塞みたいなものらしいが」

アンのそっけない声が返ってきた。「おかしなことに、火災調査官だって言ったら、ドアは開くの」

「覚えておかないとな」

トムは赤信号でブレーキを踏み、ＳＵＶの前を横切る若いふたり連れの女性を見た。ふたりとも何気なくこちらに目を向けて視線を戻したあと、また見つめてきた。それから、夜の相手の基準を満たすかどうか品定めしてくる。

そう、生活水準が高くて、職場でもそれなりによろしくやっている若い世代だ。もし自分に性的欲求があったなら、このばかげたミーティングに向かう代わりに行き先を変更して、バーでふたりを拾うだろう。

それよりむしろ、娼婦《しょうふ》をふたりばかり見繕ったほうがよさそうだ。

自分は何かが完全に壊れている。

「もしもし？」妹の声がした。

「悪い」信号が変わり、トムはアクセルを踏みこんだ。「なんだって？」

「あの家のなかは見てまわれなかったの。一階と二階の消火が終わったらすぐ、別件の呼び出しがかかったから。最後まで現場にいたのは六一七分署で、兄さんが現場指揮官だった」

「そうだ。だから？」

「公式な報告書に載っていること以外に、何か発見はなかった？」

「証拠を隠していると言ってるのか？」

「違うわ。こんなことを訊くのは、わたしのオフィスの調査官がこの火災の調査を終える前に亡くなったからで、情報が失われたんじゃないかと心配してるの」

「ああ……くそっ、そうだった。担当者が死んだ件で何かあったな。思いだすから待ってくれ。何しろおまえも現場を見ているんだからな。古い家で、娘はひどい状態で、チャールズ・リプキンが翌日やってきて、ぼくたちには計り知れないほど感謝していると言ってきた。ひと月後、スタッフをよこして、六一七分署の新庁舎の建設を始めたってわけだ。娘はクリスティーナは助かったが、傷が残った」

「娘の名前はコンスタンスよ」そこで間が空いた。「納得がいかないの。どうして彼女は屋根裏に向かったの？　体に火がついていたっていうのに」

「パニックを起こしたんだ。床に転がる代わりに走りだして、エレベーターに行きついた。あとで話を聞くと、そこに消火器があると思ったそうだ。必死にボタンを押しまくって、結局上階《うえ》に向かった。発見されたときは、開いたエレベーターのドアから半分体を出した状態だった」

「辻褄《つじつま》が合わないわ」

「それが本人が警察に話した内容だ。どうして嘘をつく？」

「わからない。でも理由を知りたいの」

「アン、おまえは殺人課の刑事じゃない。それにこの件の調査は終わったんだ。ああ、それからエレベーターに消火器はあった。ボタンが並んだパネルの下に」

「本当に？」

「ああ」

「じゃあ、なぜそれで体の火を消さなかったの？」

「倒れたんじゃないか？　わからないが」沈黙が流れた。「なあ、切る前に教えてくれ。母さんと何があったんだ？　おまえはいつも追い払いたくてしかたがなさそうだったし、電話ですらしゃべろうとしない……それが今では家に泊めてる。しかも無期限で」

　行く手に見えるライトアップされたカンタベリー・インの外観は、秋を彩るニューイングランド地方の広告に見える。両脇のちょうど色づきはじめたカエデ、伝統的で魅力的なコロニアル様式の黄色い羽目板、白い飾り枠、黒の鎧戸《よろいど》。

「あの人なら大丈夫」アンが小声になった。「それがどういう意味かは別として」

トムは駐車場に通じる車線に移動しながら、自分のなかでこわばりがほどけていくのを感じた。肺に取りこんだ息がずっと楽に吐きだせる。いったいいつから息が詰まっていたのだろう。

まあいい、その疑問については深く考えないでやり過ごすことにしよう。

「ありがとう」知らないあいだに口が動いていた。「ありがとう……母さんと一緒にいてくれて。母さんはおまえを心から愛してる。自分がどうしてそこまで嫌われるのか理解できずにいたから」

アンは私道に車を入れながら兄との通話を終え、電話をバッグに放りこんで、後部座席のスートを見やった。

「ディナーにする？」

スートが尻尾を振って喜んだ。最近そうするようになった。食べ物と抗生物質をとるようになって数日すると、個性が表れだした。どうやら話好きらしく、自分の話題が出ると声で応えようとする。夢も見るようになり、寝ている最中に手足をぴくぴく動かしたり、鼻のあたりを動かしたりしている。

それに、スートとは一緒に眠っている。前の晩にベッドでスートを見つけたあと、母と上階に行くときにケージに入れようとした。けれどもあまりに憐れな目で見つめてくるので、アンは自分の部屋に連れていった。そして今朝、体を寄せて丸くなっているスートとともに目を覚ました。

腕を失う前からずっと、こんなにぐっすり眠れた夜はなかった。

これからしばらくは安眠を楽しめないのが残念だ。ありがとう、リプキン。

スートをリードにつなぎ正面玄関に向かって――。

ドアロックを解除する前に、母がなかから開けた。母はこれまで以上に完璧な装いで、満面に笑みを浮かべている。ミートローフのにおいに、手作りで母の愛情たっぷりのにおいに、アンはすませなければならない用事をひねりだしたくなった――町の反対側でする用事を。

「おかえりなさい！」

チャールズ・リプキンのサメのような目が心に浮かんだ。「ああ。ええ、ただいま」

アンはなかに入り、足を止めて室内を見まわした。「ちょっと、いったい何をしたの？」

　母が玄関のドアを閉めた。「ほら、このほうが機能的だと思って。ソファが動線の邪魔をしていたし、椅子が日に焼けてしまうから。それから新しいコーヒーテーブルを買ったのよ」

「前にあったテーブルは？」

「地下室に持っていったわ。しっくりきていなかったから」

　アンは目を閉じて十まで数えはじめた。それでもどうにもならなかったので、千まで数えようとした。「母さん、ここを乗っ取らないでくれる？　ここはわたしの家で、わたしのものなの。〝動線〟なんて気にしてないから。いいかげんにして」

「でも、このほうがいいわ」

　止める間もなく言葉がアンの口を衝《つ》いて出た。「母さんのいいと、わたしのいいは違うの。ちょうど母さんとわたしにはまったく共通点がなくて、これからもありえないみたいに」

　母が両手を握りしめた。「ごめんなさい。わたしはただ……気に入ってもらえると思って」

「そこに家具を置いたのは、そこにあったほうがいいからだとは考えなかった？　それに喜ばせようとするのはやめて。いらいらするだけなの」

「本当にお父さんにそっくりね」

「まったく似てないわ。でも、それだって褒め言葉よね。母さんにそっくりだと言われるよりずっとましだもの」

「アン！」

アンはスートのリードを外してバッグを置いた。「母さんほど弱いふりをして攻撃してくる人はまわりにいないわ。それなのに肝心なところでもろいのよ。いつだってそう」

涙の合図が出た。「ずっとあなたを愛そうとしてきたわ。わかっている……尊敬されていないのは。ただの主婦だと思っているんでしょう。だけど、わたしはあなたを誇りに思っている。ずっとそうよ。それにずっと心配だった」ウォータータウン訛《なま》りの甲高い声がうわずった。「入院したあなたが回復してきたとき、わたしは――」

「家具の配置を換えたって、母さんの問題は解決しないの」アンは自分の怒りに焦点を戻そうとした。「わたしの手は母さんとは関係ない」

「でも、わたしもかかわりたいの。あなたの母親になりたいのよ、アン。あなたがわたしのことをお父さんの妻としか見ていないとしても」

アンは耳障りな声で笑った。「そんなふうにも見てないわ」

「どうしてそんなひどいことが言えるの？」

アンは腕組みしてこぢんまりした家のなかを見まわしながら、こうしてぶつかりあうから――何年も前からだが――一緒にいたくなかったのだと気づいた。口に出してしまった言葉はもう取り消せない。それは短剣のごとくぎらぎら光り、傷跡を残す。よとはいえリプキンの思いやりのおかげで、母をひとりにするわけにはいかない。よそへやりたいのはやまやまだが、ここにいれば安心だとわかっている。この家のセキュリティシステムは万全だし、ロックも頑丈だ。おまけに誰かが侵入しても、廊下の目と鼻の先に自分がいる。

アンはこうべを垂れ、とにかく食事と頭痛薬が必要だと心を決めた。「謝るわ、ごめんなさい」

本心ではなかった。けれども人にはある状況下ではやるしかないことがある。自分の最終目的は、リプキンの件が解決するまで母の安全を確保することだ。

少なくともここにいれば安全だ。

「わたしも悪かったわ」母が寂しそうに言った。

31

カンタベリー・インのロビーに入ったトムは、厚い真っ赤なカーペットの下の床板が自分の体重でたわみ、一歩踏みだすごとにきしむのを感じた。内部は真鍮のシャンデリアや、ニューイングランドの伝統的な家具、壁に並ぶアメリカの革命家のリトグラフ、角に置かれた大型の振り子時計、低い天井にめぐらされたシンプルなモールディングといったもので埋めつくされている。

フロントデスクには植民地時代の衣装を着たロブスターでもいるのではないかと、トムは半ば期待した。

残念。いたのは制服を着たブルネットの女性だ。

受付係が顔をあげると、トムは手を振ってダイニングルームの方向を指さした。受付係はうなずいて自分の仕事に戻った。

おそらくボストン茶会事件の記憶でも呼び起こしているのだろう。独立戦争中の愛国者ポール・リヴィアや、独立派の有力者が演説を行ったファニエル・ホールのことを。

いずれのゆかりの場所もニューブランズウィックにはない。市が観光産業の一環として取りあげただけだ。弟が年上のきょうだいの持ち物をくすねるように。

ダイニングルームは赤と濃紺の愛国的な配色で、テーブルはたっぷりと間隔を空けて配され、そこにいる四分の三以上は白髪でインプラントをした客だ。秋はいつも紅葉狩りの客を運んでくる。七十代を超えた人たちを乗せた何台ものバスが、紅葉の季節になると幹線道路を通ってやってくる。そうすればヴァーモント州産のメープルシロップと、メイン州で作られた偽の象牙の彫刻と、マサチューセッツ州のフリーダムトレイルを縮小してラミネート加工した地図を土産に持って帰れるというわけだ。

「いらっしゃいませ」接客係がカウンターの裏から声をかけてきた。

「ここで――」

「こちらにいたんですか！」グラハム・ペリーがグレムリンのごとく、どこからともなく現れた。「われわれは個室にいるんです」

ほかの機会ならこの男とのやり取りにうんざりするところだが、今回は誰でもかまわないので、つき添いが欲しかった。口先だけのお調子者であっても。

「長居はできない」トムは言った。「それにどうして個室で会うんだ？　選挙運動では無駄遣いしたくないだろう」

「このホテルとは協力関係にあるんですよ」

「ハワードジョンソンではできないというわけか」

「あのホテルはもうありませんよ。それに、あそこでは無理です」

ペリーがドアを開けた。そう、そこには会議室が用意されていた。こちらは嵐のあとのようなありさまだ。椅子はテーブルから離れ、製本された報告書がいくつか開いたまま斜めになって置かれている。ミントキャンディの包み紙、半分飲んだスナップル、溶けかけた氷入りのグラスの隣にはポーランド・スプリングのボトル。携帯用のスクリーンとプロジェクターがセットされ、置かれたままのレーザーポインターが横の壁を指し、赤い目で重要でもないものを見つめている。

「市長は化粧室にでも行ったんでしょう。待っていてください」

ペリーがぎこちなく出口に向かうと、トムもついていきたくなった。けれども代わりにゆっくりとテーブルに近づいて報告書のひとつに視線を落とした。

〝倉庫地区再利用計画書〟という見出しに口元が緩む。ぱらぱらとめくってみると、リプキン開発の名前が至るところに登場していた。

「会いに来てくれてありがとう」

トムは顔をあげてマホーニー市長を見た。今夜は濃紺のワンピース姿で、体形や髪や香りは変わらない。ああ、彼女に惹かれていなければよかったのに。

「埠頭倉庫開発か」トムは報告書をテーブルに放った。「規模の大きい計画だ。金がかかる計画でもある……きみの敵対候補は開発事業のために消防士を減らそうとしている――そう非難していなかったか？」

「この市を繁栄させるには事業が必要よ」

「きみの父親の話は禁止だったと思ったが」

市長は眉をひそめる直前に止めようとした。惜しかった。彼女の問題は何度も目にしているが、内心が顔に出てしまうことだ。〝まあ、あなたってみんなが言うとおり、本当に頭にくる人ね〟

「父の話じゃないわ」

「じゃあ、チャールズ・リプキンか？　やつの名前がそこらじゅうに出てくる」

「リプキンは主要な投資家候補なの」

「あの一帯の地所をたくさん持ってるからな」

「だから彼にはこの計画にかかわってもらう必要があるの」市長は首を振った。「でることも。

も、それがあなたを呼んだ理由じゃない」

トムはペリーが戻ってきていないことを強く意識した。部屋のドアが閉まっているも、それがあなたを呼んだ理由じゃない」

トムは両手のひらで押しとどめるようにして一歩後退した。「おい、ちょっと待った。ぼくは言い寄られるために来たんじゃない」

「なんですって?」市長がしかめっつらをする。「あなたまさか、わたしが……本気で言っているの?」

「ありえないなんて思ってるふりはよしてくれ。それに再選のためならなんでもするとはっきり知らしめてきたじゃないか」

マホーニー市長の顎に力が入った。感情をコントロールしようとしている彼女の姿をトムは興味深く見守った。それはつまり、あの完璧で冷静な外面の下にいくらかの情熱を秘めている可能性を示唆している。おまけにたった今、トムは彼女のことを、支持を得るためなら体の関係すら武器にすると非難した。だから……。

「はっきりさせておくけど」市長が嚙みついてきた。「あなたをここに呼んだのは、市職員の年金の不足に対処する計画について相談するためよ。それであなたは、消防士たちが退職する際に相応の額を受け取れると安心できる。ほかにも業務災害に対すが提供するつもりだった。ロサンゼルスやシカゴにはわたしたちが使えそうな最高の実践モデルがあるわ。わたし自身については、これっぽっちも提供するつもりはないから」

市長を真似てトムも腕組みした。「こちらの勘違いだったらしいな」うんざりした口調で返した。

「わかっている？　あなたは問題を抱えているの、アシュバーン署長」

「そうか」

「融通はきかないし、人の意見には耳を貸さないと町では評判よ。装備や施設の管理監督の方法について、あなたと議論できる人が誰もいない。うまくつきあっていくのがとても難しい人だから、みんながあなたに合わせて動かなければならない」

「それは妙な話だ。ぼくの仕事はこの市のために消防署を機能させることだと思っていた。装備や施設も含めて」

「そうよ」

「だったら、大成功をおさめてるってことじゃないか」

「そうでもないわ。全国の標準と比べて、不満と疲労を抱えている職員数が最高レベルなの。あなたの部下は手順を変えようという意欲がないし、管理者側からの支援が足りなくていらいらしているし、将来についても不安に思っている。あなたはひどく不安定な組織のトップなのよ、署長」

「何を言ってるんだ？　隊員のことなど何もわかっちゃいないくせに」

「消防士連合が会員の意向を把握しているとは思わないの？　そしてその情報をわたしと共有したいと考えているとは？」

　ブレント、おまえか。

　トムは声を絞りだした。「ぼくに見えるのは、改修が必要な施設の老朽化した装備を使って火災と戦う集団だ。きみの友人のリプキンがくれた〝寄付〟は、消防署を助けるためのプレゼントというより、自分の名前をひけらかすための展示品だ。雲をつかむような話を繰り返すより、われわれの消防署の財産を確認したほうがいいんじゃないか」

「人材があなたの財産でしょう。会員は苦しんでいる。あなたたちには支援が必要で――」

「何が必要かなんて、わかった口をきかないでくれ」

「わたしが言わなければ誰が言うの？」

「そうか、きみは特別だからか？　父親が言うことをなんでも信じるなよ」

「違うわ」市長が言い返した。「あなたの上司だから言うのよ。わたしはここの市長なの、つまりあなたはわたしのために働いて、わたしの要求に応じる立場にある。それにあなたをクビにするのは簡単よ。あなたが態度を改めて、自分がこの市の消防署の大きな問題の一因だと気づかないのなら」

あとに続いた沈黙のなかで、トムは後悔するようなことを口走る前に出ていかなければならないと思った。

身を乗りだして低い声で言った。「ぼくに干渉しないでくれ」

「何を言っているの？　あなたの消防局は問題を抱えている。それなのに、答えを返したのは自分のことだけじゃないの。問題を指摘しても耳を傾けようともしないし、自分の態度について考えてみようともしない。あなたはただ縄張りを作って雑音を締めだしたいだけ。それではリーダーじゃないわ、トム。独裁者よ」

「名前で呼ばないでくれ。きみにとって、ぼくはアシュバーン署長だ。それから選挙の夜にバーリングに打ち負かされたときには、ぼくの満面の笑みを思い浮かべてほしい。こっちの満足感がさらに増すというものだ」

ちょっとした楽しいせりふを残し、トムは会議室をあとにした。またどこからともなく現れたペリーが追いかけてこようとするので、喉をつかんでロビーに投げ飛ばしそうになった。

「今はやめてくれ、ペリー」

「ちょっと耳に入れておいてもらいたいことが――」

トムは振り返った。「近づくな。さもないと、きみの気に入らないことが起こるぞ」

どうやらこの男には大いなる野心のほかに、生き延びるための最低限の能力もあるらしく、ペリーは銃を突きつけられたかのように後ろに飛びのいた。

いいぞ、賢明な判断だ。

32

土曜の朝、アンは三十戸ほどからなる三階建てのアパートメントまで歩いていった。二階は煉瓦の外側に黒い筋が走り、ずらりと並ぶ壊れた窓に合板パネルが打ちつけられている。角の近くの木は大きな被害を受け、葉が茂っているキノコのかさのような部分の片側が熱で失われている。

犯罪現場捜査官が到着していて、彼らの箱型の車両が正面に二台、その後ろにニューブランズウィック市警《NBPD》のロゴが入った警察車両が数台停まっている。地元のテレビ局の取材班が道の反対側に駐車し、めかしこんだリポーターとラフな格好のカメラマンが現場に入りこむのではないかとばかりに制服警官が目を光らせている。

メディアの注目度は高かった。孫によるものと思われるアパートメントの住人殺害の詳細と、そのあとのキッチンからの出火はあまりにセンセーショナルで、二十四時間絶え間なく流れるニュースの渦にのみこまれ、インターネット上にはファストフードの最新メニューを模したワンクリックで見られるウェブサイトが現れた。

アンはすでに鉄のフライパンで何やら調理するシーンを使ったふたつの動画を目にしていた。

〝おばあちゃん、ディナーはこれだよ〟

〝おばあちゃん、もっと肉をどうぞ〟

頭がどうかしている。

入口で制服警官に身分証を見せたアンは、階段で二階まであがった。二十四時間ほど前に発生した火災の、嗅覚に訴えるにおいが残っている。刺激臭はいくらか弱まっているとはいえ、プラスチックのにおいはいまだに強烈だ。

事件現場の部屋に近づくにつれ、事件翌日の余波のようなものが感じられた。興奮は去り、熱狂は冷めて、水と煙の被害だけが緊急事態の傷跡として残っている。残留物は廊下の奥に集められ、警察の黄色いテープが封鎖された現場のドアに斜めに貼られている。

アンが身分証を手に歩み寄ると、現場の警官はアンがくぐれる分だけテープを持ちあげてくれた。

「手袋と靴カバーはここです」警官が言った。

「ありがとう」

彼女はテープを越えてニトリル手袋が入った箱と靴カバーが入った大きめのコンテナのそばに行き、準備を整えた。ドンはアンをこの件の補佐役につけていた。主任調査官は消火後すぐ、夜のうちに駆けつけていた。そのときに住民と消防士に対する聞き取りが行われ、初動調査報告書が提出された。事件の発端であり要因となった場所にいるアンは、まだ見習いのため、訓練として自分で最初から最後まで調査を行うことが求められている。

アンは手袋をはめた手でドアを開けた。小さいものの断固とした声が部屋のなかから低く響いてくる。

レコーダーを初期設定にし、アンはiPhoneに話しかけた。「玄関から入室。リビングルームに高温火災の痕跡あり……」

調査手順に従って短い廊下を進みながら、目にしたものを描写していく。最初の遺体が発見されたことを示す位置標識で足を止め、さらに進んで火災の特徴と広がり方を記録していく。キッチンから出火して——。

アンは足を止め、開け放たれたドアから被害を免れたベッドルームをのぞきこんだ。免れたといっても、火の手からという意味だ。そのなかでふるわれた暴力は、少ない火事の被害を補って余りあるほどで、ベッド脇で作業をするひと組の犯罪現場捜査官の姿にまったく違和感はなかった。

アンは初動調査報告書と四九九分署の記録の両方を読んで心の準備はしていたが、血痕のついたシーツにはひるまずにはいられなかった。頭に浮かんだことといえば、炎のなかでドアを開けたダニーが、比較的煙の少ない室内で手足をベッドに縛られて内臓を抜かれた七十九歳の女性を見ている姿だけだった。

ダニーも途中で足を止めたに違いない。

枕からサンプルを回収していた捜査班のひとりが顔をあげた。「アンか？　久しぶりだな。ティミー・フーリハン、ジャックのまたいとこだ。去年、独立記念日のパーティで会ったよな」

「ああ、そうだったわね」アンは手袋をはめた手をあげた。「久しぶり」

「とんでもないありさまだろう」ティミーはしみのついたシーツを示した。「ひどいもんだ。ああ、こいつはテレサ・ラ・ファブロー」

アンは床で何かを袋に入れている女性にうなずきかけた。「この件でニュースは持ちきりよ」

「少年には前科があった。薬をのむのをやめたところだったんだ。悲劇だな」

「悲惨だわ。住民はみんな、被害者に忠告したんでしょう？」

「ああ。だが、少年はひとりじゃなかった。昨晩遅くに、被害者の名前や誕生日が彫られた宝石類が、西の外れの質店に持ちこまれた。持ちこんだ男は火事のにおいがして、煤だらけだったらしい。警察が駆けつける前に逃げられたが」ティミーは整頓されて家具もまばらな部屋を示した。「鮮明な指紋と毛髪のサンプル、それに質店の防犯カメラの映像もある。誰だろうと、犯人は見つけだす」

アンはチェストに置かれた若い男の額入りの写真を見つめた。「そうね。わたしはキッチンで自分の仕事をするわ」

「会えてよかった」

「わたしもよ、ティミー」

アンは前進しながら携帯電話に向かって話しつづけた。廊下で温度が急上昇した証拠や、石膏ボードのはがれ具合、壁の間柱と頭上の梁が激しく焼け焦げている様子を記録する。この場所で、実物を間近で見ると、火が個々のものから家の骨組みに燃え移ったことがわかる。

サンプルを採取して写真を撮り終えると、アンは一連の事象を頭のなかで組み立ててみた。孫がソーシャルメディアにアップロードした写真は——現在は削除され、証拠として取り扱われている——彼が祖母の臓器をガスレンジで調理した詳細を示している。しかし自撮り写真ではないので、別の人物が撮影したということだ。それから何かが起こった。

口論か。それともすべて計画どおりなのか。

初動調査報告書によると、同じ階と上階の住民は、大きな爆発があり、火のまわりは速く勢いがあったと述べている。何か持続性のある二次的な発火源があったのだ。人にライターのオイルを浴びせても、そんな効果は得られない。ガス管に手を加えたのだろうか？　それなら建物全体が吹き飛んだだろう。アンはアパートメントが全壊した事例を訓練中に読んだが、破片が二百メートル四方に飛び散ったとあった。

違う、それではエネルギーが大きすぎる。

直感はガソリンで吹き飛んだと告げている。問題は、ガソリンでここまで炎が高温に達するかということだ。膨大な証拠が損なわれた。けれども、それで住民が聞いた爆発音の説明がつく。質店を訪れた怪しい人物は、孫と一緒に祖母を殺してから、ガソリンを使って孫に火をつけた。孫はキッチンを逃げまわって外に出ようとした。カーテン、ラグ、テーブルクロス、ハンドタオルといったものに火がつく。温度が上昇しはじめる。孫は廊下を逃げる。その一方で、ガソリンが残ったまま密封されていた缶が、そんなものがあってはならないキッチンのどこかにしまわれていて、熱せられる。内部圧力が上昇し、封じこめられた状態を維持できなくなる。

ガソリンは液体の場合、二百六十度以下では引火しない。気化したときが危険なのだ。もし熱膨張で裂け目のできたガソリン入りの容器に充分な空気と火花が加われば、爆発が起こる。気化すればどこへでも広がるからだ。

住人は最初に煙感知器が鳴った音を聞いた。誰かガソリンのにおいを嗅いだ人はいるだろうか？　というのも、容疑者が自分の痕跡を消そうと燃焼促進物をキッチンまわりのものに浴びせた可能性があるからだ。しかしそれでは爆発の説明がつかない。やはり容器に残ったガソリンが高温の場所にあったのだ。

だったら、ベッドルームの証拠はどうだろう。犯人の頭がまともに働いていたとしたら、あの部屋にも火をつけたのではないか。

いや、犯人が友人とガスレンジでしていたことを考えると、〝まとも〟という言葉はその人物の精神機能にそぐわない。

アンは声を録音し、自分で参照するための写真を撮りながらずっと考えていた……ダニーはここを通りながら何を思ったのだろう？

ダニーはまるで影だ。わたしのあとをついてくる。

そのときムースの妻のディアンドラから携帯電話に連絡が入った。

アンは五時まで家に帰らなかった。リプキン開発の調査でやり残した仕事があったのと、アパートメントの火災に関する報告書を提出する必要があったからだ。

おまけに母のことがある。

あの母と土曜をまるまる一緒に過ごすと思うと、それまでも高かったアンの労働意欲が、さらに超人レベルにまで高まった。母がどうしようもなくひどい人というわけではない。そこが問題でもある。ナンシー・ジャニスが礼儀に外れていたり、気難しかったり、怒りっぽかったりすれば、アンが避けるのももっともだということになる。けれども実際は、自分のほうが母に対してかたくなに、少々不当な態度を取りつづけている。特に昨夜は怒りにわれを忘れてしまった。

「おいで、スート」アンはスートにリードをつけた。「裏庭を点検する時間よ」

アンはアパートメントの火災現場にいるあいだ、スートをオフィスのケージに入れていた。そのあとランチのため、コーヒーショップまで連れ立って長い散歩を楽しんだ。そうして運動を終えると、スートは午後の残りをアンの足元で丸くなって過ごした。

アンは気持ちを引きしめて、スートと家に入った。「母さん?」

返事がなかったので奥に進み、スートを放した。そこで母の華やかな飾り文字で書かれたメモがキッチンテーブルに置かれているのを見つけた。

なるほど、それによるとナンシー・ジャニスは午後のブリッジのあと、六時に帰る予定らしい。ということは、あと一時間はくつろげる。

アンはスートに餌をやり、二階にあがってシャワーを浴びた。義手を外すとほっとする。熱い湯の下に入ればなおさらだ。

シャンプー液を直接、頭のてっぺんに出して——それがひとつしか手のひらがなくて、そのひとつはシャンプーのボトルのポンプを押すことに使わなければならないときのやり方だ——それから切断面をじっくり見た。肘から下の末端までは筋萎縮を起こしているためにひときわ目立ち、感染症の名残で九カ月経った今でも色むらが残り、肉が盛りあがっている。

リプキンの取り澄ました声が耳に忍びこみ、アンをあざける。そんなことを許してはならないと自分に言い聞かせても無駄だった。

ダニーと一緒にすべてを脱ぎ捨てて一糸まとわぬ姿になりたくなかった理由は、実はひとつではないのかもしれない。それにしても真っ向から否定はしたものの、リプキンに、あの最低な男に痛いところを突かれたことが腹立たしい。けれどもリプキンはある点に関して思い違いをしている。手足を失ったときに不完全だと感じるのは、女性としてどうこうということとは関係ない。人としての問題だ。リハビリ病院では、バイク事故や農作業中の事故に遭った男性が一緒だった。運悪く、チェーンソーで怪我をした男性もいた。

彼らはアンと同様に怯えていた。人生や仕事の問題とどう向きあっていくかだけでなく、あるがままの自分に、変わってしまった自分に怯えていた。身体的な魅力はその一部にすぎない。

わたしは大丈夫と言い聞かせつつ、洗いとすすぎの工程を終えてシャワーから出た。体を拭きながら、何も身につけていない姿を鏡で見る。最後にじっくり見たのがいつだったか思いだせなかった。

でも今夜からそれを始めるつもりはない。それだけはわかっていた。

ジーンズとフリースジャケットを着て階下に向かい、電子レンジの上の時計を確認する。平和な時間はあと二十三分だ。

つまり、そのあいだにディナーの準備ができれば会話の時間が減らせる。アンは冷蔵庫のドアを開けて――。

「ちょっと……何これ」

庫内のものの置き場所がことごとく変わっていた。牛乳パックとジュースのボトルと残り物を入れた容器が新たな場所におさまるように、棚が上下に動かされている。

アンはドアを閉め、もしやと思って食器棚に向かった。

食器は……大丈夫。今度は部屋を横切って反対側へ移動する。スパイス類も位置が変わっていた。カトラリーはプラスチックの整理トレイに入れられて、これまで金物類をしまっていた引き出しに収納されている。

最高だ。〝わたしのものに触らないで〟と境界線を引くだけでなく、星印をつけて〝食器棚、クローゼット、引き出しを含む〟と書かなければならなかったなんて、わかるわけがない。

怒りが高まって限界を超えそうになったので、しばらく家を離れたほうがいいと思った。そうするには選択肢はひとつしかない。

その選択肢も最悪だけれど、ここにいるよりはましだ。

アンはスートをケージに入れて、母が書いたメモの裏面に走り書きをした。それから警報装置をセットすると、まるで何かを盗んだかのようにこそこそと家を出た。

すばらしい夜になるだろう。それは間違いない。

33

ムースとディアンドラの家はダニーの農場へ行く途中にある。さほど田舎ではないが、かといって確実に郊外とは言えず、隣の家とのあいだに四万から五万平方メートルの草地が広がるような場所だ。言うまでもなく、あの夫婦がずっとここにとどまることはない。これはムースの夢だった。プライバシーが守れるうえに、車の修理用の機材も置ける。けれども都会好きで上昇志向のディアンドラからしてみれば悪夢でしかなかった。

ムースがディアンドラに内緒でこの土地を買ったことをダニーは知っていた。〝プレゼントだよ、ハニー！〟と言うことで、大きな買い物もできるんだと妻に示すつもりだったのだ。結局、怒りにわれを忘れたディアンドラへの対応策として、ムースは在庫処分のＢＭＷ３シリーズを手に入れた。

妻の車への興奮が冷めたら最後、ムースは困ったことになるだろう。しかしそれはムースの問題で、ほかの誰のものでもない。とはいえ、タイミングが悪い。ほとんどの消防士が収入の不足分を補うために屋根葺きや建設作業などの副業をしている。まもなく冬の悪天候のせいでそうした仕事ができなくなるので、ムースは休日返上で警備の仕事をして、妻の機嫌を損ねないよう対価を払いつづけなければならないだろう。警備の仕事をするにしても、ムースは倉庫をひとりで歩くのが嫌いだ。怖いからではなく、常に刺激が欲しいたちだからだ。

だが、それもダニーの問題ではない。

私有地に入る道には砂利が敷かれている。この点もディアンドラの目にはマイナスに映ったに違いない。カーブを曲がると家が見えて、ダニーは笑った。ほかの人にとっては文句なくすばらしい平屋の住宅も、地位向上を誓う都会の人間にしてみれば、首にかけられた絞首刑用のロープに見えるのだろう。

芝生に停められたトラックのなかにスバルはない。ダニーもアンが思い直してここに来ることは期待していなかった。

ダフの車の隣にトラックを停め、車を降りるとシャツをウエストにたくしこんだ。真新しいフランネルのボタンダウンシャツだ。仲間は気づきもしないし、いいとも思ってくれないだろう。しかしアンが姿を見せたときのためにこれを選んだ。とにかく母からは、目の色が映えるので青と灰色を着るようにいつも言われていた。このシャツが緑と黒なのは残念だが、そうはいっても灰色の細いストライプがあいだに――。

そこまでだ。情けない真似はやめなければ。

ダニーが正面玄関に近づくとドアは開いていて、先週初めて襲ってきた厳しい寒さを乗り越えたわずかな虫を網戸が締めだしていた。ダニーは緩んだ戸枠を強めにノックしてなかに入った。

これは……ひどい。

ファッションセンスも家を飾るセンスもない独身主義者の自分でさえ、この白と黒の家具は合っていないとわかる。ただ大きすぎるだけでなく、平屋のこの狭い部屋の三倍、四倍、五倍の広さがある部屋向けなのだ。しかし根本的な問題は、どれもが安っぽい模造品だという点にある。本革に似せた人工皮革、人の目を欺ききれないプレキシガラス、めっきを施したかのような無駄な努力。まるでマンハッタンのペントハウスに住み、近代美術を扱うギャラリーに勤めていると言いたげだ。実際はこんな田舎に引きこもって、ニューブランズウィックの二流のスパ＆サロンで電話に出たり伝言を受けつけたりしているのに。

模造品はつかみ取った成果というより、つかみ取ろうと躍起になっている証拠だ。家はそこに住む人の人となりを反映するという理論にのっとるなら、この夫婦はだめになっている。

そして〝芸術〟があった。まったく、シルバーもどきの写真立てに入った、地獄のような結婚式の甘ったるい写真をあと一枚でも見せられたら、嘔吐《おうと》するだろう。それくらい壁いっぱいに写真がかけられ、サイドテーブルにも置かれている。サイドテーブルはディアンドラがプリンセスで、美の王冠を手にした勝者で、列の先頭にいた、人生の七時間に捧げる祭壇でもあった。

ムースは自分の姿が写真の九十パーセントから削除されたことに気づいているのだろうか？

「あなたなの、ダニー？」新妻がキッチンから呼びかけた。

「そうだ。やあ、ディアンドラ」

ダニーは奥に進んだ。女主人はガスレンジの前にいた。ピンクのホットパンツがヒップを覆い、銀のラメ入りのブラウスは体に張りついている。それ以上露出したいなら、ボディペイントをするくらいしかないだろう。

振り向いたディアンドラを見て、豊胸手術をしたのだとわかった。背中をそらしてその生理食塩水のバッグを突きだしている様子から、気づいてほしいのは明白だ。「久しぶりね」ディアンドラがほほえんで、ふくらみを見せつけてくる。「飲み物でも作りましょうか？」

「ムースはどこだ？」

「裏よ。ほかにどこにいると思う？　友達が全員来るわけでもないから、わたしひとりですべて用意してほしいと思ってるみたい。そうだ、ここを手伝ってくれない？グルテンフリーのパスタでラザニアを作ったの。それにグルテンフリーのパンも。ちょうど今、オーガニックの野菜を切ってるところだから、サラダをあえてもらえないかしら」

ディアンドラの髪は前より明るいグラデーションカラーになっている。この流行りが続けば、イースターの頃にはHカップの三倍の胸と、『ゲーム・オブ・スローンズ』に出てくるデナーリス・ターガリエンのような銀白色の髪になっているのだろうか。ディアンドラが何をしたいのかははっきりしている。

ダニーは首を振った。「キッチンでは役立たずなんだ。悪いね」

ディアンドラが濃いまつげを伏せた。黒っぽいアイシャドウを塗った目に不快な色がにじむ。「アンは来ないわよ。今朝、話をしたもの」

ああ、これだ。懐かしいこの魅力。

「彼女は本当に忙しいからな」ダニーは裏口のほうを向いた。「食事ができたら教えてくれ」

もしこれがほかの誰かなら、キッチンに残って手伝っていただろう。ひとりで五、六人分もの料理をさせるのは失礼だ。けれどもそれがディアンドラだったら？　自分はムースのやり方に倣う。

引き戸を開けて、季節外れに暖かい夜のなかへと踏みだした。裏のポーチは完成半ばで、板は骨組みの途中までしか張られていない。この作業は冬が終わるまでどうにも埒《らち》が明かないだろう。

ああ、そうだ。市街地が周辺へと無秩序、無計画に広がっていくスプロール現象はすでに始まっている。

裏手はきれいに開けた牧草地で、まわりを森に囲まれている。そこをムースががらくたで埋めはじめていた。車を二台置けるガレージは作業場に変わっていて、大型ごみ容器、運送用のボックストレーラー、錆びた二台の車、なかから何が飛びだすかは神のみぞ知る六個のドラム缶が置かれている。

ムースが私有地の境界線を示す木のあたりまで、そうしたもので徐々に埋めつくしていくのは間違いない。

ダニーが明るい光のほうへ歩きだすと、ブルース・スプリングスティーンの《ザ・リバー》がだんだん大きくなってきた。

「ダニーボーイ！」ムースの声がガレージから響いた。「来たな！」

声の主が、リフトで持ちあげた錆びついたシェルビー・マスタングの下から現れた。ポーチと同じく、骨組みがむきだしになった、持ち主よりも相当年を重ねてきた車だ。片手にバドワイザーを、もう片方にレンチを持つこの男のミドルネームは〝潤滑油《グリース》〟だ。マサチューセッツ大学のTシャツと、はき古したリーバイスにはしみがつき、ワークブーツは黒く汚れている。

ダニーはムースとハイタッチをし、ダフとダフのいとこのT・Jにうなずいてみせ、ドクとは大きな抱擁を交わした。驚いたのは——いい意味での驚きだが——形だけのルームメイトのジャックに会えたことだ。

「どこに行ってたんだ？」ダニーはジャックを固く抱きしめた。「夜におまえが戻った音がするんじゃないかってずっと思ってたが、帰ってこないし」

「少なくとも、家賃は払いつづけてるだろう」

「いい指摘だ」

「ビールか？」ダニーがうなずくと、ジャックが赤と白の冷蔵庫に向かった。「クアーズ・ライトだな？」

「覚えていてくれたのか。感激だな」ダニーは飛んできた細長いビールのボトルを受け取り、栓を開けた。「妹は元気か？」

みんなが口をつぐんだ。ダニーは悪態をつきたくなった。なかには訊かないのが一番だということもある。その点からすれば、誰もアンの話題を持ちださないようダニーは願っていた。

「変わりないよ。ほら……同じってことだ」

「すまない」ダニーはビールをあおって車の残骸に目をやった。かつては青だった車だ。そこからエンジンと四本のタイヤが外され、隅に置かれている。「ところでムース、このがらくたはなんだ？」

「がらくた？　こいつに秘められた可能性が見えないのか？」ムースが鉄骨のフレームを叩いた。「彼女は六六年型のシェルビーGT350だぞ。シェルビー・アメリカンが改造する前の六五年型Kコードベースのマスタング・ファストバックで、最初の二百五十二台のうちの一台だ」

「本当か、ムース。どうやって手に入れた？」

「オハイオ州で買って、今日到着したばかりだ。彼女はほれぼれするほどきれいになるよ」

「さんざん整形したあとにな」

「どの女も同じだ」ムースが小声で言った。

いや、違う。ダニーは壁をのぼるアンの姿を思い浮かべた。なかには神が創ったままが一番だと知っている者もいる。

「手伝おう」ダニーが言った。「手を汚すのは好きなんだ」


アンは、ムースとディアンドラの前庭に並んだ車の最後尾にスバルを停めた。目に入ったのは一台のトラックだけだ。車を降りてすばやくジーンズを引きあげ、敷地を見まわすふりをする。かなり広い更地のまわりを、ぽつぽつと配された木々や茂みが──母なる自然版の金網フェンスが──囲んでいる。

すてきな車ばかりだ。アンは正面玄関へ続く歩道に向かった。

ムースの古びたチャージャーは真新しいBMWの隣にある。結婚祝いだろうか？　それならこの家は……新婚旅行記念？

網戸をノックしたが返事がないので、裏手にまわった。思ったとおりだ。黄昏《たそがれ》のなかに、開いたガレージの明かりに照らされた男の絆を絵に描いたような場面が見えた。リフトで持ちあげた車のまわりに集まる、ビールを手にした男たち。

もちろん、曲はブルースだ。それ以外であろうはずがない。

その集団には驚くような人も含まれていた。ジャックとムースが最初にこちらに気づいた。次がドク。ダフといとこのT・Jがその次。ダニーは車台に頭を突っこんでいて、手を突きだしたものの工具が手渡されなかったので、そこで初めて顔を出してアンに気づいた。

その顔にはなんの反応も表れなかった。黙ってアンを上から下まで眺め渡している。

「こんばんは」アンはみんなに話しかけた。「押しかけてごめんね。思い直したの」

「そりゃあよかった！」ムースが言った。「こっちに来いよ。まずはハグだ」

アンは太い腕に包まれてから、ほかのみんなに挨拶してまわった。まずはダニーのルームメイトのジャック。このSWATのリーダーは相変わらず軍人のような外見で、黒髪の両サイドは頭皮が見えるほど短く、てっぺんは刈りこんだ生け垣みたいだ。身につけたニューブランズウィック市警のTシャツがしっかりしたタトゥー入りの腕を包み、下は迷彩パンツをはいている。踏みつけた靴はキリマンジャロでものぼれそうな代物だ。

「ジャック、本当に久しぶり」アンはジャックに腕をまわしたが、家を抱えようとするようなものだった。「元気だった？」

「変わりないよ」ジャックが無理やり笑みを浮かべた。「すべて順調だ」

つまり、妹がまた酒に手を出したということだ。かわいそうなジャック。妹を生かして回復させようと当人よりも強く心に決めている——それが問題の根本だ。

「ダフ、T・J、ドク。三人ともしばらく会ってなかったわね」

そしてダニーの番だ。

ダニーは車の下に戻って胴体と脚をのぞかせていて、一見すると『トランスフォーマー』に出てくるおじいさんに変異したかのようだ。

「ダニー」アンは呼びかけた。かつてほかの隊員と一緒のときは、いつもダニーボーイと呼んでいた。けれどもそれは消防士仲間であったからこそできるのであって、自分はもうそこから外れている。

「八分の五インチのレンチを取ってくれないか？」ダニーが言った。

「ええ、もちろん」

アンは作りつけの傷だらけのテーブルに向かった。ムースの工具類は、もちろん持ち主と同じく〝きちんと〟整理されていて、つまりは意味もなく山積みされている。

その山をかき分けるようにして探しものを見つけ、シェルビー・マスタング・ファストバックのもとへ戻った。

「はい」

ダニーが汚れた手を車の下から伸ばす。ああ、たこのできた男の人の手のひらはすてきだ。大きくて、いろいろなことができて、実用性がある点に、どことなく官能的な魅力を感じる。

素肌を滑るときの感触を想像してしまうから。

アンがレンチを渡して立ち去ろうとしたとき、ダニーに呼びとめられた。「ここで手を貸してほしい」

顔をのぞかせたダニーの目にうわついたところはなかった。言葉以上の意味はないのだ。手伝ってほしいと言われて誇らしい気持ちが胸をよぎったことに、アンは気づかないふりをした。

「いいわよ」

車体の下でも、アンなら立って歩きまわれた。まずは車の構造を調べる。むきだしになっているので、錆びついた車台とぼろぼろのフロアパンの部分を金属研磨用の電動ブラシとドリルできれいにできる。そうすれば、この基盤で中古車を走らせることができるようになるだろう。ダニーはといえば、外れてくれない腐食した部材のひとつと格闘していた。

「こっちだ」ダニーが呼んだ。「押さえておいてくれ。おれがねじる」

「それは無理よ」アンは車の下から身を乗りだした。「ムース、スポット溶接機はある？　こんなことをしてたら来週までかかるわ。切ったほうがいいと思う」

「そうだな」ムースがテーブルを顎で示した。「あのどこかにある」

「持ってくる」ダニーが言った。「念のために支えておいてもらえないか？」

「わかった」

アンはダニーが手をあてていた場所を押さえた。すり足で車の下から出ていくダニーと体が触れてどきりとする。気まぐれで破壊力を持った、ありがたくない感覚が体に走った。

のぼせあがったり、うろたえたりしないようアンは自分に言い聞かせた。ここに来たのは家にいたくなかったから、それだけのことだ。

34

ディアンドラが料理下手というわけではない。ダニーはそう思うことにした。問題は彼女が使った材料にある。

いや、たぶん腕の悪い料理人と、とんでもない食材の両方だ。

リビングルームで皿を膝にのせて座ったダニーは、どろどろのラザニアをフォークでつつきまわした。水っぽいソースや溶けたあともなぜか固まらないチーズと、〝パスタ〟が分離している。

アンは向かいの肘掛け椅子に座り、ほかのみんなはキッチンテーブルについている。今年最後の暖かい夜にもかかわらず、ディアンドラは室内で食事をすると言い張った。この家具を見せびらかすためだろう——だからアンと自分にここで食べるように指定したに違いない。

ジャックが山盛りにした二杯目の皿を手に入ってきて、ダニーの隣に腰かけた。

「やれやれだな。なんてディナーだ」

「気に入ったなんて言うなよ」

「いや、まさか。ただ腹が減ってるだけだ。今の〝やれやれだな〟はあっちの状況を言ったんだ」

アンはそちらに頭を傾けた。「気まずい？」

「いらいらしたディアンドラのおでこで目玉焼きが焼けそうなくらいな。ムースはビールの味をこきおろしてるし、ドクはもう帰るとばかりにコートを着てる。ダフとT・Jは死んじまいたいって顔をしてるよ」

ダニーはそのコメントに、顔をしかめそうになるのをこらえた。「どうしてムースが我慢してるのかわからないな」

「ディアンドラのあの体つき、見たか？」ジャックがアンに視線を向けた。「気を悪くするな」

「しないわよ」アンはにっこりした。「でも結婚式ではあんなふうじゃなかったけど」

「まったくだ」ジャックがフォークいっぱいに料理をすくって口に運ぶ。のみこむ前に一度しか嚙まない様子は、リアリティ番組『Ｆｅａｒ Ｆａｃｔｏｒ チャレンジ！ 絶叫体験』の挑戦者のようだ。「それで、消防防災ビルではどの案件を担当しているんだ、アン？　おれは放火調査が好きなんだ。楽しいだろう」

アンは声を出して笑った。「そんなふうに言うのはあなただけよ」

ダニーは食べるのをあきらめ、皿をコーヒーテーブルに置いた。この時点で煙草が吸いたかったものの、彼のアンに甘い言葉をかける機会をジャックに与えるつもりはなかった。

まあ、アンはダニーのものではないが。それにジャックも女性に甘い言葉をかけるような男ではない。

アンは調査中の倉庫火災について話しだした。ダニーは話の内容に耳を傾けるふりをして、アンのすべてを見つめていた。言葉は耳に入ってこない。唇の動き。息遣い。義手の親指を振る様子。

組んではほどく彼女の脚。

頭にあるのは、アンのなかにもう一度身をうずめることだけだった。そんなことを考えるべきではないし、卑劣だが、かまうものか。今度は彼女にすべてを脱ぎ捨ててもらいたい。こんなことは起こらなかったとアンが自分に言い聞かせられるような、ソファで手早くすませるものではなく。

一生、記憶に残るものにしたい。

部屋を出たところでうろうろしている人影を目の端にとらえた。ディアンドラが物陰からこちらを見ていた。ちょうど自分がアンを見ているように。

ジャックの不思議なところは、とても話しやすいことだ。アンは話しすぎるのを自制しなければならなかった。「とにかく、そう、リプキンに会いに行ったの。とんでもないやつだった」

「とんでもないって、どんなふうに？」ジャックが尋ねた。

アンはリプキンのことを話しつつも、本当に気にしているのはダニーだけだった。ダニーがこちらを見つめているので、詳細はあまり口にしないほうがいいと思った。とりわけ母に対する脅しについては。

ダニーは愚かな真似をする傾向がある。リプキンのオフィスに乗りこんで、あの男を窓から投げ落とすといったような。ダニー・マグワイアについてひとつだけたしかなのは、どんな悪にも立ち向かうということだ。その代償がどれだけ高くつこうとも。

「リプキンは我を通すのに慣れてるから」アンは言った。「成功した実業家でしょう。だから世界とそこにいる人はみんな、自分が利用できるものだと信じてるんだと思う。でも、なんとか対処できたわ」

「誘いをかけてきたのか?」ダニーが低い声で訊いた。

「これっぽっちも」アンは肩をすくめた。「本当に気取った男で、全然心に響かなかった」

ジャックがきれいにたいらげた皿を置いた。アンに言わせれば、勲章ものの行為だ。あのラザニアは携行食みたいだった。

「なあ、きみの興味を引きそうな案件がある」ジャックは川船並みの巨大な白いソファに深く腰かけた。「そうした火災の現場で大量のオフィス機器が見つかったと言っただろう? ちょうど銃を使用した重罪で逮捕した前科のある男がいるんだが、そいつの部屋にはコードやら充電器やら、モニターとコンピュータの部品やらがあふれてた。まるでディスカウントショップの価値がある電話やパソコンを保管していて、それを急いで移動させなければならなかったみたいに。明らかに闇取引の密売人だ。しかもタイミングが興味深い。きみは火災の現場で見つかったオフィス機器の話をしたけど……その男はここ二年のあいだにあらゆる罪を犯してきたから、証拠を何度も燃やしたんじゃないだろうか」

アンはつるつるしたクッションから落ちそうになって初めて、自分が背筋を伸ばして座っていたことに気づいた。「その男と話がしたいわ。事件のファイルも見たい」

「了解」ジャックが携帯電話を取りだした。「月曜の朝、本部に来てくれ。全部見せてやるよ。それから尋問する手段を考えればいい」

「助かるわ。ありがとう、ジャック」

「どういたしまして。明日、準備ができたらメールを送るよ」

ダニーが立ちあがった。「なあ、アン、ガレージの蝶番の修理を手伝ってくれないか？　一緒にやれば終わるだろう」

「ええ、いいわよ」

アンはダニーのあとから皿を持ってキッチンに入ったが、まるで煉瓦の壁に入っていくかのようだった。テーブルの空気が張りつめている。ダフとT・Jは視線でピンポンをしているし、ディアンドラは腕組みをして座り、ムースは新しいビールの栓を開けている。ドクはコートを着て立ちあがった。

「外に戻るか？」車両管理局の列に並んでそろそろ名前が呼ばれそうな人のように、ムースがありったけの希望と期待をこめて訊いた。

「デザートがあるのよ」ディアンドラが言った。「でも、いいわ。何も食べなかったわけじゃないし」

「もう行かないと」ドクが口を挟んだ。「ごちそうさま」

ダフが席を立ち、T・Jがほんの一瞬遅れて続いた。「おれたちもそろそろ出ないと。悪いな。でも明日は出勤なんだ。そういうわけで飲めなかった」

「おい、何を言ってる。もうちょっといいだろう」ムースが仲間を交互に見やった。

「いてくれよ。まだ八時だぞ」

けれど、止めようとしても無駄だった。アンは撤退する列の先頭にいることをうれしく思った。ムースとディアンドラの縄張りから遠ざかるのではなく、さらに奥へと向かっているのは間違いないとしても。

アンとダニーは黙ってガレージへ歩いていった。アンがひんやりしたガレージ内に入る一方、ダニーは入口で足を止め、使い捨てライターで煙草に火をつけた。ずいぶん前に日が暮れたので外は暗かったが、屋根の垂木につけられた明かりに照らされてダニーの姿はいっそう大きく見える。

ダニーが顔を横に向けて煙を吐きだすあいだ、アンはムースの工具置き場に向かった。ごちゃまぜの工具を見てから、ドライバー、レンチ、万力の山に分けていく。

「本当に助かったよ。車のことだが」

アンはダニーに目を向けた。「手を……片手を使って何かをするって気持ちいいわ」

「そうだな」

「ディアンドラの料理の腕は最悪ね」

「ムースも痩せられるだろう」

「彼女に奪われるのが体重だけならいいけど」アンは頭を振った。「結婚式の時点で、あのふたりは過ちを犯しているってわかったわ。でもこんなに早く、ここまで悪くなるとは思っていなかった」

「やつらの問題だ。自分の責任は自分で取らないと」ダニーは煙草を逆向きにして火のついた先端を見つめた。「なあ、頼みがある」

「何？」

「手が足りないって話だ。明日農場を手伝ってくれると助かる。あそこでの作業がはかどっていなくて、瓦礫を運んでのこぎりを使える人があとひとりいれば、手をつけたことを終えられるんだ」

アンはダニーに倣って星形のプラスのねじ頭を見つめた。屋外でもつれた茂みと格闘したり、簡単に始められて終えられたりする作業は、まさに望んでいたものだ。けれどもダニーが絡むと、事はいつも複雑になる。

「引き受けてくれると本当に助かる」

アンは母のことを思った。ナンシー・ジャニスにとって日曜は教会、女友達とのランチ、そして通常は映画と紅茶を意味する。大勢の人、たくさんの場所。常に忙しがっている。もしかすると、今週は気を遣って家にいるべきだと感じてしまうかもしれない。

「スートが一緒でもかまわない？」アンは唐突に訊いた。

35

ヴィク・リッツォにとって、秋の日曜は聖なる日だ。といっても、信心深いからではない。むしろカトリック教徒にしてはかなり堕落している。そのことをいやがる母にはずいぶん嘆かれていた。だが運よく日曜が休みになれば、ちゃんとミサに行っている。ESPNという名のスポーツ専門チャンネルの祭壇に。日曜はテレビの前に陣取り、リモコンを操作して学生とプロの試合を交互に見る以外は、何もしないと決めていた。

誰にも会わない。誰とも話さない。

曲面ディスプレイテレビの正面に置いたみすぼらしいソファに座り、動くのはビールとポテトチップスを補充するときだけだ。

ベッドルームとバスルームがひとつずつの、改修された三階建てのアパートメントは、六一七分署までわずか五ブロックだ。リッツォは真ん中の階で、一階には老夫婦が、三階には七十二歳の家主が住んでいた。静かなところで、彼は縁石までごみを出したり、雪かきをしたり、建物内外のちょっとした修理を請け負ったりと、みんなを手伝っている。

もっと……いわゆる過激な楽しみは、自宅から充分に離れた場所で追求することにしていた。身元や住所を知られたくない。

だから、いつもマスクを着用する。

リッツォはうめき声をあげると、これまで何度となく繰り返してきたようにソファに腰をおろし、こわばった脚の片方を伸ばして傷だらけのコーヒーテーブルにのせた。テレビをつけ、まずは録画しておいた昨日のニューイングランド・ペイトリオッツのフットボールの試合を、それからルイジアナ州立大対アラバマ大の試合に移って――。

ドアがノックされた。一度だけ響いた音は大きく、叩いた人物の手も大きいに違いないとわかる。

再生を一時停止し、リッツォはそばに置いたクッションの下に手を入れて銃を確認した。「誰だ?」

問いかけというより警告だ。

「おまえの上司だよ」

「署長?」リッツォは銃から手を離して立ちあがった。「なんだってんだ?」

思わずうめいたのは、傷めた肩と脚を動かしたせいだけではない。いい気分が台なしになりつつあったからだ。

ドアを開けたとたん、リッツォは眉をひそめた。トム・アシュバーン署長は、まるでいばらの茂みのなかを後ろ向きに引きずられてきたかのような様子だった。疲れきってやつれ、唇を固く引き結んでいる。リッツォが部屋に誰も入れたくないのと同じく、トムも本当はここにいたくないという顔をしていた。

「いったい何があったんです?」リッツォは強い口調で訊いた。

「ちょっと時間があるか?」

「なんのために?」

「誰かと話したいんだ」

リッツォは後ろへさがった。「おれは聞き上手とは言えないし、くそみたいなアドバイスしかできないうえに思いやりにも欠けてますが、まあ、おれでよければセラピスト代わりにすればいいでしょう」

署長はリッツォの脇をすり抜けて室内へ入った。「おまえは本当に人を喜ばせるのがうまいな、リッツォ」

「任せてください」リッツォはドアを閉めた。「そういうのは得意なんです」

トムがあたりを見まわした。「以前の分署と雰囲気が似てるな。大学の男子社交クラブを安っぽくしたみたいで、いい感じだ」

「完璧にしないところがいいんですよ」リッツォは足を引きずって部屋を横切り、ソファへ向かった。「どうぞ座ってください」

いったん腰をおろしたトムはすぐに立ちあがり、クッションの下から銃を取りだした。「これがおまえの家の警報装置か？　銃の登録はしているんだろうな？」

「まさか」リッツォは再び脚を伸ばした。「製造番号もついてない。上に報告しますか？」

「いや」署長が銃を差しだした。「書類仕事はうんざりだ。ぼくがここにいるあいだ、誰のことも撃たずにいてくれたらそれでいい」

「了解」リッツォは受け取った銃を自分の座っている場所の下に突っこんだ。「あててみましょうか。ダミットの件でしょう。あいつ、今度は何をしたんです？　チャッキー・Pが辞めると言いだしたとか？　それとも、あの愚か者がまたウェジーに絡んだんですか？」

トムはテレビに視線を向けた。「これは昨日のペイトリオッツの試合か？」

「どっちが勝ったか言わないでくださいよ」

「ぼくも見ていない」

署長がそれきり黙りこんだので、リッツォは再生ボタンを押した。沈黙は落ち着かない。「それで、話したいことって？」

解説者たちのおしゃべりが聞こえているほうがいい。そちらに気を取られていれば、これから何を聞かされるにせよ、衝撃が薄れるだろう。

ある程度は。

「わが署に対するおまえの評価を聞きたい」トムが低い声で言った。「たとえば、それぞれの部隊として、それから分署全体として、どう機能しているか」スポーツバーのバッファアロー・ワイルド・ウイングスのコマーシャルが流れ、リッツォは空腹を覚えた。

「いいと思いますよ。つまり、おれたちはよくやってる」

トムがちらりと視線を向けてきた。「署長としてのぼくをどう思う？　本当に訊きたいのはそこなんだ」

リッツォはあえて驚きを隠さなかった。隠そうとしてもできなかったかもしれない。

「どうって？」

「対処できているか？　人や問題に対して」

ほら、だから日曜は誰とも会いたくないのだとリッツォは思った。いや、待てよ。日曜だけじゃない。こういうことにかかわりたくないから、ひとりで過ごすのが好きなんだ。以上。

「おれになんて言ってほしいんです？」リッツォは小声で言った。「署長は最高ですよ」

「ふざけないでくれ」

リッツォは顔をこすり、飲み物が欲しいと思った。だが、ビールを飲むにはまだ少々時間が早い。

それに署長は本音の答えを待っている。この会話を終わらせる方法はひとつしかない。

「みんな、署長を尊敬してます」トムの顔の前に手を掲げて反論を制する。「おれがどう思うかと質問されたから答えてるんです。署長は大いに尊敬されている。生まれついてのリーダーだ。その、なんて言ったらいいのかな、この地球上で一番の、頭がどうかしたアドレナリン依存者たちの一団を束ねてる。そのうえでおれたちをなんとか死なせず、集中させて、たいていは行儀よくさせることに成功してる」

「みんな、問題を抱えていても、ぼくには話しにくいと思ってるんじゃないか？」

「ああ、まあそうですね。だけど自分を監督する相手とは友達にはなれないものです。それに声を荒らげずにダミットをおとなしくさせられると思いますか？　あの愚か者は頭のてっぺんをフライパンで殴られない限り、言うことを聞くわけがない」

「それでも別の方法があるかもしれないだろう」偏頭痛でもあるのか、トムが目をこすった。「ぼくにはわからない。まったくわからないんだ」

「どうしてそんなことを考えるようになったんです？」

「市長との会合で問題点を指摘された」

「マホーニーと一対一で？」背が高くて高圧的な女性の姿が頭に浮かぶ。「そりゃまたすごい」

「徹底的に打ちのめされた」

「彼女はセクシーだ」トムににらまれ、リッツォは肩をすくめた。「なんです？　本当のことじゃないですか」

「選挙で選ばれた公職者なんだぞ」

「だから女として見ることは許されないというんですか？」

「ああ、だめだ」

なるほど、そういうことか。リッツォはにやにやした。

「話を整理させてください。署長はマホーニーと話した。それでおれたちがお互いにケツを拭いて、問題を解決しなきゃならないと考えるようになったと。勘弁してください。おれたちは消防士だ。地元の劇場で芝居をするアマチュア劇団員じゃない。駐車スペースをめぐる諍《いさか》いとか、冷蔵庫に入れておいたものがなくなったとか、シャワーで誰かにタオルを使われたとか、こまごました問題に首を突っこみたいですか？　とんでもない。去年の話を持ちだして悪いが、思いだしてくださいよ。四旬節（灰の水曜日からイースターの前日までの日曜を除く四十日間。イエスに倣って節制や娯楽の自粛が奨励される）のあいだは誰も怒鳴りつけないと誓いを立てたでしょう。だけど結局三日しかもたないで、懺悔《ざんげ》しに行くはめになったじゃないですか。ダミットを、やつの死んだばあさんの墓のなかにまで聞こえるほどの大声で罵らずにいられなかったせいで」リッツォはトムに目を向けた。「署長は衝動を抑えるのが苦手です。だが、自分の仕事に関しては……おれたちが正しい方向へ進む手助けをすることに関しては、問題なんてまったくありません」

トムが悪態をついた。「分署にはアルコール依存症の者が大勢いる。深刻な問題を抱えたやつらが。リッツォ、おまえもわかってるはずだ」

「それはそいつらの問題であって、署長に非はありません」

「そうだと言いきる自信がなくなったんだ」

「署長は大丈夫ですよ。おれたちも。何もかもうまくいってる。次の分署のミーティングに署長がセラピー犬を連れてきたら、大笑いするでしょうね。だけどそのあとで、犬たちと遊ぶかもしれない。おれは犬が大好きなんでね。あいつらは最高だ。分署で犬を飼うってのはどうです？」

トムが小さく笑みを浮かべた。「アンが一匹、飼いはじめたばかりだ」

「本当に？　署長の妹さんのことは昔から好きだったです」リッツォは手のひらをトムに向けて続けた。「いや、そういう意味じゃありませんって。くそっ、みんな、おれのことを女たらしだと思ってる」

「実際、そうだろう」

次の週末に予定していることを思い浮かべ、リッツォはにやりとした。「たしかに」

「ビールはないのか？」

ペイトリオッツのキックオフを見ながら、リッツォはキッチンを顎で示した。「ご自由にどうぞ。ついでにおれにも一本持ってきてくれませんか」トムがうめき声をあげて立ちあがった。署長が何を考えているかは手に取るようにわかる。「ああ、それとランチをおごってくださいよ」

トムが肩越しに振り返った。「どうしてぼくがまだ帰らないと思うんだ?」

リッツォは上司をちらりと見あげた。本当に疲れ果てているようだ。もしかすると、別れた妻のシーラと何かあったのだろうか。だがもちろん、そんなことを尋ねるわけにはいかない。男同士の会話で妻や恋人の話題はタブーだ。元妻や元恋人の話は? なおさらありえない。

リッツォは肩をすくめた。「署長がしばらくここにいるだろうことはわかりますよ。いいじゃないですか。おしゃべりをやめて、おれに冷えたバドワイザーを運んできてもらえる限り、歓迎しますよ。それから、〈アントニオズ〉のピザが食べたいな。薄い生地でペパロニをのせたやつ。ラージサイズがいい。ああ、そうだ、あそこの店は、チップをはずめば追加のビールも届けてくれますよ」

きっと厳しい言葉が返ってくるに違いないと覚悟する。だがリッツォの予想に反し、署長はただうなずいてキッチンへと歩いていった。「わかった」

36

翌朝は、いかにもニューイングランドの秋らしい日だった。空はどこまでも青く、澄んだ海は小さく波が立ち、強い日差しが何もかもを輝かせている。車に乗りこみ、住宅やショッピングモール、オフィスビルの立ち並ぶ自宅周辺から離れるにつれて、アンの心は穏やかになっていった。四十分ほど走ると、ダニーの農場はもうまもなくだ。

「田舎は初めてね。心の準備はできた?」彼女はスートに声をかけた。

スートは車の窓から頭を出し、周囲の木々や野原を眺めている。尻尾が自然と揺れていた。

急なカーブを曲がったところで探していた小道が突然出現し、曲がり損ねたアンはまっすぐな道路の真ん中でUターンして引き返さなければならなかった。低い石垣や生き生きとした木々に区切られた、なだらかに起伏した草地を見ていると、この一帯に心を奪われずにはいられない。次の瞬間、目の前に農場が姿を現した。

予想していたものと違った。

緩やかな坂のてっぺんに、キンポウゲ色をしたヴィクトリア朝様式の家が立っている。近づくにつれ、ペンキがはげていたり、玄関ポーチがたわんでいたり、かなり古びているとわかったが、そんなことはどうでもいい。手間と時間をかければ、ダニーにとって格好の避難場所となるだろう。仕事のストレスから逃れて……。

家庭を築くには理想的な場所だ。

脱線した思考が槍のように胸を貫く。だが、そのことをじっくり考えている暇はなかった。アンが車を停めるとすぐに、ダニーが玄関のドアを開けた。

「やあ」彼が呼びかけた。

「こんにちは」エンジンを切って答える。「いいところね」

「そう思ってくれてうれしいよ」

アンは車をまわりこんでスートを放したところで、リードをつけるべきかどうか迷った。だがスートはアンのそばを離れず、三段の階段をあがったポーチまで小走りでついてきた。

ダニーは作業着姿だった。古いジーンズを腰の低い位置ではき、顎に無精髭を生やして、体にぴったりした袖なしのマッスルシャツからタトゥーの一部をのぞかせている。治りかけの腕のかすり傷は、彼が務めを遂行してきた証しだ。

「これは……」アンは家を示した。「驚きだわ」

ダニーが、学校で問いに正解した少年のような笑みを浮かべた。入手困難なコンサートチケットを手に入れたティーンエイジャーのような笑み。大人なら、何か特別なものがあって、それを大切な誰かと分かちあったときのようなほほえみだ。

「どれくらいの広さがあるの？」アンは尋ねた。

スートに挨拶しようとしゃがんだダニーの膝が鳴る。スートはダニーを、会えなくて寂しかった親友のように歓迎した。

「二十万平方メートル」ダニーはスートの目を見つめて続けた。「おまえが恋しかったよ。調子はどうだ？　この土地にマーキングしたいか？」

「でも、どこに手伝いが必要なの？」アンは声に疑念がにじまないよう気を遣いながら言った。「つまり、何もかも問題ないように見えるけど」

アンが家の周囲の刈りこまれた草地を指さすと、ダニーは立ちあがり、親指で背後を示した。「結論を出すのはまだ早い。だが先に家のなかを案内させてくれ」そう言ってドアを開け、アンのために押さえておいてくれる。「水道と電気は通っているんだが、それ以外は作業途中なんだ」

その言葉は冗談ではなかった。窓にかかっているカーテンはどれもぼろぼろで、隙間からのぞくガラスは外が見えないほど厚い埃に覆われていた。床板はすり減り、壁紙は全体が古びて退色し、もとがどんな色だったのかもわからない。きわめつけはキッチンだ。小麦畑の金色とグリーンピース色が互いに主張しあってごちゃまぜになったそこは一九七〇年代に戻ったかのようで、設備はすべて、ジミー・カーターが大統領だった時代にシアーズの通販カタログで取り寄せたとしか思えないものばかりだった。

それでも、すばらしい場所になる可能性を秘めている。

廊下の木工細工はどれも見事だった。天井や暖炉や階段に施されたモールディングは重厚だ。天井にしみがないのは屋根が傷んでいない証拠だし、ドアはすべてゆがみがなくまっすぐだった。

二階には小さなベッドルームが三つと、共用のバスルームがひとつだけだが、なんと猫足付きのバスタブがあった。

泳げるプール並みの深さがある。たっぷり湯を張って身を沈めたら、どんなに気持ちがいいだろう。

「それで、誰からここを買ったの？」一階へ戻りながら、アンは尋ねた。

スートがふたりを先導していく。きしむ階段を飛びおりるたび、何も敷いていない板に爪があたる音が響いた。

「かなり長いあいだ誰も住んでいなかったんだ。所有者の女性が老人ホームに移る際に業者に委託されたんだが、その女性は結局十年ほどホームにいた。おれは長期的なプロジェクトととらえてるんだ。買うべきじゃなかったのかもしれないが、わかっていてもそうせずにいられないときがあるだろう？」

「ここを買ったのは……あの火事のあとね」

「リハビリ病院を出て、何かすることが必要だった」

「わかるわ」

「さて、この家のどこが問題なのか知りたいか？」

「もちろん」

ダニーはアンを案内してキッチンの裏口から外へ出た。とたんに彼の言う〝問題〟の山が目に飛びこんでくる。銀行にしろ、ほかの誰かにしろ、ここの管理者は正面にしか気を配っていなかったらしい。家の裏手は何もかもが絡みあってぐちゃぐちゃになっていた――少なくとも、かつてはそうだったに違いない。ダニーはずいぶん努力したようだ。古い納屋や貯氷庫や貯蔵庫の周囲のあちこちに、刈り取ったいばらや蔓草や若木が積みあげられていた。

スートが茂みのひとつに近づいていって用を足した。アンは頭を振った。「わたしたちがこれを片づけるのに、一日では足りないと思う」自分が何を口にしたかに気づき、急いで言い直す。「あなたがと言いたかったの」

ポーチにあがってきたアンを見て初めて、ダニーは自分がこの家を買ったのは彼女のためだったと気づいた。

妄想に取りつかれたおかしな精神状態のときに『ニューブランズウィック・ポスト』の日曜版の裏面広告を見て、手に入れようと決めた。かなりの金が必要だったが、友人たちと穴倉のようなメゾネットをシェアして暮らしていたおかげで、驚くほどの額の貯金があった。

「道具はどこ？」アンが訊いた。

「納屋だ。来てくれ」

顔に降り注ぐ日差しは温かく、腕に触れる空気は冷たい。だがアンがそばにいることに比べれば、すばらしい朝の輝きすら色褪せる。

ダニーが納屋の戸を引き開けると、驚いたツバメが数羽、梁から飛び立った。

「手持ちはこれだけだ」ふたつの木挽《こび》き台のあいだに二枚の板を渡して並べた道具類を示す。「好きなものを選んでくれ」

アンがチェーンソーの一台にまっすぐ近づいていくのを見ても、ダニーは驚かなかった。重量のある機械を右手で持ちあげ、義手を添えてバランスを取っている。あちこち向きを変えているのは、扱い方を試しているのだろう。確実にコントロールできるかどうか、動かす前に確認しているのだ。

「義手のオプションパーツをいくつか持ってきたんだけど」脚を踏ん張り、チェーンソーの切断刃を上に向けながら、アンが小声で言った。「このままでも扱えそうだわ」

ダニーは愛していると声に出さずに告げた。

心の内を口にする代わりにもう一台のチェーンソーを手に取り、アンに耳栓を渡した。「準備はいいか?」

彼女はうなずいて鮮やかなオレンジ色の耳栓を装着した。そこでふと眉をひそめる。

「スートはつないでおかないほうがいいと思ったんだけど、音にびっくりしないかしら?」

「実はここの敷地はすべてフェンスで囲われてるんだ。向こうにゲートが見えるだろう？　そう、あそこの茂みの下にあるゲートだ」

アンはダニーが示した方向に顔を向けた。納屋に差しこむ日光が、細かな塵を浮かびあがらせながら、金色の光を彼女に浴びせかけている。

ダニーは咳払いをした。「きみがスートを連れてくると言っていたから、今朝ここへ着いてすぐに見てまわった。金網フェンスだが頑丈で、スートは飛び越えることもくぐり抜けることもできないだろう。有刺鉄線ではないから、怪我もしないはずだ」

アンが足元のスートを見おろした。「今のを聞いた？　好きなだけ歩きまわっていいのよ。ちょっとうるさくするけど心配しないで」

外へ出て、まずは敷地の北端を集中的に片づけることで意見がまとまった。五メートルほど離れて位置につき、エンジンをスタートさせたとたん、甲高い機械音の二重奏が始まった。最初のうち、ダニーはときどきアンの様子を確かめていたが、問題なさそうだとわかると作業に没頭した。ダニーがダニーは左へ、アンは右へ、ふたりの距離が離れていくにつれ、刈り取ったものの山も増えていく。

スートは完璧な監督官だった。納屋のそばの日陰を選んで冷たい草の上に横たわったが、頭はあげたままだ。何かあればすぐに駆けつけるつもりでいるかのように、ずっとふたりを目で追っている。

第二段階は運搬作業だ。アンが濃紺のフリースジャケットを脱ぐと、体にぴったりしたアンダーアーマーのシャツに覆われた上半身があらわになった。彼女はペースを落とさない。運動で鍛えあげた体を駆使し、完全に集中している。頭のなかで何を考えているのだろうか。やがてふたりは再びチェーンソーをふるいはじめた。そして次はまた運搬作業。

ランチのために休憩を取り、ダニーが来る途中で買ってきたサブマリン・サンドイッチを食べながら、とりとめのない話をした。そうするうちに、午後四時になった。先にアンがエンジンを切り、手の甲で額の汗をぬぐった。

日差しが弱まり、仕事もかなり進んだことから、もう遅い時間だとダニーにもわかった。家の二階にはゴム手袋のようなにおいがするマットレスしかなく、食べるものもないが、彼女には泊まっていってほしかった。

アンは作業の成果を検分している。ふたりで刈り取った細長い土地は、今や土が見え、ところどころに刈り株が突きでているだけになっていた。

「思ったより進んだわね」

「それでもかなり残っているが」ダニーはつけ加えた。「まだ続けるべきだと言ってるわけじゃないんだ」

「よかった。本当のところ、肩も腕もくたくたなの」

ダニーは声もなくアンを見つめることしかできなかった。彼女の唇が動いていて何か話しているのは明らかなのに、感情にのまれて頭が働かない。

「ダニー、質問したんだけど」

「なんだって？」

「どうしてそんなふうにわたしを見つめるの？」

彼は目をそらした。「わかってるはずだ」

アンが咳払いをする。「わたし……あの、そろそろ行かないと」

「ああ、もう出たほうがいい」

ふたりはチェーンソーを納屋に戻して手袋を外した。ダニーは首の後ろが日に焼けていて、ようやく耳栓を取れてほっとした。スートが近づいてきてあたりのにおいを嗅ぎまくったが、アンのそばからは離れなかった。いいことだ。

女性のひとり暮らしなのだ。あんな歯の持ち主が彼女を気にかけていてくれると思うと心強い。

スートは少しも恐ろしそうに見えないが、飼い主に危険が迫れば別だろう。

「あなたは今夜、ここに泊まるの？」家のなかに入りながら、アンが尋ねた。

ダニーはボトルを開け、スートのために携帯用のボウルに水を注いでやった。「たぶんな。でも、わからない。明日は朝から勤務だが、ラッシュアワーに市内へ向かえば渋滞に巻きこまれるだろうし」

「そうね」アンは天井を見ている。「わかるわ」

ずっと見あげたままのアンに、ダニーは雨もりでもしているのだろうかと思った。だが次の瞬間、理解した。「そうだ、うちのバスタブは使えるんだ。邪魔しないから、ひとりでゆっくり使うといい」

37

階段をのぼりながら、アンは自分の体を今までとは違うふうに感じていた。午後じゅうずっと、きつい肉体労働をしていたせいだけではない。スートは彼女についてきたが、階段をのぼりきったところで葛藤する様子を見せた。一階にいる、スートにとって大切なもうひとりが無事かどうかが気になるのだ。

アンもまた、階下のキッチンでシンクにもたれてボトルの水を飲んでいるダニーのことが気になってしかたがなかった。

「ここにいるといいわ」小声でスートに告げ、かがみこんで階段の最上段の床板を軽く叩く。「そうすれば、両方とも見えるから」

スートはアドバイスを受け入れてボールのように丸まった。頭を低くし、片方の目をアンに、もう片方の目を階下の玄関のドアに向けておくつもりらしい。

午後の暖かい光を浴びて、バスルームは輝いていた。空気が穏やかな潮のごとくゆったり流れ、窓から差しこむ日光が拡散して、そのなかで細かな塵が舞っている。なかに足を踏み入れたアンは蛇口をひねりながら、不具合が生じることを半ば覚悟していた。きっとダニーを呼ばなければならないだろうと。

だがその必要はなく、内心がっかりする。

出てきた水は澄んでいて、すぐに温かくなり、大きな音をたてて深いバスタブに勢いよく流れ落ちた。他人に会話を聞かれたくないときに水を出しっ放しにするのは昔ながらのやり方だが、これほど大きな音ならさぞ効果が期待できるだろう。アンは身をかがめ、バスタブの底や内側に水をかけてすすいだ。だが誰かが最近使ったか、あるいは掃除をしたらしく、それほど汚れはついていなかった。

蛇口を閉め、本格的に湯を入れる前に、たまっている水を使って排水溝のほうまで全体をきれいにする。自分が服を脱ぎ去って、たっぷりの湯に身を沈めるところを頭に思い浮かべて……。

リプキンの卑劣な声が、強力なパンチとなって心を直撃した。

階段をのぼってくる重い足音に気づき、アンは振り返った。開けっ放しのドアから、手すりのところで躊躇《ちゆうちよ》しているダニーが見える。やがて彼は心を決めたようにこちらへ曲がってきた。

入口で足を止める。「水が止まった音がしたから。何か問題があったのか?」

ダニーはまぶたを伏せ、体に緊張をみなぎらせていた。

体を起こしたアンは、ダニーの腰のあたりを凝視せずにいられなかった。頭のなかで、リプキンのひどい言葉がますます大きく鳴り響く。

「いいえ」彼女は再び蛇口をひねった。「すべて順調よ」

よく考える前に手が動き、アンはシャツの裾を引きあげていた。ぴったりしたシャツの布地が体から離れると、ブラジャーをつけていない乳房がはずんで自由になる。そのままの勢いで、次はワークパンツに手を伸ばした。頑丈なファスナーをおろして厚い生地を脱ぐのは簡単で、ショーツも含めてすべてを取り去った。

肌に感じるダニーの視線が熱い。彼の体はすばやく反応し、下腹部がこわばっていく。

義手を外そうとしたところで、アンは動きを止めた。恐怖がこみあげてきたが、何も特別なものをさらすわけではないと自分に言い聞かせる。これは……体のほかの部分と違いはないのだから。

だが嘘はつき通せない。心臓が激しく打つのを感じながら、アンは固定具をほどき、義手を取り外した。腕を背後に隠してしまわないよう懸命にこらえる。顔を伏せてはならない。

もちろん、こんなことはばかげている。いくら人から認めてもらいたくても、当然ながら判断を下すのは相手だ。もっとも安全な道は、常にそうだが、自分で自分の支えに、港に、避難場所になることだ。

わたしは大丈夫なのか？　その問いかけに答えられるのは、それを発した本人だけだ。

ただし、問題がある。問いかけるということはつまり、本人は答えを知らない。あの火事のあとから数カ月、彼女は立ち直るために闘いつづけてきた。問題を解決し、体を癒やし、道を見つけて……。片方の手を失ったことが、ひとりの女性としての自分にとってどんな意味を持つのか、深く考える余裕などなかった。

わざと考えないようにしていたのかもしれない。

けれどもそうやって避けてきた問題をリプキンは掘り起こし、さらけだした。癒やすべき新たな傷が生じてしまった。

本当のところ、こんなことができる相手は、自分の一部を見せることができる相手はひとりしかいない。自らふたりのあいだに距離を置いたにもかかわらず……ほかの誰かとではこのハードルを越えられるとは思えなかった。

ダニーには弱い部分や厄介な面が多いが、ひとつたしかなことがある。いざというとき、彼は絶対にアンを失望させない。

ああ、まるであの火事の瞬間に戻った気分だ。炎に取り巻かれ、死がすぐ目の前まで迫っていた。そこにいるのはふたりだけで、頼れるものは自分たちの装備と、一体となって協力しあう力しかなかった。あの決定的な瞬間と同じく、アンが自分を救うためにはダニーの助けが必要なのだ。自力でなんとかしたいと思いながらも、ひとりでは乗り越えられない。

わたしはまだ完全だと言える？

ダニーの目には涙がこみあげていた。

目の前の美しい女性を見つめ、アンのうつむく顔や、腕を脇につけるぎこちない動きに胸をえぐられた。

だが少なくとも、アンが欲しがっているものは簡単に与えることができる。

ダニーはバスタブまで歩いていって蛇口を閉めた。それから震える両手を彼女の肩に置き、ゆっくりと腕に滑らせた。手が肘に近づくとアンは体をこわばらせたものの、腕を引こうとはしなかった。

彼女が目を上に向けるまで、ダニーは動きを止めて待った。「ありがとう」

「なんのお礼？」アンの声はささやきに近い。

ダニーは答えのつもりで頭の位置をさげていき、彼女に口づけた。アンの緊張が解けて唇から力が抜けるのを感じると、手を肩まで戻してそこを撫でる。

引き寄せたアンの体はしなやかで強く、手のひらに触れる部分はどこもなめらかだった。ダニーは腰や、背中の小さなくぼみや、張りがあって彼の手にぴったりおさまるヒップの感触を楽しんだ。何より、アンが寄せてくれる信頼がうれしかった。

唇を離し、彼女の髪を結んでいたひもをほどくと、茶色の髪が流れ落ちて肩に広がった。次に指先で顔をたどっていく。頬、鼻、唇、顎。喉を滑りおりて鎖骨の広がりへ……さらにさがり、胸の先端にそっと触れてじらす。

アンの呼吸が荒くなり、歯が唇を噛みしめる。

彼は手を止めずに進みつづけた。腹部へ……。

そこからもっと下へ。やがて脚のあいだへ。

ダニーの手が滑りこんだとたん、アンが息をのんだ。ダニーは片方の手をアンの体にまわして背中をそらせ、体重を支えた。再びキスをして、彼女の中心を指でたどった。とてもなめらかで、とても熱い。

「アン」唇を重ねたままささやく。

「何……？」

「きみを見ておれがどんなふうに感じているか知りたいか？　きみの姿を目にすることがどんな意味を持つか知りたい？　夜にどんな夢を見ているか、昼にどんな想像をしているか、きみは知りたいか？」

顔をあげたアンの目には、かすかな恐怖が浮かんでいた。

だが彼女はそれでもうなずいた。ダニーはもう一度唇を合わせ、アンの口のなかに舌を滑りこませて……のぼりつめた衝撃は激しく、アンの指が彼の肩に食いこんだ。

言葉で言うより、行動してみせるほうがいい場合もある。

歓《よろこ》びの叫びを聞きながら、ダニーはアンを支えてキスを続け、愛していると頭のなかで告げた。やがて歓喜のひとときを終えた彼女を抱きあげ、温かな湯のなかへおろす。アンはぐったりとバスタブにもたれかかった。緊張が解けていくにつれて波立つ湯の下で体から力が抜け、まぶたがさがっていく。

「あなたもお風呂に入らないの？」アンが訊いた。

それ以上は言わなくていい。

ほかに着るものがないという事実さえなければ、ダニーはいまいましい服を引き裂いていただろう。内心で文句を言いながら、二分でマッスルシャツを脱ぎ、ブーツを蹴って脱いでジーンズをおろした。

バスタブに身を沈めると、跳ねた湯が床にこぼれたが気にならなかった。どのみち、この部屋の板は張り替えるつもりだった。こうなったからには、下の階の天井もやり直す必要があるかもしれない。

だが、この家全体を壊すことになったとしてもかまわなかった。

手のひらですくってアンの肩にかけた湯が、温かい流れとなって落ちていく。同じことを今度は胸にすると、湯が流れたあとの濡れた胸の頂が光を反射してきらめき、ダニーはその光景を目にしただけで達しそうになった。次は腕に、それから肘に……。彼が切断したところだ。

腕の残っている部分に触れながら、アンに制止されるだろうかと思った。だが彼女は止めなかった。ダニーが両手で先端を包みこむ様子を見つめている。

ダニーの目に再び涙がこみあげてきた。アンの大事な体の一部に斧を振りおろし、これほどの損傷を与えたときのことが頭によみがえる。くそっ。そこには感染症の跡も残っていて、周囲の皮膚がでこぼこになって変色していた。

「痛みはないのよ」アンが静かに言った。

けれどもダニーは苦痛を感じた。

彼女の腕を引っ張りあげて、肘の内側の青い静脈が透けて見える場所に口づけ、親指で肌を撫でた。

「つらかっただろう」声がかすれた。ダニーも痛みを経験し、脾臓を失ったが、そんなことは問題ではない。少なくとも彼は怪我を負ってひどい苦しみのなかで目覚めたとき、自分がいずれもとどおりに回復するとわかった。

体はもとに戻った。しかし心はまだ治っていない。それでも、いったいどれほどの変化があったというのか？

「感染症にかかったときのことはあまり覚えてないの」アンが小さな声で言った。「でも、幻肢痛って本当にあるのね。ひどいのよ。もう存在しないのに、指や手のひらが残っている感覚があるの」

現場に復帰したとき、ダニーも似たようなことを経験した。休憩室に、仮眠室に、ポンプ車に、はしご車に、あらゆる場所にアンの姿が見えた。彼女の声が聞こえ、彼女のシャンプーの香りがした。

だがアンはそこにいなかった。われに返り、彼女がもういないことを思いだすたび、ダニーはつらくてたまらなかった。

「今でもときどき感じるのよ」

アンが何を言っているのか、ダニーは理解するまでに時間がかかった。「そのせいで夜中に起きることがあるのか?」

「ええ」

それがどんなものか、ダニーにはわかった。だから大量に酒を飲むのだ。アルコールは暗闇の時間を乗りきる助けになった。夜になると、ダニーの脳はアンの腕を切断するに至った一連の出来事を繰り返そうとする。記憶のどこかに、彼が探し求めている大切なものがあるのではないかと。

それは許しだ。

「キスして」アンが言った。

彼女が望むなら、ダニーは世界でさえ差しだしただろう。アンが口にしたのは、ダニーが懇願してでも聞きたかった、自分にはもったいない言葉だ。

ふたりは体勢を変え、アンがダニーの上になった。アンの腿が彼の腰を挟む。バスタブはふたりで入っても不自由ないくらい大きかった。アンをまっすぐに座らせると、ダニーは片方の胸の先端を口に含み、温かい湯のなかで彼女の秘められた部分が自らにあたるようにした。背中をそらすアンをダニーが貫いたとたん、ふたりは同時にうめき声をあげた。

アンはゆっくりと彼を乗りこなした。ダニーはバスタブのくぼみにもたれ、彼女の乳房を両手で覆った。これほど魅惑的な女性は初めてだ。薄れゆく光がアンを輝かせている。

あるいは輝いているのは彼女の魂かもしれない。

クライマックスに身をゆだねる寸前、ダニーは口走っていた。「きみが聞きたくないことを言わなければならない」

アンが動きを止める。「なんなの?」

彼女の濡れた髪を後ろへ撫でつけながら、ダニーはこの期に及んでもはっきり愛していると告げることができず、別の言葉を口にした。「これで終わりにしたくない」

38

月曜日、アンはいったんオフィスに寄ってスートをドンに預けてから、SWAT本部へ向かった。

ニューブランズウィックで生まれ育ったうえ、消防の仕事に従事してきたため、町のことなら隅々まで知りつくしている。だがそんな彼女でさえ二度も迷い、三度目でようやく、空港のそばに不規則な形で広がった表示のない建物にたどりついた。隠れるならありふれた景色のなかがいいとは、まさにこのことだ。SWATチームの本拠地は、飛行機の格納庫や運送会社の貨物倉庫や事業所と同じく、平屋根で金属製の特に特徴のない建物のひとつにあった。

アンが車を停めると、やはり表示のないドアが開いてジャックが現れ、手を振った。

「向こうに停めてくれ」

「わかった」

舗装道路を外れ、彼女は小型のセダンを建物と平行に駐車した。

「融通をきかせてくれてありがとう」ダニーのルームメイトに歩み寄って言う。

「お安いご用だ」ジャックはすばやくハグすると、広々としたスペースへ招き入れた。郵便番号をひとつ割りあてられているのではないかと思うほど大きい。ロゴ入り、ロゴなし、私用車、装甲車など三十台ほどが、あらゆる種類の四輪駆動車やその付属品とともに並んでいる。奥にある鍵のかかったケージは武器庫になっていて、武器が何列にもわたってかけられていた。狙撃用ライフルから散弾銃、拳銃、そのほか隊員たちが出動時に身につけるものがここですべてそろう。「新しい装甲車《ベアキャット》をご覧ください」

ジャックが武装部隊輸送車の前に立ち、クイズ番組『ホイール・オブ・フォーチュン』のアシスタント、ヴァンナ・ホワイトの真似をして言った。「名前はシャーリー。われわれは〝ビッグ・ママ〟と呼んでいます」

「きれいだわ」

「いい車を正しく評価できる女性は最高だな」ジャックはアンを先導し、パスワードを入力してドアを開けた。「どうぞ。全部コンピュータのなかに入ってる」

会議スペースは講堂のようで、演壇とスクリーンに向かって二十以上のテーブルが置かれていた。片側にはジャックと身体的特徴が似た男たちが十人ほど集まり、ノートパソコンを操作している。電子ボードとホワイトボードの両方があり、人員の配置に関するメモや予定表などが掲示されていた。さまざまな年代のチームの額入り写真が黒い星条旗のまわりに掲げられ、ガラス製の展示棚には殉職した隊員たちを記念してバッジが並んでいる。

アンが入っていくと、部屋にいた男性たちと女性ふたりの全員が顔をあげた。彼らはプロの目ですばやく状況を判断し、それぞれの仕事に戻っていった。

「こっちだ」ジャックが一台のノートパソコンのところへアンを連れていった。「さあ、オリー・ポッパーとご対面だ」

アンはオフィスチェアに腰をおろした。「本名じゃないわよね」

「その名前で通ってる。都合がいいんだろう」

逮捕時に撮影される顔写真には、長い黒髪で目の飛びでた二十代の白人男性が写っていた。覚醒剤の常用者らしく、皮膚がでこぼこになっている。

「ふん、かわいいもんだな。母親に溺愛されてそうだ」ジャックが別の画像を呼びだした。「これがやつのコレクションだ」

「なんてこと」アンは画面に顔を近づけた。「これは……」

映しだされているのはどれも幅が三メートル、奥行きが四メートル、天井の高さが三メートルくらいのよくある狭い部屋だが、窓の形状が異なっており、すべてに大量のオフィス機器が詰めこまれていた。まるでオリーが電話やデスクトップやノートパソコン、プロジェクターの返品センターでも経営しているかのように。

「こんなにたくさん、どこで手に入れたの？」アンは頭を振った。「尋常じゃない数だわ」

「やつのために仕事をする仲間が国じゅうに存在すると見ている。車上狙いや公共の場所での置き引きといった、ちょっとした窃盗を働くやつらから品物を集めて、売り上げの一部を分け前として渡していたんだろう」

「いったい誰が彼から買うの？」

「ｅＢａｙで扱われていると聞いたことがないか？　オークションサイトはほかにもある」

「だけど大変な作業よ。ひとつひとつサイトに掲載しなければならないでしょう？」

「過剰在庫としてまとめ売りしていたらしい。やつのオンラインの口座にアクセスする捜索令状を請求してるところだ」

アンは椅子の背にもたれた。「倉庫火災とどう結びつくの？　逮捕状は別の容疑で出たわけだし」

「それで問題が発生したんだ」ジャックが別のキーを押した。つい先ほどまで見ていたものと同じらしい部屋が画面に現れたが、室内はほとんど空っぽだ。「警察が来て捜索される前に、証拠を片づける必要に駆られた。やつは埠頭近くの空き倉庫に詳しい。そこで麻薬を売ったり使用したりしていたからな。常連客にとっては都合がいい地区だ」

「盗品をそこへ運んだのね」

「そして建物のひとつを選ぶ」

「それで火をつけるの？」アンはジャックを見つめた。「問題を解決するには効率が悪い方法だと思うけど」

「ほかに選択肢があるか？　自宅の裏庭に埋める？」ジャックも椅子の背にもたれた。SWATのTシャツの下で、がっしりした肩が動くのがわかった。「つまり、こういうことだ。やつは頭がまわる。誰かを殺すことはしたくない。罰を逃れるのが難しくなるからな。倉庫が使われていない可能性はかなり高い。それにあんなところで誰が目撃してる？　自分につながる証拠を消すのに、それ以上の方法があるか？　プラスチック部分が溶けてシリアルナンバーが消え、ハードドライブが壊れるんだ。追跡は不可能になる」

「放火の経験はあるの？」

「経験が必要か？　ガソリンなら至るところにある。火をつけたマッチを投げこんで、あとは逃げるだけだ」

アンは土曜に行ったアパートメント火災の現場を思い起こした。「そうね。だけどあれだけ大量のものを、どうやって移動させたのかしら？」

「麻薬をちらつかせれば、安い労働力が手に入ると思わないか？　手段、動機、機会がそろってる」

「状況証拠でしかないけど」

もっともらしく文句をつけているだけだと自分でもわかっている。だが、どうしても失敗したくなかった。リプキンを逃がしたくない。あの悪党はアンの母や腕のことを持ちだして、個人攻撃を仕掛けてきたのだから。

「オリーに面会して話を聞いてみる」

「わかった」ジャックが眉をひそめた。「でも、これは知っておいたほうがいい。オリーには好ましくない友人たちがいると、おれたちは見てる」

「カントリーミュージックでそんな曲がなかった？」

「実はお気に入りなんだ。それは別にして、この場合の好ましくない友人とはギャングのことだ。やつがほかに誰と関係していたか、まだはっきりつかめていない」

「教えてくれてありがとう。邪魔が入ることを覚悟しておくわ」

「慎重になる必要もある。オリーは今のところ闇取引の密売人というだけだが、背後にギャングがついてるとしたら？　きみもわかってるだろうが、オリーの動向に目を配るやつらが出てくるはずだ」

「気をつけるわ。ありがとう、ジャック」


ニューブランズウィックのたいていの消防署と同様――チャールズ・リプキンからアシュバーン署長への豪華なプレゼントである六一七分署は別にして――四九九分署が建てられたのは一九〇〇年代の初めだ。五、六年ごとに赤く塗り直している煉瓦造りの建物内には、ポンプ車やはしご車の車庫、さらにそれより小さい救急車用の車庫があった。二階には仮眠室とバスルームが、一階の奥に厨房と、食堂や休憩室として使うスペース、そして隊長のオフィスがある。

ダニーは厨房で戸棚の中身を調べていた。出勤の手続きをすませたあと、ムースはテレビの前のソファを占拠し、ドクとダフとT・Jは車庫でウエイトトレーニングを、そのほかに勤務中の六人は署内のあちこちに散らばり、装備の手入れをしたり、消防車の整備をしたり、救急車に消耗品を補充したりしていた。

ダニーは不本意ながら料理当番を買ってでた。みんなからは文句が出たが、出動指令が出るまでの待機中、何もせず座っていることはできなかった。かといって、昨日は一日じゅう農場の裏庭でアンと作業をしていたおかげで、バーベルをあげるトレーニングはする気になれない。

メニューが思い浮かばず、ダニーは戸棚から冷蔵庫に移動してドアを開けた。卵と牛乳、残り物とチーズのかたまりを目にしてもぞっとするばかりだ。消防署に勤務して何年にもなるのに、料理の腕がほとんどあがっていない事実を認めざるをえない。料理当番がまわってくるたび、ダフもこんな気持ちになるのだろうか?

ダニーは冷凍室のドアを閉め、裏口から外へ出て煙草を吸おうと決めた。そのあいだにメニューを考えよう。今日はダニー以外に十人が出勤している。出動警報が鳴らず、訓練もなければ、二時間半は考える時間があるはずだ。

それでも思いつかなければ、サンドイッチにすればいい。冷蔵庫には薄切りのハムやチーズ、レタスが充分にあった。戸棚には新しいマヨネーズの瓶も。ポテトチップスも入っていた。デザートにはアイスクリームを出せばいい。

どうやら問題は解決したようだ。

「どこへ行くんだ?」ムースがソファから声をかけた。「これは見逃せないぞ。現実から目をそむけている義理の母親に、フィルがたっぷりそれを見せつけてやるところだ」

ムースは悩み相談番組の『ドクター・フィル』が大好きなのだ。自分の妻との接し方のヒントを求めているのかもしれない。

「ちょっと裏へ行ってくる」

「いいかげん煙草をやめるべきだ」

「おまえこそビールをやめるべきだろう。それができたら聞く耳を持ってやる」

「くそったれ」ムースが楽しげに応じた。

裏口はフェンスで完全に囲われた駐車場に通じていて、隊員たちの車が金網沿いに停められている。今日は太陽が見えなかった。昨日より寒い。

ダニーは煙草に火をつけると煉瓦にもたれ、ブーツを履いた片方の脚を建物の壁面にかけた。

そのとき急に携帯電話が鳴り、パンツのポケットを探った彼は慌てるあまり、もう少しで下着のなかに煙草を落とすところだった。アンがかけてきたなら――。表示を見たダニーは眉をひそめ、出ないでおこうかと考えた。「もしもし」

沈黙が広がる。「それがわたしに対する口のきき方なの？」

「ディアンドラ、いったいなんの用だ？」

「あなたと話したかったのよ」衣《きぬ》ずれの音が聞こえる。「声が聞きたかったの」

「こんなことはやめてくれ」

「どうしてよ」

「きみがムースと結婚しているからだ」ダニーは煙草を吸いこんだ。「勘弁してくれ、ディアンドラ」

「言ったでしょ。あなたと結婚したかったの」

「そんなことは絶対に起こらない。もうかけてきても出ないからな。わかったか？こんなばかげたことは終わりに――」

「どうして？　あなたがアンとつきあってるから？」

「違う。きみがおれの好みのタイプじゃないからだ」

「以前は好みのタイプだったのに」ディアンドラがテレフォンセックスのオペレーターのような声色になる。「わたしとするのが好きだったじゃない。ねえ、わたしが欲しいんでしょ、ダニー――」

裏口のドアからムースが顔を出した。「ベイカー隊長が金曜のアパートメント火災の確認をしたいそうだ」

「今、行く」

電話の向こうからディアンドラが割って入った。「わたしがあなたをイカせてあげる。覚えてるわよね、ダニー？」

ムースが署内に戻った。ダニーはこのふたりにはうんざりだった。「これ以上かけてこないでくれ。もしまた電話をかけてきたら、きみの夫に話す」

「話せばいいわ。どうでもいいもの。あんな田舎の家にも彼にも、もう我慢できない。何もかもがひどい間違いだった」

「それなら自力でなんとかするんだな。おれは自分の問題で手いっぱいだ」

「彼女はあなたのものにならないわよ、ダニー」ディアンドラの声が彼もよく知る残忍さを帯び、口調全体が鋭くなる。「アンは絶対に、わたしのようにはあなたを欲しがらない。あなたの真実を知ってるから、そんな気になるわけないのよ」

「偽物の胸の女がよく言うな。悪いが、真実だとか偽りだとかに関してきみの意見を聞くつもりはない」

「そんなことを言うなら、こっちにも考えがあるわ」

「おれよりきみのほうが失うものは多いぞ」

通話を切り、ダニーは建物の壁に頭を打ちつけた。ディアンドラは絶対にかかわるべきでない相手だった。昔からよくあるように、ふたりはバーで出会っていい雰囲気になった。当時のダニーはアンと結ばれる可能性はないとあきらめていて、ディアンドラの熱心な誘いに応じてしまった。

彼にとっては一夜限りの情事、日の出とともに終わった関係だった。ところがディアンドラは納得せず、昼夜を問わずダニーの家に押しかけるようになった。それを見たムースが、困っている女性に手を差し伸べようとあいだに入った。最初は相談相手として、やがて自ら進んで彼女に利用される道具になった。

ムース以外の全員にとっては明らかな事実を、ダニーはわざわざ指摘しようとは思わなかった。ムースは〝勝つ〟必要があった。里親のもとでつらい時期を過ごし、大学をなんとか卒業したものの、ＳＷＡＴには入れなかった。ダニーやジャック、それにミックと比べると、彼らがヴァン・ヘイレンで常にスポットライトを浴びるエディ・ヴァン・ヘイレンやデイヴィッド・リー・ロスであるのに対し、ムースはマイケル・アンソニーだった。ジョン・レノンやポール・マッカートニーではなく、ジョージ・ハリスン。

有名ブランド商品ではなく、安価な自社ブランド。

まさか、ディアンドラが結婚までするとは誰も思っていなかった。その結果、今ではムースから逃れられなくなっている。自分が投げた網にかかって身動きが取れなくなったのだ。真実を知るとは、まさにこのことだろう。ディアンドラは次の着地場所が見えないうちから飛びおりるタイプではない。こうして電話をかけてくるのは、ダメージを最小限にして結婚を終わらせようとする彼女の撤退作戦だ。うまくいかないとわかれば、次の誰かに移るつもりなのだろう。

そもそもディアンドラはそのやり方でムースに行きついたのだから。

39

一日の仕事を終え、帰り支度をしているときになってようやく、アンがずっと待っていた電話がかかってきた。

受話器から聞こえる男性の声は、はきはきとして有能そうだった。「交通局の者です。埠頭周辺の監視カメラの映像が必要だとか？」

アンはデスクの椅子に座り直した。「ええ。日付はわかっているんです……そちらへ情報を送りましょうか？」

「申請の書式があるのでメールで送りましょう。二週間でお渡しできます」

「二週間？」アンはスートに目を向けた。ケージのなかで丸まっている。「もっと早く入手する方法はないんですか？」

「命令書があれば」

「六件の火災を調査中で、少なくともふたり死者が出ている。絶対になんとかしたいんです」

「いつぐらいのデータですか？」

「少し前です」

「保管期間はあまり長くないんです。三十日間だけなので」

それなのに二週間もかかるとはどういうことだろう？「わかりました。では、書式をメールで送ってもらえますか。とりあえず申請して、別の角度からもアプローチしてみます」

「ええと、申請の書式に提出先が記されているんですが、そちらではなく、わたしに直接送ってください。どうにかできないかやってみますので」

「ありがとう。助かります」

通話を終えた。何かいい方法が見つかることを願ってはいるが、どうやら第二案——強硬策——を進めざるをえないようだ。

立ちあがったアンはランチのあいだに準備したファイルをつかんだ。「すぐに戻ってくるからね、スート。そうしたら家に帰るわよ」

ニューブランズウィック市の放火調査・火災検査部は消防防災ビルの一フロアを占めているものの、窓よりドアのほうが多い、ウサギの巣穴のような狭いスペースを拠点にする調査官や補助職員の数は減少傾向にあった。ドンのオフィスは角部屋だが、見える景色はどちら側も駐車場で、豪華とは言えない。

アンが戸枠をノックすると、ドンはコンピュータ画面から顔をあげた。「今度はなんだ」そう言いつつも椅子の背にもたれ、〝世界一の上司〟のマグカップを手にする。

「喧嘩腰に見えるが」

「あなたの助けが必要なんです」

「待った。心の準備をしたい」彼は引き出しを開けて頭痛薬のボトルを取りだした。二錠のんでから口を開く。「よし、いいぞ」

アンはデスク越しにファイルを渡して一歩後ろにさがった。

ドンは書類を二度読んだ。それからアンを見あげて言った。「リプキンの倉庫の監視カメラ映像を請求する命令書が欲しいんだな」

アンはじっとしていられず、部屋のなかを歩きまわった。「これまでの五件の火災を担当した調査官たちが、まだ映像を請求していなかったなんて驚きです。責めてるわけじゃないんです。彼らはただ、倉庫の立地や建物自体に価値がなかったせいで、そこまでする必要がないと思ったに違いありません。だけど誰が倉庫に出入りしていたのか確かめる必要があります。オリー・ポッパー犯人説が正しければ、彼はかなりの量の証拠を移動させなければならなかった。乗り入れた車があったはずだし、品物を運んで火をつけた人物がいたはずです。映像があれば身元を特定できるかもしれません」

彼女はドンの向かいの、空いた椅子のひとつに腰をおろした。リプキンと話した際に彼のオフィスで座らされた、コード付きの椅子を思いだす。

「考えているのはそれだけじゃありません。リプキン開発は巨大企業で、あの男は偏執的なほどセキュリティや監視を気にしている気がします。だからもしかすると、ハードドライブやノートパソコンを処分したのはリプキン本人かもしれません。コンピュータからメモリを完全に消すことはできないけど、溶かしてしまえばもちろん話は別です」

ドンがファイルを閉じた。「リプキンに絞りこんだんだな」

「それとオリーに」

「主にリプキンだろう。自分の仮説を裏づける情報だけにしがみつくな」ドンがペンを手に取り、書類の一番下にサインする。「だが、その熱意は評価する、アシュバーン」

「ありがとうございます。今からこの書類を裁判所へ持っていくつもりです」

アンが自分のオフィスに戻ると携帯電話が鳴っていた。留守番電話に切り替わる寸前で通話ボタンを押す。

「兄さん？」

トムが電話をかけてくるのは、何かよくないことが起こったときだけだ。

「もしもし？」無言の相手に応答を促す。

「今から父さんと母さんの家で会えるか？」

アンは眉をひそめた。「声が変よ。大丈夫？」

「向こうで会おう、いいな？」

「ええ、いいけど……十分もらえない？　まだオフィスにいるの」

倒木で傷んだ家の修理に、予想以上に費用がかかるとか？　あるいは……ほかの理由は思いつかない。

「母さんも来るの？」

「いや、おまえとぼくだけだ」


子どもの頃に住んでいた通りへ車を進め、周囲の家々を見まわしたアンは驚いた。現在の住まい周辺とてもよく似ている。どうして今まで気づかなかったのだろう？

それより、最後にここへ来たのはいつだった？

数年前だ。

なぜわたしはこういう暮らしをしていないのだろう？　アンの父は今の彼女が稼いでいる金額と――物価上昇率を差し引いて――ほぼ同じ給料で一軒家を購入した。アンには妻もふたりの子どももいないのに。もちろん父も最初はそうだったし、初めのうちは母も働いていて、幼稚園教諭の補佐の給料を家計に入れていたのだが。

なんてこと……まだ淡い青のままなのだ。

二階建ての家は一九六〇年代後半に建てられたもので、当時は外壁が白く塗られていた。だが母は飾り立てるチャンスを逃さなかった。そういうわけで青い家が誕生し、今に至っている。誰も拾いたがらないイースターエッグのような青い色の家が。

アンは自分のスバルを私道に入れ、兄のＳＵＶの後ろに停めた。「スート、長くはかからないわ。さっき外へ出たから大丈夫よね。わたしが必要な事態になったら吠えて知らせて」

太陽は出ておらず、気温は十度なので、スートを車内に置いておいても問題ないだろう。だがアンは念のため、全部の窓を少し開けておいた。

車を降りて、二階を見あげる。両親の部屋は右側に、彼女の部屋は左、兄の部屋は奥だ。真ん中は兄と共有していたバスルーム。一階にはリビングルームとキッチン、ポーチや裏庭に続くファミリールームがあった。

茂みはどれもきちんと刈りこまれていた。玄関へ通じる道には一本の雑草もない。芝生は手入れされ、まるでカーペットのようだ。

アンは玄関に近づくと、外側の防風ドアを開けて腰で支え、キーホルダーを探った。指先が正しい鍵を見つけだす。実家の鍵を持ちつづけるのは奇妙な感じだ。失われたすべてを象徴するものなのに。父はもはやアンが思っていたような英雄ではなく、母はアンには理解できない弱い人だとわかった。

ああ、以前と同じにおいがする。アンの母は香り付きのキャンドルが、それも甘い花の香りがするものが好きなのだ。家のなかはクチナシとユリの辟易《へきえき》するほど甘い香りが充満していて、まるでキャンドルショップのようだった。

ここから帰ったあとも、一時間はこのにおいにつきまとわれるだろう。

「兄さん?」アンはなかに入ってドアを閉めた。「どこ?」

リビングルームは以前と変わっていた。なじみのある家具が別の位置へ移されている。カーテンも違うものに取り替えられていた。今度はピーチ色。ラグも新しい。

それでもナンシー・ジャニスらしさは同じだ。

「兄さん？」

かすかに返事が聞こえたので、アンはキッチンへ向かった。そこも変化があるに違いないと想像しながら足を踏み入れる。しかし何も変わっていなかった。母は古臭いマツ材のキャビネットや、『スター・ウォーズ』に出てくるストームトルーパーのように真っ白な台所用品には、リフォームの意欲をかきたてられなかったらしい。最近は灰色やステンレスが流行りだと知らないのだろうか？

だがよく考えてみるとこの家は、母だけがいいと思っている青色だ。流行りだとか他人の意見だとかは、あまり気にしないのかもしれない。アンは母がどう思っているのか、一度も尋ねたことがなかった。これから尋ねるつもりもない。

裏のポーチへ続くドアがわずかに開いていたが、先にファミリールームの平屋根の傷み具合を、家の内部から確認することにした。倒木はすでに取り除かれている。天井には石膏ボードが貼られ、新しい白木の枠に窓がはめこまれていた。

いい仕事だ。六一七分署の誰がしたのだろう？　きっとリッツォに違いない。彼は大工仕事が得意だ。

おそらく無料でしてくれたに違いない。ニューブランズウィック消防局は消防士の遺族の面倒を見る。だから夫を亡くした母は、配管工も、屋根葺き工も、電気工事業者も、大工も呼んだことがない。家族の延長と見なし、誰かがすぐに手を差し伸べてくれるのだ。

アンがポーチに出ると、兄はバーベキューグリルのそばのローンチェアに座っていた。膝の上で両手を組みあわせ、脚を広げて、目は芝が茶色くなった部分に向けられているが、焦点がまったく合っていない。着ているニューブランズウィック消防局のTシャツにはおがくずがついていた。濃紺のワークパンツにも。ブーツは乾きかけた泥でまだらになっている。

トムの背後に、修理が施された家の外壁が見えた。色を塗っていない羽目板は、まるで治りかけの傷のようだ。

「兄さんが修理したのね」

アンが声をかけると、トムは驚いたようにびくりとした。だが兄はアンのほうを見ようとはしなかった。「そうだ」

彼女は眉をひそめて近づき、トムの隣の椅子に座った。この二脚のローンチェアは、ラウンジチェアやふたつの小さなテーブルと一緒に、冬が来る前にしまわなければならないとふと思う。グリルはガレージへ、向こうにあるブランコはそのままにしておく。

これまでもそうだったように、屋外用の家具の入れ替えは、季節ごとに毎年行われる。それらが使われなくなったり、修理が必要になったりするまでは。

トムに視線を向けたアンは、冷たい青の目に不安をかきたてられた。トムがじっと動かないことにも。「母さんが病気なの？　それとも兄さんが？」

「なんだって？」トムがようやく妹を見た。「いったいなんの話をしているんだ？」

「はっきり言ってよ。そんな様子の兄さんは見たことない」

「おまえはぼくが……」トムは咳払いをした。「ぼくは扱いにくいと思うか？　その……すべてにおいて」

アンは驚いて眉をあげた。一瞬、言葉を失う。なんの話をするつもりかといろいろ想像したが、こんなことを言われるとは思いもしなかった。

これっぽっちも。

40

背筋を伸ばし、一時的に言葉を忘れてしまったかのように目を見開くアンの姿を見て、トムは答えを察した。沈黙が続いているのは、適切な伝え方を見つけようとしているからだろう。

慎重を期そうとして。

もう充分答えになっている。

「つまりイエスなんだな」彼は小声で言った。

ああ、疲れた。マホーニー市長と会って、あの尖《とが》ったスティレットヒールで奈落の底に蹴り飛ばされた気分になった。以来あまり眠れていないが、それだけが理由ではない。トムは心の底から疲れ果てていた。

「いったいどこからそんな考えが出てきたの、兄さん？」

「ちょっと疑問に思っただけだ。ただ……考えていた」

沈黙が広がり、トムは待った。妹は衝突を避けようとするタイプではない。だからはっきりと答えを口にするだろう。最後には。

「兄さんは難しい相手になりうるわ」しばらくして、アンが言った。「自分のやり方を優先させて、それ以外は受け入れない傾向がある」

「みんなの安全を確保しなければならないんだ。現場では毎日、命が危険にさらされている。ものごとが確実に正しく行われるようにしなければ――」

アンが手のひらを向けて制した。「ねえ、わたしの意見を聞きたくないなら、そもそも質問するべきじゃないわ」

「すまない」トムは汚れた手で顔をこすった。手についたおがくずが入って目がチクチクする。くそっ、このあたりで話題を変えたほうがよさそうだ。「ところで、この家はもう母さんが戻っても大丈夫だ」

「そうみたいね」

「おまえはほっとするに違いないな」

「たぶん」

今度はトムが驚く番だった。「一緒にいたくないんじゃないのか?」

「まあね。でも何よりも安全でいてほしい。心配してるのはそこよ」

「滑って転ぶ恐れのある年寄りじゃないんだぞ。今夜にでも戻れる」

「セキュリティシステムは完全に機能してるの？」

「まだだ。警備会社が来て、新しい窓にシステムをつなぐ必要がある」

「じゃあ、それが終わるまでわたしの家にいればいいわ」

遠くで犬が吠え、右隣の住人が仕事から戻ってキアをガレージに停める音が聞こえた。茂みの向こうからこちらが見えないといいのだが。人がいると気づけば、隣人は倒木の話をしようと近づいてくるかもしれない。

「大丈夫？」アンが尋ねた。「兄さんのことが心配だわ。静かすぎる」

「いや、大丈夫だ。問題ない。手に負えないことは何もない」

「わかった」再び沈黙が広がる。「さっきの話だけど、本当に続けたくない？」

「ああ」

内心でトムは気づいていた。彼と妹は互いに影響を及ぼさないための標準的な手順として、ふたりのあいだに仕切りを立てているのだ。トムは病院のベッドに横たわるチャベスのことを考えた。それからむちゃな単独行動を取るダニーのことと、チャッキー・Pの飲酒問題のことを考え、普段は固く閉ざしている心の扉を開かなければならない気持ちに駆られた。

だが自分の人生に関することはだめだ。そう、やはり今夜は無理だ。ちくしょう。「どうして母さんをそれほど嫌うのか、教えてくれないか？」トムは尋ねた。アンが拒絶の言葉を口にする前に、首を振って続ける。「理解したいだけなんだ。おまえの気持ちを変えさせようとか、非難しようとして訊いてるんじゃない。ただわからないんだ。理由を知れば、母さんのことでおまえをいらだたせずにすむかもしれない」アンが兄の視線を避けてグリルのほうへ目を向けるのを見て、彼は肩をすくめた。「言いたくないというなら、それでもかまわない。おまえの問題だ」

振り返ったアンの目には、紛れもないショックが浮かんでいた。管理者として失格だと、市長に痛烈に非難されたことを思いだす。くそっ。ぼくには本当に問題があるらしい。

まるで、ひどく重いものを持ちあげる心の準備をするかのように、アンが深呼吸をした。「葬儀の二日後、兄さんがアーロンおじさんと自転車旅行に行ったときのことを覚えてる？　もともとは父さんが一緒に行くはずだった」

この話の流れで〝葬儀〟と言えばひとつしかない。トムはあの日のことを思いだすのが苦痛だった。制服に身を包んだ何百人もの消防士たちが、国旗で覆われた父の棺を運ぶ消防車の後ろを歩いていた。赤い目をした母は痛ましく、トム自身は大学を卒業したところで、秋には消防学校へ入ることになっていた。

アンは……当時まだ十三歳だったにもかかわらず、泣くのを拒んだ。

今まで深く考えもしなかったが、トムは妹が感情をあらわにしないことを父への冒《ぼう》瀆《とく》だと受けとめていたようだ。そのせいで、あの日からずっとアンに腹を立ててきた。

現在に意識を戻す。「あの自転車の旅は慈善基金を募るためのものだった」父の親友のアーロンと、必死にペダルをこいでコネティカットじゅうを走った記憶がよみがえる。ふたりとも父が亡くなったことに対する怒りを、リボンのごとく延びる田舎の舗装道路にぶつけたのだ。「千五百ドルほど集めた」

「わたしは家に残った」

「行きたがっていたな」

「女の子だから許されなかったの」アンは怒りに顔をこわばらせている。そういえば、これから車を運転しようとするときのような、こういう張りつめた表情をのぞかせていない顔のほうが珍しいかもしれない。「兄さんたちは次の日の夜に帰ってくる予定だった」

「キャンプ場で一泊することにしたんだ」

「ええ、そうね」

長い沈黙が広がる。「それで?」

「翌日の午後、家に女性が来たの。若かった。きれいな、町の人だったわ。でもその女性は半狂乱になっていて、母さんは彼女をなかに入れた。話し声が聞こえたから、わたしはこっそり階段をおりて聞き耳を立てた。その人は妊娠していたの。父さんの子だって」

トムの背筋を冷たいものが駆けおりた。「いったい何を……その女性は何者なんだ?」

「父さんの恋人。彼女は母さんにそう言ったわ」

頰を張られたかのように、トムは目をしばたたいた。「なんてことだ……母さんはどうした?」

「驚いていなかった」

「なんだって?」

アンは肩をすくめてローンチェアにもたれかかった。「きっと初めてのことじゃなかったんだと思う。つまり、家に女性が現れるのが。その人は、死んだ消防士の子どもを産むこととは違う結果を望んでいるみたいだった。お金が欲しかったの。中絶費用が。もうすぐ二十歳になるところだったわ」

事を大げさに言っているか、誤った憶測をしているか、嘘をついているか、それらのしるしを探してトムは妹を凝視した。

「わたしはそれまでずっと、あの人に感心してほしくて努力してきたの」アンが言った。「それなのに、十九歳の女性を妊娠させた？　しかも母さんは……その人にお金を渡した。動揺すらしてなかったわ。まるで庭の手入れをしてくれた人に代金を支払うように。わたしはひと晩じゅう眠れなかった。その時点で、両親とのつながりがなくなったように感じた。いずれにしても、母さんとはそれまでも共通点がひとつもなかったけど。いつもわたしにフリルや花柄のワンピースを着せようとしたり、ダンス教室に通わせようとしたり。わたしはそんな母さんにうんざりしてた。でもあの出来事のあとは、尊敬の念を失って完全に失望したわ。あそこまで裏切られて踏みにじられておきながらただ受け入れるなんて、母さんときたらまるでドアマットじゃない？　叫べばいい！　物を投げつければいい！　ひとり立ちすればいい。以前も同じことがあったのならとりわけ、あんなろくでなしとは別れればいい。自分の人生なのに、声をあげず言いなりになるなんてだめよ。母さんは夫が散らかした部屋を、ただいつもどおり後片づけしたかのようだった。いったいどうすればそんな自分に耐えられるの？」

十九歳だと？　トムは愕然とした。十九歳。

当時の父は今の自分より年が上だった。そんな若い子と関係を持つと考えただけで胃がむかむかする。

「父さんに関して」アンは首を振った。「わたしはそれ以上の嘘を受け入れることはできなかった。消防署では、燃えている建物に飛びこんで人々を助けたり、ペットを救出したりする英雄だと思われていた。ところが実際は、高校を出たばかりの若い女性が好みの女たらしだとわかったの。わたしはそれまでは父さんみたいになりたいとばかり思ってたのに、急に目標を失った。誇れるものが何もなくなってしまったのよ。あのふたりはわたしをこの世に送りだしてくれた。それについては借りがあると思う。でもふたりとも好きにはなれない。進んでかかわりあいになりたくはないわ」そこで悪態をつく。「一日の終わりに、あの人はティーンエイジャーとベッドをともにしていた。それを許したのは母さんだわ。しかも初めてじゃなかった。あまりにも醜悪すぎて、わたしはわざわざ理由を探して正当化しようなんて思えない」

トムは口を開いたものの、再び閉じた。もう一度、何か言おうとしたが……やはり無理だった。

「兄さんは知らなかったでしょう」妹が静かに言った。

トムはただ頭を振ることしかできなかった。「こんなことを言うのは間違ってるだろうか？　英雄のイメージでいてくれたほうがよかった」

「いいえ、正直な気持ちだわ」

「その女性が誰か知ってるのか？」

「いいえ、それ以前に見かけたことはなかった。それにわたしの知る限り、また訪ねてくることもなかった」こわばっているのか、アンが首の後ろをこする。「ほかに何人いると思う？　あれが初めてじゃなかったはずだもの。あの女性の場合は最悪の事態だった。いつもの女遊びのパターンの」

背が高くてたくましい消防士姿の父が目に浮かぶ。アンと同じで、トムもその記憶をよりどころに人生を築いてきた。しかも父が早くに亡くなったせいで、記憶は美化されていった。

まるで神のようにあがめていた。

だが聖書にも書いてあるじゃないか。誤った偶像を崇拝してはならないと。

ようやく両親の家をあとにしたものの、アンは兄をポーチにひとり残してきたことが気になっていた。頭の上に爆弾を落とされたにしては、トムはあまりにも落ち着いていた。

抑えつけていた怒りがついに爆発して、洗いざらい話してしまった。自分の車に乗りこみながら、アンは疑問を抱きはじめていた。これまで黙っていたのは正しいことだったのだろうか。ずっと事実を隠蔽してきた母と変わらないのでは？　そう考えると、兄にはもっと前に話しておくべきだったと思えてくる。

だが、打ち明ける機会はなかった。兄はアンと同じで、個人的な事柄になると、有刺鉄線を張りめぐらせたフェンスの向こうに心を閉ざしてしまう。

とにかく、やっと正しい行動を取ることができた。カーテンを開けて真実を明るみに出し、嘘を終わらせたのだ。

それなのに、どうしてこんなにひどい気分なのだろう？

見覚えのある通りに車を走らせながら、アンは過去にとらわれていた。子どもの頃、兄のあとを追いかけたが、女の子だからという理由で仲間に入れてもらえなかったことを思いだす。最後はいつも母のところへ追いやられ、男の子の遊びの代わりにチアリーダーをさせられた。アンには変えられず、自らが選んだわけでもない性別のせいで。

母にとっては、まったく問題なかった。対等な相手ではなく、自分のかわいらしい所有物として娘を育てることに満足していた。

そうしなければナンシー・ジャニスに光があたり、自分がどれほど憐れな存在か、直視せざるをえなかったからだろう。

今さら母にそのことを認めさせるつもりはアンにはなかった。自分は今はもう好きなように家具を動かし、服を選んで生きられるのだから。

父の葬儀に関して言うと、亡くなった仲間をたたえて厳粛な顔をした消防士たちがずらりと並んでいたあの午後が、アンがアシュバーン家の一員であることを誇りに思えた最後のときだった。セント・メアリー教会でのミサのあと、アンは母とトムとともにリンカーン・タウンカーに乗りこみ、家族の墓があるカトリックの墓地へ向かった。

兄はまわりを寄せつけない態度を取り、アンは女の子のように泣かないと決意していた。ナンシー・ジャニスは子どもたちの息がにおわないようブレスミントを与えることしか頭にないらしかった。

母にとって重要なのは、衛生状態と、他人に与える印象だけだった。

寒くて身が縮こまる春の日だった。空には太陽が出ていたが、風がコートを突き抜けてしみこみ、鼻や耳が凍えた。ミントの香りをさせながらリムジンを降りたあと、黒い服に身を包んだアンは、同じく黒い喪服を着た母と、黒いスーツ姿の兄と並んで、掘られたばかりの暗い墓穴の前に立った。棺を運んできた消防車は生前の父が乗りこんでいたもので、黒い国旗がかけられていた。

つき添ってきた消防士たちは、全員が目に涙を浮かべていた。

だがアンは違った。父の棺が消防車から降ろされ、父を待ち構える墓穴の上に移されても、彼女の内の小さな女の子が途方に暮れて嘆き悲しんでいても、周囲に合わせて泣くことを拒んだ。

アンは葬儀に参列していた消防士たちのなかに女性の姿を探した。そして二百人ほどの制服を着た人々のあいだに四、五人の女性を見つけて安堵した。自分にも消防士になれる可能性があるとわかったからだ。

ついにトムが泣いた。それでもアンは泣かなかった。黒の祭服を着た神父が聖書の一節を読み、アンの英雄であり一家の長である父が冷たい土のなかへおろされていくのを見ても、アンは涙を流さなかった。

その数日後、妊娠した女性が家に現れたのだ。

女性は一時間ほど滞在した。会話が終わり、五百八十二ドルの費用が支払われることになり、小切手でいいかというやり取りがなされ、母がキッチンへ財布を取りに行くと、アンは忍び足で自分の部屋へ戻った。

ベッドのそばの窓から前庭が見えた。家の向かいに停まっている安っぽい車は、あの女性が乗ってきたものだろう。

やがて家を出た女性が車のほうへ歩いていった。ジーンズのポケットに小切手が入っている。車に乗りこんだ女性が振り返り、アンはそこで初めて顔を見た。何もかも嘘だったとすれば、見事な女優だと言える。

女性は激しく泣いていた。これから運転できるとは思えないほどの苦痛の表情を浮かべて。

違うとアンは思った。あれは嘘ではない。

ふとわれに返ったアンは、無意識に自分が向かっていた先に気づいて悪態をついた。四九九分署だ。過去に気を取られているうちに、体が勝手に動いて来ていた。

ここは父にとっての家でもあった。

スバルを停め、座席の背にもたれて、アンは道路の向こうに目を向けた。古い消防署の建物が、灰色の空を背景に立っている。窓に汚れはなく、歩道の落ち葉は掃き清められ、車庫のシャッターはおりていた。

おそらく出動しているのだろう。待機中なら、たとえ気温が低くても、新鮮な空気を取り入れるためにシャッターが開けられているはずだ。

過去が再び戻ってくる。まるで同乗者として助手席に乗りこんできたかのように。

トムが葬儀のあとに出かけた自転車旅行から帰ってくる頃には、アンは両親をふたりとも憎むようになっていた。父は英雄ではなく不誠実な女たらしだとわかり、母は立ち向かう勇気のない意気地なしだとわかった。それから十二年、アンはあのときの怒りに感情のすべてを封じこめて生きてきた。

ただ……今になってあらゆる状況を考えてみると、真実はもっと複雑なのかもしれない。

何年も思いだしていなかった、ぼんやりした記憶がよみがえってくる。長いシフトを終えて父が帰宅したこと、母の落胆する顔にもかまわず、すぐに着替えて〈タイムアウト〉へ向かったこと。ナンシー・ジャニスが裏庭に花を植えたのを見て、芝生のスペースが無駄になったと父が嫌みを言ったことははっきり覚えている。

両親のベッドルームの閉ざされたドアの向こうから、料理や掃除や買い物の仕方がなっていないと妻を怒鳴りつける、父の大声が聞こえてきたこともあった。ビッグ・トムは軍隊経験があり、家で父の管理下に置かれないものはひとつもなかった。裏口に靴が脱ぎ捨てられたままになっていれば？　子どもたちは叱られない。

悪いのはナンシー・ジャニスだ。

今、振り返ると、めったに家にいなかったにもかかわらず、家じゅうのことに父が口出ししていたのは、妻を怒鳴りつける口実にすぎなかったのだろう。妻を、苛酷で危険な仕事で覚えた怒りと不満のはけ口にすることを、正当化していたのだ。

そんなふうに扱われて、母はほかにどうすればよかったというのだろう？

ドアマットにされることに順応したとしても、責められないのかもしれない。

おそらく……それが生き延びるすべだったのだ。

41

「助けて……息が……できない」

ダニーはしゃがみこみ、横から衝突されてTボーンの形になった車の、側面の窓から車内をのぞいた。運転席にいるのは六十代後半と思われる女性で、衝撃でドアの内側に頭をぶつけたらしく、白髪に血がついていた。

「これからあなたを外へ出しますから、心配しないでください。名前は?」

「シルヴィアよ。孫娘が――」

ダニーはうなずいた。「もうチャイルドシートから降ろしました。大丈夫。次はあなたの番です」

事故は四車線の交差点の真ん中で起こった。この女性は青信号を西へと向かっていたのだが、東行きの車が左折禁止の赤い矢印を無視して猛スピードで突っこんできた。激しくぶつかられた彼女の車は押しだされ、舗装道路を外れて路肩に乗りあげた。

「息が……できないの……」

「ちょっとうるさくしますよ。がんばって、シルヴィア」油圧式スプリッターを持ちあげ、楔形《くさびがた》のふたつの先端をドアのつなぎ目に押しこむ。耳に響くキーキーという音とともに、めちゃくちゃにつぶれたドアと車体のあいだに隙間が空きはじめた。あとはドアを引きはがせば、シルヴィアの姿が見えるようになる。

もはやドアとして役に立たなくなった金属のかたまりをダニーが邪魔にならない場所へ放り投げると、救急医療チームが駆け寄ってきて、被害者の状況を見積もりはじめた。ぶつかったほうの車も同様につぶれてビリヤード玉のようになり、道路を外れて雑草のなかに転がっている。そこから少し横に離れて立つ運転者は、黒いシャツがエアバッグの白い粉まみれで、顔が赤く腫れていた。

あそこまで行って、拳を見舞って鼻の形を変えてやりたい気分だ。

ダニーはシルヴィアに注意を戻した。口を開け、顔をしかめて息をあえがせている。ドアのつぶれ具合から判断して、おそらく肋骨が一、二本折れているだろう。気胸か血胸が原因で、胸腔内に空気や液体がたまっているに違いない。あるいは両方かもしれない。頭の傷は出血はあるものの表面だけで、さほど重症ではなさそうだ。

彼女は助かる。

少なくとも……助かる可能性はあるはずだ。だが潜在的な疾患があるとしたら？　肺血栓だったら？

あるいは筋梗塞なら？

太陽の最後の光が空から消え、迂回を余儀なくされた車のヘッドライトがまぶしく光る。心臓が激しく打ちはじめ、ダニーは救急車の一台に視線を向けた。照明に照らされた車の後部では、恐ろしげな医療器具を持った見知らぬ人に囲まれて、シルヴィアの四歳の孫娘が泣きわめいている。

祖母と自身に起こった出来事に怯えているのだ。それもこれもすべて、愚かなやつが急いだせいだ。こんな光景を――道路交通法より自分の都合のほうが重要だと考えるろくでなしによって、罪のない人々の人生が妨げられる光景を――いったい何度目にしてきただろう。

「ダニー？」

モーターオイルのにおいが充満するなか、自分の名前を呼ぶ声を聞いて、ダニーは振り返った。パトカーの閃光灯に目がくらむ。見えるのは、防火服とヘルメットを身につけた、背が高く肩幅の広い男の姿だけだ。現実がゆがんでよじれ、もはや連続的ではなくなり、渦を巻いてまわりはじめる。

「ジョン・トーマス？」目の前にいるのが死んだ双子の兄だと気づき、ダニーは息をのんだ。

「なんだっていうんだ？」ムースが近づいてくる。「ダニー、何を言ってる？」

「すまない」ダニーは体を震わせた。「なんでもない。どうした？」

ムースは、現場に到着していることにダニーが気づいていなかった平台型のトラックを指さした。「あのトラックがバックして、おまえが轢《ひ》かれそうになっていたから。見えてないみたいだった」

バックランプがともり、トラックが再びシルヴィアの車のほうへバックしはじめた。ダニーは周囲に注意を払いながら、初めからそうするつもりだったかのようになんでもないふりをして、取り外した車のドアを拾いあげた。くそっ。いつのまにか現場の作業がかなり進んでいることに気づき、不安を覚える。もう一台の事故車はすでに牽《けん》引《いん》されていったようだ。ダフがライトで照らしながら、もれたオイルの上に砂をまいている。パトカーは車の迂回を解除しようとしていた。

分署へ戻る消防車のなかで、ダニーは窓をさげて外を見つめた。ほかの者たちは、もうすぐ行われるニューイングランド・ペイトリオッツの試合について話している。ダフは女と寝たいと言い、ムースは自分のダッジ・チャージャーの話をして、ドクはハンドルを握りながら鼻歌を歌っていた。

仲間たちのいつもの様子を確認し、ダニーは自らを安心させた。自分は実際にこの世にいて、彼の脳はまだ現実を把握できているのだと。

やがて消防署が近づいてきた。こんな調子で、残りのシフトを乗りきれるだろうか——。

消防車の車庫の向かいに停まっているスバルが見えるが、あれも想像の産物に違いない。しかし、そうでない可能性もある。バックで駐車するためにいったん停まった消防車から、ダニーは急いで飛び降りた。

「どこへ行くんだ？」ムースの大声が響く。

ダニーは返事をする代わりに歩きだした。近寄るとスバルの窓がさがってアンの顔が見え、ダニーは安堵した。

だが彼女の目は悲しげだ。「わたしはここにいるべきじゃない」

「いや」ダニーは言った。「そんなことはないよ」

消防署の車庫は以前と同じにおいがした。焼いたパンの香り、エンジンオイルやレモンの芳香剤のにおい。

アンは二度とここへ足を踏み入れることはないと思っていた。けれどもどういうわけかリードでつないだスートがそばにいると、すべてがたやすく思えてくる。セラピー犬はこんなふうに人の精神に作用するのだろう。

ポンプ車とはしご車のあいだで立ちどまり、今はもう使われていないポールを見あげた。てっぺんの穴は仮眠室のちょうど中央に位置しているのだが、現在は板でふさがれていた。

父の時代はこのポールを使っておりていたのだ。

「ディナーをとっていかないか?」ダニーが静かに訊いた。「たっぷりあるんだ」

アンは視線を戻して彼を見つめた。「目の下に隈ができてるわよ。疲れ果てているみたい」

「ローストビーフの残りもあると思う。ゆうべの残りだが、レアすぎた。食べるなら焼き直す」

「どんな件で出動してたの?」

「車の事故だ。道路交通法に従っていたセダンのふたりが負傷した。スピードを出して赤信号を無視した愚か者のほうは、ぴんぴんして帰っていった」

「腹立たしいわね」

高い天井に反響して遠くの話し声が聞こえてくる。知っている声だ。ムース。ダフ。ドク。アンがここに入ってきたことには誰も気づいていない。みんなはダニーが小走りで通りを横切り、彼女の車に近づいていった姿を見ていた。

アンはふいに眉をひそめた。

「ねえ、前はあそこに写真があったんだけど、覚えてる?」トレーニング機器のほうを示して尋ねる。「どこへやったの?」

「バスルームが水もれして、壁がだめになったんだ」

「写真も死んだの?」まるで生き物であるかのような言い方だ。「ええと、つまり、捨ててしまった?」

「いや、二階の廊下に移した。そのほうが安全だと判断したんだ。上階《うえ》に行って見てみるか?」

「ええ、そうしたいわ。でも、あなたが案内してくれる? その、わたしはもうここで働いてないし、隊員でもないから——」

「きみならいつでも歓迎する。どこでも」

アンはダニーの先導で、二階へ続く古い階段に向かった。緊急指令センターの周囲にいた男性たちに小さく手を振る。

なんてことだろう。ここへこっそり忍びこんで見つかった気分だ。

「よう、アン」ムースが呼びかけた。「ディナーまでいるんだろう？」

「いいえ、食べるのはあなたに任せる」

「それはきみの犬かい？」

「そうよ」

アンが本格的に会話に引き入れられる前に、ダニーが階段の下で足を止めて上を示した。階段は以前のままだった。のぼると今もきしみ、幅が狭いせいで滑り台にいるような気分になる。

二階も変わっていなかった。これまでに何度となく塗り直したビードボードの壁。シャワーブースが並ぶバスルームへの入口もまだすりガラスだ。

廊下には、額に入った写真が二十枚ほど飾られていた。大きさや額の種類はさまざまで、カラーもあればモノクロ写真もある。父が写っている写真は五枚。アンはすぐに気づいた。

ああ、兄のトムとそっくりだ。それにどういうわけか、すべての写真で真ん中にいる。父は昔からそうだった。ものごとがまわる中心の支柱、淡々と自分の役割を果たしているかに見えるリーダー。だが実際はそう見られること、その状態を維持することに必死だったとアンは知っている。

賛辞を金銭に換算できるなら、トム・シニアは自分で作りだした見せかけのおかげで、ずいぶんな金持ちになっていただろう。妻に対してしたことを除外する限りは。「実物より大きく見えるな」ダニーが静かに口を開いた。「きみのお父さんはみんなの手本だった」

アンは義手を見おろし、今感じているこの怒りはどんな性質のものだろうと考えた。自分を非友好的なタイプだと思ったことはない。ただ率直で、状況に応じて欲しいものや必要なものを手に入れようとする。

父の写真に再び目を向け、同世代の消防士たちのなかで誇らしげに立つ背の高い姿を見つめて、アンはこれまでの自分を振り返った。いかに何もかもに腹を立ててきたか、いかに長いあいだ怒りを抱えてきたか。

さらには人生を変えたあの火事のことを、チャベスと別行動を取って彼を二階へあがらせたことを考えた。自殺を試みたものの運よく一命を取りとめ、救急救命室に横たわるチャベスの姿が浮かぶ。

そんなつもりはなかったにもかかわらず、アンは気づくと振り返ってダニーに手を伸ばしていた。

抱きしめられながら、廊下に飾られた写真を見つめる。父が写っているものだけではなく、すべての写真を。

「彼は大勢の命を救ったんだ」ダニーが小さな声で言った。

でも、たくさんの人の人生を台なしにもしたのだと、アンは心の内で思った。

42

　翌朝、アンは午前六時に目が覚めた。厳密に言えば、その時間にベッドを出た。よく眠れなかったのだ。服を着替え、スートと一緒にキッチンへおりていく。スートが用を足しに外へ出ているあいだ、彼女は戸棚を開けた。

　勝手になかを触られたことを侵害ととらえて反発するのではなく、母が並べ替えた中身をじっくり眺める。缶詰はスープや野菜など、中身ごとにまとめられていた。クラッカーはスープのそばに。パスタの箱はソースの瓶の横に。

　アンはカウンターの下の引き出しを開けた。ナイフやフォークが食器洗浄機の近くに置かれている。食器洗浄機から出したあと、しまうのが楽になりそうだ。皿も同様に、同じ理由から食器洗浄機の上に置き替えられていた。鍋つかみは冷蔵庫の横ではなく、ガスレンジのそばに。

　すべてを閉じ、アンは後ろへさがった。それからスートをなかへ入れてやり、テーブルに座ってリビングルームを見渡した。ソファが遠くの壁際に配置換えされたので、もうキッチンへ入るのにまわりこまなくていい。暖炉のそばの肘掛け椅子には、ランプをのせたテーブルがぴったりくっつけてあった。本を読みたいときや刺繡《ししゅう》をしたいときは、肩越しの明かりで手元を照らすことができる。

完璧だ。

母が二階からおりてきたときも、アンは座ったままだった。テーブルをまわったナンシー・ジャニスが足を止める。母はメイクを施し、髪もきちんと整えていたが、まだ着替えはすませておらず、ピンク地に黄色い花模様のネグリジェと、そろいのローブ姿だった。スリッパまで配色を合わせている。

楽しげな表情が――あまりにいつも浮かべているので、まるで鼻や顎のように、もとからある顔の一部と思いそうになる表情が――娘の姿を目にしたとたんに消えた。

「おはよう、アン」

ナンシー・ジャニスはキッチンに入ってきたものの、入口のあたりでとどまった。母と娘のあいだには物理的な距離以上の隔たりがある。アンは母の顔にしわがあることに気づいた。肩がさがってわずかに背中が丸くなっていることにも。こめかみのあたりは、赤褐色に染めた毛の根元から白髪がのぞいていた。

年月が美貌や体の機能の衰えという形の重い税や罰金を科し、痕跡を残している。

アンは消防署の廊下に飾られた写真のことを考えた。それから父の葬儀のことを。そしてアンと兄にとっては人生をスタートさせた場所だが、両親にとってはゴールとなった、子どもの頃に暮らしていた家のことを。

「ほかには何も触っていないわ」母が両手を差しだした。「本当よ、アン」

母が左手の薬指につけている金の結婚指輪が、日光を反射してきらりと光った。

「訊いてもいい？」アンは低い声で言った。

母が近づいてきて座る。「いいわよ。なんでも」

まるで、そう尋ねられるのを何年も待っていたかのように。

「どうしてまだその指輪をつけてるの？」

ナンシー・ジャニスは体をこわばらせて視線をそらした。左手をテーブルの下の見えないところに隠してしまう。

「どうしてなの、母さん？」アンは頭を振った。指輪のことだけを問うているのではない。「なぜ？」

答えてもらえないだろうとアンが確信しかけたそのとき、母が口を開いた。「結婚は教会が神聖なものと認めたふたりのあいだの、私的な問題よ」

「子どもがいれば、もはやふたりだけの問題ではなくなるわ」

「あなたのお父さんはいい人だった。完璧ではないけれど、いい人だった」

「あの人が何をしたか知ってるのよ。母さんが口にしなくても、わたしは知ってる」

その瞬間、母の内部で崩壊が起こった。表面上は平静を保っていても、それは建物でいうと正面だけで、釘もねじも外れ、壁や天井が崩れ落ちていくのがわかった。

しばらくしてようやく絞りだされた母の声は弱々しかった。「わたしはただ、状況をよくしようとしただけなの。あなたのために。あなたの兄さんのために。わたしは自分にできることを……事がうまく運ぶように。わたしにはお金もなかった。結婚したから、高校も卒業していない。彼はわたしを仕事に就かせたがらなかった。わたしにはなんの能力もないし。今だって彼の年金がなかったら？　行く場所がないわ。どこへ行って、何をすればいいかわからない」

アンは母の向こうに見える、家具の配置を換えたリビングルームに目を向けた。そして、ランプを完璧な位置に置いた肘掛け椅子を。

「わたしには価値がないの」ナンシー・ジャニスがささやいた。「彼にいつも言われていたことよ。わたしは……無価値だって」

その悲しい言葉のなかに打ちのめされた敗北感を感じ取り、アンの目に涙がこみあげた。立ちあがり、小さなテーブルをまわって膝をつくと、母の体に両手をまわした。こんなふうにふたりで抱きあうのは初めてだと……一度もなかったと気づく。

「ああ、母さん」アンはかすれた声で言った。「ああ……」

ひどい男、と心のなかで思う。

かなり長いあいだ、ふたりはそうしていた。ナンシー・ジャニスは静かに泣き、ストートは近づいてきて、できるだけアンに近いところに座った。

しばらくして、アンは上体を起こし、両手で——生身の手と、型取りして作ったプラスチック製の手の両方で——母の手を取った。

「あなたが傷を負ったことは本当に残念だわ、アン」ふたりのつながった手を見おろして、母が言った。「ずっとつらかった。あなたが……傷を負ったと知って」

「乗り越えられたら、それはすばらしいことよ」アンは小さな声で言った。「乗り越えて、さらに強くなって再び立ちあがるのは」

母の左の手のひらを自分の義手の上にのせ、アンは反対の手で母の結婚指輪をつまんでそっと引き抜いた。部屋の向こうに投げ捨てたい気分だったが、そうはせずにテーブルに置き、母の顔に手を伸ばして涙をぬぐった。

「過去に別れを告げるべきときが来たのよ、母さん」指輪を見つめる母の目は疲れきっていた。母がどんな気持ちでいるか、アンにはよくわかった。「過去の人生と、ひどい悪夢でしかなかった過去の夢と決別するの。つらいときにこそ強さが生まれる。そして母さんは自分で思っているよりずっと強いわ。わたしが請けあう」

「強かったことなんて一度もないわ」母がきつく目を閉じて唇を噛んだ。「だからあなたに嫌われる。わたしがあなたと違って――」

「そうじゃない」アンは目に涙を浮かべてほほえんだ。「わたしは母さんの娘よ。わたしの半分は母さんなの。もう一度立ちあがることがわたしにできるなら、母さんにだってできる」

母が目を開けた。「ずっとあなたと共通点があればいいのにと思っていたの。だけど、あなたがわたしと似ていないことがうれしくもあった。あなたはわたしが知る誰よりも強い人だわ」

「家族としてふたりでがんばりましょう。いいわね?」アンは母の手を握りしめた。「わたしたちならできる。ふたり一緒なら」

43

次の日、アンはオリー・ポッパー、本名ダグラス・コンターレとの面会予定時刻の二十分以上前には、地方裁判所と拘置所がある複合施設に到着していた。金属探知機を通り、係官による手持ちスキャナーでの検査もすませたあと、彼女は詳細な指示を受け、コンクリートとガラスでできた迷路のような内部を進んで北西の角へ向かった。それにしても、人の行き来が多い。何百人という人々が、ショッピングモールくらいある施設内を歩きまわっていた。何かの専門家らしい服装の人もいれば、追い立てられているように急ぎ足の人もいる。警官や郡保安官代理の姿は至るところにあった。

拘置所では、ブザーが鳴って入口が開くのを待ってなかに入り、防弾ガラスがはめこまれた窓口で手続きをする。そのあとはものごとがとんとんと進み、厚いプレキシガラスでふたつに分けられた細長い部屋へ案内された。仕切りで区切られたスペースがいくつもあり、容疑者と面会者が会話できるように、それぞれの側に椅子と受話器が設置されている。

オリーが連れてこられるまでひとりになったアンは、椅子に座っていようかと考えたが、結局は立ったまま待つことに決めた。

五分後、背後のドアが開いた。この部屋へ案内してくれたのとは別の保安官代理が入ってくる。

「コンターレの面会に来られた方ですか？」その女性が尋ねた。

「そうですが？」

「すみません、場所が変わります。コンターレの弁護士が取調室で待っています」

アンは眉をひそめた。「公選弁護人のことですか？」

「いいえ、そうではありません。たった今、到着して、あなたがオリーと話す際には自分の同席が必要だと言っています」

場所を移動することになったのは、かえってよかった。多少なりとも戦略を練り直す時間ができる。参考人への事情聴取の際には、事前準備が非常に重要だ。調査の一環として誰かと会う際は、その前に自分が何を追っているのか、最終的にどこへたどりつきたいのかを知っておかなければならない。事実を把握し、事態がどんな方向へ進もうとも平静を保つ備えをしておく必要がある。

それにしても弁護士が出てくるとは驚きだ。しかも今から彼女が面会しようというこのタイミングで。

アンが連れていかれたのは予想どおりの部屋だった。窓はなく、テーブルが一台と、床にボルトで固定された椅子が四脚、隅には監視カメラが設置されている。壁は防音になっていて、低い天井には蛍光灯が取りつけられている。ごく標準的な取調室だ。

しかし入室したアンを迎えて立ちあがった、シルクのスーツに身を包んだ銀髪の弁護士は違った。「ミズ・アシュバーンだね？ スターリング・ブロワードだ」

アンの正式な敬称は〝ミズ〟ではなく〝調査官〟だが、わざわざ訂正するまでもない。「はじめまして、ミスター・ボワード」

「ブロワードだ」

「ああ、そうでしたね」アンは愛想よく笑みを浮かべた。「では、あなたの依頼人を連れてきてもらいましょうか？」

「先にはっきりさせておきたいのだが、これは宣誓のもとで行う証言ではない。そこを忘れないように」

「あなたの依頼人は参考人です。容疑者ではありません」

「そのとおり」

ブロワードがオリーを連れてくるよう保安官代理に合図する。アンが椅子に座ると、弁護士も腰をおろした。

「メモ用紙は出さなくていいのか？」弁護士が言った。

「結構です。あなたは？」

ブロワードは身を乗りだして両手を組みあわせた。爪はきれいに手入れされている。浮かべた表情はいかにも思いやりがあって慈悲深そうだ。「わたしはきみの手助けをしようとしているだけだ」

〝お嬢ちゃん〟とつけ足したがっているのがわかる口調だ。アンはブロワードを凝視した。こういう旧世代の男たちが、避けられない時間の経過によってこの世から消えてくれる日が待ち遠しい――賞味期限が過ぎた商品を棚から片づけるように。彼らの上からものを言う態度はもう古い。そろそろごみ箱行きにするべきだ。

アンが何も言わずに見つめつづけていると、弁護士が眉をあげた。心の声が聞こえてきそうだ。〝どうせ脇の毛は処理しないとかいうフェミニストなんだろう。男を嫌うあまり、こちらがわざわざ気にかけて親切にも忠告してやっているのに、聞く耳を持とうとしない〟

「なるほど」ブロワードが口を開いた。「きみはなかなか扱いにくいと聞いている」

「わたしの仕事は、人を居心地よくさせるためのものではありませんから」

「きみもそのうち、酢よりも蜜のほうがより多くハチを引き寄せられるとわかるだろう」

アンは身を乗りだして相手の態度を真似た。「いつからチャールズ・リプキンのために仕事をしているんです？」

たちまち弁護士に変化が現れた。眉が一ミリほどさがる、かすかなものではあったが。「わたしの依頼人はドナルド・コンターレだ」

「ダグラス。彼の名前はダグラスです」アンはさらに身を乗りだした。「そしてわたしは今、疑問に思っているところです。麻薬常用者で下っ端の密売人のオリー・ポッパーが、どうやってあなたみたいに高級な服に身を包んだ弁護士をつけることができたんだろうって。謎だわ。何度もリプキンの倉庫でオフィス機器を燃やすことで、よっぽど稼いだんでしょうね」

「それらの火災はリプキン開発とは無関係だ」

「あら、ずいぶんすらすらと否認の言葉が出てくるんですね。頻繁に口にする機会があるせいで、無意識のうちに出てしまうみたい」

そのとき、掛け金が外れる音がして取調室のドアが開いた。実際のオリー・ポッパーは逮捕時に撮った写真の姿より小柄だった。身長は百六十五センチほどしかなく、体重も六十キロ台半ばというところだろう。今はもう興奮した目つきをしていない。どんな薬物を常用していたにせよ、勾留中に体から抜けてしまったに違いない。足枷《あしかせ》まではめられているのは驚きだ。危険人物には見えないのに。

ブロワードの姿を認めたとたん、オリーが凍りついたように足を止めた。背後にいた保安官にぶつかられて、はっとわれに返る。「よう、いったいなんの用だよ」

まじりものの多い危険な麻薬を吸引していた影響か、ざらついて耳障りな声だ。弁護士が愛想笑いを浮かべて握手を求めた。政治家がよくするような、〝あなたのことを心から気にかけていますよ〟と言わんばかりの、両手を使った握手だ。

「わたしが来ることは伝えただろう」ブロワードが言った。「なんの件かも知っているはずだ」

「ああ、もちろんわかってる」

オリーがアンのほうを向いたが、視線は彼女を越えたところに向けられていた。ブロワードが気になるらしい。オリーは腰をおろした椅子を隣に座る男から少しでも離そうとしたが、あいにく椅子はボルトでとめつけられていて動かなかった。

アンは咳払いをしてジャケットのポケットから身分証を取りだした。「アシュバーン調査官よ。埠頭で起こった火事の件で少し質問したいの」

「火事のことなんか知らない」

「わかった。それなら今からそのうちのいくつかについて説明するから、とにかく聞いてもらえない？　この二年で六件の火災が起こってるの。あなたと話がしたいのは、その現場で大量のオフィス機器が見つかっているからよ」

「オフィス機器のことなんか知らない」

「おかしいわね。あなたが現在も借りている、三つのアパートメントの写真を見たけど、ノートパソコンやデスクトップや電話でいっぱいの部屋がいくつもあったわ」

「ないよ」

「写真を見たのよ」

「今はもう空に――」

ブロワードが割って入った。「本題から外れている。埠頭近辺で起こった火災に関する質問のはずじゃなかったのか？　使われていない倉庫の」

「おれは何も知らない」

アンはふたりの男を交互に見た。「オリー、いくつか日付を言うから、そのときあなたがどこにいたか答えて」

「どこにいたかなんて覚えてない」

「まだ日付も言ってないのに」

「覚えてない」

「あなたが最後に――」

「覚えてない」

それから六件の火災があった日付を告げ、やはり同じ答えが返ってきたが、アンはもはや驚かなかった。ためしにオリーの住所を尋ねてみたものの、三流の政治家のように同じせりふを繰り返すばかりだった。脳をどこかに忘れてきたのだろうか。そう訊いてやろうかと思ったが、やめておいた。問題はオリーの知能ではない。

だが、出し抜かれたのは間違いない。

アンは笑みを浮かべた。「そう、わたしはただ、リプキン開発の仕事をするうえであなたがどんな立場にいるか、それが知りたい――」

「覚えてない」

「では、彼らの仕事を請け負ってることは否定しないのね。いつから始めたか思いだせないだけで。わたしが知りたかったことはこれで全部――」

ブロワードが鋭く割りこんだ。「依頼人はその質問にも、リプキン開発に関するいかなる質問に対しても、肯定の返答はしていない。むしろそういった根拠のない主張は断固として否認する」

「いつそんな話になったの？」アンは尋ねた。「ねえ、彼は否認なんてしていなかったと思うけど。訊いてみましょうか？」耳に手をあてて身を乗りだした。「さあ、オリー、覚えてない、、、、って言って。そうすれば、あとで彼らがあなたを殺してトロール船から海へ死体を投げ捨てるとしても、苦しまないようにあっさり息の根を止めてくれるかもしれないわ」

ブロワードが立ちあがった。椅子が床に固定されていたのは幸いだ。さもなければ、反動で後ろの壁を突き破っていたかもしれない。「不適切な発言だ」

「意見を述べただけよ」

「公的な立場にある市の調査官によって述べられたものだ」

「わたしが調査官だとようやく思いだしたみたいね。書きとめておくわ。メモ用紙を手に入れたら」アンはオリーに向かって首を振った。「司法取引には応じないほうがいいわ、オリー。あなたがかかわってる人たちのことを考えると、外の通りよりこの建物内にいるほうが安全だもの」

44

アンは自宅でガスレンジの前に立っていた。特に何もしなくてもディナーは完成していく。だからこのメニューを選んだ。仕事を終えてオフィスを出たあと、箱入りのフェットチーネとチキンの胸肉、ブロッコリーを買った。アルフレードソースの瓶は戸棚にあった。母が整理し直してくれていなければ、ソースがあることにすら気づかなかったかもしれない。

長く滞在していたわけではないのに、母が同じ屋根の下にいないことに違和感を覚えている。ナンシー・ジャニスは、警備会社の人が来て新しい窓にもセキュリティシステムをつなげてくれたので、自宅に戻った。

もうすぐ七時だ。

携帯電話が鳴りだし、アンはダニーだと思った。ディナーのキャンセルの連絡に違いない。そうだとしても、残り物で二日分のディナーが確保できると思えばいいと自分に言い聞かせる。

「もしもし?」ウィーンという音がするだけで応答がなく、彼女は眉をひそめた。

「もしもし?」

カチッという音がして、それきり何も聞こえなくなった。アンはいぶかしく思いながら通話履歴を調べた。画面の一番上は〝非通知〟となっていた。

玄関のドアを叩く大きな音がして、アンは振り返った。裏口のそばの定位置でスートが飛び起き、耳を前に倒してうなり声をあげる。

「アン?」さらにノックの音がした。「開けてくれ」

「ダニーなの?」アンは裏口のドアに駆け寄ってロックを解除した。「どうした……いやだ、わたしの車に何があったの?」

外へ出ようとするアンの肩をつかんで、ダニーが家のなかに押し戻す。「外へ出るな――」

「フロントガラスが割れてたわ。何が起こったのか知りたい――」

ダニーが自分も室内に入ってドアを閉めた。「撃たれたんだと思う」携帯電話を耳にあてる。「ふたりとも外へ出るべきじゃない……ジャックか? 問題が発生した。アンの家へ内密に誰かよこしてくれないか? 今すぐ」

キッチンではパスタを茹《ゆ》でていた鍋から湯が音をたててあふれていた。火を消そうとアンがガスレンジに近づいたそのとき、携帯電話が鳴った。今度はメールだ。送り主のアドレスはWatchingAnne@gmail.comになっている。〈吹きこぼれてるぞ。気をつけたほうがいい〉

アンは思わず振り返った。次いでシンクの上の窓から外をうかがう。外はすっかり暗くなっていた。保安灯を設置していないので何も見えない。

それどころか近隣の家々からまばらな明かりが届くため、人が隠れられる暗がりがたくさんあった。

「電話がどうかしたのか？」

ダニーの声を耳にして、アンは今夜初めてまともに彼を見た。シャワーを浴びてきたらしく髪がまだ濡れていて、ニューブランズウィック消防局の濃紺のパーカー姿だ。

「これなんだけど」ダニーに画面を向ける。「発信元をたどれる？」

ダニーは体を寄せてメッセージを読んだ。「おそらく無理だろう。ｉＯＳでもＡｎｄｒｏｉｄでも、こんなふうに差出人をわからなくさせるアプリやサイトがいろいろある。Ｇｍａｉｌのようなフリーメールアカウントで登録するだけで使える。頭のまわるやつで、さらに用心してプリペイド式携帯電話を使ってたら？　現金で買っていれば追跡は不可能だ。そのうえプリペイド式携帯電話はウォルマートからターゲットまで、あらゆるスーパーマーケットで手に入る。警察は嫌がらせの加害者が使うこの手のものを四六時中扱っているが、思うように情報が得られなくていらいらしてる」

非通知電話をかけてきたのと同じ人物に違いないとアンは思った。「ジャックが来るの？」

「ああ。家じゅうのカーテンを閉めておこう」

ふたりはすばやく動き、協力してカーテンを引き、ブラインドをおろし、鎧戸も閉めた。それが終わるとキッチンへ戻る。アンは動揺していないふりを装おうとした。

「ディナーが台なしね」茹ですぎたフェットチーネをガスレンジからおろす。「完璧とは言えなくなったわ」

ダニーはごまかされなかった。ブーツを履いた足を踏みしめて立ち、眉を半分あげている様子から、犯人が何者であろうとあとを追いたい衝動と闘っているのがわかる。

「わたしの車の件はあなたの勘違いかもしれない」

「それはない」ダニーが首を振った。「音を聞いた」

「銃声を？」

「いや、消音装置を使ったんだろう。だがフロントガラスに弾があたる音を聞いた」

ダニーはアンの携帯電話に指を突きつけた。「どうなってるんだ」

「わからない」

「いや、きみにはわかってるはずだ。何にかかわってる？　埠頭で起こった火災の件か？　そうなんだろう？」

アンは悪態をついた。厄介な相手にかかわり、身の安全に気をつけろという警告に従う必要があるのは、どうやらオリーだけではなさそうだ。


ＳＷＡＴ隊員が友人にいるというのはいいものだ。三十分後、アンはそう思った。ジャックは彼と同様に射撃の訓練を受けた友人をふたり連れてきた。そうはいっても、玄関のドアをノックしたわけではない。武装した黒ずくめの三人組が、幽霊のように音もなく動いて裏口に現れたのだ。

先に電話で連絡はあったが。

三人が家のなかに入ってくると、アンには彼らの体の大きさが改めてよくわかった。たちまちスートがうなりはじめる。スートが本気で威嚇する姿を見るのも、こんなうなり声を聞くのも、アンは初めてだ。ＳＷＡＴ隊員たちは顔にスキーマスクをかぶっており、身につけたバッジがなければ法執行機関の者だとはわからない。

「すまない」ジャックがマスクを脱いだ。「きみの犬を怖がらせるつもりはなかったんだが」

ほかのふたりもマスクを取る。アンはスートのそばへ行って腰をおろした。「外に誰かいた？」

「いや」ジャックが手袋をはめた手でポケットから何か取りだした、「しかし、きみの車でこれを見つけた。トランクの内側にめりこんでた」

小さな鉛のかたまりだが、銃から発射されればすさまじいスピードで飛んでいく。それを考えると、見過ごすことはできなかった。

「彼女は電話でも嫌がらせを受けてる」ダニーがアンに合図した。「ジャックたちに見せろ」

アンは携帯電話を放って渡した。「パスワードは四九九九よ。車を撃たれる直前に、非通知の発信者から電話がかかってきた。ダニーからだと思いこんで、確認せずに出てしまったの。でも、ウィーンという音しか聞こえなかった」

「今日、オリーに会ったんだよな？」ジャックが尋ねた。

「ええ。彼の弁護士が同席したわ。スターリング・ブロワードという人」

「オリーには公選弁護人がついていたはずだが。たしか、資料ではそうなってた」

「オフィスへ戻ってブロワードに関して調べてみたら、彼は多くの仕事を請け負っていた。リプキン開発の仕事を。目立たないようにしていて、通常は刑事事件は扱ってないみたい」

ダニーがアンを見て言った。「リプキンは気に入らないな。初めからそうだ。やつの海辺の豪邸が火事になったときも、おれはいい印象を受けなかった。半年前の新しい消防署の落成式のときも、なんだか気味が悪かった」

「今回の件を届けでよう」ジャックが言った。「そうすればわれわれが――」

アンは自分の携帯電話を取り戻した。「リプキンに怯えてると思われたくない」

「銃弾がきみの車のフロントガラスを貫通したんだぞ」ダニーが鋭く言い返した。「次は頭にあたるかもしれない」

ジャックもうなずく。「応援を呼ぼう。勇敢な行動が、ときに愚かな行動になることもあるんだ」

アンは肩をすくめた。「わかった。あなたがそうしたいなら報告書にまとめて、あの弾を鑑識で調べてもらって。明るいときにもう一度来て、足跡が残っていないかどうか探せばいいわ。わたしに電話をかけてメールを送りつけてきた人物を特定できないかどうかやってみて。だけど、きっと何も出てこないわよ。これがリプキンの仕業なら、彼はおそらくわたしを脅すためにプロを雇ってるに違いない。そういう人たちが証拠を残すとは思えないわ」

それからいくつかの点について話しあった。アンはジャックと彼の仲間による安全のための講義を受け、そのあと彼らは夜の闇のなかへ消えていった。近隣のどこか目立たない場所に停めた車へ向かったのだろう。

「今夜はここに泊まる」ドアがまだ閉まりきらないうちに、ダニーが宣言した。

アンは腕組みした。だが拒否の言葉を口にしようとしたところで、スートが心配そうに彼女を見あげていることに気づいた。まるで危険を感じ取っているかのように。

「いいわ」

「よし」

「この子を外へ出さないと。それからキッチンへ行って、チキンがまだ食べられるかどうか――」

携帯電話が鳴り、アンはアドレナリンが急上昇するのを感じた。同じ人物からとは限らないと自分に言い聞かせる。

けれどもそれは、あのＧｍａｉｌアカウントからのメールだった。〈裏庭にプレゼントを置いておいた〉

「嘘でしょう」思わず声がこぼれる。

ダニーはメールの内容を見るなり、裏口のドアへ向かった。「そこにいるんだ」

「正気なの？」

だが彼は制止される前にドアを開けて――。

動きが止まったダニーを見て、アンは息が詰まった。「どうしたの？」

彼はアンのデスクに身を乗りだし、彼女がペン立てにしているマグカップから一本ボールペンを取った。そのあと振り返ったダニーの手には、引き金の穴にボールペンを差して引っかけた銃が逆さまにぶらさがっていた。

「おそらくこの銃を使ったんだろう」ダニーが陰鬱な声で言った。「ジャックを呼び戻したほうがよさそうだ」

そのとき再び携帯電話が鳴り、メールの着信を知らせた。

「読みあげてくれ」ダニーが厳しい口調で命じた。

アンは咳払いをしてから読みはじめた。「〈今すぐやめろ。そうすれば消えてやる。次に何が起こるか、決めるのはおまえだ〉」

45

いつのまにか眠ってしまったらしい。ふいにベッドマットが大きくはずみ、アンは目を覚ました。その瞬間、隣で寝ていたダニーが上掛けをはねのけ、裸のままベッドから飛びだす姿が視界の隅に映った。彼は前方に向かって突進し、突きあたりの壁に体を激しく打ちつけた。緊急事態発生だ。脳が一気に覚醒する。

「ダニー！　あなた、撃たれたの！」

とっさにそう口走ったものの、ふと疑問が頭をよぎる。銃撃犯はどこから侵入したのだろう。ベッドルームの窓ガラスを破ったのなら、夜風にカーテンがはためいているはずだ。でも常夜灯のともる部屋のなかはどこにもおかしな点が見あたらないし、警報装置も鳴らなかった。

それなのに、ダニーはおなかを両手で抱えて壁の前でうずくまっている。いったいどういうことだろう？

アンはダニーのもとに走り寄り、彼の手を脇にどけた。無傷だ。弾がかすった跡さえない。けれどもダニーは苦しそうに顔をゆがめ、自分の腹部を見おろしている。

「ダニー?」アンが呼びかけても返事がない。アンは彼の腕をつかんで引っ張った。「ねえ、あっちに行って座らない?」

ダニーがゆっくりと顔をあげ、うつろなまなざしを向けてきた。「アン?」

「きっと悪い夢でも見たのよ。さあ、ベッドに戻って」

ダニーはアンに手を引かれるままベッドへ向かい、乱れたシーツに手足を伸ばして横たわった。アンは彼の上半身に入っているタトゥーを指先でなぞりながら、腹部をもう一度確認した。見間違いではなかった。やはり傷ひとつない。

「よっぽどひどい夢だったのね」アンはささやいてダニーのかたわらに横たわり、上掛けを引きあげた。

ダニーは両手で顔を覆っている。鍛え抜かれたたくましい腕。力こぶが隆々と盛りあがっている。気持ちを落ち着かせようとしているのか、息をするたびに厚い胸板が大きく上下する。

「どんな夢だったのか話してみる?」アンはそっと声をかけた。

ダニーが首を振った。この反応は想定内だ。こちらとしても無理に聞きだすつもりはない。消防士しかり、警察官しかり、危険な現場で任務を遂行する人は、睡眠障害の一種、夜驚症になりやすい傾向がある。だけどダニーもこの症状を抱えていたなんて知らなかった。それも当然といえば当然だ。毎晩同じベッドで寝ているわけではないのだから。

今夜もほんの数時間一緒にまどろんだ程度だ。暗鬱とした重い空気が漂うなかで、チキンとブロッコリーが入ったフェットチーネ・アルフレードと二リットル入りのチョコチップアイスクリームをたいらげたあと、スートをケージに入れて、ふたりで二階にあがった。その時点で、どちらも行きつく先は口にしなくてもわかっていた。そう、わたしたちは体を重ねた。三度も甘美な時間に酔いしれた。シャワーを浴びている最中に。ベッドの横に敷いたラグの上で。そしてベッドのなかで。

アンは現実の世界にダニーをとどめておきたくて、彼の腰に腕をまわした。「もう大丈夫よ」

本当にそう思っているのかどうか、自分でもわからなかった。今はただ、ダニーに悪夢の世界から戻ってきてほしいだけだ。

「ああ」彼の声はかすれていた。「大丈夫だ。心配しないでくれ」

ダニーがアンに向き直り、荒々しく唇を重ねてきた。温かい手が彼女の体を滑りおり、脚のあいだに入りこむ。キスを続けながら、ダニーが下腹部を押しつけてきた。腿にあたる硬く張りつめた高ぶりが焼けつくほど熱い。アンは仰向けになって、自分の上にダニーをのせた。ダニーは指先で彼女の敏感な部分に愛撫《あいぶ》を加えつつ、唇を首筋から鎖骨へと這わせ、胸の先端を口に含んだ。

「アン……きみが欲しい」

アンはダニーの背中に爪を立て、体を弓なりにそらした。「わたしも。わたしもあなたが欲しい」

ダニーは彼女の脚を広げ、一気に奥深くまで身をうずめると、強く突きあげはじめた。彼の動きに合わせてヘッドボードが壁にぶつかり、ベッドルームに大きな音が響き渡る。ダニーが枕を放り投げた。その拍子に、ナイトテーブルにのっていた何かがガチャンと床に落ちた。ああ、アパートメント住まいでなくてよかった。ちらりとそんな思いが脳裏をかすめる。

だけど、彼がたてる音を本気で気にしているわけではない。

アンはダニーの腰に脚を巻きつけ、彼をさらに奥へといざなった。今この瞬間は、何も考えたくない。銃弾のことも。リプキンのことも。二度と戻れない仕事のことも。

アンは目の前の男性だけに意識を集中させた。ただひたすら快感に身をゆだねるうちに、歓喜の大波が押し寄せてきて、頭からすべての思考を流し去った。

ふいにダニーが体をずらした。再び彼の手が脚のあいだに忍びこみ、熱い体の芯に指の腹を押しあてる。ダニーは彼女が何を求めているのかちゃんとわかっている。どんなふうに触れてほしいと思っているのかも――やがて、いまだかつて味わったことのない強烈なクライマックスに全身を貫かれた。

ダニーが刻むリズムがさらに速く激しくなる。彼はアンのなかに深く身を沈め、クライマックスを迎えた。

ベッドルームにはふたりの荒い息遣いだけが響いていた。

ダニーはアンの髪に顔をうずめ、何かささやいた。

「何?」

「乱暴すぎたんじゃないかな」ダニーがアンの上からおりる。

「そんなことない」アンは首を振った。「最高だった」

ダニーの広い肩越しに、淡い光がカーテンの隙間から差しこんでいるのが見えた。夜明けの光。新しい一日が始まる。それも悪くない。だけど、このまま永遠にここに閉じこもっていたい。ダニーとふたりきりで。

アンは片手でダニーの背中を撫でおろした。指先に、背骨に沿って縦に走る筋肉と熱を帯びたなめらかな肌の感触が伝わってくる。けだるいこのひとときが心地よい。警報装置はセットしてある。誰かが侵入してきたら、大音量の警報で知らせてくれるだろう。それに階下にはスートもいる。すごみのきいたうなり声でSWAT隊員たちを迎えたスート。あの子も立派な警報装置だ。

これからもダニーが泊まりに来るなら、またスートをケージに戻さなければならないかもしれない。いや、バスルームで寝かせるのはどうだろう。

アンはまだ自分のなかにいる精力旺盛なダニーを両手で抱きしめ、彼の首筋に顔を寄せた。ダニーの髪が額を撫で、無精髭が頬をくすぐる。ふと気づくと、義手がダニーの肋骨にあたっていた。たちまちその接触を強く意識しだす。でも考えてみれば、ダニーは少しも気にしていない。アンの体のほかの部分となんら変わりなく、やさしく慈しむように義手にも触れてくれる。

そういう態度が何よりうれしかった。今も美しくて、たまらなく魅力的だという言葉よりも。たとえもう五体満足ではなくても……その事実を受け入れるのが怖くてしかたがなくても、こんなふうにダニーと寄り添っていると心が安らぐ。不思議と心の傷が癒えた気分になる。

そろそろ認めたらどうだろう。自分の気持ちに素直になったほうがいいのではないだろうか。

突然こみあげてきた涙を押しとどめ、アンは彼に強く抱きついた。「ダニー……」

「なんだ？」

愛してる。「ありがとう」アンはささやいた。

ダニーが少し体を離してアンを見おろす。「何が？　ひょっとして泊まったことか？　おいおい、よしてくれ。車に銃弾をぶちこまれたんだぞ。きみをこの家にひとり残しておくわけにはいかないだろう。これからも、勤務に就いてない夜は泊まりに来る」

「ダニー、本当にありがとう。そうしてくれるとうれしい」

「うれしいのはこっちのほうだ」

アニーの車の窓が撃ち抜かれたという理由だけで、ダニーは昨夜泊まったわけではない。ふたりのあいだには、単なる元同僚以上のつながりがある。アンが新米消防士として初めて四九九分署の建物に足を踏み入れたとき、野性的で危険な香りを放っているアイルランド系の男性の青い目と目が合った。その瞬間から、ふたりのつながりは始まった。そして多くの時間をともに過ごし、気づけばいつのまにか、ダニーは彼女の人生の一部になっていた。今までの人生の一部に。

あの日、ダニーと出会ったのは運命だったのかもしれない。それとも、そんなふうに感じるのは、過去の思い出にふけっていたせいだろうか……。

だけど太陽が必ずのぼるように、やはりふたりの出会いは偶然ではなく必然だった気がする。

だから決めた。もう抗《あらが》ったりしない。悪あがきはやめる。ダニーとは切っても切れない何か特別な縁があると思うのなら、その考えを受け入れよう。

人はときとして自分の感情を無理やり抑えこもうとする。けれども心の声を解放したほうがずっと生きやすくなるものだ。

46

署長室でトムは椅子の背に深く体を預け、デスクに積まれた報告書を指先で叩いていた。報告書にサインはおろか、目を通すことすらしていない。そろそろ昼になろうかという頃、消防署内に入ってきたアンの姿が仕切りガラス越しに見えた。

トムは椅子から立ちあがり、こちらに来るよう妹に向かって手ぶりで示した。ほどなく署長室のドアが開いた。まずい。ひょっとするとぼんやりしているところをアンに見られたかもしれない。そう思うと、どうにもばつが悪かった。

「驚いたな。おまえが来るなんて考えてもいなかった」トムは隅にある椅子を顎で指した。「座ったらどうだ？」

「そうね。ありがとう」

トムは椅子に腰をおろすアンを見つめた。「昨日、母さんが電話をくれたよ。おまえとふたりで話をしたと教えてくれた」

アンは兄から視線をそらし、散らかったデスクに目をやった。「わたしは……何も見えてなかった……ようやくわかったわ。母さんもつらかったんだって。母さんは決して弱い人なんかじゃなかった。父さんは最低の男よ。英雄の仮面をかぶった悪人だわ。でも、この話はこれでおしまい。言い争いは別の機会にしましょう」

「おまえと言い争うつもりはないよ」アンがトムに視線を戻す。すかさずトムは片手をあげ、口を開きかけた妹を押しとどめた。「言い訳がましく聞こえるかもしれないが、いいかげんうんざりなんだ。ぼくは誰ともやりあう気はない」

「いったいどうしたの？　兄さんらしくもない」

「その言葉をそっくり返すよ。おまえこそ、らしくもなくやけに母さんにやさしいじゃないか」

「きっとわたしたちはふたりとも、宇宙人に体を乗っ取られてしまってたのよ……ねえ、運転免許証はどうしたらいいと思う？　やっぱり新しくしないとだめ？」

トムは口元を緩めた。「だめだろうな。ところでアン、何か用でもあるのか？」

「チャールズ・リプキンについて話をしたくて来たの」

トムは年季の入った木製の椅子に背中を預け、脚を伸ばして足首を交差させた。

「リプキンのことはあまりよく知らない」

「ここだけど……」アンは署長室と、その向こうに広がる真新しい明るい空間を指し示した。「リプキンがこの消防署を建てると言ったとき、あの人が……消防士たちを買収しようとしてる感じはしなかった？」

「買収の見返りは？」

「真相の隠蔽？　海辺の豪邸の火災とか、倉庫の火災とかの」

「いや、それはないな」トムは腕組みした。心のなかで自分に言い聞かせる。いいか、妹に対して威圧的な態度を取るんじゃないぞ。昨日までの自分とはおさらばだ。彼は静かな口調で再び話しはじめた。「アン、何が言いたい？　ぼくが賄賂を受け取ったとでも？　そんな愚かな真似はしない。ぼくも部下たちも何も悪いことはしてない」

「わかってる。わたしも調査報告書をすべて読み返してみたから……でもリプキンみたいな男は自分の利益にならないことはしない。だって、冷酷で腹黒い男だという評判でしょう？　それであの男の善意には何か裏がありそうな気がして、彼について徹底的に調べたの。兄さん、知ってた？　リプキンが慈善活動を行ったのは、この消防署を建てた一度だけよ」

「まさか。億万長者たちは多額の寄付をして、美術館や図書館や研究所を建てている。現に、彼らの名前がついた建物をあちこちで見かけるだろう？」

「だけどリプキンは違う。彼は政治家にしか寄付しない。利益に直結しない活動にはいっさい興味がないの」

トムは顔をしかめた。「リプキンが支持している政党は？」

「共和党よ。でも民主党陣営にも選挙資金を提供しているわ」

「マホーニーはどうだ？　市長もリプキンから献金を受けてるのか？」

「ええ。リプキンは今回の選挙で誰よりも多く献金してる」

「つまり？」

「リプキンはマホーニーの選挙運動に上限額ぎりぎりのお金を出しているというわけ。なんなら自分の目で収支報告書を確かめてみる？」

「いや、いい。リプキンが多額の献金をしていても別に驚きはない」トムは肩をすくめた。いかにもそんな話はどうでもいいという仕草に自分の本音が出たのかどうかはわからないし、妹がどう受け取ったのかもわからない。とはいえ、どちらの心の内も読み解きたいとは思わなかった。「リプキンは倉庫地区の一件に深くかかわってる。市長とこの前の夜に会った。ぼくとのミーティングの前に、マホーニーとおべっか使いのペリーはリプキン開発の連中と話をしてたよ。まあ、あの界隈の再開発は、マホーニー陣営が掲げた選挙公約の目玉のひとつだからな」椅子から身を乗りだし、黙りこんでいるアンに声をかけた。「どうした？」

「ちょっと考えごとをしてただけよ」

「なんについてだ？　はっきり言葉にしろよ。アン、おまえにいちいちうるさい男だとこきおろされるのはわかってる。だがその前に、ひと言言わせてもらおう。これまでおまえは一度もぼくのオフィスに顔を見せたことがない。ただの一度もだ。それが突然、やってきた。その理由をぜひとも聞かせてくれ」

署長室に沈黙が落ちた。やがてアンはトムの目をまっすぐ見据え、口を開いた。

「リプキンは娘を殺そうとしたんだと思う。偶発的な事故に見せかけてね。彼がこの消防署を建てたのは、娘を救ってくれた英雄たちへの感謝の気持ちからじゃない。ただリプキンは愛情深い父親を演じただけ。リプキンの本当の狙いは、海辺の豪邸の火災を悲劇的な事故として処理させることだった。マサチューセッツ州では放火罪に時効はないわ。それでリプキンは六一七分署に彼の策略の片棒を担がせようとしたんじゃない？　わたしはそう確信してる。だけどあの火災を再調査したくてもできないの。証拠がすべてなくなってるのよ」

「何もかも焼きつくされた火災現場みたいにか？」

「そう、まさにそのとおり。証拠保管室に行ったときに気づいたの。箱ごと消えてたわ。残っているのは、コンピュータに保存されている報告書と写真数枚だけ。でも現物はひとつもなかった」

「証拠は保管箱のなかにどのくらい入ってたんだ？」

「見当もつかない。証拠の一覧表もないんだもの」

「リプキンの家で起きた火災の調査担当者は誰だ？」

「ボブ・バーリントンよ」

「たしか……彼は亡くなったんじゃないか？」

「ええ、ボート事故で。調査を始めて三週間ほど経った頃よ。遺体は入り江に打ちあげられてた。死因は心筋梗塞と推定されたけど、彼の体はサメに食いちぎられていたから、それ以外の原因による傷があったかどうかは確認できなかったわ」

ふいにいやな予感に襲われ、トムはうなじがぞくっとした。

「アン、このボブ・バーリントンの事故がおまえと何か関係でもあるのか？」

妹はトムの目を見つめ返し、首を振った。「あるわけないでしょう。なぜそんなことを訊くの？」

「覚えてるか？　父さんが死んでからというもの、おまえはしょっちゅう夜中に家を抜けだしていただろう？　翌日の朝食の席で、母さんは必ずぼくたちに尋ねた。ゆうべはうろちょろしないでおとなしく寝ていたのかと。今のおまえの表情は、あのときとまったく同じだ」

二十四時間勤務が終わり、ダニーは一度自宅へ帰ったが、また四九九分署に戻ってきた。だが、どうやら今日は暇な一日になりそうだ。寒さが身にしみる寒い季節はもう少し先なので、暖房器具はまだ必要ない。それに灼熱の夏はとっくに過ぎた。つまり暑さにやられておかしな真似をする連中はいないというわけだ。おまけに今夜は満月ではない。だから頭がどうかした狼《おおかみ》人間も出没しないだろう。ひどくついている。

ダニーは空気呼吸器を着装しての訓練を行ったあと、ランドリールームへ向かった。いったい新しい消防士はいつになったら来るのかと、ふと思う。別に人員は不足していないが、この際、新米でもいいから入ってきてほしい。そうしたら、今より少しは楽なシフトを組めるはずだ――。

「くそっ、勘弁してくれ」ノーチラスマシンでトレーニングに励んでいたダフが、窓の外を指さす。「ムースのやつ、今朝ベッドメイキングをサボったのかな?」

ディアンドラのお出ましだ。彼女は愛車のBMWから降り立ち、消防署に近づいてきた。歩くたびにシャネルのトートバッグが腰にぶつかり、パンプスのスティレットヒールの音が高らかに鳴り響く。左右に大きく揺れる赤毛はまるで軍旗だ。

「あれ？　先週はブロンドだったよな？」

「そんなのいちいち覚えていられるか」ダニーは洗濯機のスタートボタンを押した。

「ムースを呼んでくる」

「いるのか？　さっきはまだ来てなかったぞ」

「どこかに隠れてる。間違いない。ディアンドラを避けてるんだ。あのけたたましい罵声を浴びたくないからな」

ダニーは洗濯終了までの残り時間を確認すると、レクリエーションエリアへ入っていった。ムースがソファに座っていた。傷だらけのコーヒーテーブルに交差させた脚を投げだし、ビール腹の上で両手を組みあわせている。

「おい、客が来たぞ」

ムースはテレビから目を離そうともしない。見ているのは『ドクター・フィル』だ。

「会いたくない。あいつにはここへ来るなと言っておいたのに」

「言うだけ無駄だったな。だいたいディアンドラが人の話をおとなしく聞くような女か？　なあ、ムース、結婚式にいくらかかったのか思いだせ」

ディアンドラがレクリエーションエリアに乗りこんできて、ぴたりと足を止める。

「このくそったれ！」ムースは聞こえないふりをしている。ディアンドラは素知らぬ顔でテレビに見入っている夫の前に立ちはだかり、視界をさえぎった。「なんで勝手にわたしのクレジットカードを解約するのよ！」

ムースが体を横にずらす。「見えない。どいてくれ」

「ちょっと、聞いてるの――」

「おれは解約なんかしていない」いきなりムースは立ちあがった。「ディアンドラ、利用限度額っていう言葉を知ってるか？　クレジットカードは無制限に使えるわけじゃない。ちゃんと限度額が設定されてる。その額をめいっぱい使ったら、クレジットカード会社にカードの使用を止められてしまうんだよ」

「あんたが解約したに決まってるわ」

「それもカードで買ったんだろう？」ムースは妻の肩からぶらさがっているバッグに指を突きつけた。「いったいいくらした？　二千ドルか？　それとも三千ドル？」

ディアンドラ、ふざけるな」

「あんた、わたしの父親？　何よ、偉そうに」

「だったら大人になれ。自分のケツくらい自分で拭けよ」

「この詐欺師！　あんたは言ったわよね。結婚したら贅沢《ぜいたく》させてやるって。とんだ嘘っぱちだわ。今のわたしたちを見てよ。田舎暮らしじゃない。ここにはスターバックスもないのよ。仕事に行く途中でコーヒーも買えやしない。なぜだかわかる？　それは――」

ダニーはあいだに割って入った。「もうやめろ。いがみあいはロッカールームでやってくれ。ここはみんなの憩いの場だ。誰も夫婦喧嘩なんか見たくない――」

「この人はベッドで最高なの。ムース、あんたなんか目じゃないわ」ディアンドラがにやりとする。今にも人を殺そうとしている連続殺人犯を彷彿とさせる笑みだ。「ダニーはわたしをイカせてくれるわ。あんたにはとうていできない芸当ね」

ダニーは手のひらを上に向けて肩をすくめ、あとずさりした。「つきあってられない。夫婦の問題におれを巻きこむな」

「この一カ月は本当に楽しかった。彼とセックス三昧だったんだもの。ムース、あんたの勤務中にわたしが何をしてたか知ってる？　あのね、ダニーを思い浮かべながら、うずくあそこに手を押しあてて――」

今にも殴りかかりそうな勢いで、ムースがディアンドラに詰め寄った。慌ててダニーはふたりのあいだに入り、再び人間の盾と化す。

「落ち着け、ムース――」

突然、ムースの怒りの矛先がダニーに向けられた。「ちくしょう、おれの妻とやりやがったな！」

ダニーは肉づきのいい手で喉をつかまれ、後ろに押しやられた。

「やってない――」

「ダニーは最高よ！」ディアンドラが嬉々《きき》とした声をあげる。「あんたとは月とすっぽん。ムース、あんたなんか百年経ってもダニーにはかなわないわ。ああ、待ちきれない。またこの人と――」

「黙れ、ディアンドラ！」ダニーはムースの太い手首を握りしめ、気道を圧迫する怪力からなんとか逃れようとした。

ダフとドクがレクリエーションエリアに飛びこんできた。ふたりがかりでムースを引き離そうとするものの、ムースはダニーの喉を絞めつける手を緩めようとしない。

四人はもつれあったまま、ずるずると前に進んでいった。ついにはビアポンテーブルにぶつかり、ダニーはムースの巨体でその上に押さえつけられた。

「くそやろうめ！」ムースが吐き捨てる。「この尻軽女とも寝るくそったれ――」

「わたしは尻軽女じゃないわよ！」ディアンドラが言い返す。

その口を閉じろ。引っこんでいてくれ、ばか女！　ダニーは心のなかで怒鳴った。

「ムース……誤解だ。おれはディアンドラとは寝てない！」

「嘘だ！」ムースは顔を真っ赤にして、怒声を張りあげた。のしかかる重い体が小刻みに震えている。「おまえはおれの妻と寝た——」

「それは昔の話だ！」くそっ、息ができない。「おまえたちがつきあいはじめてからは——」

「そんなたわ言、誰が信じる？　みんなが知ってるぞ。おまえは平気で人の女を寝取る男だってな」

ドクがムースの太い首に腕を巻きつけた。もう一方の手でムースの手首をつかんで彼を引っ張り、強烈な締めつけからダニーを解放してくれた。

手足をばたつかせて必死に抵抗しているムースのキックとパンチがことごとく空を切る。ダニーは腕をだらりと脇に垂らし、テーブルに脚をのせて、背中にかかっていた圧力を和らげた。ゆっくりと息を吸いこむ。深呼吸を繰り返すうち、やがて目の前にちらついていた黒い点が消え、視界がはっきりしてきた。

乱闘騒ぎを聞きつけたのだろう。ベイカー隊長の大声が、殺伐とした空気が流れるレクリエーションエリアにとどろいた。「いったい何をやってるんだ！」

47

「どうもありがとう。感謝します」

アンは受話器を肩と耳のあいだに挟んで、Ｏｕｔｌｏｏｋの〝すべてのフォルダーを送受信〟をクリックした。だが受信トレイに新着メールが届かない。もう一度クリックする。そしてもう一度。

「届きましたか？」受話器の向こうから、交通局で働く頼れる相棒の声が聞こえた。

「まだです……あっ、今ＵＲＬ付きのメールが届きました。ログインＩＤとパスワードも。わたしのために急いで設定してくれたんでしょう？　忙しいのにありがとう」

「とんでもない。あなたが閲覧できる範囲は規則で制限されていますが、ほかにも見たいファイルがあったら電話をかけてください。今回送ったファイルの閲覧有効期限は四週間です。申し訳ありませんね、期限付きで」

「いいえ、それだけあれば充分です。とても助かります。本当にありがとう」

アンは電話を切った。さっそくファイルダウンロード用のURLを開き、ログインIDとパスワードを打ちこむ。画面に動画ファイルのアイコンがふたつ表示された。各ファイルには監視カメラが設置されている通りの名前がついている。最近、このふたつの通りの付近で倉庫火災が起きた。きっと目当てのものがカメラに映っているはずだ。

アンは最初のファイルをクリックした。パソコンの画面に暗い通りが映しだされた。画面下にはナビゲーションパネルも表示されている。マウスを使い、午前零時一分まで早送りして、そこから見はじめた。ごくたまにホームレスが映るだけで、閑散とした通りの映像が延々と続く。やがて朝が来た。

アンはそこで動画を一時停止した。デスクの引き出しからニューブランズウィック市の地図を取りだし、通りの場所を確認してまた動画を再生する。調査報告書によると、火事は午後九時三十分頃に発生している……。

監視カメラの映像をひたすら眺めているのは、ペンキが乾くのを見物するのと同じくらい退屈だ。

朝の通りもわびしい。監視カメラがとらえているのは、ときおり行き交う車と数人のホームレスの姿だけだ。代わり映えのしない通りの風景を見つづけて、ようやく夜の映像になった。闇のなかにひっそりたたずむ倉庫。またしても、街灯の薄ぼんやりした光に照らされた不気味なほど静かな通り。突然、倉庫の内部で炎が燃えあがった。黒煙がみるみるうちに広がっていく。そのあとまもなく消防車と救急車が到着した。

アンは通りの反対側に設置されている監視カメラの映像に切り替えた。再び午前零時一分から始める。朝、昼、夜へと映像が移り変わり、火災が発生した。

そこまで見て、もう一度アンは最初のほうの監視カメラ映像に戻った。午前零時一分の時点から再生開始。夜。朝。昼。夕方。夜。炎。黒煙。消防車。救急車。

通りの両側に設置された監視カメラには、どちらも不審なものは何も映っていない。オフィス機器を積みこんだトラックが通ることもなかった。

「いいかげん、いやになってきた」

アンは椅子に背中を預け、凝り固まった肩をまわした。スートはケージのなかで眠っている。気づけば、もうすぐ昼だ。

ファイルはもうひとつある。アンは気を取り直して最後の動画ファイルを開き、午前零時一分の時点まで進めた。

それにしても、倉庫街がこんなに寂れているとは思ってもいなかった。だけどマホーニーはここを新たなビジネスと活力を生みだす町に変える計画を立てている。その一環として、犯罪の温床であるこの界隈全域に監視カメラを張りめぐらせた。そんな彼女とは違い、前市長のグリーンフィールドは再開発に慎重な姿勢を示していた。治安面を考えると人の流れは見込めないという理由で反対する声が多かったからだ。

もちろん、リプキンは再開発推進派だ。そのこととリプキン開発所有の倉庫の火災がどうつながっているのかはまだわからないが、必ず真相を暴いてみせる。スターリング・ブロワードという名の高い壁があるけれど——。

「ちょっと、待って。今のは何？」アンはもの思いから覚め、身を乗りだした。

パソコンの画面に顔を近づけ、戻ってスロー再生する。

午前三時三十二分。ひっそりとした暗い通り。人っ子ひとりいない——。

一台のボックストレーラーが監視カメラの前を通り過ぎた。車はカーブを曲がり、伸び放題の芝生を突っきって停まった。運転手が降りてきた。倉庫の横手にあるシャッターを開け、トレーラーを乗り入れてシャッターを閉める。

四十六分後。午前四時十八分。シャッターが開いた。トレーラーが倉庫から出てくる。運転手がシャッターをおろし、トレーラーは走り去った。

あいにく映像が粗くて、ナンバーも車種もわからない。おまけに、運転手は黒っぽいパーカーを着てフードをすっぽりかぶっていた。人物を特定するのはかなり難しいだろう。

それでも、誰かが倉庫に来たのは紛れもない事実だ。

「やった。ついに尻尾をつかまえたわよ」そのときバッグのなかで突然、着信音が鳴った。アンは携帯電話を取りだした。「もしもし?」

一瞬の沈黙。「アン、ムースだ。話がある」


二十分後、アンは〈レフォード・クロッシングズ〉に到着した。ここはアウトドア専門のショッピングモールと謳《うた》っているが、カフェやレストラン、中年女性向けのブティック、陶磁器店、手作りラグを扱う店なども入っている。

母が気に入りそうな場所だ。そんなことを思いながら、アンは人がまばらなモール内を歩き、待ち合わせのレストランへ向かった。

ムースは〈ランチデポ〉の前にあるベンチに座っていた。うつむいて、手で何かをいじっている。

「ムース、久しぶり」

彼は顔をあげた。「やあ、アン。こんなところに呼びだしてすまない」

ムースは立ちあがってレストランに入ろうとはせず、ベンチに座ったまま、手に持った細い金のネックレスをいじっている。

「ねえ、なかに入りましょう」

ムースが首を振る。アンは彼の隣に腰をおろした。なんだか落ち着かない。ムースに見つめられているわけでもないのに。

「ダニーはディアンドラと寝てる」ムースが唐突に口を開いた。

思わずアンは笑ってしまった。ありえない。ディアンドラは全然ダニーの好みのタイプではない。

「今朝、ディアンドラが消防署に来た。彼女の口からはっきり聞いたよ。やつと寝ていると。ダニーは否定したが、そんなのは嘘っぱちだ」

アンの顔から笑みが消えた。ダニーの家を訪ねた日のことが脳裏によみがえる。あの夜、ベッドルームの床にランジェリーが落ちていた……。

だから何？　あの頃のわたしたちはつきあってもいなかったのだと、アンは自分に言い聞かせた。

「ダニーは最高だそうだ。またやつと寝るのが待ちきれないと、ディアンドラは言った」ムースが顔をさする。「アン、きみがダニーとどこまでいってるのか、おれは知らない。だが、あいつがディアンドラと関係を持ってることは頭に入れておいたほうがいい。おれたちの結婚式の前日にも、ふたりは寝てたんだ」

アンはムースのほうに顔を向けて、彼の目をまっすぐ見つめた。「ムース、何が言いたいの？」

「ダニーはディアンドラを自分の家に連れこんだ。それも結婚式の前の夜にだぞ。おれがリハーサルディナー（結婚式の前日に親しい人を招待して行われる夕食会）から戻ってきたら、ふたりはベッドのなかにいたんだ。くそっ」ムースが悪態を吐く。「おれはディアンドラを愛してる。彼女はおれのすべてだ――」

「ムース、ごめんなさい。やっぱり話が見えない」アンはそう言ったものの、これ以上聞きたくないというのが本音かもしれなかった。「言いたいことがあるなら、はっきり言って」

「おれたちの結婚式の前日の夜、ダニーはディアンドラとちゃっかり楽しんでたんだ。おれは式が始まるまで彼女とは会えなかった。ほら、結婚式より前にウエディングドレス姿を見てしまうと幸せになれないって言うだろう？　翌日、祭壇の前で初めて見ることになってたんだ。それで、リハーサルディナーがお開きになったあと、おれはハイアットホテルのハネムーンスイートに行くつもりだった。なぜかって？　結婚式も披露パーティもすべて終わった夜、ディアンドラとふたりで過ごすために予約した部屋だからだ。だが、タキシードを家に置いてきたことを思いだした」

アンの心臓が激しく打ちはじめる。「だから戻ったのね？」

「ああ、玄関のドアを開けたとたん、声が聞こえたよ。初めは、テレビがついてるのかと思った。でも、女の声がどんどん大きくなっていって……おれは明かりをつけなかった。とっさにそのほうがいいと考えたんだ。廊下を進んでいくと……ディアンドラの香水の香りがした。そうしたら、彼女のワンピースがダニーの部屋の外に落ちてたんだ。あいつの名前を叫ぶディアンドラの声を聞いた瞬間、おれは廊下を引き返して家を出た」

アンの全身から冷たい汗が噴きだした。この話が事実なら……ダニーはムースの結婚相手とベッドをともにしたあと、わたしともベッドをともにしたのだ……。ひょっとして、今も同じことが起きているのだろうか。

アンはふと頭によぎったいやな予感を振り払った。

「ねえ、ムース、どうしてディアンドラと結婚したの？」

だけど本当に訊きたかったことはこうだ——どうしてそんな尻軽女を好きになったの？

「おれだって結婚はやめようと思った。だがディアンドラが翌朝電話をかけてきたんだ。おれを愛していると、彼女は泣きながら言ったよ。おれはダニーの部屋から声が聞こえたことをディアンドラに話さなかった。彼女はおれと結婚したがってる。それが一番大事だった。ディアンドラが人生をともにしたい男はこのおれで、ダニーじゃない。ディアンドラはおれを選んだ。ダニーじゃなく。ムースがあのモテ男のダニー・マグワイアについに勝ったんだ」

大のパーティ好きで、カーマニアで、血気盛んで、ラインバッカー並みのたくましい体をしたムース。でも、その裏にはどんな姿が隠れているのだろう。アンは横に座るムースをしげしげと眺めた。クラスの人気者たちの輪に入りたくて必死になっている、ちょっと太りすぎのさえない男の子。お願い、ぼくも仲間に入れて！　今のムースはただの腑抜けた男。本物のラインバッカーになりたいなら、たくましい体だけでなく、リーダーシップも兼ね備えていなければならない。

「おれはディアンドラを幸せにしようとした。本当だ、アン。懸命に努力したんだ」ムースが不安そうな視線を向けてきた。まるでこれから裁判所で証人尋問を受ける人みたいだ。「おれにできることはなんでもした。だが、それでも足りなかった。ディアンドラは少しも幸せじゃなかったんだ。結局、おれはまたしてもダニーに勝てなかった。ディアンドラがおれと結婚したのは、ダニーが女好きだからだ。彼女はちゃんとわかってたんだよ。あいつは結婚向きの男じゃないって。それでおれに順番がまわってきたわけだ。アン、ダニーはやめておけ。あの男は女癖が悪い」

不快感がこみあげてきて、アンはムースから視線をそらした。できるものなら、隣にあるごみ箱に胃のなかのものをすべてぶちまけたい気分だ。

「自分だけは違うなんて思うな」ムースが先を続ける。「アン、おれはこれを言いたかったんだ。ダニーはきみにちょっかいを出してただろう？　その様子を四九九分署の連中はみんな見ている。実はダニーがきみを落とすのにどれくらい時間がかかるか、おれたちは賭けていたんだよ。あいつは狙った女を必ず自分のものにするからな。でも、きみはなびかなかった。それがあいつの闘志に火をつけたんだ。絶対きみを射とめてみせるってね。おれはきみとダニーが実際にどういう仲なのか知らない。だが、きっとダニーはおれの妻にしたのと同じことをきみにもするはずだ」

アンは開きかけた口を閉じた。

「ゆうべ、あいつはきみの家に泊まっただろう？　まさかダニーはソファで寝たとでも言うつもりか？　やめておけ。おれにはそんなたわ言は通用しないよ」ムースはベンチから立ちあがり、伸びをした。「レストランに入って、食事をする気にもなれない。今も吐きそうだ」

右に同じだと、アンは心のなかでつぶやいた。

「今朝、消防署で事実を知ったときは、危うくダニーを殺しそうになったよ」ムースはいったん言葉を切り、また話しはじめた。「まあ、殺しそうになったのはディアンドラのほうが先だったけどな。それからダニーに向かっていった。頭を冷やせって言われて、しばらくひとりでいたよ。それで怒りが静まったところで、きみに電話をかけたんだ。アン、おれは別にダニーを痛い目に遭わせたくて、きみにこんな話をしたわけじゃない。どっちみち、あいつとは縁を切った。おれはただ、きみには惨めな思いをしてほしくない。おれと同じ屈辱をきみに味わわせたくないんだよ。でも、どうやらきみも今のおれと同じ気分みたいだな。顔にそう書いてあるよ。あいつにコケにされたと」

アンはうつむいてムースの視線を避けた。義手を見おろす。つらすぎる。手を失うより、はるかにつらい。一瞬、そんな思いが脳裏をかすめた。少しも現実が見えていないからだ。

48

今日、アンの携帯電話にメールが三通届いた。一通目はダニーとアンが朝、スートを連れて家を出るところを撮った写真。よりにもよって最悪のタイミングだ。これは今一番見たくない写真だった。その理由はいろいろある。二通目は文字だけのメール――〈おまえをいつも監視している〉。そして三通目はアンが六一七分署から出てくるところを撮った写真だ。

三通とも例のGmailアカウントからのメールだ。

嘘だ。三通だけじゃない。本当はダニーからもメールが来た。だけど、すべて無視して読んでいない。

アンは椅子に深くもたれ、デスクの後ろにある窓の外を眺めた。すでに日は落ちている。駐車場に停めてある自分の車のところに行きたくない。今朝、オフィスにセーフライトの技術スタッフが車のフロントガラスの交換に来てくれた。でも、もう一度彼らを呼ばなければならないかもしれない。

たとえば、またフロントガラスに銃弾が撃ちこまれているとか。まったく、冗談にしても笑えない。

ふとダニーの顔が目に浮かんだ。笑えないといえば、彼のこともそうだ。ダニーは究極のペテン師だった。魔の手がすぐそばまで迫っているというのに、わたしはそんな人にうつつを抜かしていた。

突然、携帯電話が鳴って、アンは椅子から飛びあがりそうになった。画面に目をやり、電話に出る。「ジャック、あなたに電話をかけようと思ってたのよ。その後、何か進展は——」

「おれたちの親友、オリー・ポッパーが死んだよ。ほんの一時間前に拘置所内で自殺した」

思わずアンは身を乗りだした。「自殺した?」

「シャワールームでパイプにシーツを引っかけて首を吊ってるオリーを、看守が発見した」

「なんてこと」

「しかもだ、どういうわけか監視カメラに布か何かがかぶせてあったらしい」

アンは眉をひそめた。「ということは、自殺じゃない可能性もある?」

「そのとおり。おれは他殺と見ている。だが遺体を詳しく検査しても、不審な点は何も見つからないと思う。まず間違いなく自殺として処理されるはずだ。ところで今夜、ダニーはきみのところに泊まるんだろう?」

「いいえ、彼は来ないわ」

「そうか、今夜は仕事か」

アンはだんまりを決めこんだ。きっとジャックは、それなら屈強な消防士に代わって自分たちが警戒にあたると言いだすはずだ。だけど屈強なSWAT隊員にも家に来てほしくない。

「部下を何人か連れて、おれがきみの家に行こうか?」

ほら、やっぱり。アンはタトゥーを入れた筋肉だらけの大男たちが、全身黒ずくめでリビングルームに寝ている姿を思い浮かべた。なんだか動物園にいるライオンみたいで笑える。

「来なくていいわよ。わたしはひとりでも大丈夫。全然怖くなんかないわ」

「今も脅迫まがいのメールは届いてるんだろう?」

「いいえ」

「それで、何通届いたんだ?」電話の向こうで、ジャックがふっと鼻で笑う。まったく、なんて鋭いのだろう。ジャックはちょっとした声の変化も聞き逃さない。

「三通よ。今日届いたのは。そのうち一通は、兄が署長を務める消防署から出てくるわたしの写真だったわ」

「アン、どうも気に入らないな」

「本当に大丈夫よ。持ち帰りの仕事がたくさんあるの。家のなかにずっといるから心配しないで。もちろんドアはきちんとロックするし、カーテンも閉める。それにわたしがひと声叫んだら、隣の家に聞こえるわ」

「よく言うよ。フロントガラスを撃ち抜かれたときのことを思いだしてみるといい。きみの近所の人たちは誰も気づかなかったじゃないか」

「連中はわたしを殺したりしない。ただ怖がらせたいだけよ」

「オリー・ポッパーもパイプに吊《つる》されるとき、そう思ってただろうな。まさか自分が、何百人もの看守の目がある拘置所内で殺されるとは考えてもいなかったはずだ」

ダニーは消防士仲間たちと一緒にディナーの席についた。これが暇な一日か? 一瞬でもそんなことを考えた自分が愚かだったと、心のなかで思う。火災報知機の誤作動が四件。自動車事故が二件。墓地の鉄柵に頭が挟まって抜けなくなった子どもの救出が一件。おまけに正気を失ったムースに襲われ、死ぬ一歩手前までいった。唯一よかったのは、頭に血がのぼって今回謹慎処分を食らったのが自分だけではなかったことくらいだ。

だが夜はまだ長い。この先、何が起こるかわかったものではない。

ダニーは携帯電話を取りだし、画面を見おろした。アンからは折り返しの電話も、メールも来ていない。どっちもゼロ。見事にゼロ。

くそっ。

温め直したリブステーキとコールスローがのった皿を押しやった。食べるより一服したほうが、このささくれだった気分が落ち着くかもしれない。チームの連中は黙々と食事をとっている。部屋のなかに響いているのは、フォークやナイフのぶつかりあう音だけだ。

誰もひと言もしゃべらない。こんな静かな食事風景は、スーパーボウルでニューイングランド・ペイトリオッツがフィラデルフィア・イーグルスに負けたとき以来だ。

ダニーは皿を持って立ちあがった。リブステーキとコールスローをごみ箱に捨てて皿を食器洗浄機に突っこみ、裏口から外へ出る。そして煙草に火をつけた。ニューブランズウィック消防局のTシャツとワークパンツしか身につけていないが、夜気の冷たさも感じなかった。

凝りもせず、ダニーはもう一度アンに電話をかけてみた。またしても出ない。ちくしょう。

連絡先から名前を選んで、携帯電話を耳に押しあてた。「よう、ジャック」

「おう。今、おまえの愛しの彼女と話したばかりだ」

「アンと話した？」ダニーは顔をしかめた。「彼女、電話に出たのか？」

「まあね。ちょっとしたニュースがあった。昨日、アンがある参考人に事情聴取してね。今日、その男が拘置所内で死んだ。そんなこともあって、おまえは今夜も彼女の家に泊まったほうがいいと思ったんだが、仕事だったんだな」

「ああ。なあ、ジャック、頼みがある。今夜、何回かアンの家の前を車で通ってくれないか？」

「心配するな。すでに手配済みだ。彼女の家に非番の部下ふたりを張りこませる。四時間交替で、午後十時から始める」

ダニーは大きく安堵の息を吐きだした。「すまない。恩に着る」

「水臭いことを言うなって、ダニーボーイ。彼女にも、何かあればいつでもおれに電話をかけろと伝えてある。しかしアンに非通知で電話をかけてくる、くそったれもしつこいやつだ。今もまだ、飽きずに脅迫メールを送ってくるんだからな」

「まったくだ」

一瞬、沈黙が流れた。「ダニー、余計なお世話かもしれないが、アンにこれ以上リプキンにはかかわるなと言ってみたらどうだ？ もちろん、あのくそったれに法の裁きを受けさせたい。それに彼女のことだから、きっと真相をつかむだろう。だが、あまりにも危険すぎる。ボストンにある鉄壁の要塞で、やつに脅しをかけた者は誰も生きてない。あいつの要塞のまわりには死体がごろごろ転がってるんだ。おれは海に浮かんでたり、ごみ廃棄場に埋められたりしてるアンの姿は見たくない」

「それはおれも同じだ」

電話を切ったあと、しばらくダニーは画面を見おろしていた。それからアンにまた電話をかけた。彼女が出てくれるとは思っていなかったが、やはりそのとおりの結果となった。

留守番電話に切り替わり、メッセージが流れはじめる。ダニーは咳払いをしてから切りだした。「アン、ムースから今朝の大騒動について聞いたんだろう？ だからジャックとは話しても、おれとは口もききたくないんだよな。まあ、そう思うのも当然だが、これだけは知っておいてほしい……おれはやつらふたりの喧嘩に巻きこまれたんだ。いきなりディアンドラが消防署に来て、ムースに食ってかかった。金のことでね。アン、頼むから電話をくれ。話しあおう。きみを愛してる。本当は今朝、言いたかった。だが、柄にもなく怖じ気づいてしまった……心からきみを愛してる。おれたちはいい方向に進んでいた。このまま進みつづけたいんだ。残りの人生をきみとともに生きたい。とにかく、電話をくれ。いつでもいい。頼む」

ダニーは電話を切り、画面を見つめつづけた。

やがて画面が真っ黒になる。いったい何を期待していたのか——。

とぼけるな。メッセージを聞いたら、アンがすぐかけ直してくれると思ってたんだろう？　そして彼女もおれを愛してると言ってくれて、たちの悪い女に引っかかったのがムースの運の尽きで、すべて誤解だったということで一件落着だと思ってたんじゃないのか？　いいかげん、自分をごまかすのはやめろ。

ダニーはワークパンツのポケットに携帯電話を押しこみ、もう一本煙草を吸った。夜空を見あげ、アンのベッドで寝ているときに見た悪夢を思い返す。

夢のなかで、ダニーは全焼したアパートメントにいた。年老いた女性がひとりで住んでいた部屋に足を踏み入れたとたん、内臓を抜かれた死体を見つけ、思いきり胃の中身をぶちまけた。

そこで突然、場面が変わった。手足を拘束されたダニーは、正体不明の人物に内臓をえぐり取られている。そのあいだずっと、断末魔の叫びをあげていた。

どちらも甲乙つけがたいおぞましい光景だが、今の気分と比べれば悪趣味な余興みたいなものだ。人生に明るい光が差しこみはじめたのもつかのま、その光はまたたく間に夜の闇にのみこまれてしまった。この絶望感は悪夢の比ではない。

ムースのやつめ、ぶち殺してやる。

49

アンはソファにもたれかかって目を閉じた。そろそろ十時だ。ソファのまわりには倉庫火災に関する資料が散乱している。床も、コーヒーテーブルも、クッションも書類やファイルで覆われたこの光景は、どことなく降り積もった雪を連想させる。

ただしスートが丸まって寝ている場所だけは、紙一枚落ちていない。

この二時間、同じ資料を何度も読み返した。目新しい発見は何もなかったけれど、それでもいい気晴らしになり、おかげでディナーから寝るまでのあいだの魔の時間帯を乗りきることができた。

「最後にもう一回、外に出る？」

スートは本当に賢い。すぐになんの合図かわかり、起きあがってソファからおりた。首輪についた鈴を軽やかに鳴らし、裏口へ向かう。アンはリモコンで警報装置を解除した。

そしてデスクの上から九ミリ拳銃を取り、ドアを開ける。

外は肌寒く、空気が乾燥していた。今夜は月がきれいだ。雲ひとつない夜空に明るく輝いている。明かりがともる隣人たちの家を見まわし、アンはほっと胸を撫でおろした。部屋のなかを行ったり来たりする彼らの姿が窓越しに見える。スートも空中に向かって鼻をひくひくさせないし、茂みや芝生を嗅ぎまわってもいない。

いい兆候だ。怪しい人物が近くに潜んでいたら、きっとスートは気づくはずだ。アンはスートとともに家のなかに戻った。ドアをロックして、警報装置をセットする。

このまままっすぐ二階に行って寝ようかどうしようか一瞬迷ったが、階下で過ごすことにした。そのほうが、誰かが家に押し入ろうとしたとき、物音がはっきり聞こえるだろう。

アンはまたソファに腰をおろした。スートも隣で丸くなる。彼女はつやのある短い毛の生えた脇腹を撫でてやった。スートが気持ちよさそうにため息をつく。リラックスしているこの子がうらやましい。

アンは手近にある調査報告書をつかんだ。点と点をつなげ、一本の線にしたい。リプキン。今は亡きオリー・ポッパー。そしてボックストレーラーで倉庫に乗りつけた人物……それともあの運転手はオリーだったのだろうか……。

「オリーはいつ逮捕されたんだった？」アンは口に出して言った。

あちこちに散らばった資料をかき分け、オリー・ポッパーに関するファイルを探し、なかから書類を取りだす。違う、オリーじゃない。あの倉庫火災があった夜、彼はすでに拘置所にいた。

ああ、ほかの倉庫火災が映っている監視カメラの映像も見てみたい。この三番目の人物が鍵を握っている。運転手が誰か特定できたら、リプキンとオリーのつながりがわかるかもしれない。もっとも、運転手がリプキンの手にかかる前にという条件付きだけれど。それに、わたしも。

ボブ・バーリントン……入り江で死体となって発見されたわたしの前任者。彼と同じ末路はたどりたくない。

携帯電話が鳴り、アンは身を引きしめた。非通知電話だろうか――彼女は画面に目をやった。

ダニーからだ。

「もう、しつこいんだから」

留守番電話に切り替わるのに任せようかと思案したが、話し合いを避けるのは臆病者のすることだ。アンはそんな女ではなかった。それにダニーは絶対にあきらめないだろう。アンが電話を無視しつづけても、二十四時間勤務が終わればダニーはここへ来るに違いない。

「もしもし」

「ようやく出てくれたな」

「忙しいの。用件は何？」

沈黙が落ちる。「留守番電話にメッセージを残したんだが」

「聞いてないわ」

「ムースから電話が来たか？」

「ええ」アンは手に持った書類を脇に置いた。「ねえ、もうこういうことはやめにしない？」

「何をやめるんだ？」

「茶番よ。わたしはそんなに暇じゃない。二度と電話をかけてこないで。あなたとは会うのもごめんだわ。時間を置けばわたしの気持ちが変わると思ってるなら大間違いよ。ダニー、その頭に叩きこんでおいて。わたしは今後いっさい、あなたの顔も見たくないし、声も聞きたくない」

「本気で言ってるのか？」

「もちろん本気よ」

アンはリモコンをつかみ、テレビをつけた。別に見たい番組があるわけではない。ただこのくだらない会話から気をそらしたかっただけだ。

「おれはディアンドラとベッドをともにしてない」

「今さら言い訳するのはやめて。だけど、正直言って驚いたわ。ムースからあんな話を聞かされるとは思ってもいなかった。ムースがディアンドラと結婚式を挙げる前の夜、あなたは彼女と一緒にいたんでしょう？　あなたのことだから、欲しいものを手に入れて、さぞ満足だったでしょうね」

「いったい、なんの話をしているんだ？」

「わたしはあなたのハーレムに加わるつもりは――」

「アン、何を言ってるのかさっぱりわからない」

アンは背筋を伸ばして座り直した。「そっちこそ何を言ってるの？　自分の胸に手をあてて考えればわかるはずよ。ダニー、わたしたちのあいだに起きたことは忘れて。あなたにとって、わたしはただの遊び相手でしかなかった。でもムースは親友でしょう？　大学も職場も同じ。十年来のつきあいじゃない。それなのにリハーサルディナーのあと、あなたは彼の未来の妻を自分のベッドルームに連れこんだ。あの夜、ムースはタキシードを取りに家に戻った。だからディアンドラは嘘をついているなんて言っても無駄なの。彼女は今朝、消防署で本当のことを話したのよ。ムースがはっきり見たの。あなたの部屋の外にディアンドラのワンピースが落ちてるのを」

「あの夜、おれは彼女とベッドをともにしてない」こわばった声が返ってきた。

「それを信じろっていうの？　無理ね。ダニー、あなたはディアンドラとベッドをともにした翌日の夜、わたしともベッドをともにしたのよ！」アンは思いきりリモコンを投げつけたい衝動をなんとかこらえた。気持ちを落ち着かせ、先を続ける。「さすがはダニー、どんな女も絶対に落とす男だわ。わたしもまんまとあなたの罠《わな》にはまってしまった。それも二度も。あなたにトロフィーを進呈してもいいけど、今はそのトロフィーをあなたのお尻に突き刺してやりたい気分よ。だけど、そんなことはしない。今年のベスト・ペテン師賞を獲得した人への暴行罪で刑務所に入りたくないもの」

「きみは完全に誤解してる」

「そんなことを言って、またわたしを丸めこもうとしてるわけ？」アンは大きく息を吸いこんだ。「わたしはこう見てるの。わたしたちのあいだに起きたことを映画でたとえると、出だしはコメディ。それからちょっとしたロマンス。そしてラストはサイコホラー。ワインのつまみにソラマメと一緒に人の肝臓を食べた、アンソニー・ホプキンスが出てくる映画みたいなサイコホラーよ。全編を通して見ると、楽しい場面もいくつかあった。でも、総合評価は駄作ね。ロッテン・トマト（映画レビューサイト）でも〝つまらない〟にランクづけされるわ。どうしてかわかる？ストーリーが陳腐だからよ。先の展開が笑っちゃうくらい簡単に読める。それに主演男優は女好きの軽薄男。これじゃ駄作になるのも当然よね。さよなら、ダニー」

50

アンは一方的に通話を終え、携帯電話を脇に置いた。そして腕組みする。きっとダニーはかけ直してこない。予想どおり、着信音は鳴らなかった。本性がばれ、さすがの彼も打つ手がなくなったに違いない。お得意の言い訳やごまかしも効果なし。話し合いは決裂した。だいたいダニーみたいな人は、はなから安定など求めていない。地に足がついた生き方は決してできないタイプだ。

ダニーとはこれで終わり。もう電話がかかってくることもないだろう。ひょっとしたら彼はすでに気持ちを切り替え、次の標的を物色しているかもしれない。

最低の男。ダニーもアンの父と同類だ。

不義の子を産んだ『緋《ひ》文字』の主人公、ヘスター・プリンは姦通《アダルトリー》の頭文字の〝A〟を胸に縫いつけられた。彼女のように、ダニーの胸にもろくでなし《アスホール》の頭文字の〝A〟ワッペンを張りつけてやりたい。でも、今さらどうでもいい。彼とは生きている世界が違う。一緒にいると、たしかに楽しくはあったけれど。

アンはテレビに目を向けた。『月の輝く夜に』の再放送が流れている。シェールとニコラス・ケイジが出演している映画だ。赤いハイヒールと黒のコートを身につけたシェールがタクシーから降り、ライトアップされた噴水に向かって歩いていく。噴水の前で待っていたニコラス・ケイジが振り向き……彼が振り向き……。

近づいてくるシェールに気づいたとたん、表情が変わった。その瞬間、アンの胸に鋭い痛みが走った。ふたりの会話はブルックリン訛りだ。

「やあ」

「こんばんは」

「きれいだ。きみの髪……」

「そう、染めたの」

ふたりはオペラハウスに入り、燦然《さんぜん》と輝くシャンデリアを見あげ、それからクロークルームへ向かう。アンはソファの背に頭を預け、口の端に笑みを浮かべた。この映画に義手をつけた男性が出ているなんておもしろい。シェールのデート相手はわたしでもいいかも……。

アンはスートをつついた。「あのね、ここでロレッタはほかの女の人《アザー》と一緒にいる父親にばったり出くわすのよ。ブルックリン訛りで言うなら〝アダア〟ね」

ロニー・カマレリがロレッタに、オペラを見るのは久しぶりなのだと話す場面もある。

「だけど本当はね、スート、ロニーはオペラのことを言っているわけじゃないの。ロニー、わたしにはあなたが何を言いたいのかよくわかるわ。とてもよくわかる」

これまでオペラを見に行ったことはない。ロレッタとロニーみたいにオペラデートを楽しむ予定もない。指揮者とオーケストラとオペラ歌手が作りあげる壮大なドラマを見るのは家のなかでだけ。

アンは目を閉じた。自分はひとりぼっちだ。疲れきっていて、悲しみに打ちひしがれている。

でも、明日は明日の風が吹く。今日よりも、賢くなる。強くなってみせる。落ちこんでなんかいられない。早くリプキンの問題を解決しなければ。

ダニー・マグワイアは過去の人だ。人生の汚点でしかない。

銃声が聞こえた気がして、アンは目を覚ました。反射的に拳銃に手を伸ばし——テレビで映画の銃撃シーンが流れていた。ただの勘違いだ。家のなかや外で発砲があったわけではない。
携帯電話をつかみ、時間を確かめる。もう少しで朝の七時だ。スートは仰向けにな
り、いびきをかいて寝ている。
アンがソファから立ちあがると同時に、スートが目を開けた。彼女は警報装置を解
除してスートを庭に出し、あたりを見まわした。この時間帯は、隣人たちはコーヒー
を淹れたり、シャワーを浴びたり、着替えをしたりしているのだろう。
アンも同じようにした。
家のなかに戻り、ジャワコーヒーをカップに注いだ。そのときふと、まだメールを
確認していないことを思いだした。
アンは心の準備をした。寝起きのくしゃくしゃの髪のまま、庭の隅にあるお気に入
りの場所で用を足しているスートを眺める、自分のぶざまな姿の写真を目にするはめ
になるかもしれない……。
よかった。メールは一通も来ていない。
ほっと胸を撫でおろす。とりあえず、今のところは。
そういえば、ダニーのメッセージを聞いていなかった。消すのも忘れていた。振り
返らずに、前を向いて進もう。アンはバッグにしまいかけた携帯電話を取りだし、ア

プリを開いた。右下の留守番電話アイコンに赤丸で〝1〟と表示されている。それを消去しようとしたとき、頭の片隅に何かが引っかかった。

履歴一覧画面のトップはダニーで、名前の横に〝(4)〟とある。四度目の電話に出たので、彼の名前は黒字になっている。日付は灰色の表示で〝昨日〟だ。

その次はジャック。黒字。灰色で〝昨日〟

そして〝世界一の上司〟ドン・マーシャル。黒字。灰色で〝昨日〟

ドンの下は、非通知設定。黒字。灰色で〝昨日〟

アンはさらに下に画面をスクロールした。黒字の非通知着信が見つかる。車のフロントガラスに銃弾が撃ちこまれる直前にかかってきた電話だ。

上にスクロールして、昨日の非通知着信に戻る。そして右端にある青い〝i〟のマークをタップした。アンは表示された詳細画面を見て眉をひそめた。昨日の午前中。

通話時間三分──。

そんな、嘘でしょう。突然、部屋が回転しはじめ、体がふらついた。

ムース。彼からの電話だ。着信日時も通話時間もぴったり一致している。この電話でヘレフォード・クロッシングズに呼びだされ、ダニーとディアンドラの関係を聞かされた。

ということは、フロントガラスを撃ったのもムース。裏庭に拳銃を置いたのも。脅迫メールも。

アンは椅子に座りこみ、呆然《ぼうぜん》と詳細画面を見おろした。あのときはどうだったのだろう……。

履歴一覧画面をスクロールして、ムースにダニーの様子を見に行ってくれないかと言われた日を探す。見つかった。発信者は電話帳登録されている名前だ。ムース。

つまり彼は電話番号の通知と非通知を使い分け、わたしを脅すときは非通知設定にしている。でもムースはリプキンやオリー・ポッパーとどうつながっているのだろう？それに倉庫火災やオフィス機器とも――。

「そうよ、ボックストレーラー！　どうして今まで気づかなかったの！」

アンははじかれたように立ちあがり、ソファへ駆け寄った。あの監視カメラ映像のプリントアウトをどこにやっただろう――。

散乱した資料のなかから目的の一枚を探しだし、目を凝らして見つめる。ムースのものと同じトレーラーである気もするし、違う気もする。プリントアウトを見ただけではわからない。市内には同じ型のトレーラーがたくさん走っている。

心臓が激しく打った。気がせいて、じっとしていられない。屋根にのぼり、ジャックに向かって大声で叫びたい。ヘリコプターでムースの家までひとっ飛びして、トレーラーを見てきてと。

落ち着きなさい。そもそも、その発想がばかげている。冷静に順序立てて考えるのだ。そうしたら全体像が見えてくる……。

それにしても、理解に苦しむ。なぜムースは自分の所属する署の管轄区域で放火したのだろう。リプキンのために、そこまでする理由はなんだろう？　あのふたりは面識がないはずだ。

「いいえ、思いだした。ふたりは会ってる」アンは急いで携帯電話に手を伸ばし、発信ボタンを押した。呼び出し音が鳴っているあいだ、心のなかで祈る。どうか記憶違いではありませんように。「もしもし、兄さん？　あのね、頼みが――」

「何時だ？」トムが寝ぼけ声で出た。

「ねえ、署長室の棚に、デスクの後ろにある棚だけど、写真が――」

「アン、早口すぎる。もう一度――」

「だから写真よ。六一七分署の新庁舎完成記念の写真。棚に飾ってあるでしょう？　その写真を撮影して、今すぐメールで送って。お願い。ただ写真を撮って、わたしの携帯電話に送ってくれるだけでいいの」

「なぜだ？」

アンはすべて話してしまおうかと、すばやく思考をめぐらせた。しかし相手は自分の兄であると同時に、ムースの上司でもある。それに、自分の思い違いかもしれないし、非通知の着信があっただけでは証拠としては弱い。ジャックの調査を待とう。兄に話すのはそれからでもいい。

「ちょっと見たくなったの。いいでしょう？　送ってくれる？」

「わかったよ。五分くれ。今、仮眠をとっていたんだ」

アンは電話を切った。四九九分署でダニーとムースが派手な喧嘩騒ぎを起こしたことは、間違いなくトムの耳にも届いているだろう。精神病質者《サイコパス》の実業家のためにムースが連続放火魔になり果てたなんて口を滑らせたら、きっと兄に鼻で笑われるに違いない。

なんとしてでも決定的な証拠が欲しい。

動機：ムースにはある。去年挙げた盛大な結婚式。金遣いの荒い妻。高級車二台。新築の一軒家。やたら大きな家具。消防士にしては、贅沢すぎる生活だ。いったいどこからそんな金を得たのだろう。仮に屋根葺きの副業をしていたとしても、収入はたかが知れている。

一方、リプキンはうなるほど金を持っている。自分のために汚れ仕事を請け負ってくれる者に、気前よく報酬を出せるはずだ。

手段：消防士は廃墟となったビルで火災現場を再現した訓練を行う。アンが四九九分署で働いていたときは、ムースとダニーが訓練を仕切っていた。

ムースなら、タイマーやリモコンを使って着火させることくらい簡単な話だ。

犯行を裏づける材料：監視カメラ映像。

あれがムース所有のトレーラーだと仮定して。

「まだなの……兄さん、早く送って……」

突然、脳裏に思いだしたくない光景がよみがえった。

あの火災現場。腕を失った直後のこと。ダニーの肩に担がれ、倒壊した建物の瓦礫のなかを脱出口に向かっている。ダニーがその穴からわたしを外に出そうとして……。

引っ張りだしてくれたのはムースだった。

アンは報告書やデータ表や写真の山をかき分けて——四九九分署の火災出動報告書を見つけだした。

内容を目で追っていく。火災が起きた倉庫への出動時間。倉庫の住所。出動車両。ポンプ車、はしご車、救急車……それから出動隊。ロバート・ミラーには星印がついている。

あの夜、ムースは偏頭痛で仕事を休んでいた。

だから私服だったのだ。

それなら、なぜ火災現場にいたのだろう？

メールの着信音が鳴り、アンは添付された写真を表示した。それを拡大して横にスライドする。新庁舎を背にして、テープカット用の赤いリボンの後ろで一列に並んでいる消防署長やリプキンが画面から消えて――。

見つけた。端に写っている。

ムースが話をしている高級スーツを着こんだ白髪の男性は、リプキンのお抱え弁護士のスターリング・ブロワードだ。

これでようやく点と点が線になるのだろうか？　オリー・ポッパーはさまざまな悪事に手を染めていた。リプキン開発所有の倉庫の数々で火災が起きたのは、そこで行っていた犯罪の証拠を隠滅するためだったのだろう。そしてムースは火災のプロだ。すべてを灰にする方法を知っている。でもだからといって、オリーとムースが必ずしもリプキンとつながっているわけではない。

それにムースの立ち話の相手はスターリング・ブロワードだ。この写真だけでは、まだムースとリプキンの関係はつかめない。

だけど真相に近づきつつある。直感がそう告げていた。海辺の豪邸の火災であわや死ぬところだったリプキンの娘。ボート事故で亡くなった火災調査官。裁判が始まる前に、拘置所内で死んだオリー・ポッパー。彼の担当弁護士はブロワードだった。

アンは携帯電話の画面を裏向きにした。一連の不審な出来事を頭のなかで反芻《はんすう》してみる。ドンの口癖がふと頭に浮かんだ。〝自分の仮説を裏づける情報だけにしがみつくな〟

では、確実なところから始めよう。

まずはムースだ。彼に対する疑問を解決してしまおう。アンはバッグを取りに行った。車のキーとスートのリードもつかみ、玄関へ向かう。

バッグのなかに拳銃と銃携帯許可証が入っているかどうか確かめてから家を出た。

51

アンは車を飛ばした。のどかな農地がどんどん後ろに流れ去っていく。ムースはダニーと同じ昨日からの二十四時間勤務だ。急げば、ムースが帰宅する前にトレーラーを確かめられるかもしれない。ディアンドラは？　まあ、彼女に出くわしたら、そのときはそのときだ。最悪の場合、火災調査官のバッジを見せればいい。

どうやら家には誰もいないようだ。

アンは敷地をひとまわりした。木々の隙間から見える、家の前の駐車スペースは空っぽだった――芝生の上はめちゃくちゃな状態になっている。なんだか引っ越ししたあとみたいだ。あるいは夜逃げ。

念のため、もうひとまわりしてみた。新しい発見だ。敷地の裏手にも私道がある。ムースたちがいつ帰ってくるのかわからないことを考えたら、こちらを使ったほうが見つかる恐れは少ない。そのうえ敷地から百メートルほど離れた先に、車を置いておけるいい場所もある。

あとはボックストレーラーにこっそり近づくだけだ。

「スート、ここで待ってて」アンは車を停め、車内に新鮮な空気が入るよう窓を開けた。「すぐ戻ってくるから」

携帯電話と拳銃を持って車から降りると、ガレージに向かって駆けだした。

ガレージの壁に背中をつけ、耳を澄ます。異状なし。あたりは静まり返っている。アンは壁伝いに忍び足で移動して、角から頭を突きだした。

ガレージの脇に、大型のボックストレーラーが停まっていた。両開きのドアは閉まっていて、頑丈な錠がかかっている。

アンはポケットから携帯電話を取りだして写真を撮り、トレーラーに近づいた。車内を見たいが、どうすればいいだろう？

ガレージのシャッターは開けっ放しになっている。アンはなかをのぞいた。あまりの散乱ぶりに啞然《あぜん》とする。まるでごみ捨て場だ。だけど彼女がそう感じるだけで、ムース本人はどこにどんな工具が置いてあるのかちゃんと把握しているのだろう。

作業台の脚に斧が立てかけてある。アンは手に取ってみた。だがずっしりと重く、片手で振りおろすのは難しい。彼女はまたもとに戻した。

こうなったら残された手段はひとつしかない。

拳銃の安全装置を外して、アンはトレーラーに近寄った。銃口を錠に向ける。これは違法行為だ。頭の片隅でちらりとそんな考えがよぎった。だけど今の状況はチャベスに〝あなたは二階をお願い。わたしはこのまま進むわ〟と、言ったときと似ている。緊急事態においては規則などかまっていられない。ごめんなさい、許可を求めなくて。

さっさと終わらせてしまおう。

アンは引き金を引いた。銃口から発射された弾丸が金属製の錠に命中する。その瞬間、教会の鐘を思わせる音が響いた。見事、大あたりだ。さっそく片側のドアを開ける。アンは思わず息をのんだ。

デスクトップパソコン。ノートパソコン。監視モニター。電話機――。

「おい、アン。いったい、なんの真似だ」

アンはびくりとして振り返った。ムースが片足を引きずりながら家から出てきた。Tシャツは血で汚れ、頰には深そうな傷がついている。

ひどく疲れているようだ。くたびれ果てた表情には、いらだちもにじんでいる。今のムースはまるで別人だ。かつては友人であり、同僚であり、家族同然の存在だった。

でも、あの頃の面影はかけらも残っていない。

「ムース」アンは息を吸いこみ、口を開いた。「あなた、何をしたの？」

ムースは立ちどまり、自分の体を見おろした。「事故を起こしたんだよ。ダッジ・チャージャーをぶつけた。森のどこかにある。乗り捨ててきたんだ。ディアンドラを追いだして、それからずっと飲んでた」

「わたしが訊いてるのは、そういうことじゃない。なんなのこれは？」アンはトレーラーを指さした。「あなたはリプキンと何をしてるの？」

ムースがまいったというふうに両手をあげた。右手に小さな黒い箱を握っている。

「じゃあ、どうすればよかったっていうんだ？　おれは金が欲しかった。ディアンドラは高くつく女だ。いや、高くつく女だった」

「ムース、彼女を殺したの？」

「まさか。追っ払っただけだ。自分の姉貴のところに行ったよ。おれたちは終わったんだ」ムースの血走った目がアンを見据える。「だが、今はディアンドラの話なんかどうでもいい。目の前の問題を片づけるのが先だ。アン、おれは刑務所に行くつもりはない。絶対にごめんだ。頼む、わかってくれ」

アンは一歩後ろにさがり、銃口をムースに向けた。「近寄らないで」

「おれをつかまえる気か?」

「あなたは人を殺したのよ。仲間の命を危険にさらした。でも、そんなことはおかまいなしにお金を稼いでた。自分勝手にもほどがあるわ」

「ずいぶん偉そうじゃないか、アン」ムースが吐き捨てる。「さすがは消防署長殿の妹だ。きみは恵まれてるんだよ。おれには何もない。くそみたいな人生だ。親には捨てられたし、大学はぎりぎりの単位で卒業した。SWATのテストは不合格。おまけにディアンドラはおれのことなんか好きでもなんでもなかった。あいつはダニーとくっつきたかったんだ。くそっ!」

アンはムースの右手にちらりと視線を走らせた。アンテナが突きでている。それが意味することはただひとつ——リモコンだ。

彼女はトレーラーからじりじりと離れつつ、車までの距離を測った。「ねえ、ムース、あなたを警察に引き渡したりしない。すべて忘れる——」

「無駄だ、アン。見え透いた嘘はつくな。おれはきみをよく知ってる。一緒に働いた仲だからな。おれに殺されると思ってるんだろう? ああ、そのとおりだよ。悪いな、アン。結局、人は誰だって自分が一番かわいいんだよ」

いきなりトレーラーが爆発した。その瞬間、すさまじい爆風を受け、アンは吹き飛ばされて背中から地面に叩きつけられた。拳銃が宙に舞いあがる。

息ができない。アンは雲ひとつない青空を見あげたまま、必死に酸素を肺に取りこもうとした。

近づいてくるムースの姿が視界の端に映る。彼は足を止めて、アンを見おろした。

「きみはいいやつだ。おれはきみが好きだったよ」銃口をアンに向ける。地面から拾いあげた彼女の拳銃だ。「だから苦しませたくない。あっというまに――」

突然、灰色の物体が視野に飛びこんできた。

スートだ。電光石火のすばやさでムースの腕に嚙みつく。その拍子に銃口がアンから大きくそれ、発射された弾丸が空を切る。ムースが罵声をあげ、スートの頭を殴りだした。

だが、スートも負けていなかった。いくら殴られても、腕に嚙みついたまま放そうとしない。筋肉質の体と同様、歯もスートの強力な武器だ。

「ムース、やめて！　スートを殴らないで！」

アンは夢中でムースの喉につかみかかった。片手が義手であることも忘れていた。でも、自分にとっての武器はこれだ。

すかさず義手の硬い指先でムースの目を思いきり突く。

ムースが悲鳴をとどろかせ、地面に仰向けに倒れこんだ。

アンが自分たちの勝利を確信したのもつかのま、靴が飛んできた。よける暇はなかった。頑丈な靴底がアンの顔面を直撃する。その衝撃で鼻から血が噴きだし、体は独楽《こま》のごとく回転した。

次の瞬間、スートの勇ましい鳴き声がふいに弱々しくなった。

52

ダニーはムースの家の私道にトラックを乗り入れ、力いっぱいブレーキを踏みこんだ。砂利が派手に飛び散る。まったくひどいありさまだ。玄関先の芝生に、けばけばしいピンクの服やら、やたらヒールの高いパンプスやらが散乱している。ムースの愛車はどこにも見あたらない。まあ、当然だ。だが、あいつは家にいるはずだ。千鳥足で〈タイムアウト〉を出てそのまま車で走り去ったムースを見かけたヴィク・リッツォは、四九九分署と六一七分署の全員に緊急メールを送った。そのあと、六一七分署の消防士ふたりが森のなかで木をなぎ倒して停まっている黄色のダッジ・チャージャーを見つけ、車内からぐでんぐでんに酔っ払ったムースを助けだし、家まで運んだ。

ダニーはトラックから降り、玄関へと——。

強烈な爆発音がとどろいた。家の窓ガラスがガタガタ揺れる。何が起こったのか考える間もなく、空から金属片が降ってきた。

とっさにかがみこんだダニーの頭に、電話の受話器が命中する。彼は大声で悪態をつき、玄関へ向かって駆けだした。窓からなかをのぞく。なんだ、このおぞましい光景は。十中八九、ムースの仕業だろう。ばかでかい白と黒の家具は刃物で切りつけられ、クッションはずたずたに引き裂かれている。

結婚写真も無残だ。一枚残らず穴が開いている。そして壁には拳や手のひらの形をした血の跡がついていた。

ダニーは家の裏へまわった。ガレージの脇で、ボックストレーラーが炎に包まれている。もうもうと噴きあがる黒煙が家の方向に流れてくるせいで、あたりはほとんど視界ゼロの状態だ。

「ムース？　どこだ？」

ダニーは友の名を叫びながら、ガレージへ急いだ。煙にやられて目も喉も痛い。燃えているトレーラーの向こう側の芝生で、つかみあいの喧嘩が勃発中だった。ふたりの人物が地面を転げまわり、そのそばで何かが動いている。

まさかディアンドラを殺す気なのか？

「ムース、やめろ！　おれたちは寝てない。ディアンドラは嘘をついて――」

ふいに敷地の裏にある砂利道を百メートルほど行った先の並木のそばに停まっている車が見えた。あれは……アンのスバルだ。

いったいどういうことだ？

襲いかかってくる火の粉や炎を避けつつ、ダニーはさらにガレージに近づいた。そのとき風向きが変わり、今までとは反対方向に煙が流れだした。嘘だろう。視界が開けた瞬間、自分の目を疑った。地面の上で格闘しているのはアンとムースだ。ふたりのそばで動きまわっているのはスートだった。怪我をしたのか、必死の形相で吠えているものの、ひどく足を引きずっている。

目の前で繰り広げられている光景が、突然スローモーションになった。ムースがアンに馬乗りになる。懸命に手を伸ばして芝生に転がっている拳銃をつかみ、アンの顔に銃口を向けた。スートがムースの腕に嚙みつく。

ダニーのなかのもっとも原始的で本能的な部分が、頭より先に事態を把握した。彼は全速力で駆けだした。その途中で、偶然目についた武器をつかむ。

長い柄のついた斧だ。

ムースが引き金を引こうとしたまさにその瞬間、ダニーは殺人鬼と化した友の後頭部めがけて斧を振りおろした。

たちまちムースの全身が硬直する。アンは一瞬の隙も逃さなかった。鼻から血が滴るのもかまわず、ムースの手から九ミリ拳銃を奪い取る。その直後、ムースがアンの上に倒れこんだ。

ややあって、アンは今や一ミリも動かなくなった巨体の下から這いでてきた。

ダニーは呆然と立ちつくしていた。まったく現実感がわいてこない。彼は右手に握った斧を見つめたまま、ゆっくりとくずおれ、地面に手足を伸ばして横たわった。ただ木を割っただけ。そんな感覚しかなかった。

「スート！」

アンの声が耳に届き、ダニーはそちらに視線を向けた。彼女の手はかすかに震えていたが、銃をムースに向け、スートを自分のほうへ引き寄せた。犬は甘えた声で鳴き、アンの顔をなめたり、鼻をくっつけたりしだした。

アンがダニーの視線に気づいた。ふたりの目が合う。アンに撃たれそうな気がして、とっさにダニーは両手をあげた。

見つめあったまま、沈黙が続く。ダニーはなんとか現実を直視しようとするものの、いまだに悪い夢を見ているみたいだった。

どうやらアンもショック状態に陥っているようだ。

なぜ、ムースはアンを殺そうとしたのだろう。

「大丈夫か？」ダニーの口からようやく声が出た。

うつろなまなざしが彼の顔に注がれる。「ダニー……ムースだったの。倉庫に火をつけたのはムースだった……彼は本気でわたしを殺すつもりだったの」

ダニーは両手をおろした。いったいなぜ、あいつはそんなことをしたんだ……。

「お金のために放火したのよ」アンが小声で言った。「それで稼いだお金をあてていたの……結婚式や、この家や、シェルビー・マスタングに。ムースは証拠をすべて灰にしていた。だからわたしはムースとリプキンを結びつけられなかった。今もリプキンがどうかかわっているのかわからない」

ダニーは両手で顔をこすった。「おれはきみが大丈夫なのがわかればそれでいい」

手を伸ばし、アンの手を握る。彼女は振り払おうとしなかった。ダニーはアンを抱き寄せ、きつく目を閉じた。それから再び目を開け、彼女の肩越しにかつて友人だった男の亡骸を見つめる。

こみあげる深い悲しみに息が止まりそうだ。何年も一緒に暮らした友が、どうして悪事に手を染めるような男になったのかわからない。今、はっきりわかっていることは、ただひとつ。アンが生きていることだけだ。

それ以外は取るに足りない些細《ささい》なことだ。ムースが心に抱えていた闇さえも。

ダニーは少し体を離し、アンの髪に絡まった草を取ってやった。「これだけはわかってほしい。あの結婚式の前日の夜、おれはディアンドラと一緒じゃなかった。誓って言う。それでも信じられないなら、今すぐその銃でおれを撃ち殺してもいい。ジョン・トーマスのもとへさっさと送ってくれ。ディアンドラはムースを怒らせようと嘘をついた。それを四九九分署の仲間の前でやった。ディアンドラの作戦は見事成功したよ。ムースはおれを殺す気満々だったからな。だがおれはあいつを裏切ってないし、きみのことも裏切ってない」

ふたりは見つめあった。そのあいだ、ただひたすらダニーはアンが自分の言葉を信じてくれるよう祈った。

永遠とも思える時間が過ぎ、やがてアンが口を開いた。「ダニーボーイ、ありがとう。また命を救ってもらったわね」

「きみのためなら、いつでもどこへでも駆けつける」アンがダニーの頰をそっと手で包みこむ。ダニーは彼女の手のひらに唇を押しあてた。「いつでも」

53

アンは氷嚢《ひょうのう》を鼻に押しあて、救急車の後ろに腰かけていた。出血は止まったけれど、骨折している気がした。鼻に触れるたびに、真ん中あたりで骨が砕けているような気持ち悪い音がする。ああ、いやな予感しかしない。

「……あなたは真相を知りたかった。それでロバート・ミラーを問いつめるために、ここへ来たんですね？」女性刑事がアンに話しかけている。

さらにパトカーが二台到着し、ムースの家に駆けつけた警察車両はこれで六台になった。制服警官がパトカーから降りてくる。見覚えのある顔だ。そうだ、思いだした。〈タイムアウト〉で会った人たちだ。思わずアンは手を振って声をかけたくなった。だけど、それではまるでこの最低最悪なパーティの主催者みたいだ。

「アン？」

「ごめんなさい」アンは刑事に視線を戻した。「ええ、そうです。彼と話をしたくてここに来ました。すべて辻褄が合っていると思えたんです。でも、確証が欲しかった。わたしはここに来ると真っ先にトレーラーのドアを開けました……」錠を銃で撃って壊した部分は飛ばした。「そのなかに、オフィス機器がびっしり積みこまれていたんです」

「どういったものですか？」

「ノートパソコンとか、デスクトップとか、電話機とか。たぶんリプキン開発はオフィス機器を隠していたんじゃないでしょうか？　それが処分するつもりでオリー・ポッパーがためこんでいたものだったのか、警察が動きだす前に闇取引で売るつもりのものだったのかはわかりませんけど」

「オフィス機器を見つけたあと、何が起きたんです？」

　アンは話しはじめた。口からよどみなく言葉が流れでる。そのあいだ、女性刑事はうなずいたり、メモを取ったりした。

　だがアンは突然、自分の声が耳に入らなくなった。

　ダニーが制服警官ふたりと一緒に家の裏から出てきた。三人は熱心に話しこみながらこちらに向かって歩いてくる。見つめているアンの視線に気づき、ダニーが足を止めた。彼の表情はどこか自信がなさそうだ。もしかしたら、自分が歓迎されるかどうか不安なのかもしれない。

アンのそばを離れようとしないスートが尻尾を激しく振り、大きく鳴いた。

「今日のところはこれで終わりです」女性刑事が先を続ける。「質問攻めから解放しましょう。さあ、治療を受けてください。でもまた日を改めて、供述調書の内容を確認してもらわなければなりません」

「ええ、わかりました。何か質問があればいつでもオフィスに来てください」

「そうさせてもらいます、アシュバーン調査官。ご協力に感謝します」

刑事が立ち去り、アンはひとりになった。ダニーは一緒にいる警官ふたりに何か言ってから、彼女のところに来た。「整形手術は無事に終わったみたいだな」

アンは氷嚢を鼻から外した。「ねえ、どう思う？　ちょっといじりすぎた？　鼻筋を細くして、先端は少しだけうわ向きにしたの」

「腫れが引いてからでないとわからないな」

「やっぱり？　でも、整形手術ってそういうものよね」

「きみの犬に挨拶してもいいかな？」

まるで初めて会うみたいな言い方だ。「もちろん。あなたはスートの大のお気に入りだもの」

ダニーはしゃがみこんだ。その拍子に膝が鳴る。彼はスートの額と自分の額を合わせて話しかけた。「大丈夫か？　足を引きずってるじゃないか」

「きっとムースに蹴られたんだわ。だけど、スートもわたしも撃たれなかっただけましね」

アンはまじまじとダニーを見つめた。日差しを受けて輝く黒髪、とてつもなく広い肩幅、大きくてごつごつした手へと視線を移していく。

この手に二度も命を救われた。

あのときはもう体力の限界だった。ムースが引き金を引いていたら、わたしは確実に死んでいただろう。

涙があふれ、アンは慌てて目を閉じた。

「アン」ダニーのかすれた声が聞こえた。彼は立ちあがり、アンの隣に腰をおろした。

「少しふたりだけにしてくれ」近くにいる誰かに話しかける。

アンは洟をすすった——というか、すすろうとした。最低だ。鼻が痛い。

「証拠法によると」アンは口を開いた。「伝聞証拠でも、事情をくんで例外的に認められる場合があるの。たとえば、臨終の告白とか。死ぬ間際に、人は嘘をつかないから」

「わたしはこう思うの。親友を殺してしまったというのも、くむべき事情なんじゃないかって」アンは再び目を閉じた。「ああ、信じられない。こんなことになるなんて。本当に現実なの？」

「そうだな」

　たこのできた温かい手のひらがアンの手を包みこむ。「現実だ。おれたちがこんなことになってしまったのも」

「なんの話をしてるの？　よくわからないわ。なんだか思考力が低下してるみたい」

「ディアンドラに関して、おれは嘘をついてない」アンはダニーをまっすぐ見つめた。ダニーもまっすぐ見つめ返してきた。「きみがどうしてもおれを許せないなら、それはそれでしょうがない。だが真実を知ってほしい。リハーサルディナーのあと、ディアンドラは家に来た。それは本当だ。でも、おれは誘いには乗らなかった。ディアンドラを部屋から追いだしたんだ。そのあと鍵をかけて、勝手に入ってこられないようにした。ムースはそこを見てなかったんだ。ディアンドラのワンピースがおれの部屋の外に落ちているのを見ただけで。だいたい、ディアンドラはおれの好みのタイプじゃない。前からそうだった。それにムースと結婚したあとは、彼女との関係をすっぱり断ちきった」

アンは大きく息を吸いこんだ。たちまち肋骨に痛みが走り、思わず顔をしかめる。そのせいで今度は鼻が痛い。だけど痛みなど、どうということはなかった。

「ごめんなさい」アンは心から言った。「本当にごめんなさい。わたしは……ものごとを一面からしかとらえてなかった」

自分が立てた仮説に縛られて、真実を示されても無視してしまった。それはダニーがわたしにはできすぎた人だからだ。

「謝らなくてもいい」ダニーが地面を見おろした。「気にするな」

「愛してるわ」

ダニーがはじかれたように顔をあげた。あまりにも勢いがよすぎて、首の骨が鳴る。

「きちんと自分の気持ちを伝えたほうがいいと思ったの」アンは肩をすくめた。

「ちょっと遅すぎたけど——」

突然、ダニーに唇をふさがれ、アンは一瞬固まった。だが、すぐに口を開いて彼を迎えた。

やがてふたりは唇を離し、アンはダニーの目を見あげた。いつまでも飽きずに見つめていられる美しい青い目を。「ムースのこと、とても残念だわ。わたしには想像もできないくらい、あなたはつらいと思う」

ダニーはうなずき、アンの顔にかかった髪を払った。「実感がまるでないんだ。だが、ひとつだけわかってることがある」

「何？」

ダニーが真顔になる。「きみを傷つけるやつがいたら、おれは許さない。どんな状況でも、必ずきみを守る」

あなたの助けは必要ないと、反射的に拒絶の言葉がアンの口から出かかった。けれども、それは本心ではない。本当はダニーと一緒に生きていきたい。輝く鎧をまとった騎士がいつもそばにいてくれる。彼とともにこの先の人生を歩んでいけたら、これほど幸せなことはない。

ただし、ダニーが彼女の条件を受け入れてくれるなら……。

アンは手を伸ばして、彼の眉間に刻まれたしわを撫でた。「ダニー、わたしの気持ちを聞いてくれる？」

「ああ」

「わたしたちはふたりで戦うの」アンは笑みを浮かべた。「わたしもあなたを守るわ。苦境に陥ったときは、ふたりで一緒に乗り越える。わたしはあなたの相棒よ。塔に閉じこめられたプリンセスじゃない」

「おれの愛しいレディ、そんなきみだから愛してるんだ」

再びダニーが唇を合わせてきた。ふたりはさまざまな感情に包みこまれた。希望、悲しみ、感謝、怒り、そして戸惑い……ムースに対する恐怖はもう消えたが、まだ心は混乱している。これまでにも凄惨な現場は何度も見てきている。今日の出来事もふたりで乗り越えていく。選択肢はふたつだ。生きるか、死ぬか。

わたしたちは生き延びる。

「アン」

自分の名前を呼ぶ兄の声が聞こえ、アンはダニーの唇から唇を離した。トムがすぐそばに立っていた。相変わらず背が高く、威圧感たっぷりだ——その目が潤んでいる。アンは驚きすぎて心臓が止まりそうになった。スチール製のリアバンパーから腰をあげ、トムのところへ行った。気まずい空気が流れる。ふたりは抱きあったりする仲のいい兄と妹ではない——。

トムがアンの背中に太い腕をまわして引き寄せた。アンは広い胸に顔を押しあてて目を閉じ、大きく息を吸いこんだ。

つかのま、過去と現在がひとつに溶けあう。父と一緒にいるまだ幼い頃の自分がまぶたの裏に浮かんできた。いつも頼りになる強い父さん。だけどアンが英雄だと思っていた父の本当の姿は、とてつもなく大きな欠点を持った人間だった。

だから人は自分の足でしっかり立たなければならない。

アンは体を離して上を向いた。驚きの連続だ。動揺した表情が目に飛びこんできた。

誰に対しても隙を見せない兄が、まさかこんな顔をするとは思わなかった。

「大丈夫よ」アンは言った。「本当に大丈夫。わたしは平気だから」

トムは体を震わせ、うなだれた。「アン、おまえを失うわけにはいかない」

「わたしは図太いの。ちょっとやそっとじゃ死んだりしない」アンはにっこりした。

「アシュバーン家の一員だもの」

トムがアンに視線を戻してうなずいた。「そうだな。おまえには生粋のアシュバーンの血が流れてる」

兄と妹は再び抱きあった。長いあいだ心の奥底にわだかまっていた怒りが消えていく。子どもの頃、アンは父から一目置かれる存在になりたかった。

けれども思いがけず、それよりもはるかに価値のあるかけがえのないものを得た。

それは、トーマス・アシュバーン・ジュニアに認められたことだ。

かたわらで、ダニーは救急車のバンパーに腰かけ、こちらを見ている。彼の顔には大きな笑みが広がっていた。

トムがダニーに手を差しだした。ダニーはその手を取り、男たちは固く握手した。互いを受け入れた瞬間。混沌《こんとん》とした状況のさなかで、新しい家族がひとり加わった。命も預けられるたくましい男性が。最強の家族の誕生だ。

54

一週間後、アンは長い昼休みを取った。スートのベビーシッター役はドンだ。今やスートは火災調査チームのマスコット的存在となっている。きっとドンはスートをデリに連れていき、マヨネーズがたっぷり入った巨大なターキー&チーズホットドッグを分けあって食べるに違いない。それと大袋入りのポテトチップスも。当然、スートは〝世界一の上司〟ドン・マーシャルが大好きだ。

アンはこぢんまりとしたショッピングモールに到着した。一度も入ったことのない店だったが、車では何度も近くを通ったことがある。駐車スペースはすぐに見つかった。まだ正午前で、日差しが暖かい。アンはモール内に入り、のんびり店を眺めて歩いた。

ムースを亡くした悲しみはまだ癒えていない。彼の遺体はひっそりと埋葬される。消防葬というわけにはいかなかった。それもしかたがない。ムースは建物に火を放ち、仲間の消防士の命を危険にさらした。そのうえ、わたしも殺そうとしたのだ。

ムースが犯した犯罪は、オリー・ポッパーの闇取引活動と同様に連邦捜査局《FBI》も捜査に乗りだしている。ムースの家でプリペイド式携帯電話が見つかり、それを使ってアンに電話をかけたり、メールを送ったりしていたことが判明した。

一方、金の流れはまだつかめていない。ムースのベッドルームには現金が五千ドル以上隠されていたが、それがどこから流れてきたのか今のところ有力な手がかりは得られていない。リプキンとのつながりの解明も進展なしだ。でも、あのふたりは必ずつながっている。そうでなければ、ムースがあれほどあちこちで散財できるはずがない。

盗んだオフィス機器を売りさばいたところで、たかが知れている。一連の事件の黒幕はリプキンだ。それには疑いの余地がない。だけど、あの男がどんな秘密を隠しているのかは、まったくわからないままだ。直近の倉庫火災の調査報告書も、ほかの五件の火災の最終調査報告書も提出した。ムースがかかわった犯罪を担当する捜査官から協力を要請されない限り、自分の役目は終わった。

それがなんとももどかしい。

おまけに、気がかりなこともある。ダニーが心配でたまらない。深く悲しんでいることは一目瞭然なのに、ダニーときたら平気なふりをしている。意志が強いのも、ストイックなのも結構だ。けれども程度というものがある。悲しみを自分ひとりの心のなかに閉じこめておくのは精神衛生上よくない。

この悩みの種を除けば、すべてが順調だ。わたしたちは一緒に暮らすようになった。毎晩ダニーは服を抱えてやってくる。とはいえ、それほど衣装持ちではないけれど。家のなかに彼のものが少しずつ増えている。認めるのは癪だが、最新の大型テレビはうれしかった。今までのテレビは古かったから。

ダニーはあのメゾネットを手放した。一時代の終焉。大学で知りあった仲よし男子学生四人は大人になった。

ただし、ムースだけは永遠の眠りに就いてしまった。

アンはブティックの前で足を止めた。小首をかしげてショーウインドーに飾られたワンピースを眺める。ディアンドラは荷物をまとめて町を出ていった。仕事もやめ、どこかに消えた。でも、逃げきれると思っているなら大間違いだ。彼女は今も容疑者リストに載っている。ディアンドラには充分な動機がある。とはいえ、それを裏づける証拠がまだ見つかっていない。

まあ、とにかく警察の捜査は続行中だ。

「アン！」

名前を呼ばれ、アンは振り返った。顔に笑みが広がる。「母さん、わざわざ来てくれてありがとう」

アンは母のほうに小走りで向かった。兄が言っていたとおりだ。母は以前よりずっと幸せそうで、なんだか輝いている。

人には癒やしが必要だ。癒やされれば、心が前向きになる。

「大ニュースよ」母が興奮気味に話しはじめる。「今朝、ギャラリーでわたしの油絵が売れたの！　二点もよ！　信じられる？　わたしの絵を気に入ってくれる人がいるなんて、考えたこともなかったわ！」

アンは思わず母に抱きついた。こんなに簡単な行為がなぜ今までできなかったのだろう。「すばらしいじゃない！　母さん、やったわね！」

「わたしもうれしくて」母がアンの手を握りしめた。「わたしの話はこれでおしまい。ここからはあなたの時間よ」

「なんだかもうどうでもよくなってきたわ」

「だめよ。さあ、行きましょう。最後までつきあうわ」

親子は美容院へ向かって歩きだした。アンはちらりと振り返り、母に話しかけた。

「あとでこの店にもちょっと寄りたいの。母さん、意見を聞かせて」

ああ、落ち着かない。壁がどんどん迫ってくる。ここはどうしてこんなに狭いんだ？

ダニーは待合室で、ひたすら行ったり来たりを繰り返し——。

ようやくドアが開いた。ドクター・マコーリフが笑顔をのぞかせる。「こんにちは」

「先生」ダニーはジーンズのポケットに手を突っこんだ。「久しぶりです。お元気でしたか？」

「おかげさまで元気よ。さあ、入って」

ドクター・マコーリフはドアを大きく開けて押さえた。こうなったら覚悟を決めるしかない。ダニーは前へと足を動かした。

「ありがとう、先生」小声で言い、室内に入る。

「どうぞ好きなところに座って。ルールは覚えているわね？　まあ、どれもたいしたものではないけれど」

ダニーはぎこちなくほほえみ、ソファに腰をおろした。「はい、覚えてます」

ローリー・マコーリフも椅子に座った。前回の面談のときとは違い、彼女の髪は茶色になって紫のメッシュが入っている。

「正直言って驚いたわ。あなたから連絡が来るとは思っていなかったから」ドクター・マコーリフがにっこりする。「でも、電話をくれてうれしかった」

「無理を言ってすみません。今日、先生に会えてよかった」

「わたしもよ。あなたに会いたかったもの」

ダニーは室内を見まわした。意図的にリラックス効果を狙ってしつらえられた空間。いや、もしかしたら部屋ではなく、ドクター・マコーリフの存在が穏やかな心地にさせてくれるのかもしれない。彼女のやさしい表情や、温かい声や、落ち着いた態度が。

「なぜここに舞い戻ってくる気になったのか話したほうがいいですか?」

「そうね。まずはそこから始めましょう」

ダニーは咳払いをし、腿を手のひらでこすった。「おれは、ええと、好きな人ができたんです」

「あら、すてき!」

ダニーはドクター・マコーリフに向かってにやりとした。だが急に気恥ずかしくなって、顔を真っ赤にしてうつむいた。まるで母に女の子とデートするんだと打ち明けている少年に戻った気分だ。

「彼女は本当に驚異的なんです」

「ええ、わかるわ」

「おれと同じ消防士で、いや、消防士だったんだけど……彼女の名前はアンといいます。アン・アシュバーンです」

「まあ、そうなの!」ドクター・マコーリフがにっこりする。「とてもいい関係みたいね」

「そうなりたいです。おれにとってアンは誰よりも大切だから。アンを守るためなら、なんでもします。彼女を幸せにしたいんです」ダニーはドクター・マコーリフにまっすぐ目を向けた。「だから先生に会いに来ました。おれはくそったれの自分から脱却します。あっ、汚い言葉を使ってすみません」

「気にしなくていいわ」

「それで、このなかに詰まっているものについて先生と話がしたいんです」ダニーは自分の側頭部を指で叩いた。「どうしても忘れられないものや、消し去ることのできないものや、違う結果を望んでいるものについて」

ムースについても。

痩せ細った姿で現場に復帰したチャベスについても。

一年前に殉職したソルについても。

「よく決心したわね、ダニー。立派よ。じゃあ、どこから始めましょうか？」

さまざまな人たちの姿がダニーの脳裏を駆け抜ける。全焼したアパートメントの一室で死んでいた年配女性。後頭部に斧が突き刺さったムース。義手をつけたアン。病院のベッドで寝ているチャベス。叫び声をあげているソル。〝置いていかないでくれ。頼む、おれを置いていかないでくれ〟その直後、ソルは瓦礫の下敷きになって死んだ。

自分の姿も脳裏に浮かんだ。倒壊した壁に押しつぶされて動かない体。割れた空気呼吸器のマスク。遠のいていく意識。

あのとき、ジョン・トーマスのことを考えていた。

「先生、おれの双子の兄について話したいんです」

「わかったわ。お兄さんの話から始めましょう。彼のすべてを知りたいわ」

口を開きかけた瞬間、ダニーは不覚にも泣きそうになった。だが、すぐに笑みを浮かべて話しだした。「まったく、むかつくやつだったんですよ。まだ子どもだった頃、ジョン・トーマスはおれが寝るのを待って……」

55

墓地に到着したとたん、雨が降りだした。いかにも今日にふさわしい天気だ。小道を挟んだ反対側には荘厳な雰囲気が漂う霊廟《れいびょう》があり、天使や聖人像が寄り添う立派な墓石が並んでいる。だがこちら側の小さな墓地には守衛詰め所もなければ、参列者用の待合所もない。ダニーは道端にいったんトラックを停めた。ティッシュペーパーの箱に殴り書きした地図に目をやり、それからまた走りだす。

葬儀社から折り返しの電話をもらったときはアンの家にいた。埋葬場所をメモするために一番手近にあったのが、この灰色と黄色のストライプのティッシュペーパーの箱だった。

ダニーはわざと遠まわりした。アイルランド系の名前が刻まれたケルト十字の石版を眺めながら、ゆっくりと目的の場所へ向かう。ジョン・トーマスの墓は敷地内の北東の一画にある。そこで兄は両親と並んで永遠の眠りに就いている。ドクター・マコーリフに新しい自分に生まれ変わると宣言したものの、まだジョン・トーマスに会いに行く心の準備はできていない。だがいつか必ずアンを連れて、三人の墓を訪れたいと思っている。

やはり彼女を家族に紹介するのが筋というものだろう。両親はアンが自分の人生に現れるずっと前に亡くなっている。ジョン・トーマスは四九九分署勤務でなかっただけでなく、アンが消防士になる前年に殉職した。だからジョンも彼女のことを知らない。

きっと三人ともアンを気に入ってくれるはずだ。気に入らないわけがない。

のろのろとトラックを走らせ、小道を曲がった瞬間、ダニーのもの思いはさえぎられた。きれいに刈りこまれた芝生の向こう側に、赤と黄色の葉がまじった木がぽつんと立っている。その下に停められた社名のないワゴン車から、ふたりの男が棺を出すところだった。つかのま、ダニーの呼吸が止まる。

ムース……なあ、ムース……おまえ、いったいどうしちまったんだ?

ダニーは緩いのぼり坂になっている小道をさらに進み、ムースが埋葬される区画のそばにトラックを停めた。男たちが振り返る。

ダニーは片手をあげて挨拶した。だが、彼らから挨拶は返ってこない。ふたりは重い棺を持ちあげ、掘られたばかりの穴に向かって運んでいく。その穴の脇で、小型ブルドーザーに寄りかかり、作業員が煙草をふかしていた。

ダニーも自分の煙草に手を伸ばし、一本取りだして火をつけた。禁煙を誓ったが、吸わずにいられない。くそっ、今日だけは吸わせてくれ。

トラックから降り、棺を運ぶ男たちに近づいていった。「すみません。あの……それは――」

「あんた、ロバート・ミラーの関係者?」棺の前部を持っている男が言った。

「ええ、そうです。ムースの……ええと、彼の埋葬に立ちあいます」

「家族なのか?」

「そういうわけでは……」以前は家族も同然だったと、ダニーは心のなかで思った。

「家族じゃないと立ちあえませんか?」

「いや。おれたちの知ったこっちゃない。誰が立ちあおうとかまわない」

男たちはうなり声をあげて棺を台にのせた。これからムースの棺はクレーンで吊りあげられ、穴の底におろされる。男たちは上体を起こしてまっすぐ立ち、墓地の管理事務所のロゴが入った帽子を脱いだ。なんと、双子の兄弟みたいにそっくりだ。ずんぐりした体形も。禿《は》げかかった頭も。ふたりが身につけている深緑色の作業着は、消防士の制服と同じメーカーのものだ。

「棺をおろす前に、もう少し時間が欲しいかい？」左側に立っている男がダニーに声をかけた。

それにしてもよく似ている。賭けてもいい。絶対に双子だ。しかも一卵性双生児。自分とジョン・トーマスのように。ダニーは日焼けした男たちの顔を交互に見つめた。

「そうですね。それじゃあ、そうさせてもらいます」

「わかった。どっちみち、おれたちはあとふたつ穴を掘らなきゃならないんだ。急ぐことはない。じっくり時間をかければいい」

ひとりがブルドーザーの操作作業員に手で合図を送り、もうひとりは歩きだした。ダニーはふたりの後ろ姿をしばらく眺めていた。名前はなんというのだろう。ジムとティムか。ボブとロッジか。それとも、フレッドとテッド。

ダニエル・マイケルとジョン・トーマス。母が言うには、自分たち兄弟の名前は韻を踏んでいるそうだ。あまりぴんとこないが。

ダニーは煙草を深々と吸いこみ、煙を吐きだした。ありがたいことに、ここには受動喫煙を気にする者はひとりもいない。

簡素な棺を見おろす。彫刻は施されていない。マホガニー材でもない。真鍮の取っ手もついていない。きっと内側もサテンの布など張られていないだろう。そのうえ黒い蓋には雨のしみが点々と散らばり、双子の兄弟の脂ぎった手形までついている。ムースは何を着て横たわっているのだろうと、ふと思う。服は誰が選んだのだろう。斧を叩きつけられてできた傷はきれいに修復されたのだろうか。

おい、どうなんだ、ムース？　教えてくれ。だが、答えは返ってこない。なぜあんなふうに変わってしまったのかも、本人の口から聞くことはできない。永遠に。危険な現場でともに働き、長年同じ屋根の下で暮らし、兄弟同然につきあってきた……親友だと思っていた男は自分のまったく知らない人間だった。

ダニーはアンと彼女の父親の関係に思いを馳せた。数日前、アンは誰からも尊敬されたトーマス・アシュバーン・シニアの秘密を話してくれた。父親の死後、自身の心に渦巻いていた感情についても。母親に対するいらだちや、父親の裏切りに対する怒り、幻滅、不快感について。

アンが心底信頼していた父親は、英雄の仮面を巧妙にかぶった悪人だった。

きっと彼女なら、ダニーがムースをどう思っているのかわかってくれるだろう。つらい思い出を楽しい思い出に塗り替えるすべも知っているはずだ。

ムースは人生の敗者なのかもしれない。あんなに成功を夢見ていたのに、結局チャンスをつかめなかった。だが、あいつは思いやりのあるやさしい男だった。何度失敗してもいつも前向きで、笑顔を忘れないやつだった。

大学の寮でも。そのあとに移り住んだメゾネットでも。消防署でも。

そんなムースが悪魔に魂を売ってしまった。金のために倉庫に火をつけた。アンを殺そうとした。どれひとつとってもいまだに信じられない。それとも、あいつはたいした役者だったのだろうか。自分の知っているムースは、人に危害を加える男では決してなかった。ましてアンは仲間だ。その彼女に銃口を向けるなんて考えられない。

ムースはアンをかわいがっていた。

少なくとも、ダニーの目にはそう見えた。

「くそっ」ダニーの悪態をつく声が秋の涼しい空気を震わせる。

突然、バイクの低いエンジン音が響き、ダニーは眉をひそめてあたりを見まわした。見覚えのある黒のハーレーダビッドソン。予想外の展開だ。あと三カ月は会えないと思っていた。

ミック・ロスがエンジンを切り、ハーレーから降りた。ヘルメットを脱ぎ、座席の上に置く。髪が短くなっている。日に焼けた肌はもとに戻り、首に入れた色鮮やかなタトゥーが際立って見える。ブルージーンズはところどころに穴が開き、革のジャケットはよれよれだ。

ミックの目は生き生きしているが、その下には濃い隈ができている。「驚いたか?」

「まあな。でも会えてうれしいよ」

ミックが墓石のあいだを縫って、こちらに向かってくる。「久しぶりだな、ダニーボーイ」

ふたりはきつく抱きあった。ダニーは元ルームメイトの体にまわした腕に力をこめた。「リハビリ病院を出たのか? あと九十日はアラバマにいるんだと思っていたよ」

「アリゾナだ」

「ああ、そうだった」ふたりは抱擁を解いた。「それで、治療をやめたのか?」

「いや、外泊許可をもらった。おまえが大丈夫かどうか知りたかったから」

「おれは大丈夫だ」

「まあ、そういうことにしておこう」ミックは頭をめぐらせ、あたりを見渡した。

「おれたちはここで何をするんだ?」

「さあな」黒のトラックが緩やかな坂をのぼってくる。ダニーは頭を振った。「もうひとり来たぞ」

ジャックはハーレーダビッドソンの後ろにフォードの大型ピックアップトラックを

停めて、車から出てきた。SWATの制服姿だ。胸にSWATの紋章がついた黒いTシャツに迷彩パンツ。腰につけたホルスターには拳銃数挺《すうちょう》とハンティングナイフが差しこまれている。

「ここはすぐにわかったんだな」ジャックがミックに話しかける。

「ああ」ふたりは手のひらを掲げて打ちあわせた。「連絡をありがとう」

三人は棺を取り囲んだ。閉じられた蓋を無言で見おろす。雨のしずくが縁から滴り落ちている。三人とも涙は見せない。それがここに集まった男たちの流儀だ。黄色の葉をつけた木から鳥のさえずりが聞こえてくる。その鳴き声をBGMに、ただ静かに棺を見つめていた。

ダニーの目に大学時代の四人の姿が浮かんできた。みんなとは男子社交クラブの新入生勧誘期間中に初めて会った。クラブの入会許可を得るためなら、つぶれるまで飲んでやると意気込んでいたムース。上級生たちはジャックを入会させて、女子社交クラブのメンバーたちと親しくなろうとした。ダニーのことはクラブの用心棒役として入会させたがった。そしてミックは――。

入会を拒否したら、何をされるかわかったものではないと恐れられていた。

「おい、誰かなんか言えよ」ジャックが口を開いた。

「そうだな」ダニーは大きく息を吸いこんだ。「くそっ」

「まったくだ。そのひと言に尽きる」ミックがぽつりと言う。

ダニーはジーンズのポケットに手を突っこみ、マールボロの箱を取りだした。ふたりに差しだし、自分も一本くわえて火をつける。それからマールボロの箱とライターを棺の上にのせ、クレーンの操作ボタンを押した。

三人はゆっくりと穴のなかに沈んでいく棺の上に土をかけ、ムースに別れを告げた。

ダニーは無意識のうちにポケットに手を伸ばした。だが、そこにはもう煙草はなかった。

彼はトラックに戻り、アンに電話をかけた。

「もしもし?」アンはすぐに出た。「今夜は予定どおり行けそう?」

ダニーはワイパーのスイッチを入れ、トラックを発進させた。「もちろん」声がかすれる。「早くきみに会いたい」

「なんだか声が変よ。大丈夫?」

「ああ」ダニーは息を吐きだした。「きみの声を聞いたから、もう大丈夫だ……アン、ムースの話がしたい」

即座に落ち着いた力強い声が返ってきた。「ええ、いつでもいいわよ。ムースの話を聞かせて」

アンを愛してやまない理由はいくらでも挙げられるが、こういうところも彼女の魅力のひとつだ。ダニーは本格的に雨が降りだした墓地をあとにした。

56

アンは八時きっかりに到着した。混雑した通りにスバルを縦列駐車して、少しのあいだヘッドレストに頭をもたせかけ、目を閉じる。そしてサンバイザーをさげた。ヘッドライトの明かりを頼りに、鏡で顔を確認する。

アンは唇を見つめた。

ロレアルのリップライナーと口紅。リップメイクもきちんとするとやはり違う。グロスだけではこうはいかない。

彼女はサンバイザーをもとに戻した。とたんに自分がばかみたいに思えてくる。だけど家に着替えに戻る時間はもうない。それにダニー・マグワイアはどんな格好でも褒めてくれるはずだ。まあ、何も着ていないほうが喜ぶだろうけれど——公衆の面前ではさすがに無理だ。きっと大丈夫。ダニーは服装なんか気にしない。

アンはドアを少し開けた。二台の車が走り過ぎるのを待ち、路上に降り立つ。足元を飾っているのは、ワンピースに合わせて買ったハイヒールだ。

ダニーの姿が見えた。彼は古きよき時代を思わせる建物の前に立っている。今夜のふたりのデート場所、〈タイムアウト〉だ。

ダニーがアンに気づいてにっこりする。それもつかのま、たちまち顔から笑みが消えた。

彼はこれでもかというほど目を大きく見開いて固まっている。

アンは咳払いをしてから、ドアを閉めてロックした。一歩踏みだすたびに自分に誓う。もう絶対に女らしい格好はしない。ダニーの顔がすべてを物語っている。母のアドバイスが的外れだったのは明らかだ。

アンは歩道にあがり、頭を振った。「ごめんなさい。大失敗だった。デートが台なしね」

ダニーはスティレットヒールを見おろし、ストッキングに包まれたふくらはぎ、かなりのミニ丈のスカート、肩にかけたケープへと徐々に視線をあげていく。

「これは……驚いたな……」ダニーが言葉に詰まる。

「やっぱり着替えて――」

「いや！　だめだ、着替えないでくれ！　アン、きれいだ……この世のものとは思えないくらい美しい」

アンは何度も目をしばたたいた。

みっともない。まるで小娘みたいだと、心のなかで自分を叱りつける。大人の女らしくふるまいなさい。

とはいうものの、正直言って、冷たい夜気が身にしみた。けれどもケープの前はとめずに、ショッピングモールの店のショーウインドーにあったワンピースをちらりと見せていた。ワンピースの色は赤だ。体のラインに沿ったデザインで、胸元は大胆にカットされている。

ダニーはまだ呆然とした表情でアンを見つめている。

どうやら前言を撤回したほうがよさそうだ。アンは口元に笑みを浮かべた。母に心から感謝しなければならない。ナンシー・ジャニス・アシュバーンの目に狂いはなかった。一ミリも。

「きみの髪」ダニーがようやく口を開く。「触れてもいいかな?」

「いいわよ」

彼が手を伸ばして、ブロンドのメッシュに指を滑らせた。「すてきだ。とてもいい。いや、今までもよかったが……」

「そろそろなかに入らない？」アンは言った。

「どこに？　ああ、そうだった。すまない、ぼうっとして。さあ、入ろう」

ダニーがドアを開けた瞬間、自分の足につまずいて転びそうになった。ふたりは熱気があふれるにぎやかな店内へ入った。客たちがちらりと入口に目を向けて視線を戻したあと、即座にもう一度見る。

バーのなかの話し声が急に小さくなった。

ダニーが誇らしげに胸を張ってアンの肩に腕をまわし、ゆっくりと歩きだした。彼女を抱き寄せ、テーブルのあいだを縫って歩を進める。まるで宝くじの高額当選と、大統領選挙勝利と、ノーベル平和賞受賞と、スーパーボウル優勝の四つが、人生で同時に起きたかのような歩き方だ。ふたりは六一七分署の隊員たちが座るボックス席のそばまで来た。通り際に、ダニーがヴィク・リッツォにうなずきかける。

さらに歩きつづけ、やがて四九九分署の仲間の姿が見えてきた。ダニーとアンが彼らの席に行くと、全員がいっせいに立ちあがった。ダフは野球帽まで脱いだ。彼の手から帽子が滑り落ち、床に転がる。

「そんなに驚かなくてもいいじゃない。わたしだってたまにはメイクくらいするわ」

アンは元同僚たちに笑顔を向けた。

ダニーはケープを外すアンに手を貸し、彼女のために椅子を引いた。すかさずテーブルに身を乗りだし、ダフのTシャツの胸元をつかむ。「いいか、よく聞け。視線は顔に固定すること。ここにいる全員だ。少しでもアンの首から下に目を向けたら、八つ裂きにしてやる」

ダニーはアンの唇にキスを落とし、彼女の隣の椅子に腰をおろした。目の前の仲間たちににらみをきかせ、指の関節を鳴らす。

「あら、怖い」アンはちゃかした。

「当然のことを言ったまでだ」

ダニーがバッファローチキンウイングをつまんで、ビールを飲んだ。会話がはずみ、笑いとジョークが飛び交う。過去にともに働いた四九九分署の隊員たちは家族であり、友人でもある。そしてかたわらにいる筋骨たくましいアイルランド系のハンサムな男性は、自分にとって唯一無二の存在だ。

胸の奥から幸福感がこみあげてくる。アンはダニーの輝く青い目を見つめた。視線を感じたのか、彼がアンのほうに顔を向ける。アンは両手で――血の通った手と義手の両方で――愛する男性の頬を包みこんだ。

「どうもありがとう」アンはダニーと視線を絡めてささやいた。

「何が？」

顔を寄せて、ダニーにキスをする。「〈タイムアウト〉でデートができたこと。ここに来るのは久しぶりだから……」

謝辞

本作にかかわってくださった皆さんに心から感謝申しあげます。

消防士、警察官の方々。一年間にわたって仕事を見学する機会を与えていただき、感謝しております。どんなときも、わたしのする質問にひとつひとつ丁寧に答えてくださってありがとうございました。あなたたちの献身的に仕事に取り組む姿勢に心から敬意を表します。とりわけ、ルイヴィル市消防署長ブライアン・オニール、ルイヴィル市警SWATの全隊員、そして元保安官代理セオドア・ミッチェルには大変お世話になりました。

メグ・ルリー、レベッカ・シェーラー、JRAの皆さん、ローレン・マッケナ、ジェニファー・バーグストロム、ギャラリーブックスとサイモン&シュスターの全員にもここでお礼を申しあげたいと思います。

リズとスティーヴ・ベリーへ。あなたたちのおかげで本当に助かりました。どうもありがとう。また、カーマニアのBスタインことジリアン・スタインにもお礼を言います。あなたの率直な感想は励みになります。

チーム・ワウドへ。心の底から愛を贈ります。

そしていつもやさしく見守ってくれる、わたしの夫ネヴィル、母、おばの〝ワオ〟、おじのナスとデリエ――血のつながった家族も、選択でつながった家族も――本当にどうもありがとう。わたしがここまでやってこられたのはあなたたちのおかげです。

そしてわたしの愛犬ナアマに、愛をこめて感謝を。あなたがそばにいてくれなかったら、この作品は完成しなかったわ！

訳者あとがき

J・R・ウォードが生んだロマンティック・サスペンス、消防士を主人公とするシリーズの第一作『灼熱の瞬間《とき》』（原題：*Consumed*）をお届けします。

マサチューセッツ州ニューブランズウィック消防局四九九分署に勤務するアン・アシュバーンは、尊敬される消防士だった亡き父と、六一七分署の消防署長を務める兄のあとを追って消防士になりました。消防士の仕事を天職だと思っていて、男性の同僚たちには負けまいと奮闘中。幼い頃から負けん気が強く、父に頼って生きてきた母を心のどこかで軽蔑し、大人になった今も関係がぎくしゃくしています。しかもアンが消防士になることに反対だった兄とも、顔を合わせれば喧嘩ばかり。一度だけ関係を持った同僚のダニーには好意を抱いているものの、アンは結婚にまったく興味がなく、まさに〝仕事が恋人〟といった日々を送っています。

そんなある日、廃墟と化した倉庫の火災現場で単独行動を取ったアンは、左手が瓦礫の下敷きになり、身動きが取れなくなってしまいます。炎が迫りくるなか、アンを救助しに来たダニーは苦渋の決断を下し、斧でアンの左腕を切断します。彼のおかげで九死に一生を得たものの、アンの消防士としてのキャリアは終わりを告げます。

十カ月後、義手をつけて火災調査官として働きはじめたアンは、自身が片手を失った火災と似たような倉庫火災が、二年間で六回も発生していることに気づきます。さらに廃墟と化した倉庫に大量のオフィス機器があったことを不審に思い、調査に乗りだします。

冒頭からかなりショッキングな展開を見せる本書ですが、片腕を失うという苛酷な試練に直面しても、アンは簡単にくじけるヒロインではありません。リハビリを重ね、クライミングジムの壁を義手で軽々とのぼれるまでに回復し、アンの腕を切断した罪悪感から自暴自棄になっているダニーに、早く立ち直るよう説得するほど強い女性なのです。

サスペンスに満ちた展開、アンとダニーのロマンスの行方、命懸けで炎と戦う消防士たちの勇姿と悲哀、アンの家族との確執……本書の魅力はいくつも挙げられます。また、四九九分署と六一七分署の消防士たちは個性的な面々がそろっていて、彼らが物語に色を添えています。さらに、ピットブルの雑種犬スートも大きな存在感を発揮しています。本書はシリーズ一作目として上梓《じょうし》された作品で、二作目はまだ発表されていませんが、次作では誰が主人公を務めるのか今から楽しみです。

著者のJ・R・ウォードはマサチューセッツ州出身の作家。パラノーマル・ロマンス〈ブラック・ダガー・シリーズ〉は大人気を博し、第四作の『闇を照らす恋人』(原題：*Lover Revealed*) が二〇〇八年RITA賞のベスト・パラノーマル・ロマンスを受賞し、日本では現在までに第六作までが二見書房から出版されています。

最後に、本書が形になるまでにはたくさんの方々のお力を頂戴しました。この場を借りて厚くお礼申しあげます。

二〇一九年四月

ザ・ミステリ・コレクション

灼熱《しゃくねつ》の瞬間《とき》

著者　J・R・ウォード
訳者　久賀美緒《くがみお》

発行所　株式会社 二見書房
東京都千代田区神田三崎町2-18-11
電話 03(3515)2311［営業］
03(3515)2313［編集］
振替 00170-4-2639

印刷　株式会社 堀内印刷所
製本　株式会社 村上製本所

ISBN978-4-576-19073-0
https://www.futami.co.jp/

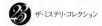

二見文庫 ロマンス・コレクション

黒き戦士の恋人
J・R・ウォード
安原和見［訳］
〔ブラック・ダガー シリーズ〕
NY郊外の地方新聞社に勤める女性記者ベスは、謎の男ラスに出生の秘密を告げられ、運命が一変する！ 読み出したら止まらない全米ナンバーワンのパラノーマル・ロマンス

永遠なる時の恋人
J・R・ウォード
安原和見［訳］
〔ブラック・ダガー シリーズ〕
レイジは人間の女性メアリをひと目見て恋の虜に。戦士としての忠誠か愛しき者への献身か、心は引き裂かれる。困難を乗り越えてふたりは結ばれるのか？ 好評第二弾

運命を告げる恋人
J・R・ウォード
安原和見［訳］
〔ブラック・ダガー シリーズ〕
貴族の娘ベラが宿敵〝レッサー〟に誘拐されて六週間。だれもが彼女の生存を絶望視するなか、ザディストだけは彼女を捜しつづけていた…。怒濤の展開の第三弾！

闇を照らす恋人
J・R・ウォード
安原和見［訳］
〔ブラック・ダガー シリーズ〕
元刑事のブッチがヴァンパイア世界に足を踏み入れて九カ月。美しきマリッサに想いを寄せるも梨の礫。贅沢だが無為な日々に焦りを感じていたところ…待望の第四弾

情熱の炎に抱かれて
J・R・ウォード
安原和見［訳］
〔ブラック・ダガー シリーズ〕
深夜のパトロール中に心臓を撃たれ、重傷を負ったヴィシャス。命を救った外科医ジェインに一目惚れすると、彼女を強引に館に連れ帰ってしまうが…急展開の第五弾

漆黒に包まれる恋人
J・R・ウォード
安原和見［訳］
〔ブラック・ダガー シリーズ〕
自己嫌悪から薬物に溺れ、〈兄弟団〉からも外されてしまったフュアリー。〝巫女〟であるコーミアが手を差し伸べるが…。シリーズ第六弾にして最大の問題作登場!!

危うい愛に囚われて
ジェイ・クラウンオーヴァー
相野みちる［訳］
危険と孤独と恐怖と闘ってきたナセルとストリッパーのキーリン。出会った瞬間に惹かれ合い、孤独を埋め合わせるように体を重ねるが……ダークでホットな官能サスペンス

二見文庫 ロマンス・コレクション

ミッシング・ガール
ミーガン・ミランダ
出雲さち［訳］
10年前、親友の失踪をきっかけに故郷を離れたニック。久々に家に戻るとまた失踪事件が起き……。〃時間が巻き戻る〃斬新なミステリー、全米ベストセラー！

始まりはあの夜
リサ・レネー・ジョーンズ
石原まどか［訳］
2015年ロマンティックサスペンス大賞受賞作。過去の事件から身を隠し、正体不明の味方が書いたらしきメモの指図通り行動するエイミーを待ち受けるのは――

危険な夜をかさねて
リサ・レネー・ジョーンズ
石原まどか［訳］
何者かに命を狙われ続けるエイミーに近づいてきたリアム。互いに惹かれ、結ばれたものの、ある会話をきっかけに疑惑が深まり…。ノンストップ・サスペンス第二弾！

長い夜が終わるとき
リサ・レネー・ジョーンズ
米山裕子［訳］
理由も不明のまま逃亡中のエイミーの兄・チャドは何者かに捕まっていた。謎また謎、愛そして官能…すべての謎が明かされるノンストップノベル怒涛の最終巻！

夜の彼方でこの愛を
ヘレンケイ・ダイモン
相野みちる［訳］
行方不明のいとこを捜しつづけるエメリーは、レンという男が関係しているらしいと知る…。ホットでセクシーな男性とのとろけるような恋を描く新シリーズ第一弾！

許されない恋に落ちて
ヘレンケイ・ダイモン
相野みちる［訳］
弟を殺害されたマティアスはケイラという女性を疑い、追うが、ひと目で互いに惹かれあう。そして新たな事件が…。禁断の恋に揺れる男女を描くシリーズ第2弾！

危ない夜に抱かれて
レイチエル・グラント
水野涼子［訳］
貴重な化石を発見した考古学者モーガンは命を狙われはじめる。陸軍曹長パックスが護衛役となるが、死と隣り合わせの状況で恋に落ち……。ノンストップロ・ロマサス！

二見文庫 ロマンス・コレクション

恋の予感に身を焦がして
クリスティン・アシュリー
高里ひろ［訳］
〔ドリームマン シリーズ〕
グエンが出会った〝運命の男〟は謎に満ちていて…。読み出したら止まらないジェットコースターロマンス！超人気作家による〈ドリームマン〉シリーズ第1弾

愛の夜明けを二人で
クリスティン・アシュリー
高里ひろ［訳］
〔ドリームマン シリーズ〕
マーラは隣人のローソン刑事に片思いしている。でもマーラの自己評価が2.5なのに対して、彼は10点満点で…。〝アルファメールの女王〟によるシリーズ第2弾

ふたりの愛をたしかめて
クリスティン・アシュリー
高里ひろ［訳］
〔ドリームマン シリーズ〕
心に傷を持つテスを優しく包む「元・麻取り官」のブロック。ストーカー、銃撃事件…二人の周りにはあまりにも問題が山積みで…。超人気〈ドリームマン〉第3弾

悲しみは夜明けまで
メリンダ・リー
水野涼子［訳］
夫を亡くし故郷に戻った元地方検事補モーガンはある殺人事件に遭遇する。やっと手に入れた職をなげうって元恋人のランスと独自の捜査に乗り出すが、町の秘密が…

失われた愛の記憶を
クリスティーナ・ドット
出雲さち［訳］
〔ヴァーチュー・フォールズ シリーズ〕
四歳のエリザベスの目の前で父が母を殺し、彼女はショックで記憶をなくす。二十数年後、母への愛を語る父を見て疑念を持ち始め、FBI捜査官の元夫と調査を…

愛は暗闇のかなたに
クリスティーナ・ドット
水野涼子［訳］
〔ヴァーチュー・フォールズ シリーズ〕
子供の誘拐を目撃し、犯人に仕立て上げられてしまったテイラー。別名を名乗り、誘拐された子供の伯父であるケネディと真犯人探しを始めるが…。シリーズ第2弾！

あなたを守れるなら
K・A・タッカー
寺尾まち子［訳］
警察署長だったノアの母親が自殺し、かつての同僚の娘グレースに大金が遺された。これはいったい何の金なのか？ 調べはじめたふたりの前に、恐ろしい事実が……